Miss Catastrophe

Aux Éditions J'ai lu

SCANDALES À NEW YORK

1 – Drôles de fiançailles
N° 13024

JOANNA

SHUPE

SCANDALES À NEW YORK – 2

Miss Catastrophe

Traduit de l'anglais (États-Unis)
par Agnès Girard

J'AI LU

POUR elle

Si vous souhaitez être informée en avant-première
de nos parutions et tout savoir sur vos auteures préférées,
retrouvez-nous ici :

www.jailu.com

Abonnez-vous à notre newsletter
et rejoignez-nous sur Facebook !

Titre original
A SCANDALOUS DEAL

Éditeur original
Avon Books, an imprint of HarperCollins Publishers

À Michele, Diana et JB,
qui m'aident à rester saine d'esprit
et me font toujours rire.

1

« Ce que j'ai construit, voilà la trace que je laisse… elle parlera longtemps après ma disparition. »

Julia Morgan, architecte
de la propriété de William Hearst,
magnat de la presse

Juillet 1890, quelque part sur l'océan Atlantique

Lady Eva Hyde détestait les bateaux. Yachts, goélettes, vapeurs, péniches étaient pour elle autant d'espaces clos, minuscules prisons conjuguant l'acier, le laiton et l'ennui. Elle préférait de loin un bâtiment construit sur la terre ferme, large et haut – un bâtiment qu'elle aurait conçu elle-même, tant qu'à faire. Certes, cet engin de torture flottant était un vapeur de luxe, équipé de tout le confort moderne, mais elle n'avait décidément pas le pied marin.

Une liasse de dessins à la main, elle quitta sa cabine et verrouilla la porte derrière elle. Le chaud soleil de juillet l'accueillit sur le pont supérieur. Elle s'arrêta un instant, offrit son visage au ciel, sentit la chaleur gagner son squelette et se détendit un peu. Ils n'étaient en mer que depuis vingt-quatre heures, et tout ce qu'elle avait laissé derrière elle à Londres pesait encore sur ses épaules. La maladie de son père, les murmures et les regards lourds de sous-entendus...

— Oh, regardez... mais c'est Miss Catastrophe !

Trois fois fiancée, trois fois « veuve » avant l'heure. Il y avait de quoi passer pour une erreur de la nature – mais avait-elle déjà été considérée comme « normale » ? Sa gouvernante l'avait toujours traitée de garçon manqué, assurant qu'Eva était plus à l'aise dans la boue qu'engoncée dans des jupons. Elle avait raison. Depuis qu'elle était en âge de le faire, impatiente d'apprendre tout ce qu'elle pourrait sur l'architecture et la construction, Eva avançait dans le sillage de son père, si célèbre, si talentueux. Ce qui n'était pas plus mal, finalement, étant donné la rapidité avec laquelle les facultés mentales de ce dernier s'étaient détériorées ces deux dernières années.

Son père, E.M. Hyde, lord Cassell, un des meilleurs architectes d'Angleterre, concepteur d'immeubles dans toute l'Europe depuis presque quatre décennies. Malheureusement, il était malade depuis deux ans et, ces derniers temps, son état s'était nettement aggravé. Tenir un crayon lui était devenu impossible, alors dessiner... Souvent, même, il ne reconnaissait plus sa fille unique. Ces jours-là, Eva avait le cœur brisé.

À l'automne dernier, E.M. Hyde avait été contacté pour dessiner un hôtel de luxe à New York, qui devait être le plus grand et le plus moderne d'Amérique, un bijou d'architecture dont on se souviendrait pendant des siècles. Étant donné l'état de leurs finances, refuser une telle opportunité n'était pas envisageable. Eva, qui connaissait le travail de son père sur le bout des doigts et, depuis deux ans, réalisait en son nom les projets qui lui étaient confiés, s'était sentie prête à mener à bien cette entreprise à la fois prestigieuse et fort lucrative. L'hôtel Mansfield serait signé Hyde.

La seule précaution à prendre était de travailler dans l'esprit de son père, de poursuivre son œuvre afin que personne ne se doute de rien et ne découvre son état de santé. Cela impliquait de faire passer le travail d'Eva pour celui d'E.M. Hyde, mais personne ne croyant une femme capable de dessiner ne serait-ce qu'une cabane en planches, il y avait peu de risques que l'on se pose la question pour un luxueux hôtel de treize étages... Au diable l'orgueil : l'argent permettrait de faire bouillir la marmite et payerait les soins médicaux de son père. La carrière d'Eva finirait bien par démarrer, quand son père...

Non. Elle ne voulait pas penser à cela maintenant.

Avisant un transat sur le pont-promenade, elle obliqua dans cette direction. Au-delà du bastingage s'étendait le vaste océan, scintillant, étincelant comme du verre. Elle était concentrée sur l'immensité mouvante quand une minuscule silhouette surgit en courant devant elle. Un enfant. Eva voulut ralentir, mais il était déjà trop tard. Elle heurta le gamin.

Il allait tomber mais elle le rattrapa, faisant de son mieux pour ne pas tomber elle-même. Dans l'action, elle lâcha les documents qu'elle avait à la main et vit, horrifiée, trois pages s'envoler dans la brise océane.

— Non ! Non, non, non !

— Désolé mademoiselle, marmonna le gamin avant de détaler.

Eva l'entendit à peine, en proie à la panique. Ces pages... il fallait absolument qu'elle les récupère. Il s'agissait d'idées pour l'hôtel, sur lesquelles elle avait déjà beaucoup travaillé. Le fruit d'une étincelle d'inspiration impossible à reproduire. Elle se lança derrière les feuillets virevoltants, déterminée à les rattraper.

Elle en piégea un premier sous sa bottine, mais les deux autres poursuivirent leur vol le long de la promenade. En les voyant s'approcher du bastingage, elle se figea... puis une saute de vent les rabattit sur la jambe d'un homme élégant qui se tenait là. Poussant un soupir de soulagement, elle courut vers lui.

Étrangement, l'homme ne bougea pas. Il ne se pencha pas pour voir ce que le vent plaquait contre sa jambe, encore moins pour récupérer les précieux papiers. Non. Il resta immobile, face à la mer. On aurait dit une statue.

Le cœur battant, elle fondit sur les jambes de l'inconnu, heurta de plein fouet sa silhouette massive au risque de le faire tomber, referma les mains sur son mollet et soupira enfin quand ses doigts froissèrent les précieux dessins. *Oh, merci mon Dieu !*

Les yeux fermés, elle resta là un instant, reprenant son souffle. Le bois du pont lui avait éraflé les genoux à travers ses jupes, et il était indéniable qu'elle s'était ridiculisée. Comme toujours.

L'homme n'avait toujours pas bougé, l'ignorant totalement, ce qui la rassura et l'agaça à la fois. Elle aurait apprécié qu'il l'aide à se relever.

— Monsieur ? Auriez-vous l'amabilité… ? demanda-t-elle en tendant une main.

Pas un mouvement, en dehors de celui de sa pomme d'Adam lorsqu'il déglutit. Était-il dur d'oreille ?

— Ouf, vous êtes vivant, dit-elle en s'agrippant au bastingage pour se redresser. L'espace d'un instant, j'ai craint le pire.

Elle lissa ses jupes d'une main puis, pas tout à fait prête à s'en aller, l'observa un instant. Son profil révélait peu de chose, hélas. Une trentaine d'années, grand et mince, les cheveux brun foncé en partie cachés par un panama qui, étonnamment, ne s'était pas envolé. Rasé de près, élégant, visiblement riche.

Les mains refermées sur la rampe de bois, il ne lui avait toujours pas accordé la moindre attention, et Eva décida de prendre cela sur le ton de la plaisanterie. D'une manière générale, en voyage, elle gardait toujours ses distances avec les autres passagers, mangeant dans sa cabine pour s'éviter leur pitié et leur méfiance quand ils apprenaient son identité. Souvent, elle s'inventait un nom et endossait une personnalité complètement différente de la sienne pour éviter tout malaise. C'était plus facile ainsi. Mais là, elle avait besoin qu'il établisse le contact, au moins pour lui permettre de justifier son manque de politesse.

En même temps, il semblait très pâle...

S'appuyant contre le garde-corps, elle se pencha vers lui.

— On m'a dit que le gingembre pouvait aider.

Rien. Pas un mouvement de cils.

— Il y a probablement un officier ou un chirurgien à bord qui en aura en réserve pour les passagers souffrant du mal de mer. Je vais voir si...

— Pas. Malade, lâcha-t-il sans desserrer les dents.

Elle se retint de lever les yeux au ciel.

— Je vois. Vous essayez de repousser les nausées par la force de votre pensée. Ça marche ?

Ses narines se dilatèrent tandis qu'il inspirait et soufflait plusieurs fois, profondément. Puis il secoua la tête.

— Vous vous sentiriez peut-être mieux si vous vidiez le contenu de votre estomac par-dessus bord.

À nouveau, il secoua la tête. Vigoureusement cette fois.

— On vous a déjà dit que vous étiez têtu ?

— Oui. De nombreuses fois.

Une phrase entière. Il y avait du progrès.

Son teint indiquait toutefois qu'à tout moment il pouvait être malade, et elle eut pitié de lui. Visiblement, il préférait rester stoïque, souffrir en silence. Seul. Un soldat sur le champ de bataille, prêt à se sacrifier pour son roi et son pays.

— Dieu merci, dit-elle d'un ton enjoué. Je n'aurais guère apprécié d'être le héraut d'une telle nouvelle. Personne n'aime qu'on lui révèle ses travers.

— Comme le fait d'être bavarde ?

Elle rit, pas offensée le moins du monde. Son deuxième fiancé disait qu'obtenir des informations de la part d'une plante était plus facile que de parler avec Eva.

— Vous seriez bien la seule personne à vous plaindre de ma volubilité.

— Quelle chance j'ai !

Il avait de l'humour. Elle aimait ça.

— Donnez-moi votre main.

Il tourna brusquement la tête dans sa direction, révélant enfin son visage. Eva eut le sentiment de prendre un coup de poing en plein plexus solaire. *Doux Jésus.*

Il était... inattendu. Un visage, ce n'était rien d'autre qu'une construction élémentaire, avec des chairs et des muscles tendus sur de l'os et du cartilage, un peu comme un immeuble est un assemblage d'acier, de bois et de plâtre. Mais ce visage-là n'avait rien d'ordinaire. Des traits puissants, volontaires, parfaitement symétriques, et la noblesse des pommettes saillantes qui évoquait les grandes civilisations antiques. Les colonnes grecques et les aqueducs romains. Les bâtisseurs, les conquérants. Les explorateurs et les pionniers.

Même malade, il dégageait une absolue confiance en lui.

— Pourquoi ? demanda-t-il en posant les yeux sur son visage et ses cheveux roux, que le vent avait dû passablement décoiffer.

— Parce que je vous le demande.

Sans attendre de réponse, elle glissa ses feuillets à l'abri sous son bras et prit la main gauche de l'homme, le forçant à lâcher le garde-corps. Elle remonta la manche du veston et posa trois doigts en travers de son poignet, puis centra son pouce au-dessous, à l'endroit où saillaient les tendons. Ensuite, lentement, sans trop appuyer, elle effectua des mouvements circulaires.

Il resta silencieux un long moment, inspirant profondément.

— Que faites-vous ? demanda-t-il enfin.

— C'est une technique chinoise pour supprimer les nausées.

Elle ne lui dirait pas d'où elle tenait cela. Pour la plupart des hommes, une femme n'avait rien à faire sur un chantier de construction.

Après plusieurs minutes, elle lui prit l'autre main et procéda de la même façon. Il avait des mains et des bras puissants, des veines saillantes sous une peau dorée, qui roulaient sous ses doigts. C'étaient des mains de travailleur. Des mains habiles. Pas des mains de gentleman, même s'il en portait le costume.

Qui était cet homme ?

Ils se touchaient à peine, mais elle sentit qu'il se détendait.

— Vous étiez en vacances en Angleterre ?

— À Paris, en fait. Et vous ? Vous venez faire les boutiques sur notre *Ladies' Mile* ?

Elle essaya de ne pas faire la grimace. Ils ne se connaissaient pas, donc il ignorait que son père était E.M. Hyde et qu'elle voyageait pour perpétuer son œuvre. Il était hors de question qu'elle le lui dise.

Les hommes n'aimaient pas les femmes qui désiraient poursuivre une carrière. Eva l'avait très vite appris auprès de Robert, son premier fiancé. Le plus riche, qui lui avait déclaré que sept enfants, ce serait suffisant.

— Comment avez-vous deviné ?

Il haussa une épaule, qu'il avait très carrée, et sans qu'elle sache pourquoi, elle trouva ce mouvement à la fois arrogant et charmant.

— J'ai des sœurs.

— Combien ?

— Une aînée, une cadette. Et toutes les deux se mêlent de mes affaires.

Mais à l'entendre, ce n'était pas si désagréable.

— Je suis fille unique. J'aurais adoré avoir des sœurs qui se mêlent de mes affaires.

— On désire toujours ce que l'on n'a pas, il faut croire.

C'était vrai. Par exemple, Eva avait longtemps regretté de ne pas être un homme, le fils que son père avait toujours voulu avoir. Tout aurait été beaucoup plus simple si tel avait été le cas. Au lieu de quoi, elle se retrouvait contrainte de cacher l'état de santé de son père et de poursuivre son travail en secret. Subterfuge qui, à la longue, était épuisant.

— Vous les voyez souvent, vos sœurs ?

— Oui, malheureusement. Bien qu'elles soient mariées et mères de famille, elles trouvent encore le temps de me faire des remarques.

— Ce doit être terrible, tout cet amour et toute cette préoccupation pour votre bien-être.

Il émit un bruit, presque un rire.

— Mademoiselle a de la repartie.

Une douce chaleur l'envahit. Elle lui rendit sa main, écarta ses cheveux de son visage et se tourna vers l'océan, pour ne pas avoir à le regarder.

— Vous devriez vous sentir un peu mieux.

— L'air marin me conviendrait peut-être enfin.

— À moins que je ne vous aie rendu votre bonne santé avec mes manipulations de sorcière.

— C'est possible. Où avez-vous appris ces gestes ? demanda-t-il en tournant les poignets et en les regardant.

Les muscles de ses bras et de ses épaules tendaient le tissu de son manteau, révélant le physique d'un travailleur de force plutôt que d'un épicurien oisif. Comme les ouvriers des chantiers de son père, ceux qui manipulaient toute la journée lourdes masses et poutres d'acier.

— Ici et là, je ne me souviens plus vraiment, répondit-elle.

— Vous devez beaucoup voyager, alors.

Pas beaucoup, ces derniers temps. Plus depuis que la maladie de son père s'était aggravée.

— J'essaie de ne pas quitter la terre ferme trop souvent, répliqua-t-elle, évasive.

— C'est très sage de votre part.

— Vous êtes toujours malade en bateau ?

Il ferma les yeux, fit rouler ses épaules.

— Vous me croiriez si je vous disais non ?

Elle secoua la tête.

— À vrai dire, non. Je pense que vous considérez cela comme un point faible, alors que vous êtes loin d'être le seul à en souffrir. Le mal de mer est une affection très répandue.

Son visage retrouvait des couleurs, mais il se raidit en entendant sa remarque, et son expression pincée traduisit un malaise. Elle se demanda s'il allait admettre qu'il avait la nausée. L'orgueil de cet homme rivalisait avec le sien.

— C'est seulement les deux premiers jours, en ce qui me concerne, expliqua-t-il doucement. Demain, ça ira mieux.

— Eh bien voilà ! Ce n'était pas si difficile à avouer, si ?

— Si. En général, je reste dans ma cabine, mais là, je pensais que le grand air aiderait.

— Vous espériez que personne ne vous remarquerait agrippé au bastingage comme si vous vous apprêtiez à sauter par-dessus bord ?

— Exactement. Et si vos papiers ne s'en étaient pas mêlés, cela aurait marché. Ce sont des lettres ? demanda-t-il avec un mouvement du menton en direction des pages qu'elle avait en main.

— En quelque sorte. Comment vous sentez-vous, maintenant ?

— Fatigué, mais mieux. Merci.

— Je vous en prie.

Il resta là, à la regarder, et elle se demanda quoi faire. Il avait les yeux d'un brun sombre, avec des taches dorées qui dansaient dans le soleil, et des cils très longs. Elle distingua quelques coupures sur son visage, du genre de celles que l'on se fait en se rasant, et se demanda s'il était accompagné d'un valet pour la traversée.

— Vous avez besoin d'aide pour regagner votre cabine ? Je peux trouver un porteur, si vous voulez...

Il montra l'autre côté du pont.

— Inutile. Je suis juste là. Tout au bout.

La plus grande des cabines de première classe. Évidemment. Elle avait sans doute affaire à l'un de ces richissimes magnats américains. Les chemins de fer ou la Bourse, à coup sûr. Sa cabine à elle était à l'opposé, la plus petite cabine de première classe, payée avec l'argent du futur hôtel.

Mais il restait une bonne semaine de traversée, et ils seraient sans doute appelés à se recroiser, si elle se hasardait à ressortir.

Il ignore qui tu es. Tu pourrais être n'importe qui...

Cette idée l'excita soudain. C'était l'occasion de côtoyer quelqu'un qui ignorerait son passé et la réputation de son père. Ce pouvait même être une excellente raison de sortir de sa cabine...

Plaquant ses feuillets sur sa poitrine, elle lui sourit timidement.

— Bien, alors je vous laisse. Bonne fin de journée.

— De même. J'espère vous revoir ici ou là sur le bateau, dit-il en retirant brièvement son chapeau. Bonne fin de journée, mademoiselle Je-ne-sais-qui.

Le bateau gîta brusquement, et le crayon d'Eva glissa une nouvelle fois en travers de la feuille.

— Flûte !

Elle prit sa gomme en maudissant la tempête qui agitait les flots.

Depuis déjà six heures, le vapeur était ballotté dans tous les sens. De l'autre côté du hublot, la pluie cinglait, le ciel avait la couleur de l'acier et crachait sa colère. Heureusement, le mal de mer ne l'avait pas encore atteinte. Son estomac allait bien, peut-être parce qu'elle se concentrait sur son travail, et non sur ce qui l'entourait.

L'arrivée à New York était prévue pour le lendemain. Ces huit derniers jours, elle était restée dans sa cabine pour peaufiner ses nouvelles idées, les mettre au clair afin d'impressionner M. Mansfield, le propriétaire du futur hôtel. Le moment fatidique approchait. Elle se sentait nerveuse mais préférait ignorer son angoisse. Tout irait bien. Mansfield serait un homme sympathique et l'hôtel serait fini à temps.

À vrai dire, tous les financiers qu'elle avait rencontrés jusque-là ne voulaient qu'une chose : le nom de son père sur un bâtiment. Ils se contrefichaient de le voir sur le chantier pour rencontrer ingénieurs et plombiers. Du moment que le propriétaire pouvait se vanter d'avoir commandité « un chef-d'œuvre de E.M. Hyde », tout le monde était content. Mansfield serait comme les autres. Il n'était même pas venu à Londres pour rencontrer son père. Il avait communiqué par câble et par courrier, ils s'étaient mis d'accord ainsi. Deux semaines avant son départ, elle avait envoyé les plans définitifs chez lui, à Manhattan, et n'avait pas eu de réponse depuis.

Ce qui l'inquiétait un peu, c'était la réputation de Mansfield. En se renseignant ici et là, elle avait découvert que c'était un homme exigeant, impitoyable même, qui ne laissait rien passer. Tout le restaurant de son hôtel de Boston avait été redécoré parce que le carrelage venait de Grèce et non d'Italie, comme initialement prévu. Ses employés le respectaient mais le craignaient, et ses lettres à E.M. Hyde avaient été très détaillées quant à ses exigences concernant la qualité, les délais et le budget.

Par exemple, en cas de retard de livraison, E.M. Hyde serait soumis à une astreinte de mille dollars par jour.

En cas de dépassement du budget initial, E.M. Hyde serait contraint de rétrocéder quinze pour cent de ses émoluments à Mansfield.

De plus, si un remplacement de matériaux devait avoir lieu sans l'accord préalable écrit de Mansfield, tout serait refait aux dépens d'E.M. Hyde. Dans la mesure où le budget total de l'hôtel atteignait les trois millions de dollars, assumer ce type de coûts était impossible pour Eva. Refaire ne serait-ce qu'une partie de l'hôtel les mettrait, elle et son père, en faillite.

Il fallait absolument que cet hôtel soit un succès. Elle devait faire en sorte que sa réputation personnelle ne soit pas évoquée. Qui aurait voulu descendre dans un établissement conçu et réalisé par Miss Catastrophe ? Tant que Mansfield serait satisfait et que le chantier serait achevé sous le nom d'E.M. Hyde et pas sous le sien, tout irait bien.

On toqua légèrement à la porte. Sa bonne, Mollie, apparut, agrippant le montant d'une main.

— Mademoiselle, voulez-vous...

Elle s'interrompit, déglutit bruyamment avant de reprendre.

— ... voulez-vous vous habiller pour le dîner ?

Son teint grisâtre alarma Eva, qui se leva d'un bond et la rejoignit.

— Vous ne vous sentez pas bien ?

La bonne vacilla. Eva tendit une main pour la retenir.

— Juste un peu nauséeuse, répondit Mollie. Ça ira mieux dans un moment.

— Ne dites pas de bêtises.

Elle prit Mollie par les épaules, lui fit faire demi-tour et la dirigea jusqu'à sa couchette.

— Allongez-vous, je vous en prie. Je peux m'en sortir toute seule ce soir.

Mollie s'assit et fronça les sourcils.

— Je ne suis pas malade au point de...

— Vous devez rester tranquille et vous reposer. Votre estomac a besoin d'être immobile, et nous ne savons pas combien de temps va durer cette tempête.

— Merci, mademoiselle. Le fait est que ce balancement permanent... je n'en peux plus.

Mollie s'allongea sur la couchette. Eva alla mouiller un linge au petit lavabo et le posa sur le front de sa bonne.

— Voulez-vous manger quelque chose ?

Mollie blêmit un peu plus encore, si c'était possible.

— Non, lâcha-t-elle dans un souffle.

Le bateau retomba brusquement dans un creux de vague, l'écume jaillit sous son étrave et remonta jusqu'au hublot.

— Reposez-vous, dit Eva en lui tapotant l'épaule. Je reviendrai dans un moment.

Elle regagna sa chambre. Son ventre se mit à gargouiller, non à cause du mal de mer, mais de la faim. Mollie étant malade, il lui faudrait aller dîner dans la salle à manger. Un rapide coup d'œil à la pendule lui indiqua que le premier service venait de commencer, aussi se changea-t-elle sans perdre de temps. Quand elle sortit, elle fut surprise de ne voir personne dans la coursive, pas même un officier du bateau. Peut-être tout le monde était-il en haut. Tenant fermement la rampe de laiton qui courait le long de la coursive, elle se dirigea vers le pont supérieur, ballottée par le tangage.

Dans la salle à manger, des dizaines de chaises vides l'accueillirent. Bizarre. Il n'y avait personne. Le couvert n'avait pas été mis, le bois verni des longues tables brillait sous la faible lumière.

— Alors ça, c'est la meilleure, marmonna-t-elle.

Quelqu'un, dans les cuisines, pourrait peut-être lui donner du pain ou du fromage. N'importe quoi qui lui permette de tenir jusqu'au lendemain matin.

Elle se dirigea vers les portes battantes au fond de la salle. Sans doute les cuisines se trouvaient-elles par là.

Elle approchait lorsqu'on poussa la porte. Ah ! Il y avait du monde, quand même. Sans doute attendait-on l'arrivée des passagers pour commencer le service.

Un homme sortit des cuisines, et ce ne fut pas du tout celui auquel elle s'attendait. L'Américain du pont supérieur.

Elle pila.

— Bonsoir.

Il avait un plateau entre les mains.

— Bonsoir, répondit-il avec un petit sourire en coin. Les serveurs sont tous malades, apparemment. Il reste un chef, mais il est un peu vert. Je ne crois pas qu'il...

Un fracas assourdissant leur parvint des cuisines. Des bruits de casse, des tintements d'argenterie sur le sol. Eva et l'homme plissèrent les yeux de concert.

— Je pense que l'on peut dire sans se tromper que ce soir nous serons seuls pour dîner.

Elle posa le regard sur l'assortiment de viandes, de fromages, de fruits et de fruits secs qui garnissait son plateau, et réalisa qu'elle mourait de faim.

— Il en reste, dans la cuisine ? demanda-t-elle.

— Bien sûr. Il y a aussi des bouteilles de champagne dans leur seau de glace et du filet de bœuf en plat de résistance.

— Mmm... Tout cela me paraît délicieux. Je vais me servir.

D'un mouvement du menton, il indiqua une des tables.

— Je ne serais pas un gentleman si je vous laissais faire. Asseyez-vous plutôt : je vais vous chercher tout ce qu'il faut. Et mangeons avant que ce bateau ne fasse naufrage.

Ces derniers mots ébranlèrent Eva. Jusqu'ici, elle n'avait pas eu peur. Mais des bateaux qui coulaient par gros temps, c'était assez fréquent.

— J'espère que vous vous trompez.

— Ne vous inquiétez pas. Si vous paniquez, je vous réconforterai avec plaisir.

Il avait dit cela d'un ton détaché. Elle alla s'asseoir à l'une des tables et se demanda s'il flirtait avec elle. Quelle idée ridicule ! Ils se connaissaient à peine, et elle n'était pas du tout le genre de fille avec qui l'on flirtait. Son deuxième fiancé, James, lui avait souvent reproché ses manières peu féminines.

« Eva, l'idée d'avoir une épouse aux doigts tachés d'encre ne me plaît pas. Laissez tomber vos dessins et vos croquis, et conduisez-vous comme les autres jeunes filles, que diable ! »

Aucun de ses trois fiancés n'avait jamais encouragé son intérêt pour l'architecture ni son désir de poursuivre une carrière. Cette seule idée les avait horrifiés tous les trois. Tous désiraient l'épouser pour des raisons économiques ayant trait à son père – notoriété ou projet particulier. Aucun n'avait eu réellement de sentiments pour elle.

Elle avait toujours été un peu différente, un peu bizarre. Comme son père. Mais si la société tolérait l'excentricité chez les hommes, porter la mauvaise robe pour une femme pouvait provoquer une mise à l'écart. Alors se battre pour mener une carrière...

« Cet homme ne te connaît pas, se rappela-t-elle. Tu peux être celle que tu veux, y compris une femme qui flirte en retour. »

— Vous êtes trop aimable, dit-elle avec un sourire avenant lorsqu'il reparut. Autant dîner ensemble, tant qu'à faire.

Il posa le plateau au milieu de la table et s'assit en face d'elle.

— C'est l'idée. Mangeons et buvons jusqu'à plus soif. Comme ça, nous ne nous apercevrons même pas que le bateau coule.

Ils mangèrent en silence, d'abord. On n'entendait que le bruit de la tempête dehors, et celui de leurs mouvements lorsqu'ils se servaient. Le champagne coulait à flots. D'ordinaire, elle buvait modérément pour ne pas se ridiculiser en public, mais ce soir elle ne voyait aucune raison de ne pas s'enivrer. Pourquoi ne pas profiter de sa dernière nuit de liberté avant d'arriver à New York ?

Avec sa fourchette, il piqua un morceau de poire et l'engloutit.

— Je ne connais même pas votre nom.

— Evelyn.

Un prénom tout droit sorti de la partie de son cerveau qui aspirait à l'anonymat.

— Et vous ?

Il prit une autre tranche de poire.

— Phillip. C'est étrange que nous soyons les deux seuls passagers à ne pas souffrir du mal de mer.

— J'étais pourtant certaine que le vôtre reviendrait.

Le bateau tangua violemment, d'un côté puis de l'autre. Chacun maintint ce qu'il avait devant lui, et il la resservit en champagne de sa main libre.

— Il ne dure jamais plus d'un jour ou deux, et ensuite, quel que soit le temps, je suis comme un roc. C'est votre premier voyage en Amérique ?

— Oui. Je ne suis pas beaucoup sortie d'Angleterre.

— Vous êtes déjà allée à Paris, tout de même ?

— Oui, il y a quelques années. J'y ai passé mon temps à visiter des églises.

— Vous êtes très croyante ?

— Pas du tout. J'aime leur architecture. Ces bâtiments sont d'une beauté à se damner, et c'est une contradiction qui me fascine.

— Comme les gargouilles de Notre-Dame.

— Exactement.

Elle sourit, heureuse qu'il ait compris ce qu'elle voulait dire, et il lui sourit en retour. Dieu qu'il était beau ! Elle toussota.

— Ce sont des gouttières, au départ, destinées à évacuer l'eau à distance des murs. Plutôt futé, n'est-ce pas ?

Il prit un grain de raisin, le lança dans sa bouche, le croqua. Sans la quitter des yeux.

— Je l'ignorais. Mais dites-moi, comment une jeune Anglaise à l'accent des beaux quartiers londoniens en sait-elle autant sur les gargouilles ?

Elle avala une gorgée de champagne – mentir était plus facile quand on buvait.

— Oh, je lis beaucoup.

— Je lis beaucoup, moi aussi. Mais principalement des contrats et des rapports d'activité.

Oui, assurément, il s'agissait d'un riche magnat américain. Sans doute propriétaire de champs de pétrole ou de mines d'argent.

— Vous pensez qu'il y en a encore pour combien de temps, de cette tempête ?

— Aucune idée. J'espère juste qu'elle ne retardera pas notre arrivée à New York demain après-midi.

— Moi aussi. J'ai un programme chargé.

En tendant la main pour prendre une datte, Eva heurta celle de Phillip, et sentit sa peau un peu rêche contre la sienne. Elle la retira aussitôt, la posa sur son genou, et piqua un fard. Maudite peau claire ! Elle devait être cramoisie.

Il leva son verre et montra la soucoupe qui contenait les dattes.

— Je vous en prie. Servez-vous. Les femmes d'abord.

Sans hésitation, elle prit la datte et la mit dans sa bouche.

— Merci. Quelle est votre couleur préférée ?

Il leva brusquement les yeux de son assiette.

— Je vous demande pardon ?

Elle adorait parler couleurs et formes, savoir comment les autres voyaient le monde.

— La couleur. Celle que vous préférez aux autres.

Comme il ne répondait pas, elle poussa la soucoupe de dattes dans sa direction.

— Allez, quoi. Il faut bien qu'on trouve un moyen de passer le temps.

Il choisit une datte.

— Ma couleur préférée, c'est le bleu. Mais le… rouge ne me laisse pas indifférent, dit-il en posant brièvement les yeux sur ses cheveux. Et la vôtre ?

— Le blanc.

— Le blanc ? C'est une couleur, ça ?

— Oui. Le blanc est la somme de toutes les couleurs, donc c'est une couleur.

Le blanc signifiait nouveauté, propreté, comme un nouvel immeuble, de nouveaux murs. Une toile vierge sur laquelle on peut dessiner et construire.

Il se carra sur sa chaise et pencha la tête de côté, tout en l'observant. Ses cheveux étaient juste un peu trop longs sur les oreilles et le col de chemise, un petit côté canaille qui contrastait avec son image d'élégance raffinée, par ailleurs impeccable. Il portait un costume de lainage gris clair parfaitement ajusté et très chic, et elle éprouva le besoin étrange d'en savoir un peu plus sur lui.

— Vous descendez dans un hôtel, à New York ?

— J'y habite. Et vous ?

— Je vais séjourner chez une amie.

Il y avait une infime possibilité qu'il connaisse lady Nora, aussi ne s'attarda-t-elle pas sur le sujet.

— Vous avez des yeux fascinants, dit-il en se penchant en avant. D'un marron très pur, mais de temps en temps avec un reflet vert…

Il secoua la tête.

— Pardonnez-moi, se reprit-il. C'est très cavalier de ma part. Mettez cela sur le compte du champagne.

Ses paroles répandirent en elle une douce chaleur, comme si un nectar délicieux courait soudain dans ses veines. On lui avait fait quelques compliments ici et là, mais jamais avec autant de sérieux.

— Merci. Votre épouse et vos enfants doivent attendre votre retour avec impatience, je suppose ?

S'il trouva la question indiscrète, il n'en dit rien.

— Non. Je ne suis pas marié. Au grand dam de ma mère, j'en ai peur.

Elle leva son verre.

— À nos parents cruellement déçus, alors.

Il leva son verre en riant, le fit tinter contre le sien.

— Puissent-ils arriver à nous pardonner un jour.

Ils burent, et reposèrent leur verre. Le silence se fit, sans générer de gêne, comme cela arrivait parfois entre deux inconnus. Il y avait quelque chose de libérateur à feindre d'être une femme sans soucis ni préoccupations. Sans père à la mémoire chancelante. Sans problèmes d'argent, après des années d'insouciance. Sans avoir à mentir pour pouvoir continuer à exercer l'activité la plus importante de son existence. Sans murmures ni regards appuyés dans son dos. Bref, sans tout ce qui l'attendait à la seconde où le bateau atteindrait Manhattan.

Pour le moment, elle pouvait oublier tout cela et profiter de la compagnie de cet homme. Se délecter de ses attentions. Savourer l'anonymat.

— Vous voyagez seule ? demanda-t-il brusquement. Ma question est un peu cavalière, je sais, mais je préfère savoir si un époux furieux est susceptible de surgir à tout moment.

Elle ne lui en voulait pas. Il était rare qu'une femme célibataire voyage seule. Si elle avait été comme les autres, un chaperon aurait fait la traversée avec elle et ne l'aurait pas quittée d'une semelle. Mieux valait qu'il la croie veuve ou épouse indocile.

— Je voyage seule. Personne n'exigera d'être vengé parce que vous avez dîné avec moi sur le bateau.

— Je préfère.

Pour changer de sujet, elle indiqua son plateau.

— Je vois que vous n'avez pas mangé le stilton.

— Je déteste ce fromage, pour tout dire. Cette odeur...

— C'est parce qu'on ne vous a jamais montré comment il fallait le déguster.

Elle prit un triangle toasté, en coupa une pointe, y déposa une tranche de poire, un petit morceau de stilton et, pour finir, une datte.

— Tenez.

Il prit la bouchée délicatement, pour ne pas menacer l'équilibre précaire des ingrédients, affichant une adorable mimique dégoûtée.

— Vraiment, vous croyez ?

— Vraiment. Vous devez goûter. J'insiste.

Il ouvrit la bouche, engloutit la bouchée et mâcha. Elle le regarda faire, contente qu'il n'ait pas refusé. Enfin, il avala le tout avec une gorgée de champagne.

— Ça aurait été meilleur sans le fromage.

— La prochaine fois, pincez-vous le nez, comme les enfants quand ils doivent prendre un médicament.

Il haussa un sourcil.

— Je me trompe, ou vous venez de comparer le stilton à un médicament, ce qui tendrait à prouver que j'ai raison ?

Elle ne put retenir un éclat de rire, plus sonore et aigu que d'ordinaire. Elle passait vraiment un bon moment ce soir, malgré la tempête et la menace du danger. Phillip avait beaucoup d'humour et il était intelligent, deux qualités qu'elle appréciait énormément.

— J'adore votre rire, dit-il d'une voix un peu rauque, tout en la regardant. Il est si naturel, et fascinant.

Elle attrapa sa coupe de champagne et but, soudain gênée. Comment répondait-on à un compliment de ce genre ?

Il pencha la tête sur le côté.

— Je vous ai mise mal à l'aise ? Je vous aurais pourtant crue habituée aux flatteries…

Et pourquoi donc ?

— C'est la première fois qu'on me fait une remarque sur mon rire.

— Vraiment ?

— Vraiment. Je suis très occupée, à Londres. Les moments de détente sont rares.

— Cette fois, vous m'intriguez. Je pensais que la vie d'une demoiselle de la bonne société se résumait à prendre le thé et sortir dîner, et vous, vous apprenez des remèdes chinois pour guérir la nausée.

Quelle piètre opinion il avait des femmes ! Les Américaines étaient-elles donc si ennuyeuses ?

— Avez-vous déjà pris le thé et fréquenté les soirées mondaines ? Si oui, vous savez que ce sont là des activités ennuyeuses comme la pluie.

Il esquissa un sourire.

— J'en suis bien conscient. Simplement, je n'ai jamais entendu une femme s'en plaindre. Je pensais qu'il était de votre devoir de les apprécier.

— Eh bien, sachez que je n'ai jamais été très douée pour faire ce que la société attend de moi.

— C'est ce que j'en déduis, oui.

Il leva une nouvelle fois sa coupe de champagne.

— À tous ceux qui déçoivent la société, alors.

Ils trinquèrent.

— À tous ceux qui déçoivent la société.

2

La soirée s'écoula. Ils discutèrent à bâtons rompus tout en grignotant – et en buvant du champagne. Jamais elle n'avait passé un aussi bon moment. Pourquoi n'avait-elle pas dîné avec lui tous les jours ?

— Et c'est terminé pour celle-ci, dit-il en redressant la bouteille de champagne et en se levant. Je vais en chercher une autre à la cuisine.

Elle le regarda s'éloigner, apprécia ses épaules sous l'étoffe de sa veste. Non, la *largeur* de ses épaules sous l'étoffe *raffinée* de sa veste. Voilà ce qu'elle apprécia vraiment.

Seigneur. J'ai trop bu de champagne, il n'y a aucun doute...

Cet homme était séduisant en diable, il fallait bien le reconnaître. Elle avait parfois du mal à suivre leur conversation, tant le regarder lui occupait l'esprit. Elle s'était même surprise à glousser comme une collégienne à certaines de ses remarques.

Que lui arrivait-il ? Elle ne flirtait absolument jamais. Quand elle battait des cils, ce n'était pas pour faire son intéressante, mais parce que de la poudre de plâtre lui tombait dans les yeux.

Pour une femme qui passait l'essentiel de son temps en compagnie d'hommes, elle s'y connaissait bien mal en matière de séduction. Après le décès de William, son troisième fiancé, son père avait tout bonnement renoncé à la marier. Sa réputation et son surnom de Miss Catastrophe étant déjà largement acquis, ils avaient quitté Londres tous les deux pendant quelque temps. Eva ne s'en était pas offusquée ; elle préférait de loin approfondir ses connaissances en architecture plutôt que de se préoccuper d'être invitée à un bal ou à prendre le thé.

Chaque fois qu'elle avait évoqué son intérêt pour l'architecture, ses trois fiancés s'étaient moqués d'elle, ce qui n'avait pas aidé. Aucun n'avait compris sa passion, lui répondant qu'elle aurait trop à faire avec des enfants à élever et une maison à tenir pour poursuivre une carrière, quelle qu'elle soit.

Malgré leur étroitesse d'esprit, elle avait été sincèrement désolée de leur décès, mais n'avait pas regretté une seconde de ne pouvoir se marier. Elle n'avait pas besoin d'un dieu et maître qui la restreigne dans ses activités.

Non, vraiment, ce soir tout était parfait. Elle dînait en compagnie d'un homme charmant et séduisant qu'elle connaissait à peine. Que demander de plus ?

La porte des cuisines s'ouvrit et Phillip reparut, deux assiettes en porcelaine entre les mains, une bouteille de champagne sous le bras. Malgré le tangage, il atteignit la table sans rien renverser.

Sur chaque assiette était disposé un énorme filet de bœuf avec une garniture de pommes de terre nouvelles.

— Mmm... Ça a l'air délicieux.

Il les resservit en champagne.

— Il en reste. Et pour le dessert, ils ont fait de la crème à la vanille et des éclairs au chocolat.

— Je n'en laisserai pas une miette, dit-elle en tranchant la pièce de bœuf, rosée à souhait.

Le morceau était littéralement fondant : un délice. Sans doute sa langue avait-elle claqué de plaisir, car il redressa brusquement la tête et fixa ses lèvres.

Le temps se figea, l'atmosphère s'alourdit, comme si elle avait fait quelque chose de mal. Mais son regard carnassier et la façon dont sa mâchoire se serra indiquèrent le contraire à Eva. Elle en eut le souffle coupé. Pourquoi l'attention de cet homme la mettait-elle dans tous ses états ?

Se forçant à porter sa serviette à sa bouche, elle en essuya les commissures. Il détourna les yeux et elle l'entendit souffler lentement. La bouche sèche, elle vida son verre. Que se passait-il donc ? Sentait-il lui aussi l'étrange attirance qui les rapprochait ?

Le bateau tangua de plus belle. Ils tendirent dans un même élan une main vers la bouteille de champagne pour l'empêcher de se renverser. La main de Phillip recouvrit la sienne sur le verre froid, et la chaleur de sa paume l'électrisa tout entière. Elle ne pouvait plus bouger, ses membres étaient inertes, ses muscles vidés de leur énergie. Seul se mouvait son cœur, battant à tout rompre.

Pourquoi ses mains étaient-elles si rêches ?

— Vous n'avez pas des mains de gentleman.

Il la lâcha, et se rassit plus confortablement. Ses paupières tombaient un peu sur ses yeux, masquant ses pensées.

— Qui a dit que j'étais un gentleman ?

Un point pour lui. Elle l'avait supposé, à cause de sa cabine et de ses vêtements.

— Vous avez raison. Je tire des conclusions qui n'ont pas lieu d'être. Je vous prie de m'excuser.

— Je suis peut-être un célèbre boxeur à mains nues.

— J'en doute. Vous auriez le nez cabossé à force d'avoir pris des coups.

— Sauf si c'est moi qui les donne. Je pourrais être bon à ce point.

Il leva son verre vide, avant de le remplir.

— Qu'avez-vous l'intention de faire, entre deux visites de New York ?

Pourquoi ce brusque changement de sujet ?

— J'espère voir autant de nouveaux immeubles que possible. J'ai entendu dire que certains sont extraordinaires.

Il cligna plusieurs fois des yeux, visiblement surpris par cette réponse.

— En effet.

— Vous auriez quelques suggestions à me faire ?

— Trinity Church, c'est un incontournable.

L'église était sur sa liste.

— Sa flèche est le point le plus haut de Manhattan, à ce que l'on dit.

— C'est vrai.

Il se redressa un peu pour pouvoir couper sa viande dans son assiette.

— Mais d'après la rumeur, le Pulitzer Building, sur Park Row, serait plus haut. Nous ne le saurons que lorsqu'il sera terminé.

— Combien d'étages prévus ? demanda-t-elle, fascinée.

Les Américains étaient obsédés par les gratte-ciel, ces immeubles qui semblaient défier la gravité.

— Vingt, c'est ce que l'on dit.

Elle ne put cacher son saisissement.

— C'est incroyable ! Les fondations doivent être extrêmement profondes.

— Oui.

Il se tut un instant, piqua un morceau de viande dans son assiette.

— Je ne pensais pas qu'une femme pouvait savoir ce genre de choses. Vous vous intéressez à l'architecture ?

Malgré les effets du champagne, elle eut le réflexe de ne pas s'ouvrir de sa passion à cet homme.

— Oh, c'est une simple déduction, rien d'autre. Tout cet acier, tout ce... poids. J'en déduis que la base doit être très solide.

— Vous déduisez bien.

Inquiète d'en avoir trop révélé, elle poursuivit malgré tout dans cette veine :

— Non, j'aime juste regarder les immeubles. Je suis très curieuse de pouvoir comparer le paysage urbain de New York à ce que je connais à Londres ou ailleurs en Europe.

Elle lava cet horrible mensonge d'une gorgée de champagne.

— New York n'a rien à voir avec tout ce que vous avez pu voir jusqu'ici, je vous le garantis. Combien de temps restez-vous ?

Cela dépendait de Mansfield. Si elle arrivait à faire en sorte que, satisfait, il laisse le projet avancer tout seul, elle pourrait lancer les travaux puis rentrer en Angleterre pour quelques mois. Elle préférait ne pas laisser son père seul trop longtemps. Il avait du personnel qui s'occupait bien de lui, mais elle se sentait tenue de rester à ses côtés, sa santé ne s'améliorant guère.

— Je ne sais pas vraiment, répondit-elle à Phillip. Cela fait très longtemps que je n'ai pas vu mon amie. Donc je n'ai pas encore décidé de la durée de mon séjour.

Il fronça les sourcils.

— Dureté ? Ou durée ?

Elle porta une main à sa bouche, ravalant un fou rire. Sa langue avait-elle fourché ? La tête lui tournait légèrement, alors comment savoir ?

— Durée, articula-t-elle. J'ai dit « durée ».

Pour plus de sûreté, elle repoussa sa coupe de champagne du bout des doigts. Peut-être avait-elle un peu abusé des bonnes choses, ce soir.

Au même moment, le bateau oscilla brusquement sur le côté, et ils se penchèrent tous les deux pour rattraper la bouteille de champagne. Mais cette fois, leurs mains se heurtèrent et la bouteille tomba. Le champagne jaillit, alla détremper le tapis. Ils se regardèrent, et éclatèrent de rire.

La situation n'avait pourtant rien de drôle.

— Quel gâchis ! dit-il en redressant la bouteille.

— Nous devrions prononcer un éloge funèbre. Pour exprimer nos regrets éternels.

Il approuva d'un hochement de tête.

— Donnez-moi la main.

Elle obtempéra. Il la saisit et baissa la tête.

— Ô vénérés dieux du vin, pardonnez notre maladresse, qui a conduit au gâchis de ce nectar produit à partir des meilleures vignes françaises.

Elle peinait à se retenir de rire, malgré un froncement de sourcils réprobateur de la part de Phillip.

— Et pardonnez à cette femme son hilarité. Elle ne sait pas ce qu'elle fait. Au-delà de toute chose, nous prions pour que ce champagne renversé trouve la vie éternelle au paradis des vins.

Elle pouffa de plus belle. Il lui sourit, et sa beauté la fit frissonner de la tête aux pieds. Comment un homme aussi charmant pouvait-il être célibataire ? Il baissa les yeux sur leurs mains encore enlacées et elle se rendit compte que, sans s'en apercevoir, elle frottait son pouce contre l'intérieur de son poignet, comme s'il y avait entre eux une intimité admise, naturelle.

Horrifiée, elle le lâcha brusquement.

— Je vous prie de m'excuser. Je ne voulais pas…

Il se pencha par-dessus la table, lui reprit la main.

— Cela ne me gênait pas.

Au même instant, une énorme vague éperonna le bateau et le coucha presque, dans un fracas assourdissant. Autour d'eux, tout se renversa, les lumières vacillèrent. Eva retint son souffle, Phillip se figea. Enfin, le clignotement cessa, la lumière revint. Elle soupira, soulagée.

— Dieu merci. L'espace d'un instant, j'ai cru que…

Toutes les lampes de la salle à manger s'éteignirent. Ce fut le noir complet.

La tempête masquant la lune, l'obscurité était presque totale.

— Phillip ?

Elle perçut la peur dans sa propre voix. Mais une main chaude et rassurante se posa soudain sur son épaule.

— Je suis là, Evelyn.

Il s'était levé et l'avait rejointe de l'autre côté de la table.

— Qu'allons-nous faire ?

— Je pense que nous devrions y aller, dit-il en l'aidant à se lever. Il y a peut-être encore de la lumière dans les cabines.

— Oui, bonne idée.

Une fois debout, elle agrippa son épaule pour ne pas tituber, les mouvements du bateau se conjuguant aux effets de l'alcool. D'un mouvement rapide, il passa un bras autour de sa taille, la maintenant fermement. Ils restèrent ainsi un instant l'un contre l'autre, poitrine contre torse, les jambes entremêlées. Dieu merci, on n'y voyait rien. Le contact de ce corps inconnu… Elle avait le sentiment d'avoir pris feu. Mais elle ne bougea pas. Au contraire, elle avait envie de se lover contre lui, de sentir ses bras se refermer autour d'elle, pour ne jamais la laisser partir. Était-ce de la peur… ou autre chose ? Elle n'en était pas certaine.

— Tout va bien ?

La voix de Phillip était tendue ; le ton, inhabituel.

Elle tapota son revers de veste.

— Tout va très bien. Je vous suis.

Il la guida jusqu'à la coursive, elle aussi plongée dans l'obscurité. À tâtons, ils gagnèrent l'escalier et descendirent jusqu'au pont des premières classes. Le tangage y était encore plus prononcé, ce qui rendait la progression très difficile.

Eva était littéralement accrochée à Phillip, se souciant des convenances comme de l'an mille. Son cœur battait à tout rompre, cognant à ses oreilles malgré le fracas de la tempête.

« Le bateau est solide, se dit-elle. Constitué de plaques d'acier rivetées à une structure de fer et d'acier, équipé d'un système de propulsion à hélice qui nous aide à avancer dans la tempête. Nous n'allons pas faire naufrage. En principe. »

— Où est votre cabine ?

La gorge serrée, elle secoua la tête, même s'il ne pouvait pas la voir. Elle ne voulait pas être seule.

— La vôtre est plus près. Allons-y.

Il ne discuta pas, s'arrêta devant une porte et l'ouvrit, après avoir bataillé avec la clé. Poussant le battant de bois, il s'effaça pour la laisser entrer. Elle avança dans l'obscurité. Il actionna l'interrupteur, sans succès.

— Diable, grommela-t-il en refermant la porte derrière lui.

Peu à peu, ses yeux s'accoutumèrent à l'obscurité et elle distingua le salon et le grand lit marin en bois, au-delà. Une odeur de cuir et de cigare flottait, révélatrice du domaine intime masculin qu'était cette cabine. Une impression de vertige lui étreignait la poitrine, la picotant comme autant de bulles de champagne. C'était la première fois qu'elle entrait dans les appartements d'un homme. Ses fiancés avaient toujours gardé leurs distances, William, le dernier, ayant été le seul à oser lui voler un tiède baiser, un soir dans les jardins. Baiser qui lui avait fait l'effet d'une tasse de thé éventé.

Allait-elle mourir sans connaître la passion ?

— On s'assoit ?

Le murmure de cette voix grave glissa sur elle comme une caresse, la question s'apparentant presque à un défi. « Il ne s'attend pas à ce que tu restes », se dit-elle. Croyait-il qu'elle allait s'évanouir à la vue de draps froissés ? Elle détestait qu'on la mette à l'écart. Qu'on la sous-estime. Elle avait parfois le sentiment d'avoir passé toute sa vie à devoir faire ses preuves.

— Oui. Autant se mettre à l'aise.

Elle l'entendit bouger, perçut le glissement de ses semelles sur la moquette, le froissement d'un vêtement, puis une grande main se referma sur son poignet. Mais avant qu'ils ne puissent faire un pas, le bateau plongea et elle perdit l'équilibre. Aussitôt il la rattrapa, se cala d'un bras contre le mur tout en la tenant fermement par la taille. Elle se sentit tout entière enveloppée par cette silhouette et s'abandonna, refermant les doigts sur le lainage de son manteau.

— Vous êtes fort. Tous les gentlemen sont comme vous à New York ?

Il eut un petit rire.

— C'est à ce moment-là que je réponds : « Non, je suis un spécimen unique en Amérique » ?

— Je serais prête à le croire.

Une chose était sûre : cet homme était une contradiction incarnée. Bien élevé, de toute évidence riche, avec des mains d'ouvrier et un corps de débardeur. Il s'était parfaitement occupé d'elle ce soir, grâce à lui elle s'était sentie en sécurité malgré la tempête. Mais pas seulement. Grâce à lui, elle s'était sentie jolie. Désirable.

Quelque chose chez lui la mettait à l'aise. Chaque fois qu'elle le regardait, une sensation étrange, agréable, lui nouait le ventre. Elle se sentait attirée par lui comme jamais elle ne l'avait été par un homme.

— Arrêtez de bouger, dit-il.

— Mais je ne bouge pas ! C'est le bateau qui bouge.

— J'ai bien compris, mais vous... vous frottez contre moi, et j'ai peur que dans un moment vous n'en découvriez beaucoup plus que ce pour quoi vous êtes venue.

Que voulait-il... Quoi ?! Était-il *excité* ?

À l'idée qu'il puisse être attiré par elle, une vague de chaleur la submergea, se répandant partout dans ses veines. Cet homme beau et intelligent la désirait, elle. Pour une fois dans sa vie, elle se sentait prête à tout. Prête à tout pour remplacer les commérages et les rires en coin dont elle avait fait l'objet ces trois dernières années par le souvenir d'une nuit durant laquelle elle s'autoriserait à être quelqu'un d'autre, une femme audacieuse.

Pour prouver que, finalement, elle avait un peu de chance.

Sans vraiment se rendre compte de ce qu'elle faisait, elle posa une main sur la joue de Phillip.

— Vous êtes très, très beau. Dès notre première rencontre, je me suis dit que vous deviez être très... bon.

Il haussa un sourcil.

— Vous voulez dire « généreux » ou « bon... bon » ?

« Tu ne laisseras jamais de trace en ce monde si tu optes toujours pour la prudence », lui avait souvent dit son père, des paroles qui résonnèrent dans la tête d'Eva tandis que, hissée sur la pointe des pieds, elle effleurait du nez le menton de Phillip. Il sentait divinement le savon et l'eau de Cologne boisée. D'un petit coup de langue sous le menton, elle le « goûta ». Il eut un petit hoquet de surprise, mais ne s'écarta pas.

— Hmm..., murmura-t-elle. Bon, indéniablement.

En moins de temps qu'il n'en faut pour le dire, il prit son visage entre ses mains et plaqua sur sa bouche un baiser puissant. Elle répondit instantanément, lui rendant son baiser et entrouvrant les lèvres pour mieux le recevoir. Et – *oh, mon Dieu* – la douceur chaude et moelleuse qui accueillit sa langue... C'était divin. Il plongea en elle, caressa sa langue, l'enlaça, la titilla. Elle en avait le souffle coupé.

Elle trouva sous son manteau le chemin de son dos et y planta les ongles, l'attirant plus près encore. Il la plaqua contre la porte, l'immobilisant d'un poids délicieux, la parcourant de ses mains. Ses hanches se calèrent parfaitement contre celles d'Eva, qui sentit ce à quoi il avait fait référence quelques instants plus tôt. Son érection était massive, insistante.

Elle se sentait ivre de lui bien plus que de champagne. Du bout des dents, elle lui mordit la lèvre. Il émit un grognement en guise de réponse, une sorte de cri primal, rauque, qui illustrait à la perfection ce qu'elle éprouvait au même instant : le désir de lui arracher ses vêtements pour explorer son corps dans ses moindres secrets.

Il prit une nouvelle fois sa bouche, la dévora. Elle ne se rassasiait pas de son goût, de cette façon exigeante qu'il avait de revenir à la charge avec sa langue... Il bascula le bassin pour caler son érection contre son pubis, et referma une main sur l'un de ses seins. Elle poussa un cri, de plaisir, de délectation. Elle était bouleversée par sa propre réaction, se sentait au bord de l'explosion.

Délicatement, il déposa une série de petits baisers le long de sa mâchoire, puis de son cou, et elle se sentit fondre. Comment s'étonner que certaines filles risquent leur réputation pour un échange aussi passionné ? C'était à la fois un délice et une torture.

— Nous ne devrions pas, murmura-t-il tandis qu'elle se cambrait pour lui offrir sa gorge. Mais j'ai eu envie de vous embrasser toute la soirée.

— Vraiment ?

Il pinça son épaule à travers la soie de sa robe. Elle frémit de la tête aux pieds.

— Vraiment. Je n'ai pensé qu'à ça.

Au même moment, le bateau piqua du nez tout en gîtant fortement, les séparant. Ils chancelèrent, se rattrapèrent. Il posa une main sur la hanche d'Eva et ils restèrent ainsi, à bout de souffle, comme s'ils venaient de faire la course. Non, non, non... elle n'en avait pas fini, elle ne voulait pas que cela s'arrête. Allait-il la renvoyer ? Ou au contraire l'entraîner jusqu'à son lit ?

D'un pouce, il indiqua le sofa.

— Nous devrions peut-être nous asseoir, avant d'être renversés et de rouler par terre.

Le soulagement d'Eva fut tel qu'elle sentit ses jambes se dérober, et dut retenir un large sourire.

— S'asseoir me paraît être une bonne idée, en effet.

Une fois sur le sofa, elle se sentit brûler de fièvre. La fièvre de toucher, et d'être touchée. Ces baisers... Seigneur Jésus, ces *baisers*. Elle n'en aurait jamais assez.

Elle en voulait encore.

« C'est le champagne qui parle, lui chuchota la voix de sa conscience. Demain, tu le regretteras... »

Peut-être. Mais peut-être pas. Et de toute façon, elle ne pouvait pas y réfléchir pour le moment, étant donné que Phillip la fixait d'un regard de prédateur prêt à bondir. Un frisson remonta le long de son dos.

— Vous êtes choquée ?

Elle cligna des yeux, surprise par cette question.

— Choquée ?

Dans la pénombre, elle ne pouvait pas voir qu'il souriait.

— Je parlais du baiser, près de la porte. Mais j'en déduis que la réponse est « non ».

Ce qu'elle éprouvait n'avait rien d'un choc. Séduite. Excitée. Éclairée. Voilà qui correspondait mieux à ce qu'elle venait de ressentir. Mais elle n'en dit rien.

— Et vous, demanda-t-elle plutôt, vous êtes choqué ?

— À vrai dire, oui. Je me suis laissé emporter l'espace d'un instant, dit-il en ramenant une mèche de cheveux derrière l'oreille d'Eva. Vous êtes pour le moins inattendue.

Le compliment lui fit l'effet d'une nouvelle coupe de champagne. Les Américains disaient-ils toujours et partout ce qu'ils pensaient ?

— Oui, dit-il. Cela fait partie de notre charme.

Avait-elle réfléchi à voix haute ?

— Il va falloir que je m'y habitue, alors. Nous autres Anglais sommes un peu plus réservés.

Phillip se détendit, posa un bras sur le dossier du sofa. Son gilet soulignait son torse musclé, qui tendait le tissu.

— Êtes-vous certaine de vouloir rester ? Je peux vous raccompagner jusqu'à votre cabine.

Elle n'avait pas du tout, mais alors pas du tout envie de partir.

— J'aimerais rester, si vous n'y voyez pas d'inconvénient.

Il se rapprocha.

— Pas le moindre, non, dit-il en lui prenant la main pour la porter à ses lèvres et déposer un léger baiser sur chaque doigt. Pour tout vous dire, j'en suis même ravi.

Elle se sentit plus lourde tout à coup, engourdie. Le tissu qui recouvrait le sofa était d'une douceur…

— Vraiment ?

Il mordilla très légèrement sa main, puis murmura :

— Vraiment. Et je vous promets de me retenir de faire quoi que ce soit d'inconvenant ce soir.

Cela impliquait qu'il y aurait d'autres soirs, or Eva savait qu'il n'en serait rien. En admettant que le bateau sorte indemne de cette tempête, ils ne se reverraient pas une fois à New York. Elle n'avait ni le temps ni l'envie de se lancer dans une aventure amoureuse durant son séjour là-bas. Le chantier de l'hôtel occuperait son esprit et lui prendrait toute son énergie.

Elle l'observa, les yeux mi-clos.

— Et si nous n'avions que ce soir ?

Il la lâcha et leva les mains.

— Je dirais quand même non. Vous êtes en état d'ébriété, et ce serait profiter de vous.

État d'ébriété ? Il y allait un peu fort.

— Je suis un peu pompette, c'est tout. Vous avez bu beaucoup plus de champagne que moi.

— Je fais aussi deux fois votre taille. Et pompette, vous l'étiez déjà au bout de trois verres.

Ah bon ? En tout cas, que ce soit à cause du champagne ou de Phillip, elle se sentait *vivante,* plus vivante que jamais. Elle ne voulait pas que cette soirée prenne fin. Demain, la réalité reprendrait le dessus, brutale. Travail et responsabilités, pression et solitude redeviendraient son credo. Mais ce soir, elle voulait l'abandon. Et les baisers qui la faisaient frissonner.

— Mais si vous êtes aussi en état d'ébriété, je profiterais de vous moi aussi, non ?

— C'est dangereux, ça. Ça signifie que ni vous ni moi n'avons les idées claires. Et je n'ai guère envie de rester dans votre mémoire comme une source de remords.

Cette considération la rassurait et la frustrait à la fois.

— Et si nous profitions chacun l'un de l'autre ?

Les yeux de Phillip brillèrent dans la pénombre. Il eut un pincement de lèvres amusé.

— Vous voulez profiter de moi ?

D'un regard, elle parcourut ses larges épaules, ses mains calleuses, sa mâchoire volontaire. Ses cuisses puissantes, écartées sur les coussins du sofa. Elle retint une envie de se lécher les lèvres.

— Oui. J'aimerais bien.

— Très bien. À votre service, alors, dit-il avec un geste de la main comme si, magnanime, il lui accordait un vœu.

Grisée par le désir, elle se pencha vers lui.

— Si vous pouviez vous engager à ne pas vous plaindre…

— Je vais essayer, c'est certain.

Il la regarda venir. L'impatience entre eux électrisait l'air. Elle haletait presque lorsqu'elle se cala contre lui, une cuisse plaquée contre la sienne. Il était brûlant. Elle sentit la pointe de ses seins durcir contre sa chemise. Jamais elle n'avait été aussi audacieuse, aussi passionnée, mais c'était plus fort qu'elle. La tempête dehors, cette traversée... Tout était irréel.

Avec le sentiment d'évoluer dans un rêve, elle posa une main sur le visage de Phillip, sentit sa barbe naissante sous sa paume.

— Embrassez-moi, Phillip l'Américain.

Il baissa la tête lentement, comme pour lui laisser le temps de changer d'avis, mais elle passa la langue sur ses lèvres et attendit, respirant son souffle. Il l'effleura d'abord, du bout des lèvres. Une fois, puis une autre. Enfin, il glissa une main dans ses cheveux. Leurs bouches s'entrouvrirent, comme si elles obéissaient à un accord tacite, et la langue de Phillip se mêla à celle d'Eva, l'enveloppa, s'enroula autour d'elle. Il procéda plus lentement cette fois, le baiser fut long mais profond, comme s'il la mémorisait, la savourait. Elle posa une main sur son torse, perçut la fermeté de son corps tel un solide point d'ancrage sous ses doigts.

Le bateau se coucha dans un creux de vague, remonta brusquement, mais elle s'en aperçut à peine. Phillip la rendait folle avec la caresse parfaite de ses lèvres sur les siennes, et la maîtrise avec laquelle il prenait possession de sa bouche. Chaque petit coup de langue ravivait la chaleur qu'elle sentait pulser au creux de son ventre. Tout en elle le suppliait de continuer. Elle renversa la tête pour approfondir encore leur baiser, glissa les doigts dans ses cheveux tout en pressant sa poitrine contre lui.

La passion s'empara d'eux. Ils étaient à bout de souffle, se touchaient, se cherchaient. Jamais elle n'avait ressenti cela. Elle se sentait légère, courageuse, prête à tout. Elle voulait le parcourir tout entier. Bras, gorge, torse... Il sursauta lorsque sa paume glissa sur sa cuisse.

Le monde bascula quand il la souleva. D'un mouvement rapide et leste, il l'installa sur ses genoux, l'enlaça.

Il était brûlant. Cette chaleur, hmm...

D'autres baisers suivirent, toujours plus profonds, plus exigeants. Elle sentait son érection sous ses cuisses, et adora cette preuve du désir qu'il avait pour elle.

Mais les baisers ne suffisaient pas à satisfaire ce manque en elle. Elle ondula sur lui pour se rapprocher encore, pour répondre à l'urgence, tout son corps en émoi, assoiffé, affamé. Comme s'il lisait dans ses pensées, il glissa une main sous ses jupons, remonta le long de sa cuisse, lui écarta doucement les jambes et se glissa jusqu'au cœur de son intimité.

Elle se figea quand il parcourut d'un doigt les plis humides de son sexe. Il écarta brusquement la tête.

— Tu es trempée. J'ai l'impression d'être mort et d'arriver au paradis…

Dieu merci, parce qu'elle n'aurait su dire si c'était normal ou pas. De l'acte en lui-même, elle avait une connaissance rudimentaire, mais en ignorait les détails en dehors de ceux qu'elle avait découverts par elle-même. N'ayant ni mère ni sœur, Eva n'avait eu d'autre recours que la littérature existant sur le sujet. En résumé, elle n'avait pas la moindre idée de ce qu'attendaient les hommes d'un rapport intime.

Il quitta sa bouche, glissa dans son cou, en pinça la peau du bout des lèvres.

— Détends-toi, et tu verras : ce sera extraordinaire.

Elle l'entendit à peine. Son doigt venait d'effleurer le petit bouton d'où semblaient monter toutes ces merveilleuses sensations. Elle bascula le bassin, impatiente, et il la récompensa d'une nouvelle caresse, un peu plus appuyée. Puis il traça des cercles concentriques autour de cette perle de chair qu'elle sentit plus ferme, plus réactive encore, provoquant de violents frissons de plaisir partout en elle, tandis qu'il redoublait d'ingéniosité avec sa langue et ses lèvres sur sa gorge.

— Et ça, tu aimes ? murmura-t-il. Dis-moi.

— Seigneur, lâcha-t-elle, à bout de souffle. Continue.

Il lui mordilla le lobe de l'oreille.

— Tu peux être sûre que c'est mon intention.

Elle agrippa ses épaules avec le sentiment de perdre la raison tandis qu'il tenait sa promesse. La vague du plaisir lui noua le ventre. Il l'embrassa encore, prenant sa bouche presque brutalement pendant que sa main se déchaînait entre ses cuisses.

Un doigt puissant se glissa en elle, la combla. De la paume, il continua d'agacer le cœur de toutes ses sensations. Le sentir en elle, contre elle, ses baisers... C'était trop et pas assez en même temps.

— Oh, oui, murmura-t-elle d'une voix rauque en cambrant les reins.

— Je suis là.

La voix de Phillip était grave, sombre, fluide comme de la soie. Il accéléra ses caresses.

— Laisse-toi aller, ma belle. Montre-moi que tu aimes ça.

Il poursuivit ses murmures d'encouragement au creux de son oreille, paroles tentatrices incitant au péché. Bientôt, chaque muscle de son corps se raidit, et le temps s'arrêta. Le plaisir explosa au creux de son ventre. Un violent tremblement la parcourut, et un cri échappa à sa gorge tandis que la vague de l'orgasme déferlait.

Lorsqu'elle remonta à la surface, elle eut du mal à ouvrir les yeux, resta un long moment presque inerte sur les genoux de Phillip, telle une poupée de chiffon. Elle percevait encore sa chaleur tout en goûtant à cet état de langueur.

C'était divin.

Il déposa un baiser sur son front et elle sentit qu'il ramenait ses jupes sur ses cuisses, lui couvrant les jambes. Elle bâilla, se lova contre lui. Quelque part, loin dans les brumes de son esprit, elle s'aperçut que son érection n'avait pas diminué. Au contraire.

Elle allait se reposer un moment, puis elle l'interrogerait à ce sujet.

3

Phillip Mansfield était d'une humeur de chien lorsqu'il arriva chez lui.

La matinée ne s'était pas du tout passée comme prévu. Malheureusement, le bateau avait accosté dans le port de New York en avance sur son horaire, et il n'avait pas pu retrouver Evelyn avant de débarquer. Ce n'était pourtant pas faute d'avoir essayé. Avant l'arrivée, il avait parcouru le bateau de long en large, vérifiant les différents ponts, la salle à manger, les coursives. Il s'était même aventuré jusqu'au salon des premières classes, lambrissé de noyer, où les femmes avaient l'habitude de se retrouver pour bavarder pendant la journée.

Elle n'était nulle part.

Il ne l'avait pas vue sur le quai de débarquement non plus. Plusieurs fois, il avait cru l'apercevoir, mais non. Et l'équipage du bateau n'avait eu connaissance d'aucune Evelyn dans les cabines de première classe. À croire qu'elle avait disparu.

Pour finir, il n'avait eu d'autre choix que de suivre son valet et ses malles jusqu'à la voiture qui les attendait. Cahin-caha, ils avaient rejoint la 81e Rue, où l'attendait sa maison. Bâtie selon ses plans trois ans plus tôt, elle lui avait été inspirée par la Loggia del Capitanio à Venise. De hautes colonnes se dressaient devant une façade en brique et en pierre, un balcon à balustrade courant sur toute la largeur du bâtiment de quatre étages. Un toit mansardé parachevait le tout, faisant de la maison une des plus hautes de la rue.

Son majordome, Roberts, l'accueillit dans l'entrée.

— Bonjour, monsieur. Votre séjour à Paris s'est bien passé ?

Phillip retira son manteau en bougonnant. Aussi agréable son séjour à Paris avait-il été, il se souvenait à peine de la femme avec qui il y avait pris du bon temps. Il n'avait plus en tête qu'une chevelure rousse et des yeux marron aux reflets verts. Pourquoi n'était-elle pas restée ce matin ? Les draps froissés sur le côté du lit qu'elle avait occupé avaient été le seul souvenir de ce qui s'était passé durant la nuit.

Il en avait apprécié chaque minute. Fougueuse et réactive, Evelyn l'avait surpris. Douloureusement excité quand elle s'était endormie dans ses bras après avoir joui, il n'avait eu d'autre solution que de l'allonger dans son lit, avant de s'enfermer dans le cabinet de toilette pour se soulager lui-même.

— Tout s'est bien passé, oui, répondit-il à Roberts. Mais je suis content d'être rentré.

— J'imagine bien, monsieur. À propos, M. Gabriel vous attend dans votre bureau.

Gabriel était son secrétaire, et Phillip avait hâte de se mettre au travail.

— Parfait. Vous nous ferez monter un déjeuner léger, s'il vous plaît ?

Il quitta l'entrée pour s'enfoncer dans la maison. Sculptures italiennes et œuvres d'art d'une valeur inestimable se succédaient au gré des pièces et des couloirs. Le marbre du sol venait de Carrare. Les plafonds, richement ornés, étaient soutenus par d'impressionnantes voûtes. D'ordinaire, tout ceci l'apaisait, mais là, il avait la tête ailleurs. Une jeune femme disparue occupait ses pensées.

En ouvrant les yeux le matin, il avait aussitôt tendu un bras vers elle – et découvert des draps froids. Qu'elle ait quitté sa cabine sans le réveiller pour lui dire au revoir le dérangeait. Cette femme était partie comme une voleuse, comme si elle avait regretté ce qui s'était passé entre eux.

Lui, en revanche, ne regrettait absolument rien. Il avait eu envie de la toucher encore, de sentir sa douceur et son désir. Sa chaleur, sa moiteur. Sentir l'urgence de ses baisers, entendre le désir feuler dans sa gorge. Et pouvoir enfin terminer ce qu'ils avaient commencé.

Certes, ils avaient dormi dans le même lit, mais il n'avait pas couché avec elle. Ils avaient bu trop de champagne tous les deux, et il préférait posséder toutes ses facultés lorsqu'il honorait une femme. Il préférait aussi que sa partenaire soit en pleine possession des siennes, à la fois complice et impliquée, abordant la situation en toute connaissance de cause.

Le jour venu, il avait prévu d'aborder le sujet, de lui faire la cour et de la séduire jusqu'à ce qu'elle fonde de plaisir dans son lit. Mais elle s'était éclipsée. Qu'on lui refuse ce dont il mourait d'envie le rendait… maussade. Il n'avait pas l'habitude des déconvenues, surtout avec les femmes.

« Une maîtresse, se dit-il. Il faut que je me trouve une maîtresse… »

Une gentille veuve, peut-être, une femme qui aurait de la conversation, et qui ne rechercherait pas le mariage. Une femme qui ne l'obséderait pas.

Le risque, avec une maîtresse, était qu'elle soit mécontente de le voir passer la nuit sur un chantier plutôt que dans son lit. Il devrait trouver une femme avec des ambitions raisonnables, et qui ne cherche pas de relation sérieuse.

Il ouvrit la porte de son bureau, où le bourdonnement familier des lampes électriques et du téléscripteur boursier l'accueillit, lui soufflant que les affaires allaient bon train. Une sorte de rappel, pour lui : quelle que soit son humeur, le monde continuait de tourner.

Gabriel se leva et cala ses lunettes sur l'arête de son nez.

— Bonjour, monsieur. Vous rentrez plus tôt que prévu.

Phillip s'avança.

— Oui, c'est vrai. Une tempête nous a poussés vers les côtes.

Son secrétaire fit un geste en direction du bureau en noyer finement sculpté qui occupait une bonne partie de la pièce.

— J'ai tout rangé en piles par ordre d'importance. Si vous commencez par la gauche…

— Très bien, très bien. Je verrai ça dans un moment. Mais avant j'ai besoin d'une chose. Trouvez-moi la liste des passagers de mon vapeur entre Londres et New York. Il faut que je voie si j'arrive à localiser une personne rencontrée pendant la traversée.

Gabriel sortit un petit carnet et un crayon.

— Ce ne devrait pas poser de problème. La compagnie transatlantique aura forcément une liste précise de tous les passagers.

— Parfait. Je cherche une femme qui répond au prénom d'Evelyn. Trouvez-moi tout ce que vous pourrez sur elle.

Un hochement de tête lui indiqua que Gabriel avait tout noté. L'affaire étant entre de bonnes mains, Phillip passa à la suite.

— Avons-nous reçu les dernières modifications de Hyde ? Savons-nous quand il arrive ?

— Oui, les plans définitifs sont sur votre bureau. Hyde devrait arriver d'un jour à l'autre, comme prévu. L'équipe de Milliken est au complet, et prête à démarrer.

Parfait. Il allait enfin pouvoir penser à autre chose. Ne rien faire et être obsédé par une femme, ce n'était pas son style.

— Incidemment, monsieur...

La porte s'ouvrit, et la mère de Phillip apparut. Il soupira, sentit entre ses omoplates un pincement familier. Comment avait-elle su qu'il était de retour ? Telle une voyante dont la boule de cristal n'aurait répondu qu'à une seule question, elle avait le don de toujours savoir où il se trouvait.

Comme à son habitude, sa mère était luxueusement vêtue. Robe bleu marine en soie brodée sur laquelle était épinglée, juste au-dessus du cœur, une broche en argent sertie de dizaines de diamants. Ses cheveux châtain clair, coiffés à la dernière mode, étaient désormais grisonnants aux tempes – chose qui la contrariait profondément, Phillip le savait.

La bonne société new-yorkaise aimait et craignait à la fois Ellen Mansfield. Il en allait de même pour la plupart des membres de la famille Mansfield. Elle tenait autant à son rôle de matriarche qu'à celui de reine – partageant le trône avec quelques autres, il est vrai – de la Cinquième Avenue, n'hésitant jamais à donner son opinion, même quand on ne la lui demandait pas. Cette femme avait élevé le terme « ingérence » à un tout autre niveau que celui traditionnellement entendu.

Phillip s'approcha et se pencha pour embrasser la joue qu'elle lui tendait.

— Bonjour, mère. Je vous croyais à Newport.

— J'ai pris le train hier parce que je voulais voir mon fils. Quand es-tu rentré de ton petit séjour ?

— J'arrive juste. J'avais prévu de vous envoyer un câble cet après-midi. Asseyez-vous, je vais faire monter du thé, si vous voulez.

Il l'entraîna jusqu'aux fauteuils installés face à son bureau et l'aida à prendre place, puis s'assit à côté d'elle plutôt qu'à son bureau. Gabriel prit congé, refermant sans bruit la porte derrière lui.

— Non, pas de thé. Je ne reste que quelques minutes.

Elle lissa ses jupes et arrangea sa coiffure.

— J'ai entendu dire que le chantier de l'hôtel allait démarrer, dit-elle.

— Oui, dans quelques jours.

— Hyde est-il à New York ?

— Pas encore, mais son arrivée est imminente. Pourquoi ?

— Je suis en train de faire faire des plans…

— Non.

Elle ferma les yeux, les rouvrit, redressa les épaules en signe d'agacement. Ellen Mansfield n'aimait pas qu'on lui dise non.

— Tu ne me laisses même pas le temps de t'expliquer.

— Parce que ces travaux n'ont pas lieu d'être. La maison n'a pas besoin d'être modifiée, ni redécorée, ni agrandie.

— Je ne suis pas d'accord, et j'ai parfaitement le droit de faire ce que je veux à Stoneacre.

Donc il s'agissait de Stoneacre, cette fois. Quand cesserait-elle avec ses lubies ? D'abord, leur maison de Newport suffisait largement aux besoins de la famille. Avec ses quarante-quatre pièces, elle n'avait pas besoin d'être agrandie. Ensuite, Hyde ne venait pas à New York pour se plier aux caprices d'Ellen Mansfield. Il avait un hôtel à construire, bon sang.

— La réponse est toujours non.

— Ce n'est pas raisonnable, Phillip. Ton père a bâti cette maison pour moi, au cas où tu l'aurais oublié. C'était un cadeau pour nos cinq ans de mariage. Stoneacre est à moi, et je peux y faire ce qui me plaît.

Comme à son habitude, elle campait sur ses positions, et jouait les cartes de la culpabilité et de la nostalgie pour le faire plier. Il fallait le reconnaître, sa mère avait de la ressource et de l'imagination.

— Je comprends bien, mais vous n'avez aucun problème de place, et l'intérieur de la maison a été entièrement refait il y a deux ans. Vous vous ennuyez, mère, c'est tout.

Elle haussa imperceptiblement un sourcil, mouvement minuscule mais qui en disait long.

— Peut-être ne m'ennuierais-je pas autant si j'avais des petits-enfants.

Il ferma les yeux, inspira longuement. Elle était pire qu'un chien avec son os.

— *Assez.*

Elle se leva, remit ses gants.

— Très bien. Au fait, je donne un dîner vendredi soir, et je tiens à ce que tu sois présent. Il n'y aura pas assez d'hommes, sinon.

Il nota qu'elle n'avait pas renoncé pour Stoneacre, ce qui promettait d'autres conversations sur le sujet. Ô bonheur et félicité.

— Je regarde mon agenda et je vous tiens au courant. Qui y aura-t-il ?

— Les Wilson, les Hall, les Bend. Il n'y a presque personne en ville en ce moment.

C'était cousu de fil blanc.

Rien de tout cela n'a de rapport avec Mlle Hall, bien sûr ?

Elle s'arrêta, leva les mains.

— Nous ne pouvons pas laisser croire aux Hall que tu as changé d'avis.

— Je n'ai jamais accepté quoi que ce soit, et vous le savez. Que vous souhaitiez me voir épouser cette fille ne signifie pas que je le ferai.

Cela faisait deux ans que sa mère tentait de le convaincre d'épouser Rebecca Hall. La jeune fille était charmante, bien élevée. Assez drôle, à vrai dire. C'était une des rares demoiselles de la bonne société qu'il appréciait. Mais il n'éprouvait aucune attirance pour elle, ne sentait aucune étincelle entre eux. Et de toute évidence il en allait de même pour Rebecca, qui s'intéressait aussi peu à lui qu'il s'intéressait à elle. Bâtir une union sur une absence aussi flagrante d'atomes crochus aurait été injuste pour tous les deux.

— Vous allez bien ensemble, et c'est pratiquement décidé, Phillip.

Il sentit monter en lui une colère familière, le ressentiment aigu de celui qui voit le contrôle de sa vie lui échapper.

— Ce n'est pas vous qui déciderez qui je dois épouser et quand. Cela a marché avec Meredith et Beatrix, mais ça ne marchera pas avec moi.

Ses sœurs n'avaient pas vraiment eu le choix en matière de mari, même si toutes deux affirmaient être heureuses en ménage. N'empêche, Phillip refusait qu'on décide pour lui.

— Tu as toujours été comme ça, répondit sa mère en levant les yeux sur le tableau accroché au-dessus du bureau, un portrait de toute la famille peint quand son père était encore vivant.

Ses traits s'adoucirent. Phillip savait combien son père lui manquait. Ils avaient fait partie de ces rares couples au sein desquels l'amour avait fini par naître, malgré un mariage arrangé.

— Plus j'essaie de te pousser dans une direction, plus tu t'en vas dans l'autre. Je ne suis ni ton ennemie ni ta rivale. Je veux juste ton bien.

Pas complètement, tout de même. Phillip avait parfois le sentiment qu'elle ne voulait que *son* bien à elle.

— Je n'épouserai pas Mlle Hall. Je n'épouserai personne, d'ailleurs.

Ellen Mansfield ouvrit de grands yeux horrifiés, mais il ne se reprit pas. Ce n'était pas la première fois qu'il lui disait cela, et visiblement, elle avait besoin qu'on le lui répète pour le comprendre.

— C'était il y a plus de dix ans, Phillip. Ne serait-il pas temps de passer à autre chose ?

Il ne répondit pas. L'incident était si rarement évoqué désormais qu'il ne savait plus comment réagir. Mais l'humiliation était encore là, bien vive, aussi piquante que dix ans plus tôt, quand il avait failli épouser Caroline.

— Mes sentiments pour Mlle Hall n'ont rien à voir avec ça.

— C'est absurde ! J'avais accepté que tu choisisses cette fille de Boston, même si j'avais quelques réticences. Je t'ai toujours soutenu, et j'ai fait tout ce qui était en mon pouvoir pour éviter le pire. Laisse-moi choisir, cette fois. Je te promets que tu seras satisfait.

Un mariage seulement « satisfaisant », quelle horreur ! Il voulait la femme idéale. Belle, raffinée, mais qui l'impressionne aussi ; une femme intelligente qui ne verrait pas d'inconvénient à ce que son mari parte en voyage souvent pour superviser ses projets immobiliers. Jamais il n'accepterait moins que cela.

— Non. Le moment venu – s'il vient –, c'est moi qui choisirai ma femme.

Un rictus désapprobateur barra le visage de sa mère, mais il refusa de céder. Il n'avait pas besoin d'enfants pour laisser une trace en ce bas monde. Il y aurait ses immeubles, ses hôtels.

— Je leur ai déjà dit que tu viendrais vendredi soir. Que suis-je censée faire ?

Comme toujours, sa mère avait un coup d'avance. Il soupira.

— Très bien, j'y serai. Mais seulement si vous me jurez de ne plus faire de promesses en mon nom.

Elle leva la tête, regarda son époux sur le tableau.

— Il est mort si jeune. Je m'étais toujours imaginé que nous vieillirions ensemble, mais personne n'est éternel.

Puis, baissant les yeux pour les planter dans ceux de Phillip, elle ajouta :

— Je t'attends à 20 heures. Ne sois pas en retard.

Le soleil matinal éclaboussait la terrasse de l'hôtel particulier des Cortland le lendemain matin, quand Eva entra dans la salle du petit déjeuner.

— Bonjour, dit-elle.

— Bonjour, Eva. Je t'en prie, assieds-toi, répondit Nora en montrant une chaise.

Un valet l'aida à prendre place à côté de son amie, en face de Mme Cortland, la tante de Nora. Une domestique s'avança aussitôt et voulut prendre le pot de café. Eva leva une main.

— Je préfère du thé, s'il vous plaît.

— C'est mon mari qui boit du café, murmura Mme Cortland tandis que le valet s'exécutait. C'est le seul à refuser de passer au thé.

— Julius fait partie de ces insupportables buveurs de café, lui aussi, dit Nora avec un sourire attendri. Et pourtant je l'aime.

L'amie d'Eva avait épousé Julius Hatcher quelques semaines plus tôt. C'était encore un secret, néanmoins, et un grand mariage était prévu pour le mois de septembre. Au moins Eva assisterait-elle à la seconde cérémonie, où elle serait demoiselle d'honneur.

La veille au soir, elle avait dîné avec Nora, Julius et les Cortland. Au premier coup d'œil, elle avait compris qu'ils étaient faits l'un pour l'autre. Hatcher avait l'esprit pratique, c'était un être raisonnable, exactement ce qu'il fallait pour compléter le caractère impulsif de Nora. Eva était ravie pour son amie, même s'il lui était difficile d'imaginer mariée une jeune fille aussi intrépide et obstinée. Mais elle avait pu le vérifier : les Américains n'avaient rien à voir avec les Anglais.

Un frisson la parcourut de la nuque jusqu'au creux des reins lorsqu'elle repensa aux baisers de Phillip. La nuit qu'ils avaient passée ensemble était un peu floue dans son souvenir, mais ces baisers... elle n'était pas près de les oublier. Elle avait même le sentiment qu'ils lui étaient devenus indispensables.

Au petit matin, pendant qu'il dormait, elle avait pu observer à loisir ce corps musclé et délié, cette peau dorée. Pas un défaut, visiblement. Sous aucun angle. Des paupières ourlées de longs cils noirs, des lèvres charnues entrouvertes, des joues ombrées par une barbe naissante. Des épaules larges, robustes. Cet homme était tout bonnement magnifique.

Et elle avait prié pour ne plus jamais le revoir.

Sa honte, lorsqu'elle repensait à la façon dont elle s'était comportée, était plus vive que jamais. Dieu merci, Phillip ne connaissait pas son vrai nom. Ce qui était arrivé sur le bateau y resterait. Ils ne se verraient plus et cet épisode pour le moins indécent tomberait aux oubliettes.

Fin de l'histoire.

Elle se ressaisit et sourit à la tante de Nora.

— Merci encore de m'accueillir chez vous pendant mon séjour à New York, madame Cortland.

— Je vous en prie. Et s'il vous plaît, appelez-moi tante Bea. Nous avons de la place, vous l'avez constaté par vous-même, et Nora est ravie de vous avoir ici. Nous le sommes tous, à vrai dire.

La discussion se poursuivit durant le petit déjeuner, puis un valet apporta un pli à la tante de Nora, qui s'excusa et se retira, laissant seules les deux amies. Nora fit un signe aux domestiques, qui se retirèrent à leur tour.

— Maintenant, nous pouvons parler en privé, dit-elle lorsque la porte se referma.

— Tu m'inquiètes quand tu dis ça...

Eva se leva, prit son assiette et se dirigea vers le buffet, où étaient disposés un certain nombre de plats gardés au chaud sous de larges couvercles en argent. Elle prit trois toasts beurrés et des œufs brouillés. Le mal de tête dû au champagne ayant enfin disparu, elle avait une faim de loup.

— Nous n'avons pas pu discuter toutes les deux, hier soir, soupira Nora en levant sa tasse en porcelaine. Que penses-tu de Julius ?

— Il est gentil, intelligent. Et vous allez parfaitement ensemble.

Les pommettes de Nora rosirent légèrement.

— C'est fou, tu sais... Je suis complètement et définitivement folle de cet homme.

— J'avais remarqué, répondit Eva un peu sèchement, en se servant de jambon. Et je suis heureuse pour vous deux. Mais j'aurais vraiment aimé être là pour votre mariage.

— C'est mon père qui a voulu que tout se fasse le plus rapidement possible. Il fallait garder ma réputation indemne, si tu vois ce que je veux dire...

— Et il a bien fait, dit Eva en regagnant sa place. C'est à cela que servent les pères, après tout.

— Oh, Eva, je suis désolée que la santé de ton père se soit aggravée, fit Nora, sincère. Mais qui sait ? Peut-être un bel Américain va-t-il te faire battre le cœur, et il se pourrait que tu te retrouves toi aussi mariée plus vite que prévu.

Eva avait dû rougir comme une tomate, mais Nora se contenta d'un petit sourire.

— Tiens, tiens... on dirait que vous rougissez, lady Hyde. Me cacheriez-vous quelque chose ?

Elle secoua la tête, évitant le regard de son amie, et mordit dans un toast.

— Absolument pas. Je ne te cache rien.

— Et je suppose que c'est ce « rien » qui t'a fait un suçon dans le cou ?

La main d'Eva se plaqua aussitôt à l'endroit où la marque rosée était cachée par le col de sa robe.

— Comment as-tu… ?

— Je l'ai vu hier. Et je me suis dit que j'allais te laisser une bonne nuit de sommeil avant de te cuisiner. Alors, qui était-ce ? Un passager du bateau, forcément.

Eva soupira, se massa le front. Nora ne renoncerait pas tant qu'elle n'aurait pas obtenu la vérité.

— Oui, c'était un passager du bateau. Un Américain.

— Mmm, je vois. Et ?

— Et c'est tout.

— C'est tout ?!

Eva haussa les épaules et se remit à manger, espérant clore ainsi le sujet. Mais Nora ne céda pas.

— Je ne te crois pas. Jamais tu ne laisserais un inconnu te faire un suçon dans le cou. Il s'est forcément produit quelque chose entre vous. Une étincelle, au moins. Qui était-ce ?

Une étincelle ? Un brasier, plutôt.

— Personne d'important. C'était un flirt, rien de plus. Le bateau traversait une tempête, nous nous sommes retrouvés tous les deux seuls dans la salle à manger, alors nous avons dîné. Et puis les lumières se sont éteintes, il m'a guidée jusqu'à sa cabine… et je crains que le champagne ne nous ait fait perdre la tête.

— Champagne ou pas, cela ne te ressemble pas. Je te connais depuis suffisamment longtemps pour savoir que jamais tu ne te laisserais entraîner dans une situation inconvenante avec un homme. Contrairement à moi…

Eva ne répondit pas, et Nora se mit à pianoter sur la table.

— Allez, Eva, raconte. Tu me caches quelque chose, c'est évident. De quoi as-tu peur ? Que je te juge ? Je t'en prie, tu sais bien que je serais la dernière à porter un jugement sur un flirt. Inutile de te préciser que

Julius et moi n'avons pas attendu le mariage, et puis il y a eu Robert... Tu peux me faire confiance, allons.

— Ce n'est pas une question de confiance. Tu *sais* que j'ai confiance en toi. Tu es pratiquement la seule personne à qui je peux faire des confidences. Mais tout ça était si étrange. Je dînais avec lui, et l'instant d'après, nous nous embrassions. Et je ne connais même pas son nom.

Nora ouvrit des yeux ronds.

— Tu ne sais pas comment il s'appelle ?

— Non. Et moi, je lui ai dit que je m'appelais Evelyn.

— Seigneur. Qu'est-ce qui t'a pris ? Tu te prends pour une espionne ?

— C'est idiot, je sais. Je voulais juste... Je ne voulais pas qu'il sache qui j'étais.

— Pourquoi ? Oh, je sais... C'est à cause de ce surnom ridicule ?

— Pas si ridicule, quand tu réfléchis aux circonstances.

Nora se pencha en avant, pointant un index sur la table.

— Tu es tout de même consciente de n'être pour rien dans la mort de ces trois hommes, j'espère ?

— Oui, mais la société voit les choses autrement. Les journaux aussi. Et le propriétaire de l'hôtel que je dois construire fera pareil. Pour tout le monde, je porte malheur.

— Qu'ils aillent se faire pendre ! Trois fois, tu as perdu un fiancé. C'est un peu étrange, je te l'accorde, mais les hommes jeunes se comportent souvent en têtes brûlées. Le premier est mort d'une chute de cheval, le deuxième de la grippe et le troisième s'est noyé dans le naufrage de son yacht. Bon sang, Eva, tu mérites d'être plainte, pas vilipendée !

Eva aimait Nora précisément pour sa capacité à s'indigner.

— Je ne veux pas que l'on me plaigne non plus. C'est mon père qui voulait ces mariages, pas moi.

Ils me plaisaient tous les trois, mais sans plus. Je n'avais pas de sentiments pour eux.

— Même pas une petite étincelle ?

— Non, pas de… Nora, je vois où tu veux en venir. Mais oublie cela. Je ne veux pas me marier. Ni à lui ni à personne.

— Tu dis ça maintenant, mais le mariage, ce n'est pas si mal. Surtout si tu trouves l'homme qu'il te faut.

— Tu parles vraiment comme une jeune mariée. Mais je ne veux pas d'un fiancé mort, et encore moins d'un mari étroit d'esprit qui surveille mes faits et gestes et me cantonne à la tenue d'une maison. Je dois d'abord perpétuer l'œuvre de mon père. Ensuite, je m'occuperai de mon avenir.

— Très bien. Je te laisserai tranquille, alors. Mais dis-moi… était-il beau ?

— À mourir. Grand, fort, on aurait dit un ouvrier de chantier, répondit Eva en écartant les bras pour indiquer la carrure de Phillip.

— Eh bien…

— Je t'assure. Il était… Disons que, l'espace d'une soirée, ce fut une distraction bienvenue.

Elle regarda l'heure. Oh, non ! Elle allait être en retard si elle ne se dépêchait pas. Encore quelques bouchées de jambon, et elle se leva.

— Il faut que j'y aille. Ils attendent E.M. Hyde sur le site du futur hôtel pour revoir quelques détails avant le début des travaux, demain.

— Comme c'est excitant ! J'ai hâte de voir ton travail ici, à New York.

— Le travail de mon père.

Nora secoua la tête.

— Non, *ton* travail, Eva. C'est toi qui as conçu ce projet. Il porte le nom de ton père, mais c'est ton hôtel.

La voiture s'arrêta le long d'un immense terrain vague, à l'angle de la 35e Rue et de la Cinquième Avenue. Eva ouvrit la portière sans attendre le cocher. Un groupe d'hommes se tenait là, cercle de chapeaux marron et noirs ignorant le flot des passants autour d'eux.

Sa grande sacoche à la main, elle descendit précautionneusement de la voiture. Trébucher, afficher ne serait-ce qu'une once de faiblesse devant ces hommes, c'était risquer qu'ils perdent le peu de respect qu'ils auraient pour elle.

James, le cocher des Cortland, apparut soudain devant elle, lui barrant le passage.

— Tout va bien, mademoiselle ? Je ne m'attendais pas à ce que vous descendiez seule.

— Je sais, James, c'est mon caractère indépendant. Je ne pense pas en avoir pour longtemps, mais si vous voulez...

— J'attendrai, mademoiselle. Je vais me garer.

Il porta un doigt à son chapeau et regagna son banc.

Eva inspira profondément et se dirigea vers le groupe d'hommes. Elle avait rendez-vous avec M. Mansfield, son maître d'œuvre et quelques-uns des contremaîtres qui superviseraient le chantier. Le ton de cette entrevue déterminerait celui de toutes les réunions à venir : il était donc impératif qu'elle fasse bonne impression.

D'emblée, l'homme le plus grand et le plus large d'épaules lui dit quelque chose. Il lui tournait le dos. Elle remarqua que sa carrure tendait le tissu de son manteau. Cheveux bruns, courts. L'espace d'un instant, elle crut qu'il s'agissait de Phillip.

Elle faillit éclater de rire. Une nuit sous ses baisers, et elle le voyait partout. C'était ridicule.

Puis il se retourna.

Elle en eut le souffle coupé. Son cœur fit un bond dans sa poitrine.

Dieu du ciel, c'était *lui*. Phillip l'Américain. Grand, mâchoire carrée, belle carrure. Oui, c'était bien lui.

Elle fit un pas en arrière en le voyant avancer dans sa direction. Mais que diable faisait-il ici ?

Le voir éveilla en elle une puissante émotion, qu'elle tenta aussitôt d'analyser, pour finir par décider qu'il s'agissait d'un mélange de gêne et d'attirance. Une réaction idiote, somme toute. Serrant fort les poignées de sa sacoche, elle fit de son mieux pour ne rien laisser paraître dans son expression.

Lorsqu'il arriva près d'elle, il fronçait les sourcils et semblait un peu méfiant.

— Evelyn, que fais-tu… que faites-vous ici ?

— Je… mais… Et vous, que faites-vous ici ?

D'une main ferme, il l'attrapa par le coude et l'entraîna à l'écart.

— Non pas que vous voir me déplaise, mais je suis très occupé ce matin. Peut-être pourrions-nous dîner ensemble ce soir ? Dites-moi juste où vous séjournez et je m'occupe du reste.

— Vous pensez que je… ?

Quoi, qu'elle passait par hasard et l'avait aperçu ? C'était si ridicule qu'elle n'alla pas au bout de sa phrase.

— J'ai cru que vous m'aviez vu au coin de la rue, dit-il, visiblement perdu. Quoi qu'il en soit, je suis heureux de vous revoir. Vous aviez disparu sur le bateau, et je pensais ne jamais vous retrouver. Je vous ai cherchée partout avant le débarquement.

Elle secoua la tête, étonnée.

— Vraiment ?

— Bien sûr. Je voulais… Enfin, bref, je voulais vous revoir. Vous inviter à dîner.

— Ce n'est pas une bonne idée.

Cette réponse le désarçonna.

— Alors que faites-vous ici ?

— Je suis ici parce que j'ai un rendez-vous de travail. Et vous, que faites-vous ici ?

— J'ai un rendez-vous… Avec qui avez-vous rendez-vous ? demanda-t-il en scrutant son visage.

Phillip… ici pour un rendez-vous. Était-il possible que… ? Lentement, les pièces du puzzle se mettaient en place.

Oh, non.

Non, non, non…

Elle se força à le dire, comme pour mieux s'en convaincre.

— Mon Dieu ! Vous êtes Phillip Mansfield.

Les mains sur les hanches, il ne chercha pas à cacher son agacement.

— Oui, c'est moi. Je me rends bien compte que nous n'avons pas échangé nos noms sur le bateau, mais je ne vois pas pourquoi apprendre comment je m'appelle vous fait blêmir à ce point. Et je n'ai toujours pas la moindre idée de qui *vous* êtes.

Malheur, elle allait devoir le lui dire. Comment faire autrement ? Mais les mots qu'elle allait prononcer ne donneraient pas que son nom. Ils auraient un autre sens. Cet homme était celui qui avait embauché son père, qui avait confié à E.M. Hyde la délicate tâche de concevoir son magnifique hôtel. De dessiner, comme l'avait dit lui-même M. Mansfield, l'immeuble le plus extraordinaire que l'Amérique ait jamais connu.

Elle était ici afin de superviser le projet. Pour cet homme qu'elle avait couvert de ses baisers, complètement ivre. À côté duquel elle avait dormi, plus ou moins dévêtue. Et lui… s'était tenu torse nu devant elle. Sans compter bien sûr ce qui s'était passé… Elle était morte de honte.

Et c'était son employeur.

— Evelyn ? Qu'y a-t-il ? Vous me faites peur. Vous ne vous sentez pas bien ?

— Je vais très bien, répondit-elle aussitôt, consciente des regards curieux autour d'eux.

Surtout, ne pas afficher de faiblesse. Pas devant ces hommes.

— Je vais très bien, mais je dois vous avouer une chose.

Il passa son poids d'une jambe sur l'autre, impatient, tandis qu'elle cherchait le courage de parler.

— Écoutez, dit-il comme elle restait muette, je suis un peu pressé. J'attends l'architecte qui a dessiné mon hôtel et qui doit arriver d'un instant à l'autre.

— Non, vous ne l'attendez pas, lâcha-t-elle dans un souffle.

Il la regarda sans comprendre.

— Pardon ?

— Vous ne l'attendez pas. Il est ici.

— Bon sang, ça suffit. Je n'ai pas de temps à perdre en plaisanteries. Que voulez-vous dire ?

— Moi. C'est moi, l'architecte.

Elle toussota et répéta, un peu plus fort :

— C'est moi, l'architecte.

Quelques instants s'écoulèrent, puis il renversa la tête en arrière et partit d'un bruyant éclat de rire.

— Vous avez failli m'avoir, l'espace d'une seconde…

— Je. Suis. L'architecte.

Elle avait senti la colère naître à la base de sa nuque et se répandre partout en elle, effaçant toute honte. Bien sûr, il ne la croyait pas. Il était comme ses fiancés passés, comme tous les autres hommes qui pensaient qu'une femme n'avait pas à travailler.

Lentement, il retrouva son sérieux, s'apercevant qu'elle ne partageait pas son hilarité. Clignant des yeux, il serra les lèvres.

— Vous êtes en train de me dire que…

Elle lui tendit la main.

— Je me présente : lady Eva Hyde, la fille d'E.M. Hyde. C'est moi qui suis chargée de superviser ce projet.

4

Tandis que sa voiture remontait la Cinquième Avenue au grand galop, Phillip peinait à contenir sa colère. Il regardait défiler les rues et les façades des bâtiments en pierre qu'il connaissait si bien, cette ville qu'il aimait par-dessus tout, et essayait de contrôler ses émotions. Evelyn – non, *lady Eva* – était assise à côté de lui, silencieuse, sa grande sacoche posée à ses pieds.

Lady Eva, également connue sous le nom de Miss Catastrophe, fille d'E.M. Hyde – ou lord Cassell, anobli quelques années plus tôt –, architecte choisi par Phillip.

Bon sang de bonsoir.

Phillip serrait les dents. Pas étonnant qu'elle n'ait pas voulu lui révéler son identité sur le bateau, avec sa réputation… Il se contrefichait de ce qui était arrivé avec ses fiancés, mais il ne voulait pas d'elle sur le projet de son hôtel. À aucun titre.

Dès qu'elle s'était présentée, il l'avait prise par le bras et l'avait entraînée jusqu'à sa voiture, ordonnant à Gabriel de reporter la réunion. Avant toute chose, il lui fallait résoudre cette histoire avec elle, en privé.

— Vous envisagez de dire quelque chose, ou vous allez juste grincer des dents pendant tout le trajet ?

Il serra et desserra les poings, pris d'une irrésistible envie de frapper quelque chose, d'évacuer le trop-plein d'énergie qui courait dans ses veines. Peut-être irait-il chez McGirk ce soir. Son club de boxe, dans le quartier de Bowery, était le seul endroit à New York où il pouvait vraiment se défouler et oublier la raideur de son éducation. S'adonner quelques heures à une activité physique intensive. Retrouver son équilibre.

— Me direz-vous au moins où nous allons ?

— À mon bureau, grogna-t-il sans la regarder, les yeux rivés au défilé un peu flou de piétons et de voitures, dans la rue.

— Pourquoi ?

— Parce que j'aimerais vous parler en privé.

— Nous sommes en privé, là, au cas où vous ne l'auriez pas remarqué.

— Nous sommes en public, dans une rue animée d'une ville très peuplée. Dans *ma* ville. Il n'y a rien de privé ici.

— En d'autres termes, vous souhaitez me hurler dessus et vous avez peur que quelqu'un vous entende.

— Je n'ai jamais dit ça.

Elle retint un rire aigre.

— C'était inutile. Je le lis sur votre visage, c'est écrit en lettres majuscules.

« Tu as le même caractère que ton père, lui disait souvent sa mère. Tu dois apprendre à te contrôler. »

Il essaya de se détendre, de ne plus penser aux trois millions de dollars qu'il avait investis dans cet hôtel, aux centaines d'emplois qu'il allait créer. Aux revenus que l'établissement générerait, une fois ouvert. À ce projet qu'il envisageait comme une trace laissée par lui sur cette terre. Sa modeste contribution au patrimoine de la ville qu'il aimait.

Les délais de construction avaient été calculés au plus juste ; il n'avait pas le temps de trouver un nouvel architecte et faire redessiner les plans.

— Je rêve, maugréa-t-il.

Elle se raidit, mais n'ajouta rien.

Ils arrivèrent sur la 81e Rue et la voiture ralentit. Le cœur battant, il ouvrit la portière et descendit avant même l'arrêt complet de l'équipage. Puis, tendant une main, il l'aida à descendre, et l'escorta jusque chez lui.

— Mais, on dirait... C'est la Loggia del Capitanio ! dit-elle en découvrant la façade. Bonté divine, c'est magnifique...

Bien sûr qu'elle reconnaissait le bâtiment.

« Non, j'aime juste regarder les immeubles, avait-elle prétendu. Je suis très curieuse de pouvoir comparer le paysage urbain de New York à ce que je connais à Londres ou ailleurs en Europe. »

Un mensonge. Cette femme était la fille du plus grand architecte du monde. À propos de quoi lui avait-elle encore menti ?

Dès notre première rencontre, je me suis dit que vous deviez être très... bon.

Ça aussi ? Elle n'avait fait que jouer la comédie ?

La porte d'entrée s'ouvrit et Roberts apparut. Voyant son maître tirer par le bras une jeune femme pas très grande mais très bien habillée, il écarquilla les yeux.

— Bonjour, monsieur.

— Qu'on ne me dérange pas, Roberts.

— Bien, monsieur. Puis-je prendre... ?

Il termina sa phrase dans un hall désert. Phillip avait déjà entraîné Eva dans le couloir qui desservait son bureau. Il remarqua qu'elle regardait partout, levait la tête en direction des plafonds, s'exclamait doucement devant les œuvres d'art. Il ralentit pour qu'elle n'ait pas à courir, mais ne relâcha pas sa prise autour de son bras.

Ce n'était pas la première fois qu'il avait un contact physique avec elle, bien sûr. Ce souvenir le hantait depuis qu'il avait ouvert les yeux sur un lit vide et froid, dans sa cabine. Depuis qu'il avait fouillé le bateau de fond en comble. Il ne voulait pas la perdre, alors il avait couru partout, certain que ce qu'ils avaient partagé était réel, que ses caresses avaient peut-être été plus réelles que toutes celles qu'il avait connues jusque-là.

Comme il s'était trompé...

Ouvrant la lourde porte de son bureau, il lui fit signe d'entrer. Les épaules redressées, le dos bien droit, elle passa devant lui et alla s'installer dans l'un des fauteuils.

Il retira son manteau, le jeta sur une chaise et inspira profondément, se préparant à lui faire face.

Sa chevelure rousse et brillante, aussi douce qu'elle semblait l'être, sa peau lisse, laiteuse, qu'il avait sentie souple sous ses lèvres, sa bouche pulpeuse qui embrassait comme un ange et tourmentait comme le démon...

Il se souvenait de chaque détail de leur soirée, des rires, des propos échangés pendant le dîner, du souffle rauque de son orgasme au creux de son oreille. C'était la plus belle nuit qu'il avait passée avec une femme depuis longtemps – depuis toujours, peut-être. Et ces souvenirs étaient désormais ternis par le mensonge, abîmés.

Sur le bateau, il l'avait crue... expérimentée. Les femmes ne voyageaient pas seules, surtout les riches Anglaises, et il n'avait remarqué la présence d'aucun chaperon dans son entourage. Il en avait déduit qu'elle était veuve. Elle aurait pu aussi être mariée et tromper son mari absent. Il n'avait pas posé la question.

« Tu n'as pas posé la question parce que tu *voulais* qu'elle soit expérimentée », se dit-il.

Mais elle s'était comportée comme une femme pleine d'audace, enthousiaste, pas du tout comme une jeune vierge. Il l'avait trouvée brûlante, et trempée, et cela l'avait agréablement surpris. Il avait encore en tête les petits hoquets de plaisir dans sa gorge, tandis qu'il la caressait.

— Êtes-vous une ingénue ?

De pâle, elle passa à cramoisie.

— Je ne vois pas en quoi ça vous regarde.

— Vous devriez, étant donné ce qui s'est passé sur le bateau. Sans parler de ce qui aurait pu arriver. Vous auriez dû me le dire.

— Si les choses étaient allées plus loin, je l'aurais fait.

— J'espère que vous êtes sincère. Je n'aime pas beaucoup les surprises.

— J'avais compris, répliqua-t-elle sèchement en lui faisant face. Mais cela ne change rien. Il nous faut mettre cela derrière nous et ne plus penser à ce qui s'est passé sur le bateau.

— Je ne suis pas contrarié à cause de ce qui s'est passé, mentit-il. Certes, j'ai été déçu de ne pas vous trouver à mes côtés, et frustré que vous soyez partie sans me dire au revoir, mais nous avons d'autres problèmes aujourd'hui, bien plus importants.

Il jugea inutile de mentionner le fait qu'il avait ordonné à son secrétaire, Gabriel, de suivre sa trace.

— Je suis contrarié parce que vous m'avez menti.

— Parce que je vous ai *menti* ?

Il montra la sacoche en cuir, posée sur le tapis.

— Quand ces plans ont été approuvés, quand les contrats ont été signés, on m'a promis que ce serait E.M. Hyde qui viendrait à New York pour superviser ce projet. Pas sa fille.

La gorge serrée, elle fit de son mieux pour parler sans tremblement dans la voix.

— Il est tombé malade et m'a demandé de faire le voyage à sa place. Je suis tout à fait qualifiée. C'est lui qui m'a enseigné l'architecture. Toute ma vie, il a été mon mentor…

— Je n'ai pas payé une fortune pour avoir le numéro deux, Eva. Il s'agit d'un hôtel de trois millions de dollars, avec mon nom dessus. J'ai payé pour E.M. Hyde et je veux E.M. Hyde, bon sang !

— Vous me jugez sans même me donner ma chance. Je suis plus que capable de mener ce projet à bien.

Une femme comme architecte de ce projet ? L'idée était au mieux ridicule. Au pire, dangereuse.

Il serra les poings et fixa le feu qui crépitait dans la cheminée. Que faire ? Le chantier devait démarrer le lendemain. Il détestait se sentir impuissant, or il avait la désagréable impression d'avoir perdu le contrôle.

— Quand votre père sera-t-il sur pied ?

— Les médecins ne se prononcent pas, mais il est suffisamment alerte pour répondre aux câbles et aux lettres. Je connais les plans par cœur. Je peux le faire, Phillip. Étant donné sa réputation, jamais je ne me serais lancée si cela n'avait pas été le cas. Il a passé sa vie entière à bâtir sa légende. Jamais je n'oserais faire quoi que ce soit qui puisse la mettre à mal.

— Connaître les plans ne suffit pas. Vous serez attendue sur le chantier, et pour une dame ce n'est pas un endroit sûr. Je ne parle même pas des ouvriers. Ces hommes sont durs, souvent brutaux, sans manières. Vous y avez pensé ?

— Ce n'est pas le premier projet que je mènerai à bien. Je vous assure que j'ai déjà eu à affronter tout cela.

Il se passa une main dans les cheveux.

— Peut-être, mais pas pour *mon* projet, et certainement pas pour un projet aussi monumental. Je devrais vous renvoyer sur-le-champ.

— Mais vous ne le ferez pas. Je vais vous prouver que je connais ce dossier sur le bout des doigts, dit-elle en se penchant pour ramasser sa sacoche. J'ai quelques idées pour le petit salon réservé aux dames, au rez-de-chaussée.

Malgré sa colère, Phillip fut intrigué.

— Votre père et moi-même nous étions mis d'accord pour du marbre italien et des fresques.

— Je préfère le français. J'aimerais recréer une pièce des appartements de Marie-Antoinette.

— Très bien, voyons ces idées. Mais, Eva...

Il la fixa d'un regard dur.

— ... elles ont intérêt à être bonnes.

Au moins ne l'avait-il pas renvoyée. Pas encore.

Avec des gestes précis, déterminés, Eva ouvrit sa sacoche et en retira les croquis modifiés du petit salon. Il n'avait pas évoqué son surnom, donc peut-être n'en avait-il pas eu connaissance. Et elle n'avait aucune intention de le lui révéler.

D'autant plus qu'il semblait sur le point de perdre son calme.

L'homme assis à son bureau n'avait rien à voir avec celui qu'elle avait rencontré sur le bateau. Pendant la traversée, il avait semblé... joueur. Charmant. Détendu. Là, elle avait devant elle un être raide, cassant. Un homme d'affaires impitoyable dont la seule présence imposait le silence dans une pièce.

Elle se leva et déroula une longue feuille de papier millimétré sur le bureau. Phillip la rejoignit pour se pencher avec elle sur les plans.

— La pièce est déjà ovale, expliqua-t-elle. Donc il faut juste ajouter quelques voussures, avec une hauteur sous plafond un peu moins importante pour mieux les intégrer à la pièce, dit-elle en indiquant un croquis détaillé d'une vue de face. Des miroirs ici, là et là, avec un lustre devant. Des boiseries blanc émail et des meubles français. Un artiste peindra une fresque au plafond.

— Vous êtes certaine que c'est proche de l'original ?

— Oui, c'est presque identique.

Il étudia les dessins en se frottant la mâchoire.

— J'ai écrit à Will Low pour savoir s'il était d'accord pour réaliser quelques toiles originales. Je peux peut-être ajouter cette fresque à la liste.

Une lueur d'espoir jaillit dans la poitrine d'Eva.

— Alors cela vous plaît ?

— C'est différent. Personne n'a jamais rien essayé de tel, pas ici en tout cas, et je pense que cela fera parler de l'hôtel, ce qui est toujours bon. Vos dessins sont remarquables, dit-il en la regardant. Personne ne vous a aidée ?

Elle serra les dents, ravalant une envie de lui hurler dessus.

— Non. J'ai fait ça toute seule.

— Il est clair que vous avez hérité d'une partie du talent de votre père. Mais cela n'enlève rien à mon inquiétude.

Il se cala contre le grand bureau en palissandre et croisa les bras, attirant l'attention d'Eva sur son large torse. Lui revint alors la vision de ces épaules nues sur les draps de coton blanc. Une vision qu'elle n'était pas près d'oublier.

Soudain mal à l'aise, elle tira sur le col de son chemisier. Le regard de Phillip fondit sur sa gorge, ses narines palpitèrent.

Le suçon. Il avait dû voir la marque presque effacée qu'il avait laissée sur sa peau, l'autre nuit.

Elle laissa tomber sa main, mais la satisfaction profonde, primitive qui se reflétait dans le regard de Phillip l'avait fait frissonner. Entre eux passa un courant qui les électrisa, nourri par le souvenir de leurs baisers passionnés et de leurs paroles enfiévrées. Elle n'aurait pas été surprise qu'il jubile soudain, et lui renvoie son comportement de débauchée en pleine figure.

Mais sans faire de commentaire, il pivota et retourna derrière son bureau. Elle eut l'impression de prendre feu, et pria pour qu'il ne le remarque pas.

— Et si vous me parliez de votre réputation, Miss Catastrophe ?

Donc, il savait. Elle lutta pour ne pas laisser voir combien ce surnom l'agaçait.

— Une exagération idiote, de la part de commères qui n'ont rien de mieux à faire.

— Idiote pour vous et moi, peut-être, mais les gens sont superstitieux. Si le bruit vient à courir que l'hôtel est maudit, personne n'y descendra jamais. Votre implication à elle seule menace la totalité du projet.

— Je ne suis pas maudite.

— Trois fiancés morts en trois ans, ça peut laisser croire le contraire.

Elle tressaillit, mais ne chercha pas à esquiver.

— Je ne les ai pas assassinés, au cas où vous vous poseriez la question.

— Je ne me la posais pas, mais c'est gentil à vous de le préciser. Avez-vous aimé les trois ?

Cette question la prit au dépourvu et, l'espace d'un instant, elle le fixa, bouche bée, avant d'articuler :

— En quoi cela vous regarde-t-il ?

Il haussa une épaule, d'un air supérieur.

— Trois, cela semble beaucoup pour une aussi jeune femme. Ne les avez-vous pas pleurés comme il se doit ? Je serais tenté de dire que si. Du coup, je me demande : pourquoi votre père était-il si impatient de vous marier ?

La honte bourdonnait dans ses oreilles. Chacun de ses fiancés avait été au centre d'une stratégie élaborée par son père. Elle n'avait été qu'un pion sur un échiquier d'hommes, et s'était juré de ne plus subir pareil sort.

Mais Phillip n'avait pas à savoir tout cela.

— Je ne vois pas en quoi ça vous intéresse, mais non, il n'était pas impatient de me voir mariée. Et j'ai été très attachée à chacun d'eux.

Il émit un petit grognement incrédule, mais ne poursuivit pas sur ce sujet.

— Ce projet devra se faire en douceur. Même si les ouvriers ne voient pas d'inconvénient à travailler sous les ordres d'une femme – je dis bien *si,* car ce n'est pas gagné –, votre surnom est la porte ouverte à toutes les superstitions possibles. Ils seront sans cesse à regarder derrière eux. Je ne veux pas d'ouvriers nerveux, qui risquent de causer des accidents. J'ai peur que...

— Je ne dirai à personne qui je suis, lâcha-t-elle.

C'était venu comme ça, sans qu'elle sache d'où, mais maintenant qu'elle l'avait formulée, cette solution lui semblait idéale.

— Que voulez-vous dire ?

— Je dirai que je suis la secrétaire de Hyde plutôt que sa fille. Nous inventerons un nom.

— Dans ce cas, vous n'aurez pas vraiment de pouvoir. Sa fille, une lady qui plus est, inspirerait le respect, et donc une certaine autorité. Sa secrétaire ne serait qu'une employée sans pouvoir de décision, venue faire de la figuration en attendant que son patron arrive à New York. Est-ce vraiment ce que vous désirez ?

Après toutes ces heures passées à dessiner, à peaufiner chaque détail de l'intérieur et de l'extérieur de l'hôtel, elle ne pouvait pas s'en aller comme ça. Son père ne viendrait pas à New York, elle devait donc faire cela pour lui - pour eux -, même si cela signifiait se battre contre tous les contremaîtres, les maçons, les menuisiers et les propriétaires arrogants de la planète.

— Oui, c'est ce que je veux.

— Pourquoi ?

Parce qu'elle avait besoin de voir aboutir son travail, de voir le résultat de tout ce labeur dominer la ville pour des générations. Sans parler de l'argent qui permettrait à son père de bénéficier des meilleurs soins possible. Mais Phillip n'avait pas besoin de savoir cela. Pour lui, cet hôtel avait été dessiné par son père.

— Ce projet est très important pour mon père. Ce que vous espérez accomplir ici le passionne, et il a tout fait pour que le résultat soit à la hauteur de vos attentes.

— Son nom confère un poids monumental au projet. Des gens viendront du monde entier pour descendre dans cet hôtel.

Un hôtel qu'elle avait conçu et dessiné de A à Z.

— C'est d'accord, alors ? demanda Eva en se frottant les mains, satisfaite. Nous en avons terminé avec cette discussion ?

Phillip se carra dans son fauteuil.

— Non. Je n'ai donné mon accord à rien du tout. Votre solution est loin d'être idéale.

— Je me rends compte que vous avez été pris par surprise, mais ce n'est que temporaire, mentit-elle.

— Temporaire pour combien de temps ?

Elle haussa une épaule.

— Un mois. Six semaines tout au plus.

Avec un peu de chance, elle parviendrait à le convaincre de la laisser continuer à l'issue de ce délai.

Il soupira.

— Du moment que vous restez en contact permanent avec votre père pendant cette période. Je veux qu'il soit mis au courant régulièrement de tout ce qui se passe, et qu'il vous conseille en retour. De cette manière, ce sera comme s'il était là.

Comme presque tous les hommes qu'Eva avait rencontrés, Phillip pensait que les femmes n'étaient bonnes qu'à faire des commérages et exécuter des tâches domestiques. Il ne les considérait pas capables d'intelligence, et ne se priverait pas de la rabaisser à la moindre occasion.

« Dis-lui ce qu'il a envie d'entendre, songea-t-elle, et ensuite rends-toi indispensable. »

— Oui, c'est exactement ce que je ferai.

Le pli inquiet qui barrait le front de Phillip ne disparut pas pour autant.

— Il reste une chose dont j'aimerais que nous discutions. Elle concerne ce qui s'est passé sur le bateau.

Elle avait espéré qu'il n'aborderait pas le sujet. Elle se souviendrait à jamais de s'être ridiculisée avec lui : cela lui suffisait amplement.

— Il n'y a aucune raison d'en discuter. Personne n'en entendra jamais parler.

— Je suis d'accord. Poursuivre la chose est hors de question. Je suis votre employeur, et je me dois par conséquent de maintenir une distance professionnelle entre nous, afin de préserver le projet sur lequel nous collaborons.

— Je suis d'accord aussi, vous pouvez en être certain.

Il eut un bref hochement de tête.

— Bien. Rentrez chez vous maintenant. Nous nous verrons à la cérémonie, demain.

— Cela signifie-t-il que vous m'autorisez à rester ?

— Tant que je n'aurai pas trouvé d'autre solution, je n'ai pas vraiment le choix.

L'assemblée, nombreuse, attendait sous le soleil estival. Il y avait des personnalités politiques, des journalistes, des amis, des connaissances : tous étaient venus pour le lancement du chantier de l'hôtel. Phillip ajusta ses manchettes et évita de fixer Eva d'un œil méfiant tandis qu'elle se pressait en direction de l'estrade érigée pour la circonstance.

Dieu merci, elle portait une robe à col montant qui couvrait la marque ridicule laissée sur sa peau. Comment avait-il fait pour commettre une folie pareille, à son âge... ? Il n'avait plus fait de suçon depuis l'adolescence, bon sang. De cette soirée, il n'avait que le souvenir de s'être laissé submerger par le délicieux parfum d'Eva, par la douceur de sa peau, sa façon de le serrer toujours plus tandis qu'il la goûtait et couvrait sa gorge de petits baisers. Rien que d'y repenser, il sentit une onde de chaleur le parcourir, qu'il tenta aussitôt de juguler.

De toute évidence, il avait perdu l'esprit. Qu'il permette cela, qu'il autorise Eva à rester sur ce projet était de la folie pure.

Tu l'as dans la peau, Mansfield...

Non, non, non, pas du tout. Absolument pas. Elle n'avait aucun effet sur lui, et n'en aurait pas. Il ne laisserait pas arriver une chose pareille, quand bien même ses baisers étaient délicieux. Trois fiancés dans l'au-delà, c'était synonyme de scandale, et Phillip détestait le scandale. Détestait toute publicité négative, quelle qu'elle soit.

Eva le rejoignit enfin, le talon de ses bottines claquant sur le plancher de l'estrade. Sa chevelure rousse était soigneusement ramenée sous un chapeau de paille aux bords larges et évasés, qu'un ruban couleur pêche noué sous son menton maintenait en place. Elle faisait si jeune, avait le visage si frais... et si appétissant.

— Quelque chose ne va pas ? demanda-t-elle en se plantant devant lui et en le fixant comme s'il était devenu fou.

— Je vais très bien. Vous êtes en retard.

Son regard lança des éclairs – de colère ? Mais presque aussitôt, elle retrouva une expression impassible.

— Pardonnez-moi. J'ai eu du mal à trouver un fiacre. On commence ?

— Oui. Avant tout, avez-vous choisi un nom pour toute cette mascarade ?

— Oh.

Elle se mordit la lèvre, réfléchit un instant.

— Pourquoi pas Mlle Ashford ? C'était le nom de jeune fille de ma mère.

Il approuva d'un mouvement du menton, et fit signe au maire qu'il pouvait commencer. M. Grant demanda le silence et prit la parole. Après avoir souhaité la bienvenue à tout le monde, il évoqua longuement la famille Mansfield et l'importance de ses contributions au développement de Manhattan, ainsi que la vague de progrès dans le sillage de laquelle tous étaient entraînés. Enfin, il remercia Phillip au nom de la ville, et tout le monde applaudit.

Phillip s'avança, serra la main du maire, et ce fut son tour de parler. Après avoir exposé sa vision du rôle que jouerait l'hôtel, il décrivit les plans dessinés par Hyde et l'espoir qu'il avait, grâce à cet immeuble hors norme, de modifier en profondeur le concept de voyage de luxe aux États-Unis.

— Permettez-moi maintenant de vous présenter l'équipe sans laquelle l'hôtel Mansfield ne se ferait pas. John Milliken d'abord, le directeur de l'entreprise Milliken & Frères choisie pour construire l'hôtel. À côté de lui, Alfred Carew, le maître d'œuvre qui dirigera le chantier. Puis Mlle Ashford, qui représente notre architecte E.M. Hyde, lord Cassell. Voilà. Quelqu'un a-t-il des questions ?

— Monsieur Mansfield, lança un reporter à l'impressionnante moustache. E.M. Hyde a-t-il prévu de venir à New York pour superviser le projet ?

— Oui, mais nous ne savons pas encore exactement quand. Lord Cassell est souffrant et ne peut pas voyager pour l'instant. Mlle Ashford servira d'intermédiaire en attendant.

— Cela vous inquiète-t-il ? demanda un autre journaliste.

Oui. Pour plusieurs raisons.

— Non. Mlle Ashford est tout à fait compétente, et les progrès de la communication nous permettront d'être en contact étroit avec lord Cassell. L'hôtel répondra à toutes mes exigences et à celles des New-Yorkais, je n'en doute pas un instant.

Un crayon se leva au-dessus de l'assistance.

— Vous vous êtes fixé des délais très ambitieux, monsieur Mansfield. Vous ne craignez pas de manquer de temps ?

— Pas du tout. Nous sommes extrêmement confiants, le projet peut être achevé en deux ans. J'ai prévu de m'impliquer directement dans les décisions qui devront être prises au jour le jour sur le chantier, afin de faire avancer les choses le plus rapidement possible.

Derrière lui, Eva fit discrètement part de son étonnement, mais il ne se laissa pas déconcentrer.

Les reporters s'égaillèrent quelques minutes plus tard. Phillip remercia le maire et les autres personnalités politiques présentes sur l'estrade. Au moment où il se tournait vers Eva, une main s'abattit sur son épaule. Il se retourna et vit James Keene, le numéro deux de Tammany Hall, la puissante – et très corrompue – organisation politique jouant un rôle majeur dans le fonctionnement de la ville.

— Monsieur Mansfield, dit Keene en lui tendant la main avec un sourire rompu à ce genre d'exercice. Félicitations. Vous devez être très content de pouvoir lancer ce chantier.

— Bonjour, Keene. Oui, en effet, très content.

La présence de Keene et de quelques-uns de ses hommes dans la foule ne l'avait pas surpris. Personne ne bâtissait un immeuble aussi important que l'hôtel Mansfield sans que Tammany Hall cherche à y être associé. L'organisation avait fait pression pour obtenir le contrôle du chantier, mais Phillip avait tenu bon. Quand l'obtention du permis de construire avait été fortement ralentie à la mairie, néanmoins, il avait été forcé de faire des concessions. En complément du chantier de démolition, finalement accordé aux équipes supervisées par Tammany Hall, une importante « donation » avait été faite. Vraiment importante, en réalité.

Alors que voulait Keene, maintenant ?

Celui-ci balaya du regard le terrain vague où devaient commencer les travaux.

— Je suis venu vous souhaiter bonne chance. Ce sera un bel hôtel, quand il sera fini.

— C'est mon intention en tout cas.

— Les gars ont fait du beau boulot, côté démolition, vous ne trouvez pas ?

Phillip croisa les bras. Où voulait-il en venir ?

— C'est vrai. Je n'ai aucun reproche à leur faire.

— Vous pouvez encore changer d'avis pour la construction, vous savez. On a les meilleurs maçons, et…

— Ce ne sera pas nécessaire.

Tammany Hall, c'était comme une hydre. Chaque fois qu'on lui coupait une tête, deux autres repoussaient. Phillip refusait de se laisser prendre dans l'engrenage.

— Les contrats sont signés. Nous avons tout ce qu'il nous faut.

Keene lui donna une tape sur l'épaule.

— Vous êtes dur en affaires, Mansfield. C'est ce que j'aime, chez vous. Votre père était pareil, d'ailleurs. Pas facile à faire changer d'avis quand il avait décidé quelque chose.

Phillip avait entendu cette histoire des dizaines de fois, mais il n'avait pas beaucoup de souvenirs de son père, n'étant âgé que de cinq ans lors de son décès.

— Mais il savait aussi comment faire régner la paix, continua Keene. Vous ne voulez pas vous faire des ennemis sur votre premier projet à New York, tout de même ?

— C'est ce que nous sommes maintenant, alors ? Des ennemis ?

— Non, mais non. Loin de nous l'idée de causer du grabuge. Seulement, vous devriez penser à notre belle ville, et à tout ce qu'elle a à offrir. Prendre un architecte britannique alors que vous aviez Mead ou White ici. Et puis, Milliken, c'est un entrepreneur de Chicago. Et Carew n'est pas des nôtres, vu qu'il est noir, on n'est pas d'accord ? Il ne faudrait pas que les gens du coin se sentent rejetés…

Phillip se contrefichait de ce que pouvaient ressentir les « gens du coin ». Il avait embauché les meilleurs, point à la ligne. Sans parler du fait que la plupart des ouvriers étaient des immigrés habitant la ville. Mais il n'était pas dupe : Keene se préoccupait avant tout de brosser dans le sens du poil les riches politiciens qui cherchaient à tirer profit de ce projet en se greffant dessus.

Il fit un effort pour rester calme et parler d'une voix neutre.

— Ce que vous ne comprenez pas, c'est que c'est mon argent qui finance ce projet. Cela signifie que c'est moi qui ai le dernier mot. Personne ne me contraindra à quoi que ce soit, pas même Tammany Hall.

Keene se frotta la joue, songeur, et considéra le terrain vague devant eux.

— Si c'est comme ça que vous voulez la jouer, Mansfield... Soyez bien sûr que j'en informerai Croker.

— C'est ça, informez-le, rétorqua Phillip en lui tournant le dos, s'attendant à voir Eva.

Il trouva Milliken à la place, qui l'attendait. Comme à son habitude, l'entrepreneur semblait contrarié.

— Monsieur Mansfield, je peux vous dire un mot ?

Les deux hommes firent quelques pas de côté sur l'estrade, pour parler en privé. Phillip glissa les mains dans ses poches.

— De quoi s'agit-il ?

— C'est cette femme, monsieur. Mlle Ashford. Elle supervise ? J'ai peur de ne pas bien comprendre.

— Elle s'assure que les plans sont suivis à la lettre, au nom de Hyde, qui ne peut pas se déplacer en ce moment. Je sais que ce n'est pas l'idéal, mais en l'occurrence, nous n'avons pas le choix.

— Le reste de l'équipe, monsieur. Tous des hommes... Ça m'étonnerait qu'ils apprécient d'obéir à une femme. Déjà qu'ils étaient pas trop pour Carew...

Le maître d'œuvre était l'un des meilleurs ingénieurs du pays. Phillip se fichait éperdument de la couleur de sa peau. Ce qui lui importait était toujours de trouver la meilleure personne pour un projet donné, et Carew avait maintes fois fait ses preuves sur d'autres chantiers. Ces réclamations mesquines devaient être tuées dans l'œuf si l'on voulait que les choses se déroulent comme prévu.

— Je comprends bien que la présence de Mlle Ashford puisse surprendre. Croyez-moi, si j'ai un seul doute sur sa capacité à relever le défi, je la mettrai sur le premier bateau pour l'Angleterre.

Milliken hocha la tête, sans pour autant sembler rassuré.

— Très bien.

— D'ailleurs, j'aimerais vous la présenter.

La cherchant du regard, il la trouva à quelques pas de là, qui l'attendait visiblement. Il lui fit signe d'approcher.

— Mademoiselle Ashford, je vous présente M. Milliken, le directeur de Milliken & Frères. Milliken, voici Mlle Ashford.

Milliken porta un doigt au bord de son chapeau melon.

— Mademoiselle Ashford.

— Enchantée, monsieur Milliken. Je suis impatiente de travailler avec vous.

Elle était sûre d'elle et polie, mais Milliken ne manifesta aucun signe d'apaisement. Il resta là, mâchoire serrée, lèvres pincées, visage complètement immobile. Après avoir répondu d'un hochement de tête presque imperceptible, il s'éloigna.

— Eh bien, dit-elle en se tournant vers Phillip. Il a l'air ravi de ma présence.

— Il fallait vous y attendre. Ce ne sera pas plus facile avec les ouvriers, vous savez.

— Je saurai m'en débrouiller, ne vous inquiétez pas. Ce chantier ira comme sur des roulettes. Avant même que vous vous en aperceviez, votre premier client prendra possession de sa chambre.

Il aurait aimé avoir la même assurance. Il n'aimait pas les surprises, surtout quand des millions de dollars étaient en jeu.

— Avez-vous rencontré Carew ?

— Oui. Il a été beaucoup plus accueillant que Milliken.

— Qu'avez-vous pensé de la cérémonie d'aujourd'hui ?

— J'ai trouvé qu'elle était très bien. Les journalistes avaient des questions intéressantes et vous aviez des réponses précises. Je dirais que ça a été un succès.

Elle se dandina un instant avant de reprendre :

— Que vouliez-vous dire par « J'ai prévu de m'impliquer directement dans les décisions qui devront être prises au jour le jour sur le chantier » ?

— Exactement ce que j'ai dit : je serai sur le chantier tous les jours.

Il observa avec intérêt le rouge gagner le cou puis les joues de son interlocutrice. Avait-elle réellement espéré qu'il disparaîtrait ?

— Si vous pensiez que j'allais partir en villégiature à Newport pendant le déroulement du chantier, je suis désolé de vous décevoir.

Elle répondit sans le regarder, en suivant des yeux la foule qui s'en allait.

— Non, non, bien sûr. C'est votre hôtel, il est évident que vous faites comme vous voulez...

Il eut l'impression qu'elle n'allait pas au bout de ses pensées.

— Mais ?

— Non, rien. C'est juste que... en général, les clients de mon père font confiance aux plans et à l'équipe. Ils ne se compliquent pas la vie avec les détails et la routine du chantier.

— Peut-être, mais vous n'êtes pas E.M. Hyde. Disons simplement que j'ai la ferme intention de surveiller mon investissement.

— Je vous prouverai vite que je suis à la hauteur, monsieur Mansfield.

Tout en s'assurant qu'on ne les regardait pas, il se pencha vers elle. Elle ne recula pas, soutint son regard en redressant le menton en signe de défi.

— Je l'espère pour vous. Mais vous feriez mieux de vous habituer à ma présence parce que, jusqu'à l'arrivée de votre père, vous m'aurez sur le dos en permanence.

5

Assise sur le mur de pierre, un petit tas de gravier à côté d'elle, Eva formait des carrés, des rectangles et des pyramides pour s'occuper.

Phillip Mansfield n'avait rien en commun avec les riches clients côtoyés au cours des années passées. Cet hôtel avait un sens pour lui. Le résultat de ce projet lui importait, bien plus que de graver son nom sur le fronton de l'immeuble. Les mots prononcés le matin même résonnaient encore dans son esprit, menaçants. Tant de choses pouvaient mal tourner.

Vous m'aurez sur le dos en permanence jusqu'à l'arrivée de votre père.

Que se passerait-il quand son père ne viendrait pas ? Phillip allait-il se percher sur son épaule, tel un faucon, pendant deux ans ? Seigneur, elle ne s'en remettrait pas…

— Que fais-tu ici ?

Elle leva les yeux et découvrit Nora, qui avançait dans l'allée du jardin. La veille, son amie était sortie dîner avec Julius, et Eva n'avait pas eu l'occasion de lui parler depuis qu'elle avait découvert l'identité de son patron.

— Je réfléchissais.

— Tu ruminais, plutôt. Cette tête-là, je la connais. Tu m'expliques les raisons de cet air maussade ?

Il était inutile de chercher à cacher quoi que ce soit à Nora : elle finirait par l'apprendre.

— C'est à cause du Phillip du bateau ?

Le regard de Nora pétillait. Un sourire se dessina sur ses lèvres.

— Monsieur Suçon ?

— Je l'ai revu. Il s'appelle Phillip Mansfield, et c'est...

Nora plaqua une main sur sa bouche, les yeux comme des soucoupes.

— Ton patron. Oh, non... Comment a-t-il réagi ? Qu'a-t-il dit ? Tu lui as expliqué, pour ton père ? Et Miss Catastrophe ? Il était au courant ?

Eva se massa le front, tentant de mettre de l'ordre dans le chaos de ses pensées.

— Il s'est mis en colère, d'abord. En disant qu'il avait payé une fortune pour avoir mon père, et qu'on lui avait promis qu'E.M. Hyde s'occuperait personnellement du chantier. Quand je lui ai expliqué que mon père était malade et que je prendrais le relais jusqu'à ce qu'il puisse voyager...

— Attends... Je croyais qu'il ne pouvait plus se déplacer.

— Oui, mais Mansfield n'a pas besoin de le savoir tout de suite.

— Seigneur...

— Ne me regarde pas comme ça, Nora. Si quelqu'un peut comprendre pourquoi je fais cela, c'est bien toi, non ?

Les deux jeunes femmes se connaissaient depuis des années, et Nora savait combien Eva avait travaillé dur. Combien elle avait passé de temps à étudier et pratiquer pour connaître toutes les ficelles du métier de son père. Combien la santé de ce dernier s'était détériorée, et leurs revenus avec. Si Eva n'avait pas accepté ce projet, elle et son père auraient été condamnés à la misère.

— Cela fait presque deux ans que père ne peut plus travailler. Je n'avais pas le choix.

Nora lui prit la main.

— Tu sais que Julius serait plus que disposé à vous aider financièrement, si je le lui demande. Pareil pour mon oncle et ma tante. Ton père n'était vraiment pas doué en matière d'argent.

L'offre la toucha profondément, mais Eva tenait à résoudre le problème elle-même, sans avoir à emprunter ni à dépendre de la bonté des autres.

— Je suis bien d'accord avec toi, mais se mettre en colère ne résoudra rien. Et je te remercie pour ta proposition, mais je dois régler ce problème moi-même. Je trouverai quoi dire à Mansfield le moment venu.

— Tu peux peut-être repousser ce moment jusqu'à ce que cela n'ait plus d'importance. Tu as du talent, Eva. Quand il aura compris que c'est toi qui as dessiné ces plans, il changera d'avis.

Eva aurait aimé être aussi optimiste que son amie.

— Il était sur le point de me renvoyer, en disant qu'à cause de ma réputation, les ouvriers risquaient de croire que le site était maudit.

— Mince. C'est un peu ce que l'on redoutait, non ?

— Pour qu'il me garde, j'ai promis de cacher mon identité.

Nora cligna des yeux, puis donna un coup dans un arbre tout proche.

— Attends un peu. En dehors de Mansfield, personne ne doit savoir que tu es lady Eva ? Mais comment allons-nous t'appeler en public ?

— Je doute que les ouvriers fréquentent l'opéra, donc tu peux continuer à m'appeler comme ça. Mais si tu viens visiter le chantier, il faudra dire Mlle Ashford. Heureusement, pour le moment, Mansfield est d'accord.

— Ah bon ? Je trouve ça étonnant. Il n'a pas la réputation d'être très souple, bien au contraire. Il est très vieille fortune et bonnes manières.

Après ce qui s'était passé aujourd'hui, Eva était parfaitement disposée à le croire.

— À t'entendre, on dirait un vieux duc imbuvable.

— La comparaison est assez juste. Il appartient à l'une des plus grandes familles de New York, dont la fortune dépasse toutes les autres. Et tu sais ce que je sais d'autre sur Mansfield ? ajouta Nora en plissant les yeux.

— Quoi ?

— Il est très beau.

Eva leva les yeux au ciel.

— Je le savais déjà, ça. Trouve autre chose.

— Très bien. Il a une maîtresse. Enfin, il avait. Une actrice très célèbre.

Eva fit de son mieux pour ne pas réagir à cette nouvelle. Mais en vérité, celle-ci lui resta en travers de la gorge.

« Ben quoi ? se dit-elle. Tu croyais que c'était un moine, peut-être ? Bien sûr qu'il a une maîtresse, sans doute très belle et bourrée de talent. Admirée, couronnée de succès. Une femme expérimentée, à l'aise en société, qui sait comment donner du bon temps aux hommes... »

En d'autres termes, son exact opposé.

Nora la regarda, bouche bée.

— Il te plaît.

— Ne sois pas idiote. C'est mon employeur. Et il est beaucoup trop... rigide à mon goût.

— Arrête, c'est à moi que tu parles, là. Je te connais mieux que quiconque, tu n'es pas obligée de me mentir.

— D'accord, d'accord. Disons que, sur le bateau, il s'est passé quelque chose. Il était très différent.

Devant le regard interrogateur de Nora, Eva poursuivit :

— Il était bourré de charme. D'humour.

— Continue. Je veux tous les détails.

Eva éclata de rire et entreprit de raconter à Nora le mal de mer de Phillip, et la nuit de la tempête.

— Toutes ces bouteilles ouvertes… Ne pas les vider aurait été du gaspillage, conclut-elle.

— Ah, je vois. En fait, il s'agissait d'une bonne action. Et alors, ça t'a fait quoi de l'embrasser ? Tu t'es mise à produire de l'électricité ?

De l'électricité, oui, il y en avait eu. Eva sentait encore le courant la traverser chaque fois que Phillip était près d'elle.

— C'était une nuit d'ivresse hédoniste, rien de plus. Nous n'avons absolument rien en commun. Figure-toi qu'il m'a traitée de numéro deux.

— On ne peut guère lui en vouloir. Pour autant qu'il sache, l'architecte qui a dessiné les plans de l'hôtel Mansfield est à Londres.

Elle n'avait pas tort, mais Eva n'avait pas terminé.

— Il m'a demandé pourquoi père était si impatient de me marier. Il voulait aussi savoir si j'avais aimé mes fiancés. Non mais, tu imagines le toupet ?

Nora baissa les yeux, lissa sa robe, pourtant parfaitement repassée.

— C'est intéressant, ça.

Ce ton, cette expression… Eva les reconnut aussitôt, et prit peur.

— Ne va pas imaginer quoi que ce soit. N'importe quel plan serait malvenu et idiot.

Son amie se leva, ramena les plis de sa jupe vers l'avant.

— Eva, tu as été fiancée trois fois. À trois hommes différents qui auraient peut-être fait des maris convenables, dont le seul crime aurait été de te faire mourir d'ennui au bout de six mois. Tu n'aurais pas été malheureuse, mais aucun d'entre eux n'a fait briller tes yeux ni rosir tes joues. Aucun ne t'a fait autant d'effet que Phillip Mansfield.

— Mais…

— Et Mansfield a un atout évident, que les autres n'avaient pas.

De larges épaules auxquelles il faisait bon s'agripper ? Une façon d'embrasser qui la faisait défaillir ? Eva aurait pu énumérer cent raisons qui faisaient de Phillip le contraire de ses fiancés, mais aucune n'avait sa place dans une conversation civilisée.

— Quoi ? demanda-t-elle comme son amie gardait le silence.

— Mansfield vit ici, à New York. Il se trouve que moi aussi, et je serais ravie d'y avoir ma meilleure amie.

La panique noua l'estomac d'Eva, son cœur se mit à battre la chamade. Quand Nora se fixait un objectif, elle était comme un train sans conducteur, qui filait à grande vitesse sans se soucier des conséquences possibles.

— Je t'interdis d'échafauder un plan, quel qu'il soit. Vraiment. Quoi que tu envisages, laisse tomber. De toute façon, en admettant que je sois disposée à prendre un époux américain, ce qui n'est pas le cas, mon père est à Londres et je ne peux pas le laisser seul. Pas pour l'instant, en tout cas.

Même s'il arrivait désormais à lord Cassell de ne pas reconnaître sa fille, l'abandonner aurait été cruel. Il ne guérirait pas, mais c'était encore son père. Elle était responsable de lui.

— Il souhaite ton bonheur, tout comme moi.

Eva se leva à son tour, éparpilla les petits tas de gravier.

— Alors ne me parle plus de cette histoire. Un homme comme Phillip Mansfield ne comprendra jamais mes ambitions. Il ne *me* comprendra jamais. Ce serait une perte de temps pour tout le monde.

Le quartier de Bowery n'était pas un endroit pour un gentleman.

Voleurs, prostituées, assassins, malfaiteurs de tous poils y traînaient en abondance, ses rues constituant pour eux un havre de paix depuis que la police de la ville avait renoncé à y faire régner la loi. Le maintien de l'ordre était entre les mains de gangs opérant depuis les bars où ils avaient leurs habitudes. Les bagarres étaient monnaie courante, souvent sur fond de ragtime.

Dans ces rues où régnait le vice, tout s'achetait, à condition d'en avoir les moyens. Tatouages, spiritueux, opium, femmes – hommes aussi, si telle était votre préférence. Phillip était là pour une tout autre raison. Il recherchait le genre d'exercice physique que les gentlemen estimaient trop violent pour le pratiquer eux-mêmes.

Sullivan, son cocher, évita une charrette d'huîtres et accéléra le pas pour rester à sa hauteur. Irlandais d'origine, il insistait toujours pour accompagner Phillip dans ce quartier.

— Êtes-vous certain que c'est une bonne idée, monsieur ?

Non, il ne l'était pas. Ces incursions avaient toujours lieu la nuit, moment de la journée où le danger était plus grand, mais où le risque d'être reconnu l'était moins. Phillip se donnait beaucoup de mal pour que personne ne soit au courant de son hobby. Il imaginait tout à fait ce que la bonne société – y compris sa mère – penserait en découvrant grâce à quoi il restait sain d'esprit.

Mais aujourd'hui, bonne idée ou pas, là n'était pas la question. Pas quand un regard sensuel et profond hantait chacune de ses pensées.

Et si nous profitions l'un de l'autre ?

Il aurait voulu ne plus penser à elle mais les souvenirs étaient là, et bien là, le forçant à se rappeler combien elle avait été réactive à ses caresses. Parfaite.

Bon sang, elle lui avait plu ! Mais maintenant qu'il connaissait la vérité sur elle, il aurait voulu que son corps reçoive le message à son tour. Eva n'était pas pour lui.

Alors pourquoi cela le déprimait-il ?

— Si vous préférez, vous pouvez aller m'attendre dans Canal Street avec la voiture, dit-il à Sullivan.

— Et vous laisser seul dans ces rues ? s'offusqua le cocher. Ça risque pas d'arriver.

Ils s'arrêtèrent devant un petit immeuble de trois étages en briques rouges, à la façade anonyme. Phillip poussa la porte, entra dans un hall où régnait la pénombre. Il descendit l'escalier, longea un couloir humide et, sa destination atteinte, gratta à la porte.

Un visage crasseux apparut. Des yeux méfiants le dévisagèrent, et un sourire édenté apparut.

— Tiens, tiens, mais on dirait que c'est le Prince... et en plein jour avec ça ?

— Laisse-moi entrer, Joe.

La porte s'ouvrit en grand et Phillip entra. L'odeur familière de sueur l'accueillit et, immédiatement, l'impatience monta en lui. Il était prêt, muscles bandés, l'énergie pulsant dans ses veines. Il entendit Sullivan échanger quelques mots en gaélique derrière lui, mais n'y prêta pas attention. Tête baissée, il se dirigea vers la petite pièce exiguë qui servait de vestiaire.

C'est Sullivan qui lui avait présenté McGirk. Après avoir assisté à un match de boxe, il avait fait état de son intérêt pour ce sport, et Sullivan avait suggéré une petite visite en ces lieux, pour essayer. Dès la première fois, il avait senti combien le combat l'aidait à évacuer tensions et agressivité. Quant à la douleur et au danger, plus que tout autre chose, ils lui donnaient l'impression d'être vivant.

Les habitués de chez McGirk ne boxaient pas par amour du sport. Ils boxaient parce que frapper quelqu'un leur était nécessaire pour évacuer la rage et l'impuissance qui pesaient parfois sur leurs épaules. Tous étaient capables de tuer un de leurs semblables de leurs propres mains, raison pour laquelle ils ne pouvaient se battre qu'entre eux. Celui qui sortait du combat encore debout était le bienvenu la fois suivante.

Il se déshabilla rapidement, enfila un caleçon de laine propre et des chaussures plates en cuir, qui permettaient de ne pas glisser sur la toile du ring. Puis, torse nu, il retourna dans la pièce principale, où l'attendait Joe.

Celui-ci lui enfila des gants, puis les laça.

— Il y a du monde ? demanda Phillip. Des gars qui valent que je leur consacre un peu de mon temps ?

— Un ou deux, oui. Échauffez-vous pendant que je vais voir si ça intéresse quelqu'un.

Phillip s'approcha d'un lourd sac de cuir qui pendait au bout d'une corde. Sullivan le suivit, non sans le mettre en garde :

— Êtes-vous sûr de vouloir quitter cet endroit le visage ensanglanté et bleui par les coups, monsieur ?

— Ne vous inquiétez pas pour moi, répondit Phillip.

— C'est à cause de votre hôtel ?

— On peut le dire comme ça, oui.

En vérité, rien ne se passait plus comme prévu depuis qu'il avait rencontré Eva. Sa vie était sens dessus dessous, et il détestait cela. Il aurait voulu que Hyde arrive au plus tôt.

Chaque jour passé en compagnie de cette femme, à la regarder, la désirer, serait une torture. Comment allait-il parvenir à garder ses distances ? De toute évidence, elle avait espéré qu'il disparaîtrait et la laisserait aux commandes du chantier. Il eut un petit rire. Comme disait Sullivan, « ça risquait pas d'arriver ».

Sullivan prit le sac de frappe à bras-le-corps et Phillip y lâcha une série de coups de poing, de directs et de crochets, tout en sautillant. Plusieurs fois, Sullivan lui rappela de se détendre, jusqu'à ce qu'enfin il arrive à se laisser porter par le mouvement. Il n'était plus concentré que sur ses coups rapides, puissants. Bientôt, son souffle s'accéléra, et un film de sueur lui recouvrit la peau.

— Monsieur le Prince ? C'est à vous.

Phillip pivota, impatient de s'entraîner avec un partenaire digne de ce nom. Il se figea en voyant l'homme négligemment appuyé contre les cordes du ring.

— Qu'est-ce qu'il fait ici ? murmura Sullivan. Je croyais qu'il était parti faire des matchs d'exhibition dans le Sud.

L'homme qui attendait Phillip n'était autre que James O'Reilly, dit « Brick », un puissant membre de Tammany Hall et l'un des boxeurs les plus célèbres de New York. Il s'était d'abord fait connaître comme boxeur à mains nues dans les combats illégaux organisés dans le quartier de Five Points. L'un des combats avait duré huit heures, ne prenant fin que lorsque O'Reilly avait achevé son adversaire.

Phillip fit un pas en avant, mais Sullivan l'arrêta.

— Vous êtes sûr, monsieur ? Ça me dit rien qui vaille.

— Ça ira. Et j'ai besoin de relever un défi.

Il se glissa entre les cordes pour grimper sur le ring.

Joe s'avança et regarda les deux hommes.

— L'un de vous souhaite-t-il que j'arbitre ?

Par habitude, Phillip secoua la tête.

— Ce ne sera pas nécessaire.

Mais en voyant le sourire qui se dessina lentement sur les lèvres de O'Reilly, il se demanda si ça ne l'était pas, au contraire.

Joe quitta le ring, O'Reilly rebondit contre les cordes et avança d'un pas sautillant.

— Ça fait un bail que je vous attends, dit-il avec un fort accent irlandais.

— Vraiment ? s'étonna Phillip en secouant ses bras le long de son corps pour les garder détendus et chauds.

— Ouais. J'sais qui vous êtes, m'sieur Mansfield. M. Croker et M. Keene m'ont demandé d'vous passer l'bonjour.

Ah. La nouvelle ne surprit pas complètement Phillip. Les gars de Tammany Hall avaient des yeux et des oreilles partout – surtout du côté de leurs ennemis. De toute évidence, ils n'avaient pas apprécié son refus de les laisser contrôler son chantier et avaient découvert son hobby secret.

Il leva ses poings gantés, positionna ses pieds de manière à avoir un bon équilibre.

— Alors je vous écoute.

Le fiacre s'arrêta le long du chantier au moment où l'aube nimbait de rose pâle le ciel de Manhattan. Eva descendit, le talon de sa bottine s'enfonçant dans la terre que la pluie avait rendue meuble, et paya le cocher. Elle avait regardé l'eau tomber durant des heures, ne trouvant pas le sommeil. On devait commencer à creuser aujourd'hui, et elle était à cran, presque paralysée par l'impatience. Il fallait absolument que ce chantier se déroule sans la moindre anicroche.

Les préoccupations ne manquaient pas. M. Milliken n'avait pas semblé particulièrement amical lors de leur bref échange, et elle ne s'attendait à aucun soutien de sa part. L'équipe prendrait probablement le parti de Milliken en cas de désaccords, qui risquaient d'être nombreux.

Et puis il y avait Phillip, dont la seule présence la distrayait et l'agaçait à la fois. Comment allait-elle pouvoir travailler avec cet homme séduisant toujours dans son dos, mettant en doute chacune de ses décisions ?

Concentre-toi sur le projet, et tout se mettra en place.

Les mots de son père lui revinrent à l'esprit, sage conseil qu'il avait souvent répété quand un chantier s'avérait plus difficile que prévu. Cela apaisa la panique qui lui retournait le ventre. Elle y arriverait. Elle ne laisserait pas tomber son père, ni personne sur ce projet.

Cet hôtel serait la plus belle réalisation d'E.M. Hyde... et constituerait pour elle une fabuleuse réussite.

Tout ce qu'il fallait, c'était survivre. Tenir bon. Revendiquer son savoir et suivre son intuition.

Et surtout, surtout, il fallait qu'elle garde ses distances avec Phillip Mansfield.

Résolue, elle franchit la palissade de bois érigée pour fermer le chantier au public. Quatre énormes pelleteuses à vapeur attendaient là, silencieuses, prêtes à plonger dans le granite qui constituait le socle de l'île de Manhattan. Un large sourire illumina son visage. C'était la première étape du processus qui allait transformer ses dessins et ses plans en l'hôtel le plus prestigieux que l'Amérique ait connu.

— Bonjour, Eva.

Elle sursauta en entendant cette voix désormais familière, et porta une main à sa poitrine en se retournant. Ça alors, mais d'où sortait-il ? Phillip Mansfield se tenait derrière elle, impeccable, les mains dans les poches, un sourire amusé aux lèvres.

Bonté divine. Un méchant bleu assombrissait sa joue, et une petite entaille barrait son arcade sourcilière gauche. Ses cheveux étaient lissés en arrière, comme s'il sortait du bain, et un costume gris ardoise ceignait son impressionnante carrure.

Elle le fixa, stupéfaite.

— Mais que vous est-il arrivé ?

— Rien de grave. Un petit accident sans importance. Je ne pensais pas vous trouver ici si tôt.

Le changement de sujet n'échappa pas à Eva. Pourquoi ne voulait-il pas parler de cette blessure ? S'était-il battu ?

Cela ne te regarde pas, Eva...

— Moi non plus, je ne m'attendais pas à vous voir. Ce n'est pas une heure décente pour un héritier.

— Désolé de vous décevoir, mais cet héritier-là se lève tôt.

Bien sûr. Pourquoi était-il toujours aussi imprévisible ? Ses fiancés avaient dormi le jour et fait la fête la nuit.

— Je n'arrivais pas à dormir, alors j'ai décidé de venir ici.

— Vous êtes nerveuse ?

— À peine, mentit-elle. Impatiente, plutôt. Et vous, quelle est votre excuse ?

— La même.

Il avança jusqu'à elle et ensemble ils contemplèrent l'immense terrain vague. L'hôtel occuperait un pâté de maisons entier sur la Cinquième Avenue, entre la 35e et la 36e Rue.

— J'aime beaucoup voir le terrain nu juste avant le début des travaux. Je m'imagine tout ce qu'on pourrait y faire.

Elle avait eu exactement la même pensée.

— Moi aussi.

— Vous venez ? Allons voir cette terre de plus près.

Elle hocha la tête, soulagée de pouvoir bouger. Entre la présence inattendue de Phillip et sa nervosité, elle était plus tendue que la corde d'un arc.

Il lui prit le bras et l'entraîna autour du périmètre.

— J'aimerais savoir… Les plans de votre père… vous avez participé à leur élaboration ? Vous avez donné des idées ?

Eva réfléchit. Il fallait qu'elle choisisse ses mots avec précaution. Ce genre de conversation, avec un employeur, pouvait être à double tranchant. Elle ne pouvait pas avouer qu'elle avait beaucoup contribué : c'était courir le risque que Mansfield remette en question toutes ses décisions. Il voulait que son hôtel soit signé du grand E.M. Hyde, pas de Hyde & Hyde. Et encore moins de lady Eva Hyde.

— Quelques petites touches ici et là. Il est toujours très ouvert à mes suggestions.

— Vous avez étudié avec lui pendant longtemps ?

D'agréables souvenirs lui revinrent. Elle avait adoré regarder son père dessiner, sortir une idée de son esprit et lui donner forme sur le papier. L'odeur du crayon graphite, le poids de son compas au creux de sa main, la douceur de sa règle en bois sous les doigts. Sa façon de lui demander son avis lorsqu'il butait sur un problème.

— Quand j'étais petite, je le suivais pratiquement partout, faussant compagnie à ma gouvernante, que cela rendait folle. Quand il s'est aperçu que j'avais vraiment envie d'apprendre, il a commencé à me donner des leçons.

— Quel âge aviez-vous, alors ?

— Onze ans quand j'ai commencé à le suivre. Quatorze quand il a enfin décidé de m'apprendre.

Cela faisait déjà huit ans. Tant de choses avaient changé depuis.

— Alors vous avez voyagé dans toute l'Europe avec lui ?

— Oui, la plupart du temps. Jusqu'à ce que mes responsabilités me retiennent à Londres.

La maladie de son père.

— Par responsabilités, vous voulez dire vos fiancés ?

Le ton inquiet sur lequel il avait posé la question l'étonna. Mais bien sûr, c'était logique. Sa réputation de Miss Catastrophe menaçait l'hôtel.

— Oui, entre autres.

— Ils étaient trois, après tout, lâcha-t-il à mi-voix.

Eva serra les dents. Certes, il y en avait eu trois, mais elle n'aimait pas qu'on se moque de sa douleur et de son humiliation. Malheureusement, elle n'était pas en position de rétorquer et de dire sa façon de penser. Elle avait besoin de ce projet, besoin de l'argent qu'il rapporterait et de la notoriété qu'il générerait. Se disputer avec son employeur, qui avait déjà suffisamment de raisons pour la renvoyer, n'était pas une bonne idée.

Aussi contourna-t-elle la question.

— Je ne pensais pas que vous étiez du genre jaloux.

— Trois fiancés morts n'inspirent pas la jalousie. L'inquiétude, plutôt.

Elle lui tapota le bras.

— Ne vous inquiétez pas, vous ne craignez rien : nous n'avons jamais été fiancés, que je sache.

Et, sans attendre de réponse, elle s'éloigna, préférant se concentrer sur le chantier plutôt que sur cette conversation exaspérante avec un homme plus exaspérant encore.

— Ce n'est pas ce que j'ai voulu dire, et vous le savez bien, lança-t-il dans son dos.

— Oui, c'est pourquoi je préfère ignorer votre remarque.

Il émit un drôle de bruit, qui ressemblait à un rire étouffé.

— Quelle tête de mule vous faites.

Elle fit volte-face, le talon de ses bottines s'enfonçant dans la terre.

— Pourquoi un homme traite-t-il toujours une femme de tête de mule quand elle n'est pas d'accord avec lui ? N'avons-nous donc pas le droit d'avoir une opinion ?

Il la rejoignit et la fixa d'un regard de défi. Bizarrement, elle avait été sur le point de reculer, battre en retraite, mais elle tint bon, levant la tête pour soutenir son regard. Son odeur familière – un mélange de propre et de boisé, réchauffé par l'air estival – lui fit battre le cœur.

— Si vous pensez que votre intelligence et votre obstination me laissent indifférent, vous vous trompez. Je n'arrive pas à oublier la femme courageuse et passionnée rencontrée sur le bateau, la lady sur laquelle mes mains brûlaient de se poser. Dois-je vous le prouver ?

Derrière eux, la porte de la palissade grinça en s'ouvrant, et Eva s'éloigna aussitôt, mettant de la distance entre eux. Être vue en pleine conversation intime avec le propriétaire de l'hôtel ne la servirait pas. Les choses s'annonçaient suffisamment difficiles comme cela.

Pourtant, elle était curieuse de savoir ce qu'il avait à lui dire. Que voulait-il prouver exactement ? Un frisson la parcourut à l'évocation de la multitude de réponses possibles. Réaction ridicule puisqu'ils s'étaient mis d'accord : leur relation devait rester strictement professionnelle. Distante. Respectueuse.

En aucun cas, elle ne se retrouverait à nouveau dans l'obscurité à le laisser faire des merveilles avec ses doigts. Et si cette idée provoquait un pincement de regret au creux de son ventre, tant pis.

Déjà, l'équipe arrivait, et elle mit de côté ces pensées déplacées.

— Cette conversation n'est pas terminée, murmura Phillip en s'éloignant pour aller saluer Milliken.

Sentir son souffle chaud au creux de son oreille la fit presque défaillir. Cramoisie, Eva tourna légèrement la tête pour se ressaisir. Maudit soit cet homme, qui la bouleversait comme nul autre n'avait réussi à le faire ! En cet instant, elle devait paraître sûre d'elle et en pleine possession de ses moyens, pas tourneboulée et troublée à cause d'un *homme*.

Un homme beau et étonnamment séduisant. Et pourtant…

— Mademoiselle Ashford.

L'espace d'une seconde, elle ne réagit pas à ce nom inconnu. Et puis…

C'est toi, idiote.

D'un mouvement vif, elle se tourna vers Phillip et M. Milliken, qui approchaient. Ignorant le premier, elle tendit la main au second.

— Bonjour, monsieur Milliken. Je suis impatiente de lancer le chantier aujourd'hui.

Milliken croisa les bras.

— Les tirs de dynamite devraient être prêts d'ici une heure. Si vous n'y voyez pas d'inconvénient, mademoiselle, je pense qu'il vaut mieux que vous nous laissiez.

Sa main retomba le long de son corps. Elle resta bouche bée.

— Je vous demande pardon ? Que je vous laisse ? Et pourquoi donc ?

— C'est une étape dangereuse. Il n'y a pas de place pour la panique et l'hystérie pendant que nous...

— La panique et l'hystérie ?

Elle serra les poings, sentit la colère monter. Un rapide coup d'œil en direction de Phillip lui révéla un visage fermé, aux sourcils froncés. Savait-il que Milliken la mettrait dehors ?

— Vous pensez que l'explosion va me faire... quoi ? Perdre tous mes moyens ?

— Allons, allons, calmons-nous, intervint Phillip.

Mais devant le regard déterminé de Milliken, il se tut.

— Monsieur, les ouvriers... Ils pourraient être distraits par sa présence. Un jour comme aujourd'hui, c'est dangereux. Une seule erreur avec cette dynamite, et...

Phillip se passa une main sur le visage, et regarda les hommes qui empilaient des caisses et sortaient leurs outils.

— Il y a du vrai dans ce que dit Milliken, mademoiselle Ashford. La dynamite est un produit très dangereux, et nous n'avons pas le droit à l'erreur, pas en plein Manhattan. Je suis certain que vous le comprendrez.

Comprendre ? Non, elle ne comprenait rien du tout. Ils la forçaient à partir ? Elle qui croyait les Américains plus évolués que les Anglais. Ces deux-là étaient aussi évolués qu'un bloc de granite.

Elle les regarda, l'un après l'autre, nota leur détermination. Elle pouvait discuter, se plaindre, mais qu'avait-elle à y gagner ? Ils ne changeraient pas d'avis, et cela renforcerait leurs convictions quant à son incapacité à rester calme. Mais elle détestait l'idée de céder, ravaler sa fierté et devoir s'en aller. Jamais ils n'auraient demandé une chose pareille à un homme.

Et Phillip. Le pire était qu'il avait pris le parti de Milliken, validant instantanément les théories ridicules du chef d'entreprise. Elle n'était pas près d'oublier une chose pareille.

Redressant la tête, le dos bien droit, elle s'adressa à Milliken.

— Je reviendrai ce soir à la fermeture du chantier. Si les choses ne sont pas comme je l'entends, je vous le ferai savoir. À tous les deux, ajouta-t-elle en lançant un regard sombre à Phillip. Sur ce, bonne journée, messieurs.

6

— Je voudrais voir M. Mansfield.

Le majordome, un vieil homme aux lèvres très fines et au front impressionnant, ouvrit la porte pour la laisser passer.

— Entrez, madame, je vous en prie. Je vais voir si monsieur est ici.

— S'il n'est pas ici, précisa-t-elle en retirant ses gants, dites-lui que j'attendrai qu'il rentre.

En d'autres termes, elle ne s'en irait pas tant que Phillip ne l'aurait pas reçue.

Après avoir été sommairement renvoyée du chantier, elle était rentrée à pied chez Nora, espérant que le long trajet lui permettrait de se calmer. Sans succès. Arpenter ensuite le jardin des Cortland n'avait rien changé. Sa colère était toujours aussi vive. Elle avait dessiné, bu un verre de sherry, donné des coups de poing dans un coussin, mais rien n'y avait fait.

Elle était furieuse.

Contre quelqu'un en particulier.

— Merci, Roberts, je m'en occupe, lança un jeune homme en arrivant dans le hall. M. Mansfield m'a demandé d'escorter lady Eva jusqu'à son bureau.

Eva tenta de masquer sa surprise. Comment Mansfield avait-il su qu'elle était ici ? L'avait-il vue arriver par la fenêtre ? Le temps qu'elle se pose la question, le majordome avait disparu et le jeune homme s'avançait, main tendue. Puis il sembla soudain gêné, rougit, et retira sa main avant de s'incliner maladroitement.

— Je suis Gabriel, le secrétaire de M. Mansfield. Si mademoiselle veut bien me suivre...

Elle répondit d'un hochement de tête.

Comme la fois précédente, ils s'engagèrent dans un dédale de couloirs jalonné d'œuvres d'art de grande valeur et de splendeurs architecturales, pour arriver à la lourde porte ouvrant sur le bureau de Phillip. Gabriel l'escorta à l'intérieur de ce domaine foncièrement masculin. Pas de fioritures, ici. D'épais tapis d'Aubusson couvraient le parquet, les meubles étaient en bois sombre, d'aspect robuste et utilitaire. Un immense bureau en palissandre sculpté occupait un coin de la pièce ; un autre, plus petit – sans doute celui de Gabriel –, était installé à côté. Contre le mur, près d'un sofa d'apparence très confortable, un meuble abritait plus de bouteilles que le comptoir des parfums d'un grand magasin.

Gabriel se retira en fermant la porte derrière lui, les laissant seuls. Phillip était à son bureau. Il se leva, posa son stylo-plume sur le sous-main.

— Lady Eva. Je n'irai pas jusqu'à dire que votre visite est une surprise.

Luttant pour garder son calme, elle lissa la jupe de sa robe aux manches en soie grège imprimée de losanges mauves. Sans qu'elle sache pourquoi, cette tenue lui rappelait *Alice au pays des Merveilles,* un de ses livres préférés lorsqu'elle était enfant. Elle s'était toujours trouvé des points communs avec Alice, petite fille coincée dans un monde absurde.

— Vous me devez des excuses.

— Vraiment ?

— Vraiment. Avez-vous une idée de quand je vais les recevoir ?

Il esquissa un sourire.

— Reconnaissez au moins que Milliken n'avait pas tout à fait tort. Il faut y aller en douceur. Vous allez devoir faire les choses progressivement sur le chantier, sinon les ouvriers se révolteront.

— C'est ridicule. Tout ce que vous avez fait, c'est donner à Milliken le courage de camper sur ses positions la prochaine fois qu'il voudra m'envoyer paître.

— C'est à moi qu'il rend compte. Il n'a pas la capacité de vous envoyer paître, comme vous dites. Ni aujourd'hui ni demain.

Phillip était calme, son visage abîmé était détendu, sa voix posée. Bizarrement, cela la mit plus en colère encore. Bien sûr qu'il était calme ! Jamais personne n'avait osé défier ouvertement son autorité. Il ne s'était jamais battu, n'avait jamais perdu. Jamais il n'avait été contraint de faire ses preuves.

— Vous lui avez accordé le premier round, Phillip. En conséquence de quoi, il m'interdira l'accès au chantier chaque fois qu'il le jugera nécessaire.

— Vous dramatisez. Si vous aviez vacillé ne serait-ce que d'un millimètre aujourd'hui, éternué au mauvais moment ou mis les mains sur vos oreilles pendant les explosions, votre crédibilité aurait souffert dix fois plus qu'en n'étant pas sur les lieux.

— Je n'aurais rien fait de tel ! Je ne suis pas une idiote, et je sais ce qu'est un chantier de construction. *Mon* chantier, en l'occurrence. Vous n'aviez pas le droit de me renvoyer comme un chien errant !

Il cligna des yeux plusieurs fois, fronça les sourcils.

— D'abord, c'est mon hôtel que l'on construit, donc cela en fait *mon* chantier. Ensuite, ne vouliez-vous pas dire le chantier de votre père, plutôt ?

Flûte. Elle s'était laissé emporter et sa langue avait fourché.

— Bien sûr, je parlais du chantier de mon père. Mais j'en suis responsable jusqu'à ce qu'il soit remis.

— Et moi, je suis responsable de vous deux... et de tous les hommes qui travaillent sur le chantier. Ce qui signifie que je n'ai pas à justifier ma décision.

— Vous êtes impossible.

Il la regarda d'un air entendu.

— Vous êtes libre de repartir pour Londres quand il vous plaira, lady Eva. Je me ferai un plaisir d'embaucher un autre architecte en attendant l'arrivée de Hyde.

Elle scruta son visage, tentant de voir s'il bluffait. Mais il cachait bien son jeu. Qu'il la renvoie et la remplace était ce qu'elle redoutait le plus. Comme son père n'arriverait jamais, elle perdrait définitivement le projet.

Ce n'était tout bonnement pas envisageable.

Quoi qu'il arrive, elle devait garder la tête froide. À cause de la maladie de son père et de leur situation financière, elle ne pouvait pas se permettre de pousser Phillip à bout. Pourquoi son père n'avait-il pas été attentif à la gestion de son argent ? S'il avait été plus raisonnable, elle n'aurait pas été forcée de mentir et de capituler systématiquement.

— Un autre architecte ne saurait pas défendre la vision de mon père.

— Certes, mais il – car ce serait un homme – ne provoquerait pas d'émeute sur le chantier.

— Que préférez-vous ? Une équipe docile et obéissante... ou bâtir un hôtel dessiné par Hyde ?

Il plissa les yeux, la fixa longuement.

— Je ne sais pas encore.

Il l'avait laissée tomber : ça, au moins, c'était clair. Eva avait cru que Phillip remettrait Milliken à sa place, mais finalement, il avait accordé le bénéfice du doute à son chef de chantier. Elle allait devoir se faire accepter par l'équipe, progressivement, en douceur. Les ouvriers du bâtiment étaient très superstitieux et susceptibles.

Pour que l'équipe reste soudée et efficace, Eva devrait procéder avec précaution. Débouler au milieu, comme un taureau dans l'arène, n'était pas la solution.

Pourtant, la déception d'Eva avait vivement affecté Phillip. Pourquoi ? Il n'aurait su le dire. C'était lui, le capitaine de ce bateau, celui dont le nom figurerait sur le fronton de l'hôtel. Celui qui avait financé cette aventure de bout en bout. Celui qui prenait tous les risques.

Si la façon dont il gérait les choses lui déplaisait… eh bien, tant pis.

Et s'il avait eu envie d'embrasser la moue boudeuse qu'elle avait affichée ce matin-là en partant… eh bien, tant pis aussi.

Il mit tout cela de côté. La déception d'Eva. Son envie de l'embrasser. L'expression arrogante de Milliken. Les soucis que lui causait ce projet. Il ne mentirait pas pour lui faire plaisir. Dire la vérité comptait avant toute chose, quelles qu'en soient les conséquences.

— Eva, ce projet est colossal, bien plus important que tout ce que vous avez pu faire jusque-là. Plus important que tout ce que *j'ai* pu faire jusque-là, et je dois agir dans l'intérêt de l'hôtel. Pas dans le vôtre.

Elle le fixa d'un regard intense.

— Je me demandais… Est-ce à cause de votre famille ? De votre environnement retrouvé ? En quelques jours, le bon vivant amateur de champagne s'est transformé en requin qui protège ses intérêts. Et puis ça, ajouta-t-elle en montrant son visage bleui par les coups. On dirait qu'il y a deux hommes en vous. L'un avenant et drôle, l'autre brutal et imperturbable.

Cette finesse de perception l'impressionna, le désarçonna. Peut-être était-il devenu plus inflexible avec le temps, mais il était à la tête de la famille Mansfield. La fortune et la réputation de ce nom reposaient sur ses seules épaules. Dans cette ville impitoyable, où l'on jugeait vos moindres faits et gestes, il arrivait que la pression menace de le faire exploser. Alors il avait appris à s'adapter, à garder le contrôle. Les virées occasionnelles chez McGirk l'y aidaient.

Cela pouvait expliquer son goût pour les voyages vers des contrées où l'on n'attendait pas de lui qu'il se comporte d'une certaine façon. Où personne n'avait jamais entendu parler de Phillip Mansfield, où personne ne s'intéressait à la fortune et à l'influence de sa famille.

Malgré tout, cette insinuation lui déplaisait.

— Je sais m'amuser quand je suis ici, dit-il d'un ton qui manquait de conviction, même pour lui.

Elle hocha lentement la tête, pinçant les lèvres pour appuyer son effet.

— Je n'en doute pas. En vous battant sur les docks, apparemment.

Cette fois, elle dépassait les bornes.

Phillip s'approcha d'elle, sans vraiment savoir ce qu'il allait faire, sinon tenter de lui prouver qu'elle se trompait. Lui montrer qu'au fond, il était toujours l'homme du bateau.

Elle fit deux pas en arrière et écarta les pieds, comme pour s'ancrer dans le sol, camper sur ses positions. Exactement ce à quoi il s'attendait.

Bientôt, il fut si près qu'elle dut renverser la tête pour le regarder. Un parfum de vanille et de rose enveloppa ses narines et une vibration sourde parcourut ses veines. Quelque chose passa dans le regard noisette d'Eva, une pensée fugace qu'il aurait aimé pouvoir déchiffrer. Qu'avait-elle à l'esprit ? La douceur des moments passés ensemble ? La passion qui les avait animés dans sa cabine cette nuit-là, quand elle avait joui sous ses caresses ?

Dieu sait que lui-même avait du mal à oublier tout cela.

Le bout de ses souliers de cuir noir toucha le bas de sa robe lorsqu'il se pencha pour murmurer :

— Vous faites comme si vous n'étiez pas plus tendue que la corde d'un arc, vous aussi. Alors que vous ne désirez qu'une chose : retrouver ce que vous avez découvert.

Elle avait le souffle court, mais ne recula pas.

— Pas avec vous. Et certainement pas de la manière que vous insinuez. Nous étions d'accord. Nous devons maintenir une distance professionnelle.

Il détesta entendre le calme dans sa voix, alors qu'il avait tant envie d'elle. Il se targuait de toujours garder le contrôle, mais là, c'était Eva qui se maîtrisait le mieux.

— Comment savez-vous ce que j'insinuais ?

Elle esquissa un sourire et recula d'un pas.

— Je suis peut-être célibataire, mais cela ne fait pas de moi une idiote.

— Loin de moi cette idée. À vrai dire, dès le début, je vous ai trouvée intelligente.

Techniques chinoises de relaxation, gargouilles, dessins, architecture, elle l'avait impressionné dans tous les domaines qu'ils avaient abordés, et il ne pouvait pas en dire autant de beaucoup de femmes en dehors de la chambre à coucher.

— Inutile de me flatter. Je suis votre employée. Il vaut mieux s'en tenir à cela.

Sans qu'il sache vraiment pourquoi, ces mots l'agacèrent. Elle avait raison : il était son employeur. Mais cela suggérait une distance qu'il ne ressentait pas, et ne souhaitait pas non plus. Il n'arrivait pas à la traiter comme une inconnue.

— Ne sommes-nous pas amis, au moins ? Je me plais à penser que nous sommes un tout petit peu plus proches que de simples collaborateurs, étant donné la situation.

Étant donné que j'ai glissé ma main entre tes cuisses et ma langue entre tes lèvres…

Elle fronça les sourcils, sceptique. Autant que lui, à vrai dire. Il n'avait pas d'amie femme – celles avec qui il couchait n'appartenaient pas à cette catégorie – mais il aimait l'idée d'avoir Eva comme amie. Ces prochains mois, ils allaient travailler en étroite collaboration, donc cela semblait logique. L'animosité ne résolvait jamais rien.

— Et cela impliquerait quoi, exactement ? demanda-t-elle.

Bonne question. Malheureusement, toutes les réponses qui lui venaient à l'esprit étaient indécentes.

Il haussa une épaule.

— Je n'en ai pas la moindre idée. Je n'ai jamais eu d'amie femme, mais je suis sûr que nous trouverons comment faire.

— Parfait. Alors nous sommes amis.

Elle avait dit cela d'un ton un peu dédaigneux, mais il voulait qu'elle sache à quoi elle s'engageait.

— Parfait. La première règle, en matière d'amitié, c'est la confiance. Donc vous me faites *confiance* : les décisions que je prends sont justes et toujours au bénéfice du projet. Vous me faites *confiance* : je ne fais pas passer l'avis de Milliken avant le vôtre.

Elle croisa les bras en soupirant.

— Vous m'avez manipulée uniquement pour aboutir à ça.

— Non, pas exactement. Mais je tiens à ce que les choses soient claires.

— C'est clair. Je dois vous suivre aveuglément et ne jamais remettre vos décisions en question. Mais où est mon intérêt dans tout cela, Phillip ? Ce projet est tout pour moi, mon avenir est en jeu.

— Vous voulez dire l'avenir de votre père, n'est-ce pas ?

Elle écarta sa remarque d'un geste.

— Oui, mais il compte sur moi quand il est absent. Vous devriez peut-être essayer de considérer que nous ne formons qu'une seule et même personne. Si ça peut vous aider.

— Ça ne m'aide pas. C'est même franchement dérangeant, si vous voulez le savoir.

— Soyez sérieux. Sinon, nous ne sommes plus amis.

L'attitude d'Eva le désarçonnait et, malgré lui, il réagit agressivement.

— Mais ce n'est pas moi qui change de personnage tout le temps ! Où est la femme pleine d'audace qui massait mon poignet quand j'avais le mal de mer ?

— Elle a retrouvé ses esprits. Et ce qui s'est passé sur le bateau était une erreur.

Eva tourna les talons et quitta le bureau.

Il la regarda partir, en proie à des sentiments variés. Une erreur ? Une inconvenance, peut-être, mais pas une erreur. Il ne regrettait rien de la soirée passée ensemble, même si apprendre sa véritable identité lui avait ensuite donné un sacré mal de tête.

Il alla se servir un whisky. Non, cette nuit ensemble n'avait rien eu d'une erreur… et il allait trouver comment le prouver à sa nouvelle *amie*.

Le vrombissement et le grincement des pelleteuses à vapeur accueillirent Eva lorsqu'elle arriva sur le chantier. Une forte humidité imprégnait cette matinée estivale et, déjà, elle transpirait. Bien sûr, sa gouvernante aurait dit qu'une lady ne transpirait pas… mais Eva savait qu'il n'en était rien. Et puis, elle ne s'était jamais vraiment comportée comme une lady.

La palissade en bois franchie, elle s'arrêta un instant pour apprécier le chaos. Un chantier de construction, c'était comme une symphonie, beaucoup d'éléments fonctionnant chacun de leur côté pour produire un ensemble harmonieux. Du fait de la taille du chantier et de l'ambition de Mansfield concernant les délais, deux équipes de trois cents hommes travaillaient jour et nuit à l'excavation et à la mise en place des fondations. Le bruit ne s'arrêtait jamais, le mouvement non plus. Leur travail terminé, une dalle de béton de plus de huit mille mètres carrés, coulée à quinze mètres au-dessous du niveau du sol, servirait de base à l'hôtel proprement dit.

Elle chercha Milliken. Ces derniers jours, elle s'était aperçue que celui-ci préférait travailler aux côtés des ouvriers. Il ne s'asseyait pas pour observer de loin, il relevait ses manches de chemise et travaillait avec son équipe. Eva le respectait pour cela.

Si seulement il voulait bien la respecter en retour...

La veille, elle avait jeté un coup d'œil à la zone d'excavation correspondant à l'aile est, et découvert une erreur de calcul dans les mesures prises par Milliken. Celui-ci n'avait pas apprécié qu'elle le lui fasse remarquer, rétorquant qu'elle n'avait pas besoin de mettre son nez partout comme une vieille chouette.

Eva s'était retenue de lui dire sa façon de penser et, surmontant sa colère, était allée voir Carew pour calmement lui expliquer l'erreur. Il l'avait écoutée, avait refait les calculs avec elle, avant d'aller soumettre les nouveaux résultats à Milliken. Celui-ci avait immédiatement corrigé le tir.

« Sois patiente, se dit elle. Tu finiras par obtenir son respect. »

Elle repéra Milliken le long du mur ouest. Il discutait avec un homme assez grand, brun, portant un chapeau melon. Ses épaules s'affaissèrent. Phillip.

Il n'était pas venu sur le chantier depuis leur conversation dans son bureau, quelques jours plus tôt, et Eva avait apprécié d'avoir un peu d'autonomie. Mais le patron était de retour.

Elle était prête à parier que Milliken se plaignait d'elle, quand bien même elle avait redoublé d'efforts pour ne gêner personne lorsqu'elle se trouvait sur le chantier. À dire vrai, elle n'avait pas grand-chose à faire tant que l'excavation ne serait pas terminée. Mais c'était plus fort qu'elle : l'énergie que dégageait le chantier lui était indispensable.

Phillip leva brusquement la tête et la fixa. S'excusant auprès de Milliken, il avança dans sa direction. La coupure sur son arcade sourcilière était désormais rose pâle, et le bleu sur sa joue avait presque disparu. Les différentes facettes de sa personnalité, le contraste qu'elles offraient la fascinaient. Cet homme était un voyou en costume sur mesure.

— Bonjour, dit-il en la rejoignant. Je suis surpris de vous trouver ici.

— Je préfère passer régulièrement pendant l'excavation. D'ailleurs j'ai bien fait, puisqu'il y avait une erreur hier dans les mesures de l'aile est.

— Ah bon ? Milliken ne m'en a pas parlé.

Eva eut un rire amer. Évidemment.

— Plutôt que de me remercier, Milliken m'a dit de ne pas traîner sur le chantier comme une vieille chouette.

Phillip eut du mal à retenir un sourire, et fourra les mains dans ses poches.

— Ce qui a dû mal passer, j'imagine.

— Je me suis retenue de lui donner un coup de pied dans le tibia. Ça n'a pas été facile.

— Je comprends.

Ils restèrent ainsi sans rien dire, baignant dans ce chaos d'hommes, de machines et de poussière qui, étonnamment, leur offrait un peu d'intimité.

— C'est la première fois qu'ils ont affaire à une femme ayant une position d'autorité, Eva. Vous devez apprendre la patience.

Elle devait s'adapter ? Ah non, alors ! Elle allait continuer à faire son boulot et les hommes s'adapteraient.

— Du moment que Milliken fait son travail, et le fait bien, nous n'aurons pas de problème.

Elle sentit l'agacement chez Phillip, mais il garda son calme.

— Milliken est quelqu'un de compétent. Je ne l'aurais pas embauché, sinon. Je ne travaille qu'avec les meilleurs dans leur domaine – vous devriez le savoir, vu tout ce que j'ai fait pour obtenir de travailler avec votre père.

— Bon, au moins avez-vous fini par me faire confiance.

Il pencha la tête de côté.

— Je vous demande pardon ?

— Ces deux derniers jours... vous n'êtes pas venu sur le chantier. Où étiez-vous ? Cela ne me regarde pas, bien sûr...

— J'ai dû me rendre à Boston. Un petit incendie s'est déclaré dans les cuisines de mon hôtel, là-bas, et je voulais constater les dégâts par moi-même. Je suis rentré hier en fin d'après-midi et suis venu directement sur le chantier. Vous étiez déjà partie.

Bonté divine. Quelle idiote elle faisait. Elle qui pensait qu'il avait décidé de lui laisser une chance en renonçant à planer au-dessus de son épaule, tel le vautour attendant une proie.

— Je vous ai manqué, lady Eva ?

Un peu, peut-être. Redoutant de se trahir, elle détourna le visage.

— Ne soyez pas ridicule. J'ai bêtement cru que vous me faisiez enfin confiance et que vous me laissiez prendre le chantier en main.

Sur le visage de Phillip, le sourire taquin disparut, remplacé par un froncement de sourcils.

— Ce n'est pas une question de confiance. Cet hôtel, c'est mon argent, ma responsabilité, et mon nom audessus de la porte. Tous les yeux de Manhattan sont fixés sur ce pâté de maisons et attendent de voir ce qui va en sortir. Il est hors de question que j'échoue, que je prenne du retard ou que je dépasse le budget.

Bien sûr, le nom et la réputation de son père étaient aussi en jeu – de même que son avenir à elle – mais elle se retint de le lui faire remarquer. Si le projet échouait, il lui faudrait vendre la maison de son père et s'installer avec lui en dehors de Londres, dans l'espoir d'échapper à leurs créanciers. Une nouvelle fois, penser à l'incompétence avec laquelle son père avait géré leurs finances la mit en colère. Si seulement il avait demandé conseil et investi son argent judicieusement, elle n'aurait peut-être pas eu à mentir sans arrêt.

— D'ailleurs, dit Phillip, puisque nous évoquons les risques possibles sur ce projet, il vaut mieux que je vous parle de ce qui inquiète Milliken. Votre père est un architecte enregistré à New York. Vous, en revanche, ne l'êtes pas. Cela nous met dans une situation bancale, en particulier quand vous modifiez les plans.

— Cela n'a jamais été un problème.

Elle avait agi au nom de son père sur des chantiers un peu partout en Europe. Avec l'aide de quelques lettres falsifiées portant la signature de celui-ci, son autorité et ses capacités n'avaient jamais été remises en question.

— Dans une autre ville, ça n'aurait pas d'importance. New York fonctionne autrement. Ici, la corruption coule à flots comme le champagne. Je ne serais pas surpris de devoir encore débourser une somme astronomique si Tammany Hall décidait de faire du grabuge.

— Encore ? Vous voulez dire que vous avez déjà… ?

— J'ai été forcé de confier la démolition à leur équipe. Tammany Hall aime garder la main sur toutes les pièces de l'échiquier qu'est cette ville.

— Ça me rappelle quelqu'un, marmonna-t-elle.

Phillip hocha la tête sans se formaliser.

— C'est sans doute vrai, mais eux n'attendent qu'une chose : trouver la faille qui leur permettra de faire pression pour gêner la construction de cet hôtel.

Le remords étreignit Eva, serpent insidieux qui se nourrissait de ses mensonges. Elle ne voulait pas être un fardeau supplémentaire pour Phillip, et elle imaginait tout à fait ce qui arriverait lorsqu'il deviendrait évident que son père ne la remplacerait jamais. Mais elle était allée trop loin et ne pouvait plus reculer. Cet hôtel était trop important pour elle.

— Je me ferai discrète, alors.

— Comme si c'était possible. Même si vous n'étiez pas belle comme le jour, votre assurance attirerait tous les regards du quartier. C'est une autre des raisons pour lesquelles Milliken veut votre peau. Il est persuadé que votre présence va distraire ses hommes.

Belle comme le jour.

Le compliment la réchauffa, effaça les remords. Mais elle tenta de garder une attitude professionnelle.

— C'est ridicule. Personne ne me regarde quand je suis ici.

— Parce que Milliken les a menacés, et s'il l'a fait, c'est parce que *je* l'ai menacé, lui. J'ai dit que toute l'équipe serait remplacée s'il vous arrivait quoi que ce soit, ou si qui que ce soit se montrait grossier avec vous.

— Phillip ! Vous ne pouvez pas faire ça. Ils vont tous m'en vouloir, maintenant !

Elle n'en revenait pas. Ce geste la flattait et l'ennuyait à la fois.

— Je m'en fiche, Eva. Si je ne peux pas vous empêcher de venir sur le chantier, je dois faire ce qu'il faut pour assurer votre sécurité.

S'agissait-il uniquement d'une question de responsabilité ?

— Mais tout le monde va penser que nous entretenons une relation intime !

— Là encore, je m'en fiche. En plus, ils n'auront pas tout à fait tort, si l'on tient compte de ce qui s'est passé sur le bateau.

Une onde de chaleur la parcourut, se logea au creux de son ventre. Cesserait-il un jour d'en parler ?

— Un ami délicat se doit de ne pas rappeler certaines choses gênantes à son amie.

Un sourire en coin se dessina sur les lèvres de Phillip. Un sourire dangereux.

— Mais cet ami n'est pas délicat.

— Vous êtes impossible.

— On me l'a déjà dit, en effet. Sur ce, je vous souhaite une bonne journée, ma chère.

Il porta un doigt à son chapeau et s'éloigna en direction de la sortie.

7

Il arriva en retard, délibérément.

Les invités de sa mère se trouvaient dans le grand salon, sirotant un cocktail ou buvant du champagne. Sur le sofa, les femmes échangeaient les derniers potins tandis que, réunis de l'autre côté de la pièce, les hommes discutaient – de la Bourse, à coup sûr.

Le visage de Phillip n'était pas complètement guéri, et sa mère serait contrariée. Mais, très tôt dans sa vie, il avait compris que lui révéler des choses désagréables en public lui épargnerait une scène. Devant ses pairs, Ellen Mansfield ne perdait jamais contenance.

Un valet approcha avec un plateau. Phillip y prit une coupe de champagne, qu'il vida d'un trait.

— Phillip ! Te voilà enfin.

Sa mère approchait, avec un large sourire. Il se tourna vers elle et, à la vue de sa blessure, ses narines se dilatèrent visiblement.

— Bonsoir, mère. Toutes mes excuses pour ce retard.

— Nous parlerons de ton visage plus tard, murmura-t-elle à son oreille tandis qu'il se baissait pour l'embrasser sur la joue. Viens, que je te présente à tout le monde.

Comme s'il ne connaissait pas déjà tous les invités présents.

— Bien sûr. Je te suis, dit-il en offrant son bras.

Elle l'entraîna vers ces dames. Elles étaient cinq, il les connaissait depuis toujours. Après les avoir saluées poliment, ainsi que le voulait l'étiquette, il décida de leur proposer à boire. Tout plutôt que se soumettre à ces regards insidieux qui n'osaient poser ouvertement la question de ce qui était arrivé à son visage. L'espace d'un instant, il fut tenté de le leur dire, rien que pour voir leurs réactions.

— Puis-je offrir un cocktail à l'une d'entre vous ? demanda-t-il.

— Rebecca ? suggéra Mme Hall en se tournant vers la jolie blonde assise à sa droite.

— Excellente idée. Je pense que Mlle Hall serait ravie, déclara Ellen Mansfield avec enthousiasme. Veux-tu bien l'accompagner jusqu'au buffet, Phillip ?

Seigneur, sa mère était si prévisible… Prendre la tangente aurait été impoli, aussi acquiesça-t-il d'un hochement de tête.

— Avec grand plaisir. Mademoiselle Hall, vous m'accompagnez ?

Rebecca se leva en rougissant – ce qui allait parfaitement avec sa robe de soirée en soie rose pâle.

— Merci, monsieur Mansfield.

Elle l'accompagna jusqu'au buffet où, Dieu merci, ils se retrouvèrent seuls.

— Seigneur, Phillip, je suis désolée. Tout ceci est tellement embarrassant.

Il eut un petit rire et lui prit son verre des mains.

— Voilà ce qu'il nous faut endurer pour faire plaisir à nos mères. Que voulez-vous boire ?

Elle jeta un œil par-dessus son épaule.

— Un scotch, ce serait un peu trop, vous croyez ?

— Pas pour moi.

Il prit le carafon, en versa une belle rasade dans le verre en cristal et le lui tendit.

— Allez-y, je vous cache.

Il se plaça entre elle et les autres, et Rebecca avala son whisky d'une traite, à la manière d'un pilier de bar.

— Ah, ça fait du bien, dit-elle en soufflant. Que vous est-il arrivé au visage ?

— Vous me croiriez si je vous disais que je me suis cogné contre une porte ?

— Si la porte avait des poings, bien sûr.

— Ce n'est rien. Je n'ai presque plus mal. Dites-moi plutôt ce qui vous pousse à vous tourner vers l'alcool fort, demanda-t-il en montrant le carafon de whisky.

— Oh, ces derniers temps, tout va mal. Je suis désolée, mais vous êtes l'agneau sacrificiel, ce soir.

Rebecca Hall appartenait à l'une des plus grandes familles de la ville. C'était une magnifique jeune femme, blonde aux yeux verts. Elle était intelligente et avait beaucoup d'esprit, ce qui ne gâtait rien. Phillip et elle n'étaient jamais à court de sujets de conversation et passaient toujours de bons moments lorsqu'ils étaient ensemble. Ils se connaissaient depuis si longtemps qu'il la considérait comme une amie.

— Vous escorter ne me gêne pas, Becca. Il y a pire façon de passer une soirée. Alors, dites-moi. Qu'est-ce qui vous tracasse ?

Elle ramena une mèche rebelle derrière son oreille.

— Ma mère ne me parle que de mariage. Et j'ai peur de ne plus pouvoir repousser l'échéance très longtemps.

— Je croyais que toutes les jeunes femmes ne rêvaient que de cela. Se marier.

Il pensa à Eva et à ses trois fiancés décédés. Elle avait souligné le fait que son père n'avait pas cherché à se débarrasser d'elle : avait-elle insisté pour se fiancer à chaque fois ? Il aurait aimé connaître les détails de cette histoire…

Becca eut un petit rire amer.

— Non. Je ne veux pas me marier.

— Parce que c'est moi, ou en général ? demanda Phillip après un silence.

— En général. Vous êtes beau, gentil, un peu difficile peut-être, mais je…

Lèvres pincées, elle jeta autour d'eux un regard furtif.

— Personne ne peut nous entendre, assura-t-il. Et j'ai senti dès le départ que vous étiez aussi peu tentée par ce mariage que moi.

— Vous avez bien senti. Je ne veux épouser personne.

— Pourquoi ?

— Je… je ne peux pas vous le dire.

Il comprenait le recours au secret. Dans leur milieu, qui rejetait quiconque faisait preuve d'indépendance, il était difficile de trouver quelqu'un à qui se confier. Pour les femmes, c'était pire.

— Vous pouvez me parler. Je serai une tombe, je vous le jure.

Elle secoua la tête, se servit à nouveau – de sherry cette fois.

— Cela ferait scandale.

— Pire que pour Mme Bishop ?

Mme Bishop avait divorcé de son mari coureur de jupons. Depuis, la bonne société avait banni la pauvre femme, l'ignorant tout bonnement.

— Pire.

— Vous êtes amoureuse d'un valet ? D'un palefrenier ?

C'était déjà arrivé.

— Seigneur, non. J'aurais presque préféré que les choses soient aussi simples.

— D'une femme, alors ?

Il plaisantait à moitié, mais à l'expression de panique qu'il lut sur le visage de Becca juste avant qu'elle ne se reprenne, il comprit.

— Ne vous inquiétez pas, je n'en parlerai à personne.

— Je ne vois pas de quoi vous voulez parler.

Il l'ignora.

— Vous savez, les Parisiens sont assez libres d'esprit dans ce domaine. Avez-vous songé à… ?

— Non, je ne peux pas quitter New York.

— Alors je suis désolée, Becca.

Elle le regarda dans les yeux, le scruta.

— Vous êtes sincère ?

— Assurément. Vous méritez d'être heureuse, comme tout le monde.

Dieu sait que son propre corps agissait parfois sans qu'il puisse tout maîtriser. Eva, nue et luisante de sueur dans son lit : voilà la seule chose à laquelle il pensait depuis des jours.

— Mais vous devez savoir que votre mère ne fléchira jamais, reprit-il. Si vous ne voulez pas partir en Europe, il vous faudra vous marier, ou tout lui révéler.

— C'est hors de question. Vous savez ce qui arrivera si elle apprend la vérité. On m'enfermera dans l'une de ces cliniques.

Phillip en avait entendu parler. Des établissements pratiquant des traitements radicaux, y compris des opérations chirurgicales inutiles destinées à « guérir ». La plupart des femmes ne revenaient jamais de ces endroits.

— Alors épousez un homme qui a le même secret que vous.

Elle fronça les sourcils. Son regard se perdit dans le vague.

— Je n'y avais pas pensé. Comment faire pour trouver... Non, ça suffit. Je ne sais même pas pourquoi je vous pose la question.

— Je ne suis pas né de la dernière pluie, figurez-vous. Je ne leur ai jamais rendu visite en ce qui me concerne, mais j'ai entendu dire qu'il existait dans le quartier de Bowery de nombreux établissements destinés aux hommes ayant des intérêts communs.

Il passait souvent devant en se rendant chez McGirk.

— Je... je ne vois pas à quoi cela m'avance pour le moment, mais merci, Phillip. Que vous me compreniez est très important pour moi.

Il se servit un sherry et trinqua avec elle.
— Je vous suis juste reconnaissant de ne pas vouloir m'épouser.
Elle lui tapota le bras.
— Si les hommes m'intéressaient, vous seriez un bon candidat.
— Bon ? feignit-il de s'indigner. Alors que ce serait un honneur pour vous de…
— Ah, vous voilà, tous les deux ! s'exclama sa mère en approchant du buffet. Le dîner est servi. Phillip, tu accompagnes Mlle Hall ?
Il vida son verre, le posa.
— Avec grand plaisir.
— Parfait ! J'aime beaucoup vous voir ensemble, tous les deux.
Sa mère rayonnait, comme si Phillip venait de demander la main de Rebecca. Après son départ, dans un frou-frou de soie, Becca eut un petit rire.
— Si elles savaient, souffla-t-elle.
— Elles essayeraient quand même d'arriver à leurs fins. Parce que c'est ce que font toutes les mères de la bonne société new-yorkaise.
— La vôtre me fait un peu peur. Je sais qu'elle ne veut que votre bien, mais j'ai du mal à m'imaginer vivre auprès d'elle.
Il attendit que les autres invités s'éloignent en direction du couloir qui menait à la salle à manger.
— Le pire a été pour mes sœurs. Moi, je l'exaspère, surtout.
— Vu votre réputation, je comprends pourquoi. Et vous, pourquoi ne voulez-vous pas vous marier ?
« Parce que je me suis brûlé les ailes une fois, déjà », songea-t-il.
— Sans doute n'ai-je pas encore trouvé celle qui me convient.
— Ne me dites pas que c'est à cause de ce qui s'est passé il y a si longtemps ?

Le reconnaître lui semblait ridicule. Son ex-fiancée l'avait dégoûté du mariage pour de bon. Mais c'est ce qui arrivait en général quand une femme vous assurait qu'elle portait votre enfant et que vous appreniez ensuite qu'un autre homme était en réalité le père.

— Je n'en vois pas l'utilité, c'est tout. Je suis très heureux comme ça.

— Mmm. Je comprends tout à fait. Votre maîtresse, c'est cette actrice, Flora Anderson, n'est-ce pas ?

— C'était, oui. Nous ne nous voyons plus.

— Des détails croustillants dont vous aimeriez me faire part ?

Il en resta bouche bée. Si quelqu'un lui avait dit à quoi la conversation de ce soir allait en venir, il ne l'aurait pas cru.

— Certainement pas. Je ne parle jamais de mes affaires de cœur, Becca.

Elle soupira.

— Pfff. Vous n'êtes pas drôle.

— C'est incroyable. Chaque fois que j'ai une femme dans ma vie, elle me dit la même chose.

Cette fois, ce fut au tour de Becca d'être surprise.

— Ah bon ? Donc, il y a une femme dans votre vie. Qui est-ce ?

Il secoua la tête.

— Oubliez ce que je viens de dire.

Ils prirent le chemin de la salle à manger.

— Je n'oublie rien du tout. Allons, vous avez découvert mon secret le plus intime, le plus sombre. Il serait juste que j'apprenne l'un des vôtres.

— Nous sommes dans la bonne société new-yorkaise, Becca. Rien n'est juste.

Eva essuya ses mains pleines de terre. Le soleil d'été dardait ses derniers rayons de la journée, teintant le ciel d'un bel orange. Elle avait assez travaillé pour aujourd'hui. À vrai dire, en partant maintenant, elle arriverait à temps pour se joindre à Nora et sa tante, et boire un sherry avant le dîner.

Elle venait de passer une heure en compagnie d'Alfred Carew, le maître d'œuvre. Ensemble, ils avaient examiné la zone d'excavation de l'aile ouest de l'hôtel. Il était facile de comprendre pourquoi Phillip avait embauché Carew : l'ingénieur était d'une grande intelligence, et très méticuleux. De plus, il ne la prenait pas de haut, ne lui parlait pas comme à une enfant. Il expliquait les choses calmement quand elle lui posait des questions, la traitait d'égal à égale.

Le chantier avançait vite. Comme prévu, l'eau avait commencé à remplir l'immense trou. Demain, on débuterait la fabrication de caissons à air comprimé qui permettraient de creuser encore plus profond, jusqu'à la roche mère.

— Ça va beaucoup plus vite que je ne l'avais envisagé, dit-elle à Carew.

Celui-ci croisa les bras et, d'un mouvement de menton, indiqua l'équipe d'ouvriers.

— Milliken est un entrepreneur efficace. Il respecte les gars, qui le respectent en retour. Et puis, M. Mansfield paie bien. L'argent est une bonne motivation.

Avec des délais aussi ambitieux que les leurs, que Phillip ait décidé d'y mettre les moyens était une bonne chose.

— Et là-bas, c'est quoi ? demanda-t-elle en montrant une cahute en bois, près de la palissade.

— Mansfield ne vous a pas dit ?

— Non.

— Ah. Je pensais qu'il vous en aurait parlé. C'est pour vous.

— Moi ?

— Oui. Il voulait que vous ayez un endroit où aller s'il fait trop chaud ou si ça devient trop dangereux.

Un petit bureau, qu'il a dit. Vous pouvez y ranger vos plans, si vous voulez. Ça doit être un peu rustique, mais ça devrait faire l'affaire.

Elle n'en revenait pas. Un petit bureau ? Trop chaud, ou trop dangereux ? Elle hésitait entre l'embrasser et le frapper en guise de remerciement… C'était attentionné, et condescendant à la fois. Pensait-il qu'elle allait se faner comme une jolie fleur sous le soleil estival ? D'un autre côté, avoir un endroit où s'asseoir de temps en temps serait bienvenu.

Malgré elle, ce geste la touchait. Sa présence agaçait Phillip mais il l'accueillait quand même, et faisait les choses bien en lui assurant un certain confort, même si elle ne tenait pas à un traitement de faveur.

Le « bureau », néanmoins, serait une preuve de plus pour les ouvriers qu'elle n'avait rien à faire sur le chantier. Pas étonnant que les hommes éprouvent du ressentiment à son égard, quand un supplément de travail avait été nécessaire pour bâtir un abri lui étant exclusivement destiné.

— J'aimerais que vous vous en serviez, vous aussi, dit-elle à Carew. J'insiste. Rangez-y vos papiers, vos outils. Je n'ai pas besoin de toute la place.

— C'est gentil à vous de proposer, mais M. Mansfield a été très précis. Il a dit…

— Peu importe ce que M. Mansfield a dit.

Elle l'avait interrompu d'un ton un peu sec, et s'en voulut.

— Je me sentirais gênée que cet endroit me soit réservé, reprit-elle plus gentiment. Et je ne veux pas que l'équipe pense que j'ai besoin d'un traitement de faveur.

— Ah. Je comprends. Alors merci. J'en ferai bon usage.

— Mademoiselle ?

Un des ouvriers s'était approché et se tenait tête baissée, n'osant croiser le regard d'Eva.

— Oui ?

— Y a une dame dans une voiture qui demande après vous.

— Moi ?

— Oui, mademoiselle. Elle est juste là, près de l'entrée, dit-il avec un geste en direction de la palissade.

Elle le remercia, prit congé de Carew et se dirigea vers la sortie. Les travaux d'excavation allaient continuer, les équipes d'ouvriers se relayant jour et nuit. Les délais seraient respectés et cela soulageait Eva, qui risquait des pénalités en cas de retard.

Une voiture noire attendait le long du trottoir. Une voiture qui exhalait l'opulence mais n'était visiblement pas neuve, loin de là. Sans être en mauvais état, elle clamait haut et fort son appartenance à une famille dont la fortune remontait à plusieurs générations. Les fortunes plus récentes, elles, paradaient dans des voitures rutilantes.

Qui pouvait vouloir s'entretenir avec elle ? Elle ne connaissait aucune femme ici, en dehors de Nora et sa tante, et Nora serait entrée sur le chantier sans faire de manières plutôt que de faire venir Eva jusqu'à sa voiture.

Un valet en livrée ouvrit la portière et aida une femme assez grande à descendre. Élégante et distinguée, les cheveux châtain clair, elle affichait une légère raideur évoquant l'assurance d'une femme qui a l'habitude que l'on se plie à son bon vouloir. Eva s'arrêta et attendit, intriguée.

Quand la mystérieuse visiteuse leva les yeux, un regard marron foncé qui lui était familier transperça Eva. Elle retint un petit cri de surprise. Serait-ce… la mère de Phillip ?

L'imposante dame portait une magnifique robe violette. Seyante par sa simplicité et son originalité, elle combinait satin et bengaline, et une rangée de petits boutons en nacre en fermait le corsage. À côté, le chemisier et la jupe beiges d'Eva faisaient franchement ternes et démodés.

— Mademoiselle Ashford ? demanda la dame.

— C'est moi, oui. Et... vous êtes ?

La visiteuse tendit une main gantée, qu'Eva s'empressa de serrer. La dame avait de la poigne.

— Je suis Mme Walter Mansfield. Vous travaillez pour mon fils.

C'était donc bien sa mère. On racontait que tout le monde à New York avait peur d'elle, et elle comprenait pourquoi. Mais Eva n'était pas du genre à se laisser impressionner. Elle discutait régulièrement avec des ingénieurs, des entrepreneurs, des artisans, des ouvriers. Rien ne lui faisait peur.

— C'est exact. En quoi puis-je vous être utile ?

Mme Mansfield l'observa un instant, songeuse.

— Mon fils ne cesse de louer vos compétences, mais j'avoue que je me demande si vous êtes bien qualifiée pour superviser ce chantier.

Eva en resta bouche bée.

— Je vous demande pardon ?

— Si je pose la question, c'est parce que j'ai mes raisons.

— Et je n'y répondrai pas, parce que j'ai mes raisons moi aussi, madame.

Les lèvres de Mme Mansfield tressautèrent si légèrement que ce fut à peine visible.

— C'est de bonne guerre. Vous travaillez pour E.M. Hyde ?

— Pour lord Cassell. Oui.

— J'ai entendu dire qu'il était souffrant.

Où voulait-elle en venir avec cette laborieuse conversation ? Eva s'arma de patience et répondit d'un ton naturel.

— Une légère grippe. Il sera sur pied dans très peu de temps.

— Pensez-vous qu'il soit capable de travailler sur un nouveau projet, bien qu'étant souffrant ?

Eva pensa aux traits creusés de son père, à son regard vide. La dernière fois qu'elle l'avait vu, juste avant de partir pour l'Amérique, il ne l'avait pas reconnue, ne s'était pas rappelé son nom, l'avait prise pour sa défunte épouse. Ses moments de lucidité étaient de plus en plus rares, et tout échange avec lui devenait précieux, comme si c'était le dernier. La prochaine fois, il ne la reconnaîtrait peut-être plus du tout, et cette idée lui brisait le cœur. Elle n'était pas prête à le perdre, pas encore.

Malgré tout, elle s'en tint au mensonge.

— Oui, bien sûr. Je communique fréquemment avec lui.

— Parfait. J'ai un petit projet en vue, sur lequel j'aimerais qu'il se penche. L'argent n'est pas un problème. Je suis prête à payer la somme qu'il demandera pour cette... consultation.

Les mots avaient leur importance. Une consultation. Pour laquelle l'argent n'était pas un problème. C'était impossible à refuser – au nom de son père, bien sûr.

— Je serais ravie de prendre rendez-vous avec vous, puis de lui transmettre vos demandes.

— Lundi, ce serait possible ? fit Mme Mansfield en sortant une carte de visite, qu'elle lui tendit entre deux doigts gantés. Je vous attends à 14 heures.

Un rapide coup d'œil sur la carte lui indiqua l'adresse. Cinquième Avenue et 59e Rue. En plein quartier des millionnaires. Il y avait là les plus luxueuses demeures de New York.

— Très bien. J'apporterai mon carnet et mon crayon.

Qu'elle accepte n'eut aucun effet sur Mme Mansfield. Eva en déduisit que jamais personne ne lui disait non et que, par conséquent, il ne lui était pas venu à l'esprit qu'elle puisse refuser. Exactement comme son fils.

— J'aurais néanmoins une petite faveur à vous demander, dit Mme Mansfield en se tenant les mains.

— Oui ?

Son expression se durcit. On lisait sur son visage une volonté de fer.

— J'aimerais que ce rendez-vous reste entre nous. Mon fils n'a pas besoin d'être au courant.

Eva retint un sourire. Que pouvait bien vouloir lui cacher sa mère ? D'un rapide hochement de tête, elle indiqua qu'elle était prête à jouer son rôle dans cette conspiration. Après tout, à force de hanter ses rêves avec ce fichu visage d'Apollon et ces épaules d'une largeur ridicule, Phillip méritait qu'elle se venge.

— Bien sûr. Je ne dirai rien.

— Parfait. Je vous attends lundi après-midi, donc.

— À lundi. Bonne fin de journée.

Mme Mansfield pivota dans un tourbillon violet et remonta dans sa voiture, laissant Eva songeuse. Que pouvait bien manigancer la mère de Phillip… et pourquoi ne voulait-elle pas que son fils l'apprenne ?

Phillip n'écoutait que d'une oreille Carew et Milliken, qui débattaient des conséquences du violent orage de la veille. Il aurait dû poser des questions pertinentes sur l'état du terrain et sur le déroulement des travaux, mais il avait la tête ailleurs. Eva était là, allait et venait sur le chantier, prenant des notes, son regard affûté enregistrant et mesurant tout, le balancement de ses jupes bleu foncé ponctuant chacun de ses mouvements.

Cette femme le fascinait. Une vive intelligence, une fougue obstinée, le tout emballé dans une délicieuse enveloppe capable de faire tomber un homme à genoux. Jamais il n'avait rencontré une femme comme elle.

Il avait essayé d'oublier. Si, vraiment, il avait essayé. Cent fois, il s'était promis d'oublier ce qui s'était passé. De rester professionnel.

Mais il avait beau faire, cela ne marchait pas. Il avait toujours envie d'elle. Son désir le consumait lentement, le maintenant au bord du précipice. Il se souvenait comme si c'était hier de l'énergie générée par leurs deux corps, la nuit de la tempête. Gardait en mémoire les frémissements d'Eva sous ses caresses, ses gémissements lorsqu'elle avait joui...

Une délicieuse chaleur gagna son entrejambe, d'agréables sensations lui hérissèrent le poil. Il avait repensé à tout cela plus d'une fois ces derniers jours. Et là, il la regardait s'agenouiller et tâter la terre. Cette femme n'avait pas peur de se salir les mains... mais pourquoi diable trouvait-il cela aussi séduisant ?

— Vous m'écoutez, monsieur Mansfield ?

Il tourna brusquement la tête. Carew et Milliken le fixaient d'un œil circonspect. De quoi avaient-ils parlé ? Écartant les mains, il tenta une réponse au hasard.

— Inutile de précipiter les choses. Nous lancer là-dedans tête baissée n'est pas une bonne idée.

Carew fronça les sourcils.

— Je demandais si vous vouliez parler à M. Weller. Il est juste derrière vous.

Que faisait ici le responsable des chantiers à la mairie ? Phillip se tourna et tendit la main à un homme qui les dominait tous les trois de son imposante stature.

— Weller. Que nous vaut le plaisir ?

Richard Weller portait un costume écossais jaune et marron sur un gilet marron que tendait sa prodigieuse bedaine. La chaîne en or de sa montre brillait dans le soleil matinal.

— Monsieur Mansfield. Je me demandais si vous aviez quelques instants pour parler de vos plans.

Phillip fut aussitôt méfiant.

— Je croyais que nous en avions déjà discuté. À de nombreuses reprises, qui plus est.

Weller avait passé les plans de Hyde au peigne fin, posant des dizaines de questions qui avaient nécessité des réponses argumentées de la part de l'architecte. Carew ainsi que d'autres ingénieurs avaient donné leur aval, assurant que l'hôtel serait structurellement sûr.

— J'ai changé d'avis. Je ferme le chantier jusqu'à ce que...

Phillip se raidit.

— *Quoi ?* Vous ne pouvez pas faire ça ! Nous avons déjà commencé !

D'un geste large, il indiqua l'énorme trou, à leurs pieds.

La colère de Phillip n'y fit rien.

— Mais si, je peux, si votre immeuble présente un danger pour la ville. Et j'ai bien peur que...

— Il y a un problème ?

Au bord de l'explosion, Phillip se tourna vers Eva qui venait d'apparaître.

— Il ferme le chantier, dit-il sans desserrer les dents.

Bon sang de bois. Rien que de le dire, cela le mettait dans une rage folle. Cette foutue ville... Rien n'était jamais simple ici, même pour un Mansfield.

— Vous fermez le chantier ? répéta-t-elle en regardant le responsable de la mairie, tête légèrement inclinée sur le côté. Quel est le problème ?

Carew et Milliken s'approchèrent à leur tour. Weller toussota, regarda l'un après l'autre les visages inquiets qui le fixaient.

— La hauteur. Votre immeuble, il s'effondrera sous son propre poids.

Hyde avait élaboré un système unique en son genre, particulièrement ingénieux. Toute la structure devait être soutenue par une grille d'acier Bessemer, grâce à laquelle c'était l'intérieur du bâtiment qui supportait le poids, et non les parois extérieures. Phillip avait vérifié la validité structurelle du système avec pas moins de quatre ingénieurs, dont Carew.

— Mais pas du tout, dit Eva. Le poids est supporté par la structure interne. L'hôtel ne fera que le tiers du poids d'un immeuble traditionnel, où le poids est réparti sur les parois extérieures.

— C'est ce que vous pensez.

Elle se redressa, leva le menton.

— Non, c'est ce que je sais. Même si je n'avais pas moi-même fait les calculs, cette méthode a déjà été utilisée pour des immeubles plus hauts construits à Chicago. Le Tacoma Building et le Home Insurance Building sont tous les deux...

— Mademoiselle Ashford, l'interrompit Weller avec une moue de dégoût, comme si prononcer ce nom lui donnait la nausée. Nous ne sommes pas à Chicago. On jongle peut-être avec le règlement là-bas, mais à New York, nous faisons plus attention. Et nous ne voulons pas d'un immeuble de quatorze étages qui s'écroule en plein quartier chic.

— De treize étages, corrigea-t-elle. Et deux autres immeubles, à Liverpool, ont été construits selon cette méthode. Notre hôtel ne s'effondrera pas.

Weller fit un geste en direction d'Eva, mais s'adressa à Phillip.

— Tout ça, c'est des histoires d'orgueil et de démesure, et vu que M. Hyde n'est même pas là pour défendre son choix...

— Je suis ici, moi, intervint Eva en croisant les bras. Et je le défendrai avec joie.

— Sans vouloir vous offenser, mademoiselle, la parole d'une secrétaire...

Phillip se pencha vers lui.

— Mlle Ashford est l'assistante de Hyde, pas sa secrétaire, et elle connaît ces plans aussi bien que lui. Avec l'aide de M. Carew, elle pourra répondre à toutes vos questions, apaiser toutes vos craintes.

Seigneur, il espérait dire vrai. Il avait trois millions de dollars et une réputation à sauver.

— Je vous montrerai mes calculs avec plaisir, fit Carew. L'immeuble conçu par Hyde ne risque rien.

— Et je sais de source sûre, ajouta Phillip, que Pulitzer a recours au même système pour la construction de son immeuble, qui fait vingt-trois étages. Pourquoi ne vérifiez-vous pas ses plans à lui ?

Les architectes de l'immeuble Pulitzer s'étaient même inspirés des plans de Hyde l'année précédente.

Weller changea de position, le regard moins assuré.

— Nous avons parlé avec M. Pulitzer, et il nous a convaincus. Structurellement, son immeuble est sûr.

Tout à coup, Phillip comprit pourquoi Weller était ici et pas sur le chantier de Pulitzer. Satané Tammany Hall. Keene et Croker cherchaient à semer la zizanie pour bien montrer qu'il fallait compter avec eux. Il avança d'un pas et se planta devant Weller, menaçant.

— J'ignore combien ils vous ont payé, dit-il à voix basse, mais je sais très bien qui est derrière tout cela. Réfléchissez bien avant de devenir mon ennemi, Weller. J'ai aussi des amis très haut placés. Haut placés dans les tribunaux.

— Monsieur Weller.

Eva s'interposa entre Phillip et Weller.

— Peut-être devrions-nous discuter de tout cela plus tranquillement, vous, M. Carew et moi-même. Pour revoir les plans une nouvelle fois avant de prendre des décisions que nous regretterions tous.

Weller semblait moins sûr de lui, maintenant.

— Je ne sais pas...

— Avez-vous déjà été convié à un vrai thé anglais ?

En entendant la question d'Eva, Milliken resta bouche bée et Carew, d'ordinaire assez détendu, ouvrit de grands yeux. Phillip aussi était surpris, mais réussit à le cacher. Un thé ? Elle parlait de prendre le thé ? Avait-elle perdu l'esprit ?

Weller était visiblement pris de court.

— Hem... Non, je ne peux pas dire que ça me soit déjà arrivé, mademoiselle.

— Alors je vous invite à un vrai thé anglais cet après-midi. M. Carew sera des nôtres également, et nous pourrons discuter de tout cela en détail.

Weller regarda Phillip, puis Eva.

— Pourquoi pas, en effet... Mais en attendant, il me faut insister : le chantier doit fermer.

Phillip serra les poings.

— C'est hors de question !

— Mais bien sûr, dit Eva en posant une main apaisante sur le bras de Phillip. Monsieur Milliken, vous allez renvoyer les ouvriers pour aujourd'hui – en leur payant la journée entière, bien entendu.

Une bordée de jurons retentit dans la tête de Phillip, mais il resta silencieux, serra les dents et se retint d'envoyer un uppercut dans la mâchoire de Weller. Eva avait intérêt à avoir de bons arguments pour tout ça. Céder aux exigences de ce crétin allait à l'encontre de tout ce en quoi croyait Phillip.

— Monsieur Mansfield ? demanda Milliken pour confirmation.

Un rapide hochement de tête suffit, et Milliken tourna les talons pour aller interrompre les travaux.

— J'ai un rendez-vous à 14 heures. Pouvez-vous venir à 16 heures ? dit Eva en tendant une carte de visite à Weller, puis à Carew.

Weller lut l'adresse imprimée en relief.

— Je suppose que oui.

— Parfait. Alors à tout à l'heure.

Weller les salua et se retira. Phillip fondit sur Eva.

— Carew, vous nous laissez un moment ?

L'ingénieur leva les mains et recula.

— Je vous retrouve à 16 heures, mademoiselle Ashford. Monsieur Mansfield.

— Je serai à ce rendez-vous, dit Phillip dès qu'ils furent tous les deux.

— Pas question. Weller ne vous aime pas, et de toute évidence le sentiment est réciproque. Vous êtes incapable de vous contrôler en sa présence, et je ne veux pas risquer de vous voir ficher en l'air tous mes efforts pour le mettre dans ma poche pendant cet entretien.

— Le mettre dans votre poche ?

Elle leva les yeux au ciel.

— Phillip, il y a des moments où jouer les brutes ne mène à rien. C'est exactement le cas aujourd'hui. Vous n'avez donc pas vu Weller ? Il s'attendait à ce que vous lui aboyiez dessus en montrant les dents, et il était prêt à l'affrontement. C'est lui qui a la main, là, et c'est à nous de trouver comment l'empêcher d'abattre ses atouts. C'est pour ça que je veux le retrouver en dehors du chantier, dans un environnement qui lui est étranger.

— Vous ne pensez tout de même pas qu'une théière d'Earl Grey et quelques crumpets vont résoudre notre problème ?

— Votre réaction prouve juste que vous n'avez jamais mangé de bons crumpets. Ne venez pas à ce rendez-vous.

— Je viendrai.

— Vous me faites confiance ?

Il hésita, chercha une réponse qui ne l'engage pas trop.

— Encore une fois, cela n'a rien à voir avec vos compétences. Il s'agit de mon argent, de mon hôtel. Je ne peux pas me tourner les pouces cet après-midi en sachant qu'une telle décision se prend sans moi.

— C'est dommage, parce que vous n'entrerez pas chez les Cortland.

— Eva, c'est moi qui suis à la tête de ce projet, pas vous. Si je veux entrer, une brigade d'hommes en armes ne suffira pas à me retenir.

— Vous parlerez ensuite seul à seul avec Weller si je n'arrive pas à le faire changer d'avis. Que dites-vous de ça ?

— Non. J'ai *besoin* d'être à ce rendez-vous.

Bon, peut-être pouvait-il céder un peu de terrain. Pour Eva.

— Et si je vous promets de ne pas dire un mot ? lâcha-t-il.

— Vous seriez capable d'un tel exploit ?

Dieu qu'elle l'agaçait. Il serra les dents.

— Oui. Et puisque vous ne pouvez pas m'empêcher de venir, c'est à prendre ou à laisser.

— D'accord. Mais pas un mot, Phillip.

— Très bien.

Il soupira, se pinça la base du nez.

— Où avez-vous rendez-vous, à 14 heures ?

Elle souleva ses jupes et s'éloigna en direction de la sortie.

— Cela ne vous regarde pas. À tout à l'heure. 16 heures tapantes.

8

Mme veuve Mansfield vivait dans un hôtel particulier sur la Cinquième Avenue, en plein cœur de Millionaire's Row. La bâtisse était de style Second Empire, une frise en fer dentelée courant tout autour de son toit percé de fenêtres mansardées particulièrement ornementées. Un impressionnant escalier en pierre, bordé d'une balustrade, menait à l'entrée principale. À côté des demeures Vanderbilt et Astor, ses voisines, l'édifice était presque modeste, mais il affichait sans équivoque la fortune de son propriétaire.

La porte s'ouvrit sans qu'Eva ait besoin d'actionner le heurtoir plaqué à l'or fin.

— Mademoiselle Ashford, dit le majordome en lui faisant signe d'entrer. Mme Mansfield vous attend.

— Merci.

L'entrée était impressionnante, tout en marbre de Carrare, et mise en valeur par une abondance de sculptures italiennes, tapis luxueux et tableaux de maîtres. Une immense verrière en vitrail aux teintes opalescentes la surplombait quatre étages plus haut, ses rais de lumière colorée faisant scintiller les pampilles de l'imposant lustre en cristal. Un majestueux escalier menait aux étages supérieurs, sa courbe conférant une harmonie indiscutable à l'espace tout en le dominant avec théâtralité.

Eva confia son ombrelle au majordome et le suivit jusqu'au salon. Il régnait un silence absolu dans la maison. On n'entendait ni voix ni pas, en dehors des siens et de ceux du majordome. Pas même le tic-tac d'une pendule. C'était un peu comme dans un tombeau. Un tombeau magnifique, précieux.

La première chose qu'Eva remarqua dans le salon fut le plafond doré. Il brillait tant qu'elle cligna des yeux. Mme Mansfield arriva peu après, en robe bleu pâle presque assortie au papier peint.

— Mademoiselle Ashford. Venez vous asseoir, je vous prie, dit-elle en indiquant le sofa.

En prenant place, Eva remarqua les longs rouleaux de papier sur la table basse en merisier. Il s'agissait de calques, des dessins d'architecte effectués sur papier transparent. Probablement le projet à propos duquel Mme Mansfield voulait l'entretenir. Déjà, les doigts d'Eva la démangeaient, impatients de dérouler ces dessins et de voir de quoi il retournait.

— Je vous remercie de vous être déplacée, mademoiselle Ashford. Si vous n'y voyez pas d'inconvénient, je préfère ne pas perdre de temps et aller droit au but.

Eva apprécia cette entrée en matière pour le moins directe. Dans la mesure où elle avait un rendez-vous moins de deux heures plus tard, faire vite lui convenait tout à fait.

— Je n'en vois aucun. Comment puis-je vous aider ?

— C'est pour mon cottage à Newport. J'aimerais avoir l'avis de votre employeur à propos d'un léger agrandissement.

Eva connaissait suffisamment les Américains pour savoir que « cottage » signifiait belle demeure. Et elle connaissait suffisamment les riches New-Yorkaises pour savoir que « léger agrandissement » signifiait doublement de surface au moins.

— Vous avez déjà fait faire des plans, à ce que je vois.

— Oui, en effet, dit la mère de Phillip en se penchant pour prendre l'un des rouleaux. Je voudrais transformer l'aile est. L'architecte m'a soumis un projet complètement fantaisiste. Votre employeur a une réputation tellement extraordinaire, j'espérais qu'il serait d'accord pour me donner son avis sur ce projet.

— Fantaisiste ? demanda Eva, dont la curiosité avait été piquée.

— Absolument. Je vais vous montrer, dit-elle en déroulant un premier plan. La maison a été construite il y a trente ans. D'une part, notre famille n'était pas aussi nombreuse qu'aujourd'hui, et d'autre part, je n'avais pas anticipé la façon dont Newport changerait en si peu de temps.

Ah. Donc Mme Mansfield voulait plus grand et plus beau, une maison qui soit à la mesure de son statut à New York. Eva hocha la tête.

— Je comprends. Voyons ce que l'on vous a proposé.

Elles commencèrent par le plan de niveau et l'élévation de façade. Stoneacre était une demeure géorgienne de style palladien, typique des maisons construites pendant la première moitié du siècle. Eva laissa son hôte lui parler de la nouvelle aile, et de la façon dont cet agrandissement rendrait la maison plus agréable à vivre. Chambres plus vastes, douches dans toutes les salles de bains, un tout nouveau système de rafraîchissement de l'air qui rendrait supportable la touffeur des mois d'été… Il y avait aussi plusieurs autres chambres de taille plus modeste « pour les petits-enfants », expliqua Mme Mansfield. Eva essaya de ne pas penser à Phillip installant dans ces chambres des enfants parfaits, à coup sûr issus de son union avec une épouse comme il faut, qui ne creusait jamais la terre à mains nues.

Cette idée la dérangea à un point… C'en était ridicule. Elle ne voulait pas se marier, même à un homme aussi beau et déterminé que Phillip. Certes, il comprenait l'architecture et aimait bâtir, tout comme elle, mais en dehors de ça, ils n'allaient pas ensemble. Il chercherait à contrôler les faits et gestes de sa femme... et jamais Eva ne le supporterait.

— Donc, concluait Mme Mansfield, ce qu'ils me proposent, c'est d'emballer la maison existante dans une sorte de cocon en stuc, à partir duquel nous construirions dans le style Beaux-Arts en vogue aujourd'hui.

Eva fronça les sourcils.

— Ont-ils testé les fondations et le centre de la maison, pour être sûr qu'elle tiendra le coup structurellement ?

— Non. Mais de toute façon, cette nouvelle aile ne me convient pas. J'ai l'impression... que c'est du travail bâclé.

Eva était de cet avis aussi. Cette idée de cocon, c'était comme si l'on prenait une tarte aux fraises et qu'on l'enrobait de génoise. L'intérieur ne ressemblerait plus à rien.

— L'objectif était peut-être de réduire les coûts ?

— Le budget était plus que suffisant. Et tout ce que je demandais, c'était qu'ils conservent le bâtiment original autant que possible, tout en le modernisant.

— En ce qui me concerne, je trouve que leur proposition est une erreur. Il faut que les fondations puissent supporter le poids supplémentaire. En théorie, ce qui a été construit il y a trente ans doit tenir le choc, mais on ne sait jamais. J'ai vu des bâtiments de moins de trente ans commencer à se fissurer quand on leur a ajouté des éléments.

— Et comment le savoir ?

— Il faut prendre des mesures, faire des calculs. Toutes les structures doivent être examinées avec soin, répondit Eva en étudiant les plans. Mais dites-moi, si vous voulez une maison de style Beaux-Arts, pourquoi ne pas simplement raser la première et reconstruire ?

Une expression étrange, presque triste, traversa le visage de Mme Mansfield.

— C'est mon mari qui m'avait fait construire cette maison, pour notre cinquième anniversaire de mariage. La perdre me serait insupportable.

Qui l'aurait cru ? La vieille dame pas commode était une sentimentale. Eva avait déjà vu cela chez d'autres clients.

— Et si vous gardiez juste la partie centrale, là ? dit-elle en montrant le hall d'entrée, flanqué du salon et de la salle à manger. Vous rasez le reste, des deux côtés, et vous bâtissez de nouvelles ailes. En ajoutant, pourquoi pas, une loggia derrière, pour profiter de l'air marin et permettre la circulation entre les chambres.

— Cela me semble merveilleux, mais c'est plus qu'il ne me faut. Peut-être votre employeur aurait-il une solution ?

Eva s'adossa aux coussins du sofa. Pour Mme Mansfield, bien sûr, elle n'était rien d'autre que l'assistante de Hyde.

— Je lui ferai part de tout cela avec plaisir, mais vous recherchez un juste milieu très difficile à trouver. Vous voulez moderniser une structure qui a une valeur sentimentale pour vous, en mêlant deux styles complètement différents. Le risque, c'est qu'au bout du compte rien ne soit vraiment à votre goût. Vous ne pourrez pas avoir les deux. Si vous essayez, le projet est voué à l'échec.

Mme Mansfield ouvrit la bouche, et resta sans voix, visiblement surprise par la façon très directe dont Eva venait de décrire la situation. Mais celle-ci le voyait bien : ni l'architecte, ni l'entrepreneur, ni Mme Mansfield ne seraient contents du résultat. Et la maison méritait mieux.

Songeuse, la vieille dame se tourna vers la fenêtre. Dehors, la circulation était dense en ce début d'après-midi. Fiacres, voitures, cabriolets et quelques cavaliers se partageaient la Cinquième Avenue. Plusieurs secondes s'écoulèrent, le tic-tac de la pendule résonnant dans la pièce silencieuse.

— Vous avez sans doute raison, dit-elle enfin. Je n'avais pas vu les choses comme cela, mais c'est logique.

— La maison telle qu'elle existe aujourd'hui est parfaite. C'est un très joli cottage pour l'été.

— Oui. J'y ai tant de bons souvenirs, soupira Mme Mansfield en prenant l'un des plans. Mais je dois me tourner vers l'avenir, pas vers le passé. Mon Walter comprendrait.

— Bravo. Je suis certaine que vos architectes pourront revoir leurs plans et...

— Non. J'aimerais que ce soit vous qui vous en chargiez.

Eva manqua éclater de rire, mais se retint de justesse.

— Moi ? Oh, E.M. Hyde, vous voulez dire...

— Non, mademoiselle Ashford. Je dis presque toujours ce que je pense. Et je pensais : *vous*.

Eva ne savait quoi répondre. « Mais dis oui, idiote ! se gronda-t-elle. Tu as terriblement besoin de cet argent, et en plus cela pourrait être ton premier projet sous ton nom. »

— Pourquoi ? fut tout ce qu'elle réussit à articuler.

Mme Mansfield s'assit plus confortablement sur le sofa et croisa les mains.

— Mon fils dit le plus grand bien de vous, et il n'est pas du genre à s'encombrer d'imbéciles, surtout s'il s'agit d'une femme. Si vous étiez incompétente, il vous aurait déjà remplacée. J'ai pu constater lors de cet entretien que vous êtes capable de dire ce que vous pensez, et Dieu sait si j'apprécie les femmes qui ont du caractère et le font savoir.

Eva ne pouvait guère la contredire.

— Alors merci. Je serais absolument ravie de concevoir votre maison. Le temps de réaliser quelques croquis, et je vous les ferai parvenir le plus vite possible.

Pensez-vous que je pourrais visiter Stoneacre d'ici là ? J'aimerais me faire une idée de l'espace, et voir ce que nous pourrons sauvegarder.

Elle vit immédiatement que cette idée plaisait à Mme Mansfield.

— Mais bien entendu ! J'ai prévu de retourner à Newport mercredi. Venez quand vous voudrez ensuite.

— C'est d'accord. Merci.

— Dites-moi... Appréciez-vous de travailler avec mon fils ?

Eva chercha la réponse la plus appropriée, tout en priant pour ne pas trop rougir.

— C'est un homme juste. Il s'y connaît dans le domaine de la construction, mais aussi dans celui de l'architecture. Il est beaucoup plus impliqué que je ne l'aurais imaginé.

— À vous entendre, vous n'êtes pas sûre que ce soit bon ou mauvais.

— C'est parce que je n'ai pas encore décidé, répondit-elle franchement.

Mme Mansfield eut un petit rire.

— Mon fils est quelqu'un de très déterminé. Il n'a pas toujours été comme ça. Si dur. Mais c'est ce qui arrive à un homme lorsqu'il a le cœur brisé, j'en ai peur.

— Le cœur brisé ?

Eva manqua tomber du sofa. Phillip avait été amoureux ?

— Oh, oui. Mais il n'aimerait sans doute pas que je parle de cette histoire. À l'époque, tout le monde l'a su. Il s'est senti humilié, même s'il n'y était pour rien. Il en a tiré une leçon qui devrait lui être utile à l'avenir, néanmoins. C'est qu'il ne faut pas se fier aux apparences.

Le remords envahit Eva, qui chercha désespérément quoi répondre. Phillip avait été trompé autrefois, par une femme qu'il envisageait d'épouser ? Seigneur, elle imaginait combien il avait dû être blessé dans son orgueil.

Et maintenant, c'était elle qui lui mentait à propos de la santé de son père et de l'identité réelle de l'architecte de l'hôtel Mansfield. S'il apprenait la vérité, jamais il ne le lui pardonnerait.

Il ne devait jamais savoir. Quoi qu'il arrive, elle devait faire en sorte qu'il n'apprenne jamais ce qu'elle avait fait. Elle ne voulait pas briser cette... amitié entre eux. Cette amitié était importante, pour elle.

Elle s'aperçut tout à coup que Mme Mansfield l'observait d'un drôle d'air.

— Bien. Je vais devoir prendre congé, j'ai un autre rendez-vous cet après-midi. Je vous enverrai un câble pour vous avertir de ma visite à Stoneacre. Dimanche, peut-être ?

Mme Mansfield se leva. Les perles de son long collier s'entrechoquèrent dans un bruit doux.

— Ce serait parfait. Au plaisir de vous voir, donc.

Il avait assisté au rendez-vous, mais Phillip n'aurait pas su dire comment elle s'y était prise.

Devant un thé fade et des petits gâteaux sophistiqués, Eva avait complètement retourné Weller, qui ne voyait désormais plus aucune raison de s'inquiéter à propos de l'intégrité structurelle de l'hôtel. Mieux, elle l'avait définitivement acquis à leur cause. Tammany Hall et ses sbires n'étaient pas près de réussir à le corrompre de nouveau.

Carew et elle avaient longuement passé les chiffres en revue, expliqué la structure métallique et la manière dont elle s'articulerait avec les poutres destinées à la supporter. Ils avaient mentionné les dispositifs à prévoir pour contrebalancer les forces horizontales et verticales telles que la pression du vent ou la gravité, ainsi que des charges temporaires exercées sur la structure pendant le chantier. Elle avait participé activement à toute la discussion, donnant à voir l'impressionnante étendue de ses compétences.

— Monsieur Weller, votre femme doit absolument goûter la confiture de cassis, disait-elle en ce moment. Laissez-moi en faire apporter un pot avant que vous ne preniez congé.

Elle fit signe à un valet, qui acquiesça d'un hochement de tête et quitta le petit salon dans lequel ils se tenaient.

Weller rougit.

— Merci. Je suis certain qu'elle appréciera.

— Je vous en prie. C'est une façon pour moi de faire découvrir certaines choses de ma chère terre natale. Un pot vous ferait-il plaisir à vous aussi, monsieur Carew ?

Celui-ci hocha la tête.

— Ah ça, oui ! Merci.

— Aviez-vous d'autres questions, monsieur ? demanda-t-elle à Weller. Vous pouvez venir sur le chantier à votre guise, bien sûr, mais je pense que nous avons traité tous les points qui vous posaient problème.

— Plus que ça, même. Hyde sait ce qu'il fait et, de toute évidence, il ne s'est pas trompé en vous faisant confiance.

— Vous êtes trop gentil, et ces paroles seront indubitablement un réconfort pour M. Mansfield, qui a fait preuve de patience, là-bas dans son coin.

Ils se tournèrent tous les trois vers Phillip, qui répondit d'un sourire tendu. Certes, il était profondément soulagé, mais beaucoup trop impressionné, trop… remué pour se joindre à la bonne humeur générale.

Eva se leva, mettant un terme à la réunion. Weller et Carew l'imitèrent. Phillip fut plus lent à se redresser, le ventre noué par un étrange sentiment. Et ensuite ? Cette femme le laissait perplexe et l'attirait. C'était ainsi depuis le départ, quand il l'avait rencontrée sur le bateau. Il avait essayé d'oublier cette nuit, de n'entretenir avec elle qu'une relation professionnelle. Sans succès.

Et Phillip détestait l'échec.

Mais bien sûr... La solution lui apparut soudain le plus clairement du monde. Il les aurait tous les deux. Elle *et* son hôtel.

Il allait la convaincre de reprendre les choses où ils les avaient laissées pendant la traversée. Il joua un instant avec cette idée, la laissant s'installer dans son esprit. Plus il y pensait, plus cela semblait logique. Pourquoi ne céderaient-ils pas à leur attirance mutuelle le temps du séjour d'Eva à New York ?

Elle n'avait pas d'expérience en la matière, elle l'avait reconnu l'autre jour dans son bureau, mais il pouvait faire en sorte qu'elle reste vierge pour son futur époux. Il existait bien des moyens de donner et recevoir du plaisir sans pour autant avoir un rapport sexuel. Déjà, il était impatient de tous les essayer avec elle.

Les deux hommes prirent congé. Il les salua, leur serra la main sans rien dire, et se retrouva seul avec Eva.

À peine la porte s'était-elle refermée qu'elle se laissa tomber sur le sofa en poussant un grand soupir.

— C'était épuisant !

— Non, dit-il en s'asseyant à côté d'elle. C'était absolument remarquable. Vous avez fait des miracles, Eva.

Un sourire satisfait se dessina sur ses lèvres.

— Vous trouvez aussi, hein ? Ça doit vous faire mal de l'admettre, après avoir autant douté de moi.

— Pas autant que ce que vous pourriez croire, en fait.

Elle se redressa, se pencha vers la table et prit une tartelette aux fraises.

— Et pourquoi donc ?

— Parce que j'avais toute confiance en Carew et vous.

Elle eut un rire dubitatif et mordit dans son gâteau. Ses yeux se fermèrent alors, un gémissement sourd monta de sa gorge et elle s'abandonna au confort du sofa. Il repensa au plaisir extrême qu'elle avait connu lorsqu'il l'avait fait jouir dans sa cabine. Un frisson électrique le parcourut, remonta le long de son dos.

« Bientôt, se jura-t-il. Très bientôt. »

— J'aimerais vous inviter, pour fêter ça.

Elle se redressa.

— M'inviter ? Que voulez-vous dire ?

Il ne savait pas encore, mais il était certain d'une chose : avec Eva, les classiques de la séduction – fleurs, boîte de chocolats – ne marcheraient pas. L'opéra et la crème glacée non plus. Il allait devoir faire preuve de créativité.

— Je veux dire, vous sortir en ville. Passer du temps ensemble, parce que nous apprécions la compagnie l'un de l'autre.

— Comment ça, j'apprécie votre compagnie ? Je croyais que nous étions d'accord pour rester amis.

Plus maintenant. C'était terminé, les amis. Il visait l'étape amants, désormais.

— J'aimerais que l'on redéfinisse le sens du mot « amis ».

Elle plissa les yeux, scruta le visage de Phillip. Puis elle posa le reste de sa tartelette, s'essuya les doigts.

— Je pense que c'est à un spécialiste des langues qu'il faut vous adresser pour cela. Pas à moi.

— C'est là que vous vous trompez. Vous êtes précisément la personne avec laquelle j'aimerais en discuter. Quel genre d'amis sommes-nous, Eva ?

— Des amis qui travaillent ensemble pendant la journée, puis rentrent chaque soir chez eux séparément.

Il était près d'elle, aurait pu la toucher, mais il se retint. Il fallait la convaincre, sans l'aide du champagne ni de la tempête, cette fois. Elle devait prendre elle-même cette décision, relier tous les points toute seule, comme son cerveau analytique savait le faire. Ce qui signifiait procéder lentement, et expliquer ce qu'il avait en tête. Établir les paramètres et faire part de ses attentes.

— Cela ne suffit pas. Je voudrais que nous soyons des amis proches. Des amis qui, de temps à autre, ne rentrent pas chacun de leur côté, conclut-il en baissant la voix d'un ton chaud, intime.

Elle déglutit. Une adorable teinte rosée gagna les lignes délicates de sa gorge laiteuse.

— Vous allez vite en besogne. Il n'y a pas si longtemps, nous convenions de rester amis.

— Peut-être, mais je suis partisan de l'adaptation quand une situation ne répond plus à mes besoins.

Les mains d'Eva claquèrent sur ses genoux.

— Que voulez-vous que je vous dise ? demanda-t-elle, exaspérée. Vous êtes confondant, à tout point de vue. Et puis, comment voulez-vous que je m'inquiète de vos besoins quand je ne parviens pas à connaître les miens ?

— C'est pareil pour moi, mais je ne peux m'empêcher de vous regarder, de penser à vous. De repenser à notre nuit, sur le bateau.

Elle détourna le regard, changea de position sur le sofa. Mais elle ne se leva pas et il en déduisit que, peut-être, sa réticence n'était pas si forte.

Cette supposition se confirma lorsqu'elle demanda :

— Et que proposez-vous, exactement ?

— Du plaisir à l'infini, milady.

Il tendit une main, effleura du bout des doigts l'intérieur de son poignet délicat, traça un cercle léger sur la peau douce. Il aimait cet endroit chez une femme, la finesse de l'attache, l'étroitesse si féminine. Et le poignet d'Eva était particulièrement adorable. Il eut soudain une envie irrépressible d'y poser les lèvres, de le parcourir de la langue, d'en suivre les veines bleutées.

— Sauf que cette fois, ajouta-t-il, vous n'aurez pas bu.

Un léger tremblement la parcourut. Elle passa la langue sur ses lèvres.

— C'est une très mauvaise idée. Je ne suis pas...

Intéressée ? Attirée par vous ? Une série de mots passèrent dans l'esprit de Phillip pour terminer cette phrase.

— Vous n'êtes pas... ?

Elle ferma brièvement les yeux et secoua la tête.

— Prête à tout risquer. Si vous pensez pouvoir me faire faire ce que vous voulez en...

— Stop.

Il glissa une main sous le menton d'Eva, lui fit basculer la tête jusqu'à trouver ses yeux.

— Je ne mélangerai pas les deux, dit-il. Tout ceci restera complètement distinct de votre travail sur l'hôtel en attendant l'arrivée de votre père.

Il se pencha, effleura la joue d'Eva, huma son odeur de propre, douce et féminine.

— Et c'est probablement vous qui aurez le contrôle, je n'en doute pas un instant.

Elle vacilla, et il sentit que la victoire était proche. D'un mouvement leste, il attrapa le lobe de son oreille entre ses lèvres, le mordilla. Elle laissa échapper un petit cri rauque, qui le fit vibrer des pieds à la tête.

— À vrai dire, murmura-t-il, je commence à redouter d'être capable de tout pour passer une autre nuit avec vous.

— C'est impossible.

Elle avait le souffle court.

— Ma future carrière pourrait être affectée par cette situation, ajouta-t-elle. Sans parler de ma réputation.

— Je vous le jure, Eva, je vous protégerai par tous les moyens, bons ou mauvais.

— Même vous ne pouvez rien contre la rumeur, Phillip. Si nous sommes découverts... Non, je ne peux pas prendre ce risque.

Elle se leva, traversa le petit salon, les bras noués devant elle.

— Tout ce que je demande, c'est que vous y réfléchissiez. Nous pourrions nous retrouver dans un endroit secret. Personne n'en saurait jamais rien.

— Non. J'ai tout à perdre avec un tel arrangement.

Il se leva à son tour, la rejoignit, et se pencha sur son oreille pour l'effleurer.

— Vous avez tort. Nous avons tout à y gagner tous les deux.

Et, la laissant réfléchir à ces mots, il quitta le petit salon sans se retourner.

Elle envisageait une liaison avec son employeur.

Enfin, plus exactement, elle tentait de ne pas envisager d'avoir une liaison. C'était une idée saugrenue, pour de multiples raisons, et pourtant Eva ne cessait d'y penser. Les images se bousculaient dans sa tête. Membres luisants de sueur, baisers passionnés, les grandes mains rugueuses de Phillip sur sa peau nue... Ses seins se firent lourds et sensibles.

Et sa carrière ? Jamais elle ne s'était laissé distraire par un homme, pas même ses trois fiancés. Était-elle prête à faire voler en éclats tout ce qu'elle avait bâti pour quelques baisers ? Une relation intime compliquerait leur relation professionnelle, et elle seule en souffrirait au bout du compte. Il pouvait même aller jusqu'à la renvoyer, ou lui refuser l'accès au chantier. Alors ce serait la ruine pour elle et son père.

Elle devait dire non.

Et pourtant...

La curiosité la rongeait, elle n'en dormait plus.

Du plaisir à l'infini, milady.

Seigneur, ces mots la faisaient frissonner malgré la chaleur estivale...

Résultat, elle était distraite et ne tenait pas en place, inquiète, peu sûre d'elle. Elle était en train de vivre la période la plus réjouissante de sa vie, dans une autre ville, un autre pays, sur le projet le plus important et le plus prestigieux de toute la carrière de son père, et au lieu d'en profiter, elle se morfondait pour un homme.

Mais qu'est-ce qui ne tournait pas rond chez elle ?

S'intimant l'ordre de se reprendre, elle continua sa visite du chantier. Encore deux ou trois semaines, et les fondations seraient terminées. L'équipe de Milliken procédait aux derniers dynamitages, utilisant d'épais matelas d'acier tressé pour étouffer le bruit des explosions, tandis que les pelleteuses à vapeur ramenaient la terre en énormes tas, chargés ensuite sur des tombereaux. Jamais elle n'avait vu une excavation aller aussi vite avec autant d'efficacité.

Tout en slalomant entre les tas de gravats, elle décida de commencer à travailler sur son autre projet, celui de Mme Mansfield. Il fallait qu'elle s'occupe, pour ne plus penser à Phillip. Peut-être irait-elle à Newport demain et...

Un bruit sourd retentit sur sa gauche. Elle leva brusquement la tête. Des pierres, de la terre et du bois glissaient lentement du sommet de l'immense tas qu'elle longeait. Prenant de la vitesse, les débris se mirent à rebondir, rouler, dégringoler dans sa direction. En un éclair, elle prit ses jupons, pivota et courut pour se mettre hors d'atteinte. Derrière elle, le fracas fut assourdissant. Un nuage envahit tout l'espace, la rattrapa. La poussière lui piqua les yeux.

Une fois à l'abri, elle se retourna pour constater les dégâts. L'endroit où elle avançait quelques secondes auparavant avait disparu sous des monceaux de gravats. Une main sur la poitrine, elle tenta de reprendre son souffle. Seigneur, ça n'était pas passé loin...

— Mademoiselle !

Un des ouvriers arriva en courant, le visage maculé de terre, visiblement inquiet.

— Mademoiselle, vous êtes blessée ?

Elle leva une main.

— Non, tout va bien. Un peu secouée, mais ça va.

— Ouf ! Vous auriez pu être gravement touchée.

En regardant le tas effondré, elle ne put qu'approuver.

— Heureusement que je cours vite. Où est M. Milliken ?

L'ouvrier scruta le chaos devant lui, puis pointa un doigt.

— Là. Le voilà qui arrive.

La silhouette trapue, désormais familière, venait dans leur direction d'un pas rapide, encadrée de deux hommes.

Eva se redressa, essuya la poussière sur son visage. Surtout, ne pas manifester de peur.

— Monsieur Milliken, je peux vous parler ?

— Que s'est-il passé ? aboya l'entrepreneur en guise de réponse. Je peux savoir pourquoi vous faites tomber mes tas de gravats ?

Eva regarda les deux hommes qui l'accompagnaient.

— Messieurs, vous voudrez bien nous excuser ?

Ils se tournèrent vers Milliken, qui les fit déguerpir d'un mouvement du menton. Elle se retint de lever les yeux au ciel. Quand les hommes cesseraient-ils de mépriser les femmes à ce point ?

— Vous devez mieux retenir vos gravats. Quelqu'un va finir par être blessé.

— Mes hommes savent très bien qu'il ne faut pas traîner près de ces tas. Jamais personne n'a été enterré sous les gravats d'un de mes chantiers, et si on faisait comme d'habitude, y aurait pas de raison que ça change.

— Vous voulez dire, si je n'étais pas ici.

— Comme je l'ai dit, un chantier c'est pas un endroit pour une femme.

— Oui, vous avez été clair à ce sujet, et à plusieurs reprises. Malheureusement pour vous, je n'ai pas l'intention de m'en aller, alors autant vous y faire.

Il croisa les bras, sans doute pour l'intimider.

— J'en causerai à M. Mansfield.

— Je vous en prie, faites. En attendant, je veux que ces tas soient mieux consolidés. Sinon, j'en causerai à M. Mansfield... et je pense qu'il sera d'accord avec moi pour dire que la sécurité sur le chantier est plus importante que le sexe de ceux qui le fréquentent.

Milliken lui tourna le dos et partit de son pas lourd. Eva poussa un long soupir. Il lui fallait une tasse de thé. Non, un verre de sherry, plutôt. Ou quelque chose de plus fort, même.

Elle se dirigea vers la sortie, prête à clore sa journée. Les ouvriers la suivaient des yeux mais elle les ignora, poursuivit son chemin. Ce n'était pas la première fois – pas la dernière non plus – qu'on la regardait comme une bête curieuse. Comme si la place d'une femme ayant de l'ambition était dans une cage de cirque, où les visiteurs pourraient l'entrevoir en échange d'une piécette.

Un coupé rutilant attendait le long du trottoir, tout près de la sortie. L'espace d'un instant, elle crut que Nora était passée la chercher, puis de longues jambes dans un pantalon bleu marine à fines rayures en sortirent... et son cœur se mit à battre la chamade.

Phillip descendit de la voiture, contraint de se mettre de biais pour faire passer ses larges épaules dans l'encadrement de la portière. La lumière rasante de cette fin de journée teinta ses cheveux d'un beau doré qui allait comme un gant à ce prince de New York. Il sourit en se dirigeant vers elle.

— Voilà justement celle que je cherchais !

Elle plissa les yeux, une main en visière pour se protéger du soleil.

— Vous venez voir si le chantier a bien avancé aujourd'hui ?

— Non, je voulais vous voir, vous.

Elle se sentit prise de vertige à ces paroles, mais fit de son mieux pour rester distante. Elle ne pouvait pas laisser cet homme la bouleverser plus qu'il ne l'avait déjà fait.

— Comment avez-vous deviné que j'étais ici ?

Il sourit.

— Où auriez-vous pu être ? D'après ce que me dit Milliken, vous êtes là en permanence.

Bien sûr. Qu'attendre d'autre de Milliken ?

— Raison pour laquelle vous m'avez embauchée, vous en êtes conscient ?

— Raison pour laquelle j'ai embauché votre père, oui, précisa-t-il, rappelant de façon assez peu subtile qui prenait les décisions. Mais si vous êtes tout le temps ici, comment faites-vous pour visiter notre belle ville et découvrir tous les buildings qui figurent sur votre liste de monuments à voir absolument ?

Depuis qu'elle avait commencé sur le chantier, elle n'y avait même pas songé une seconde. Elle n'était pas à New York pour faire du tourisme, mais pour superviser la construction de l'hôtel.

— Je n'ai pas le temps de vadrouiller dans la ville, pour le moment. Peut-être une fois que les fondations auront été…

— C'est absurde. Je savais que vous diriez cela.

Il la prit par le bras, et la sensation de cette main virile la fit frissonner.

— Venez avec moi, dit-il. J'ai une surprise pour vous.

— Phillip, je suis épuisée. Franchement, je préférerais rentrer.

— Ne cherchez pas à vous défiler, Eva. Ça vaut la peine, vous verrez. Vous allez trouver cela vraiment intéressant. En plus, je vous rappelle que vous me devez une soirée en ville.

Sans lui laisser la possibilité de résister, il l'entraîna vers la voiture, la fit monter, puis alla dire quelques mots au cocher avant de revenir s'installer, sa carrure occupant l'essentiel de l'espace intérieur. Ils étaient côte à côte, leurs épaules se touchaient, et elle sentit instantanément la chaleur de Phillip l'envelopper. S'écarter, mettre de la distance entre eux était impossible.

Elle se concentra sur les immeubles qui défilaient, faisant de son mieux pour rester calme. Mais comment y parvenir, quand la seule présence de cet homme la mettait dans un état de fébrilité indescriptible ? Une seule idée lui occupait l'esprit : se blottir contre lui et l'embrasser.

Seigneur Dieu, cet homme la transformait en dévergondée.

— Vous ne voulez pas savoir où je vous emmène ?

— Il semblerait que nous allions vers le sud. Et je ne vois pas pourquoi je chercherais à vous soutirer des informations, puisque vous ne me direz rien.

Phillip répondit d'un rire intense, profond, qui la fit fondre et répandit une délicieuse chaleur au creux de son ventre.

— Je ne m'étais pas rendu compte que vous me connaissiez si bien. Dois-je être flatté ?

Ne flirte pas, surtout.

— Mais non, voyons. Vous devriez au contraire avoir honte d'être aussi prévisible.

— C'est donc cela ? Très bien, alors. Dites-moi : à quoi suis-je en train de penser, là, tout de suite ? demanda-t-il d'une voix grave, enjôleuse.

Elle n'osa pas le regarder.

— Je crois que j'ai une petite idée. Et ça n'a rien de professionnel.

— Vous brûlez.

— Je n'ai encore rien accepté.

Il écarta les mains, une façon de lui montrer qu'elle n'avait rien à craindre.

— Je le sais bien, et cette sortie n'a pas pour but de faire pression sur vous.

Les yeux mi-clos, elle le regarda et vit sa bouche s'incurver de la plus délicieuse des manières.

— Pas trop fort, en tout cas, ajouta-t-il.

Elle ne put s'empêcher de rire. Il était difficile de résister à cette facette de Phillip, le bon vivant plein de charme.

— Cette obstination vous est-elle très utile auprès des autres femmes ?

— Jamais aucune ne m'a résisté, donc je ne peux pas vous dire.

— Ah. Je suis heureuse d'être la première, alors.

— Ne vous inquiétez pas, je vous aurai à l'usure.

À ce train-là, elle n'en doutait pas un instant. Si elle n'y faisait pas attention, cet homme ferait d'elle ce qu'il voulait.

Mais il y avait trop de secrets entre eux. Elle se sentait pétrie de culpabilité, et ce poids s'alourdissait de jour en jour.

Il en a tiré néanmoins une leçon, c'est qu'il ne faut pas se fier aux apparences.

Eva grimaça au souvenir des mots de Mme Mansfield. Même si c'était difficile à croire, elle détestait mentir. Pourtant, en l'occurrence, c'était nécessaire.

« Il ne te le pardonnera jamais », songea-t-elle.

Mais, au bout du compte, cela n'avait pas d'importance. Elle était ici pour construire l'hôtel, point à la ligne.

Elle ne devait pas se laisser distraire par quoi que ce soit.

9

Phillip sourit lorsque le coupé s'arrêta enfin à l'angle de Madison Avenue et de la 26e Rue. Un imposant bâtiment de style mauresque dominait tout le pâté de maisons – une réalisation que devait absolument découvrir la férue d'architecture qu'était Eva.

L'architecture était une passion pour elle, bien plus importante que de superviser des chantiers pour son père. Elle connaissait les arcanes de la construction, les formes, les angles, les matériaux. Elle était intelligente, posée, et rayonnait lorsqu'elle se trouvait sur un chantier.

Compte tenu de tout cela, il voulait lui montrer ce bâtiment, lire le plaisir de la découverte dans son regard et l'appréciation dans ses yeux noisette. Ce qui arriverait, ou pas, en marge de cette visite dépendait entièrement d'elle.

Dire qu'il nourrissait de grands espoirs était un euphémisme.

Il s'extirpa du coupé et descendit. Elle sortit à son tour, levant la tête devant la façade de brique jaune tandis qu'il l'aidait à poser le pied sur le trottoir. Il aimait sentir sa main, si petite, si délicate dans la sienne.

— Qu'est-ce donc que cet endroit ? On dirait presque un château.

— C'est le nouveau Madison Square Garden. L'amphithéâtre a ouvert le mois dernier, la seconde partie est encore en construction. Aimeriez-vous l'explorer avec moi ?

— On peut... ? Je veux dire... Cela ne dérangera personne ?

— Personne. Je connais M. White, l'architecte, et nous avons sa permission.

Ils se dirigèrent vers les arcades qui indiquaient l'entrée. Un homme les attendait à l'intérieur. Phillip retira son chapeau melon et lui tendit la main.

— Vous devez être le gérant.

— Perkins. C'est un plaisir de faire votre connaissance, monsieur Mansfield. Par ici, je vous prie. J'ai allumé toutes les lumières pour vous, et ouvert le toit.

— Ouvert le toit ? s'étonna Eva. Que voulez-vous dire ?

Après avoir échangé un sourire avec M. Perkins, qui se retira, Phillip fit prestement franchir une deuxième double porte à Eva.

— Permettez-moi de vous montrer le chemin.

Il avait déjà visité cet endroit, au début de sa construction, et savait à peu près comment s'orienter, même si la version finale était très différente. Ils passèrent sous les gradins pour émerger au cœur de l'immense salle de spectacle. Eva en resta bouche bée, tournant la tête d'un côté puis de l'autre. Des rampes lumineuses projetaient leurs faisceaux sur les poutres métalliques au-dessus d'eux, créant l'illusion d'un chapiteau de cirque. Des rangées de sièges, à l'extrémité desquelles se trouvaient des loges privées, occupaient les deux niveaux en arc de cercle au-dessus de l'immense parterre central.

— C'est incroyable. Et là-haut... c'est un trou dans le toit ?

— La verrière s'ouvre pour permettre l'aération de la salle, grâce à un mécanisme inspiré d'une roue de bicyclette. Cette partie du Garden est la plus grande salle de spectacle du monde. On peut asseoir neuf mille personnes, et plusieurs milliers sur le parterre. Sous le plancher se trouve un réservoir qui peut être rempli pour accueillir des compétitions de water-polo, ou de pêche.

Il la regarda observer les choix architecturaux faits par White. Dans la lumière électrique jaune, les mèches de sa chevelure rousse qui s'échappaient de son chapeau faisaient penser à des flammes. Avec sa beauté naturelle, Eva était la femme la plus envoûtante qu'il ait jamais rencontrée, et ce même après qu'elle eut passé la journée sur un chantier plein de poussière. Milliken craignait que la moitié des ouvriers n'en soient déjà amoureux, l'autre moitié ayant plus prosaïquement juste envie d'elle. Phillip comprenait pourquoi, mais il était prêt à tuer quiconque oserait la toucher.

Elle se tourna vers lui, et devant le sourire radieux qui illuminait son visage, il eut la gorge serrée par l'émotion.

— Vous saviez que j'adorerais cet endroit.

— Oui, c'est ce que je me suis dit. Et encore, vous n'avez pas tout vu.

— Il y a mieux que cela ? Vous me faites marcher. C'est incroyable.

Il la prit par la main, glissa ses doigts entre les siens et l'entraîna vers l'autre côté. Deux halos rosés teintèrent les pommettes couleur porcelaine d'Eva, qu'il feignit de ne pas remarquer tandis qu'ils faisaient le tour de l'immense salle de spectacle.

Quittant la salle, ils parcoururent des couloirs aux sols de mosaïque, gravirent un escalier en marbre et atteignirent le théâtre, qui était encore en travaux.

— Là, il y aura le théâtre couvert, dit-il en ouvrant une porte pour qu'elle jette un coup d'œil.

La moquette et les sièges n'avaient pas encore été installés, mais la scène était terminée.

Il lui montra ensuite la salle de concert, encore en travaux elle aussi, qui accueillerait trois mille personnes.

Puis ils empruntèrent un tout petit ascenseur pour monter jusqu'à la terrasse. Eva était surexcitée.

— Je ne vois pas comment il peut encore y avoir des choses à découvrir, dit-elle. Je suis complètement ébahie.

— Patience, ma chère.

Elle pencha la tête sur le côté, les yeux mi-clos.

— Comment se fait-il que vous connaissiez aussi bien cet endroit ? Vous avez investi dans sa construction ?

— Non. Vanderbilt en est l'unique propriétaire. Je suis simplement un grand amateur d'architecture, comme vous.

— Mais pourquoi ? Vous auriez aimé être architecte ?

Il réfléchit un instant.

— Mon père a fait construire la moitié des buildings du sud de Manhattan. Je dois avoir ça dans le sang.

L'ascenseur s'arrêta. Il ouvrit la grille métallique, et elle sortit en premier.

— Pourtant, vous investissez principalement dans la construction d'hôtels.

— C'est vrai. Les Américains voyagent de plus en plus, grâce au train, et mon idée est de construire des hôtels à travers tout le pays, en suivant plus ou moins les lignes de chemin de fer.

Ils empruntèrent une galerie de style gréco-romain qui surplombait un espace encore vide.

— Et ici, ce sera quoi ?

— Un grand restaurant. À ce niveau, il y aura aussi une salle plus petite, pour des spectacles de moindre envergure. Ah, nous y voilà !

Apparurent alors le jardin-terrasse et son adorable pagode chinoise. Eva s'arrêta net et leva la tête pour contempler la tour qui se dressait là. Elle en resta bouche bée.

— Mais c'est...

— Vous la reconnaissez ?

Il était certain qu'elle la reconnaîtrait, aussi la laissa-t-il répondre.

— La Giralda de Séville, en Espagne, lâcha-t-elle dans un souffle. C'est incroyable. Stupéfiant.

— Vous avez vu l'original ?

Elle répondit d'un hochement de tête, sans quitter l'édifice des yeux.

— Oui. Il y a bien des années, mon père m'a emmenée là-bas. Je ne connais rien de plus magnifique que la cathédrale de Séville. Qu'est-ce que c'est là-haut, cette silhouette en cuivre ?

— C'est une statue de Diane, la déesse romaine de la chasse. Pas très couverte, en plus. Les conservateurs en font toute une histoire.

— Oh. Comment allons-nous…

Elle tournait la tête en tous sens, cherchant un angle plus propice pour admirer la statue.

— Venez.

Il lui tendit la main. Sans hésiter, elle y glissa la sienne. Retenant un sourire de satisfaction, il l'entraîna. Une fois le bâtiment officiellement ouvert au public, la tour ne serait plus accessible, et il était ravi de pouvoir y monter ce soir.

Ils empruntèrent un nouvel ascenseur et, pour terminer, un étroit escalier en colimaçon, au centre de la tour. Une légère brise soufflait depuis les larges ouvertures pratiquées dans les murs de brique. Le soleil s'était couché, les lumières de la ville scintillaient partout autour d'eux. Ils montèrent jusqu'au niveau d'où partait la flèche, et arrivèrent essoufflés à l'étroite plateforme en pierre à peine assez large pour deux.

Eva s'avança, s'agrippa à la balustrade.

— Mon Dieu… Phillip, c'est… On voit toute la ville.

Il resta dans la tour. Observer Eva lui suffisait. La ville en toile de fond, ses millions de lumières scintillantes et le ciel nocturne derrière elle… Il était fasciné.

Mais peut-être était-ce uniquement cette femme, si originale, irrésistible, qui le fascinait.

— Venez voir, dit-elle en lui tendant la main. Ce doit être le point le plus haut de Manhattan.

— Le deuxième plus haut, en fait. Et je suis très bien où je suis.

Je vous regarde.

Elle se tourna, haussant un sourcil.

— Allons, Phillip Mansfield. Ne me dites pas que vous avez le vertige.

— Non, pas le vertige à proprement parler. J'ai juste peur de tomber.

— Et si je promets de vous tenir la main ? dit-elle en s'approchant, visiblement pas mécontente d'être en position de supériorité. Je ne vous laisserai pas tomber.

Elle glissa ses doigts entre les siens, les maintint fermement. Son visage était tout proche de celui de Phillip, il aurait pu l'embrasser sans effort.

Alors c'est exactement ce qu'il fit.

Elle fut surprise par ce baiser. Elle n'aurait pas dû, bien sûr, puisqu'ils étaient seuls, et dans un endroit ô combien romantique. Mais ils parlaient vertige et voilà que soudain les lèvres de Phillip parcouraient les siennes. Elle ne chercha pas à lutter. À quoi bon nier le fait d'avoir envie de ce baiser ? Elle l'attendait, même, depuis des jours.

Aussi se détendit-elle. Elle s'abandonna lorsqu'il l'attira contre lui, leurs lèvres se découvrant, se taquinant, dansant une folle gigue qui n'avait besoin ni de paroles ni de musique. La bouche de Phillip était si douce, si sensuelle pour un homme de sa carrure. Il n'était que finesse, amadouant sans chercher à contraindre.

Elle noua les bras autour de son cou, glissa les doigts dans ses cheveux épais, soyeux. Du bout de la langue, il suivit la courbe de ses lèvres, qu'elle entrouvrit, impatiente de sentir sa caresse. Ce baiser lui faisait l'effet d'une gorgée de cognac, la réchauffant tout en l'engourdissant. Elle se perdit en lui, s'oublia dans ce moment où plus rien n'existait que leurs corps enlacés.

Déterminé, Phillip fit courir ses mains sur ses hanches, sa taille, partout où il pouvait. Au fil de ce baiser, elle sentit fondre ses résolutions, s'envoler toutes les raisons qu'elle avait de résister. Elle agrippa les épaules de Phillip, sentit rouler ses muscles sous ses doigts.

Le souffle court, il s'écarta et la regarda dans les yeux. Prenant son visage entre ses grandes mains, caressant délicatement ses joues, on eût dit qu'il cherchait désespérément à la retenir. Il était pourtant inutile qu'il s'inquiète : elle n'avait aucune intention de s'en aller.

— Oui, répondit-elle à la question qu'elle lisait dans son regard.

Son souffle s'accéléra.

— Pourquoi ? murmura-t-il. Pourquoi maintenant ?

Elle comprenait sa perplexité. Quelques jours plus tôt, elle avait insisté pour qu'ils gardent leurs distances. Mais comment l'expliquer ? Ici, seuls tous les deux dans la douceur de juillet, avec la ville à leurs pieds…

— Cela a-t-il vraiment une importance ?

— Pour moi, oui. J'aimerais savoir pourquoi vous avez changé d'avis.

Parce qu'elle se sentait à nouveau intrépide et audacieuse, comme sur le bateau quelques semaines plus tôt. Et parce qu'elle avait envie de lui, envie de goûter une nouvelle fois aux délices qu'il lui avait fait découvrir. Rien que d'y penser, elle sentait le désir naître au creux de son ventre, la moiteur se répandre entre ses cuisses.

En Angleterre, sa réputation était ruinée de toute façon ; pas un seul homme de son milieu n'accepterait d'épouser Miss Catastrophe. Pourquoi s'interdire de prendre du bon temps en Amérique, quand en plus Phillip lui avait promis que personne n'en saurait rien ?

Elle préféra néanmoins lui faire une réponse faussement timide.

— N'est-ce pas ce que font les femmes ?

Un petit sourire éclaira le visage de Phillip.

— La plupart des femmes, peut-être. Mais vous évoluez dans une autre catégorie. Personne ne vous arrive à la cheville.

Avant qu'elle ne se laisse enivrer par ce compliment, il l'embrassa de nouveau. Elle se sentit emportée, ne chercha plus à savoir ce qui se passait et se laissa guider par l'instinct et le désir. Bientôt, ce fut plus fort qu'elle : elle désirait Phillip et cela la consumait. Elle se plaqua contre lui. Il la prit par les hanches, la souleva et pressa son érection contre son entrejambe. Elle ne l'avait pas touché pendant leur nuit sur le bateau – du moins ne s'en souvenait-elle pas. Là, maintenant, elle brûlait de le déshabiller et de noter chaque détail de son corps, tant que cela lui était possible.

Car une femme ayant eu trois fiancés le savait mieux que personne : tout pouvait voler en éclats d'un instant à l'autre. Et cette opportunité ne se présenterait peut-être plus jamais.

Sa décision prise, elle glissa les mains sous la veste de Phillip et tenta de la lui retirer. Il referma ses doigts autour de ses poignets.

— Pas ici, haleta-t-il.

— Si. Ici.

Un grognement incrédule monta de sa gorge.

— Non. Il n'y a pas assez de place pour te donner du plaisir comme il convient. J'ai besoin de te prendre entièrement, de te posséder, et nous épuiser l'un et l'autre. Je veux qu'après moi tu n'aies plus jamais envie d'un autre homme, ici, en Angleterre, partout dans le monde. Laisse-moi te ramener chez moi. Nous serons seuls.

De ses pouces, il caressait l'intérieur de ses poignets. Son regard était plus profond que la nuit. Elle se sentit défaillir. Cette tentation... Elle les imaginait presque, dans sa chambre, sur un lit probablement aussi grand qu'une île, leurs membres nus enlacés. Leur peau brûlante et moite tandis que le plaisir montait, montait... *Juste ciel...*

Mais la réalité reprit rapidement le dessus. Elle ne pouvait pas se permettre d'être vue entrant et sortant de chez lui. Les domestiques étaient des gens bavards, et quelqu'un pouvait toujours la surprendre. Sa carrière – celle de son père – en dépendait.

— Non, non. C'est hors de question.

Il se rembrunit et la plaqua contre le parapet. Puis il déposa une guirlande de petits baisers le long de sa joue, dans son cou, juste au-dessus de son col. Là, il se mit à la mordiller. Elle frissonna de tout son être. Un flux de lave courut dans ses veines et convergea entre ses jambes.

— J'ai beaucoup aimé voir cette marque sur ta peau laiteuse, murmura-t-il sans quitter sa gorge, faisant référence au suçon qu'il lui avait fait sur le bateau.

— J'ai été surprise de la découvrir.

— Moi aussi. Je n'avais jamais perdu le contrôle de cette façon. Tu m'en as voulu ?

Sans doute pas autant qu'elle l'aurait dû. Elle y avait plutôt vu le souvenir de l'une des plus belles nuits de son existence.

— Non, dit-elle en lui mordillant la joue à son tour. Mais ne recommence pas.

Il eut un petit rire.

— C'est compris. Nous allons à l'hôtel, alors ?

Au vu et au su de tous ? Comment faisait-on pour garder secret un rendez-vous pareil ?

— Non.

Il posa le front sur sa tempe.

— Eva… Sois raisonnable. Je suis sur le point d'imploser.

Elle aussi. Ici. Il fallait que ça se passe ici. Où personne ne risquait de les découvrir. Où ils pourraient être seuls dans une ville de plus d'un million d'habitants. Pour l'en convaincre, elle fit une chose que jamais une jeune femme bien élevée n'aurait envisagée : elle glissa une main entre eux et la posa sur son membre en érection.

— Doux Jésus…

C'était la première fois qu'elle touchait un homme aussi intimement, et l'ivresse du pouvoir qu'elle eut en cet instant sur le plaisir de Phillip la ravit. Il avait fermé les yeux, serrait les dents. Elle fit glisser sa paume sur son sexe, le sentit frémir et appuya un peu plus. Quand elle le griffa légèrement, il poussa un cri. Mais lorsqu'elle chercha à défaire son pantalon, il l'arrêta, une main sur son poignet.

— Viens avec moi.

Ils redescendirent l'escalier en colimaçon jusqu'à un palier. Là, une porte dérobée en bois travaillé s'ouvrait sur la droite.

— Qu'est-ce que c'est ? demanda-t-elle tandis qu'il la faisait entrer dans la pénombre.

— Les appartements privés de l'architecte.

Le clair de lune baignait l'endroit, révélant un plancher nu, des colonnes romaines et des murs pas encore peints. Partout où ils posaient les pieds, un nuage de poussière se soulevait. L'odeur familière du bois brut et de la sueur flottait dans toute la pièce, décorée de quelques meubles à peine.

— Il m'a dit que la plupart des pièces étaient encore en travaux, mais avec un peu de chance… Ah, Dieu merci.

Il s'arrêta dans une grande pièce. Les murs étaient peints en violet foncé, un éventail japonais était suspendu au plafond et d'épais tapis couvraient le sol.

Des draps somptueux, blancs, attendaient les occupants d'un lit immense. On se serait cru dans un bordel de Covent Garden. Cela n'avait rien d'une chambre conjugale, en tout cas.

Bien que d'un goût douteux, le décor ne la fit pas changer d'avis.

— Il ne dira rien ? demanda-t-elle.

— Rien du tout, étant donné le but dans lequel il s'est construit cette garçonnière.

Phillip s'arrêta et la prit contre lui.

— J'étais sérieux tout à l'heure, Eva. Je tiens à ce que tu sois sûre d'en avoir envie. Je ne veux pas qu'à cause de moi, tu aies des regrets.

Elle appréciait qu'il se fasse du souci pour elle, mais il n'avait pas lieu d'être inquiet. Elle n'aurait aucun regret. De toute façon, sa réputation et son choix de vie rebuteraient éternellement ses prétendants.

— J'en ai envie. J'ai envie de *toi*.

— Est-ce que je peux te déshabiller ?

La question, posée avec grand sérieux, l'interloqua. Elle eut la sensation de se tenir au bord d'une falaise, sur le point de faire un pas qui allait changer sa vie pour toujours. Mais elle savait que Phillip ne lui ferait pas de mal. Il ne l'avait pas forcée sur le bateau, alors qu'elle n'était pas en état de lui résister. Il n'avait pas profité d'elle, en aucune manière. Ce qui allait se passer ce soir, c'était elle qui le déciderait. Il la respecterait, n'irait pas plus loin qu'elle ne le souhaitait.

Prendre conscience de cela lui donna plus d'audace encore. Comment diable avait-il deviné ce qu'elle avait précisément besoin d'entendre pour céder ? Écartant cette pensée de son esprit pour le moment, elle tendit une main vers lui.

— Non. Je préférerais que ce soit moi qui te déshabille.

Les paroles d'Eva firent à Phillip l'effet d'une décharge électrique.

— Peut-être les choses seront-elles plus simples si chacun se déshabille de son côté.

— L'idée de jouer ton valet me plaisait assez.

Un sourire délicieux incurva les lèvres d'Eva, et il ne put s'empêcher de l'embrasser. Elle lui répondit avec enthousiasme, manifestant un appétit identique au sien tout en repoussant sa veste sur ses épaules. Le vêtement glissa jusqu'au sol avec toute la fluidité de l'étoffe souple dans laquelle il était coupé. Phillip défit ses boutons de manchette, les mit dans une poche de son pantalon pendant qu'Eva dénouait sa cravate.

Il aimait son audace. C'était l'une des premières choses qu'il avait remarquées chez elle sur le bateau. Il l'avait pressenti : cette lady, jeune fille de bonne famille, pourrait aisément le mettre à genoux. Sa cravate rejoignit sa veste, et Eva défit un par un les boutons de son gilet. Du dos de la main, elle lui caressa le ventre à travers le coton fin de sa chemise, et son sexe tressaillit.

Quittant sa bouche, il déposa une multitude de baisers le long de sa joue, descendit vers sa gorge tout en retirant la large bande d'étoffe qui lui ceinturait la taille. Puis, tremblant d'impatience, vibrant de désir, il défit les liens de sa jupe. Il aurait aimé prendre son temps, savourer ce moment, la déshabiller lentement, délicatement, mais l'urgence du désir l'en empêchait.

Il s'attela ensuite au chemisier à col montant, défit les minuscules boutons de nacre entre ses seins, sur son ventre. Sans qu'il s'en aperçoive, son gilet disparut. Vint le tour du sous-chemisier en coton blanc, révélant la chemise de corps beige en soie et coton. Il recula d'un pas pour mieux l'admirer. Du bout du doigt, il parcourut la délicate bordure en dentelle soulignant la généreuse poitrine que la nervosité soulevait à un rythme impétueux.

— Tu es si belle, murmura-t-il.

Elle passa les mains sur ses épaules, sans le quitter des yeux.

— Tu es plutôt bel homme, de ton côté.

Il glissa une main sous l'étoffe légère de la chemise, lui caressa un sein. Cette douceur. Cette souplesse. Irrésistible.

— Je voudrais prendre mon temps, ne rien précipiter. J'ai le sentiment de t'avoir attendue toute ma vie.

Elle dénoua son jupon, puis sa tournure. Lorsqu'elle se dégagea, il la fit pivoter d'un mouvement leste et délaça son corset. Il avait réussi à défaire la moitié de l'encombrant accessoire lorsqu'elle se retourna. Le corset tomba à terre, il la souleva dans ses bras et la porta jusqu'au lit, la déposant délicatement sur les draps immaculés.

Elle ne le lâcha pas. S'agrippa à sa chemise et l'attira sur elle. Sa poitrine heurta son torse, et elle sentit sur sa cuisse la pression du membre de Phillip. Tous deux retinrent leur souffle.

— Petite coquine, grogna-t-il à son oreille en basculant les hanches, impatient de se frotter contre elle. Ce n'est pas ce que j'appelle prendre son temps.

Les doigts d'Eva se posèrent sur son col, le défirent, puis déboutonnèrent sa chemise.

— Tous ces vêtements, c'est beaucoup trop, vraiment…

Elle fit glisser les bretelles de ses épaules, attrapa le bas de sa chemise de coton blanc et la tira vers le haut. Il la retira complètement, la laissa tomber sur le sol. D'un doigt, elle parcourut son torse à travers la sous-chemise de linon.

— Tu n'as rien d'un gentleman américain vivant de ses rentes.

Sans répondre, il se mit à la mordiller, suivant un chemin qui le menait inexorablement vers le bas, épaule, gorge, naissance des seins… Elle se cambra, fermant les yeux sous la délicieuse caresse. Des mèches rousses s'échappèrent de sa coiffure et il eut soudain envie de la mordre, de la marquer encore une fois. Qu'avait donc cette femme pour réveiller à ce point la bête en lui ?

Sa chemise rejoignit bientôt le reste de ses vêtements, sur le sol. Enfin il découvrait ses seins, pâles monts ronds et pleins, ponctués du rose le plus délicieux. Il se pencha, agaça une pointe du bout de la langue tout en refermant la paume sur le sein, prodiguant cette caresse jusqu'à ce qu'elle frémisse et tremble contre lui. Alors il pressa les lèvres sur la pointe durcie et l'aspira longuement, se délectant du gémissement qui monta dans la gorge d'Eva.

Mais cela ne suffisait pas. Il voulait enfouir le visage entre ses cuisses, sentir son goût sur sa langue. Sans pour autant l'effrayer. Il s'écarta, scruta son visage, écarta une mèche folle de son front.

— Tu me fais confiance ?

— Oui, répondit-elle aussitôt, sans réfléchir.

Il en fut bouleversé.

— J'ai envie de te retirer ta culotte et te donner du plaisir, mais je ne voudrais pas te faire peur.

Elle haussa les sourcils, étonnée.

— Je pensais que cela allait de soi.

Cette réponse, si directe, si... *Eva*. Il faillit éclater de rire. Et se pencha pour prendre le lobe de son oreille entre ses lèvres.

— Du plaisir à l'infini, milady. Comme promis.

— Alors tu ferais bien de t'y mettre, souffla-t-elle d'une voix rauque, tournant la tête pour trouver sa bouche.

Leur baiser se prolongea un long moment, durant lequel Phillip s'efforça de se maîtriser. Son sexe était si dur qu'il en devenait douloureux, et le désir menaçait de lui faire perdre la tête. La regarder jouir avait été le plus beau moment de sa traversée de l'Atlantique, et il était impatient maintenant de lui donner un orgasme avec la langue.

Il se mit à genoux sur le lit, lui retira ses bottines puis dénoua sa culotte qu'il fit descendre sur ses hanches, sur ses jambes, emportant ses bas au passage. Cette fois, elle était délicieusement nue, et il savoura le tableau de ses longues jambes, de sa peau blanche et parfaite, de la toison rousse qui recouvrait son mont de Vénus. *Mon Dieu, quelle merveille*... Les mains à plat, il remonta le long de ses mollets, de ses cuisses, et les écarta doucement.

Allongé sur le ventre, il se servit de ses pouces pour ouvrir les pétales de son sexe, révélant son intimité la plus exquise. Elle était trempée, bombée... et il ne l'avait pas encore touchée. Il inspira, les yeux fermés. Le parfum de son désir était la chose la plus excitante du monde.

— Qu'est-ce que tu fais ? demanda-t-elle en se redressant pour essayer de voir, et de refermer les cuisses en même temps.

Il ne bougea pas, les épaules fermement calées entre ses jambes.

— Patience, ma belle.

Et, d'un long coup de langue, il se glissa entre les plis veloutés, atteignit le trésor tant convoité. Eva poussa un cri aigu, auquel il ne s'attendait pas, mais cela ne l'arrêta pas, au contraire. Un second coup de langue, et elle se laissa retomber sur le lit.

— Oh, oui..., l'entendit-il murmurer.

Alors il continua, avec sa bouche, sa langue, ses lèvres...

Au bout de quelques secondes, elle n'articula plus aucune parole, émettant des bruits doux, incohérents, qui firent palpiter son membre. Lorsqu'il prit entre ses lèvres la petite crête au sommet de son sexe, elle frémit de tout son être. Alors il glissa un doigt, puis deux en elle, et fit pression sur le point sensible de l'étroit fourreau. Le résultat fut instantané. Elle poussa un cri, se contracta autour de ses doigts et se raidit, son corps tout entier emporté par la vague de l'orgasme tandis que, la langue sur son sexe, il prolongeait son plaisir aussi longtemps que c'était humainement possible.

« Éternellement, se dit-il. Je pourrais continuer éternellement... »

Lorsqu'elle repoussa sa tête, tellement sensible que les caresses en devenaient douloureuses, il se laissa tomber sur le dos et ferma les yeux. Bon Dieu, il n'avait plus qu'une idée : plonger en elle. Jamais il n'avait eu envie d'une femme à ce point. Jamais le désir ne l'avait à ce point dévoré. Mais il ne pouvait pas. Elle était encore vierge, et il ne pouvait pas la prendre brutalement.

Sans réfléchir, il défit son pantalon, sortit son sexe et se caressa. Vite, fort. La sensation familière de sa main, la pression idéale, le goût à la fois doux et acide d'Eva encore sur la langue... Il ne lui faudrait pas longtemps. Et dès qu'il aurait joui, il pourrait recommencer.

Il sentit qu'elle bougeait à côté de lui, et soudain des lèvres se posèrent délicatement dans son cou. Une main glissa sur son ventre, et plus bas encore.

— Laisse-moi t'aider.

— Eva, grogna-t-il en donnant un coup de reins.

Il était au bord de l'explosion, mais il ne voulait pas l'effrayer.

— Tu es sûre ?

— Oui. Montre-moi ce que tu aimes.

Elle referma la main sur son érection et bougea avec lui, attentive, cherchant à bien faire.

Il perdit instantanément tout sens commun.

— Plus fort, haleta-t-il. Aussi fort que tu peux, et plus vite.

Oui, comme ça. Oui.

La pression monta dans son entrejambe. Il changea de position pour sentir la main d'Eva sur son sexe, tout en l'aidant à maintenir un rythme soutenu. La douceur de sa peau sur son érection… *Encore, oui, oui.* La vague monta, il se raidit.

C'est à ce moment qu'elle le lâcha… pour le chevaucher.

10

Sous l'assaut du désir contenu, c'était un homme magnifique. Comment Eva aurait-elle pu lui résister, résister au besoin d'assouvir la passion qui grondait dans les tréfonds de son être ? Elle savait en quoi consistait l'intimité entre un homme et une femme, et n'avait qu'une envie : en faire l'expérience avec lui.

Elle l'enfourcha, posa son sexe sur le membre en érection. Il la fixa de ses yeux mi-clos, où luisait le désir.

— Tu es sûre ?

Elle répondit d'un hochement de tête. Les paumes sur son torse, elle se mit à bouger sur lui, planta ses ongles dans sa peau sous l'effet du plaisir. Ils poussèrent tous les deux un gémissement.

— J'ai tellement envie de toi, Eva. Tellement envie...

Très vite, il glissa une main entre eux et se positionna à l'entrée de son sexe. De l'autre main, il trouva sa hanche, et donna un petit coup de reins. Il entra en elle lentement, sentit l'étroit fourreau s'élargir progressivement sous la poussée. Lorsque ce fut trop, elle s'immobilisa et il attendit que l'anatomie d'Eva l'accepte, patient malgré l'urgence qui le mettait à l'agonie. Il lui donna du temps, et elle le prit. Tous deux savaient que la récompense était proche. Après tout, se disait Eva, si les gens recommençaient, c'est que l'expérience était agréable...

Elle se laissa descendre sur lui, petit à petit, le souffle court, parfois hoquetant. La sueur luisait sur son front. Tout en elle se détendait au fur et à mesure de sa progression, cette intrusion au plus profond de son être éveillant des sensations dont elle ignorait l'existence. Il lui caressait les seins, en agaçait la pointe. Ses mains calleuses, puissantes, provoquaient des vagues de plaisir à chaque passage. Lorsqu'ils se rejoignirent, elle ferma les yeux, renversa la tête en arrière. Prit le temps de le *sentir* en elle.

C'était tellement plus fort, plus grand que tout ce qu'elle avait imaginé. Il la comblait, faisait partie d'elle, fusionnait avec elle.

— Tu es si belle, murmura-t-il, redressant la tête pour attraper la pointe d'un sein entre ses lèvres.

Il l'aspira, la suça jusqu'à ce qu'Eva se mette à onduler, mue par une irrépressible envie de bouger sur lui.

— Oui, c'est ça. Encore, souffla-t-il contre sa peau. C'est exactement ça, continue.

— Qu'est-ce que tu ressens ?

Il saisit ses cuisses.

— Comprimé. Brûlant. Le paradis sur terre. Ne t'arrête pas, Eva…

Il lui montra comment aller et venir, pour leur donner à tous deux un plaisir plus intense encore. Elle s'empala sur lui, sentant la vague monter au rythme du frottement de leurs corps.

— Je veux te voir.

Elle défit les derniers boutons de sa chemise, qu'il n'avait pas pris le temps de retirer. Il l'aida, l'enleva. Elle retint un gémissement d'émerveillement. Il était tellement… massif. Ses muscles bougeaient à chaque mouvement, roulaient sous sa peau luisante de sueur. Il n'était que tension et fermeté. Une toison soyeuse recouvrait son torse, s'amenuisant à la base de son sternum pour ne plus former qu'une ligne descendant jusqu'à son entrejambe. Elle n'avait jamais rien vu de plus beau.

Mais elle ne le lui dirait pas. Monsieur Jamais-une-femme-ne-me-résiste était bien trop conscient de l'effet qu'il produisait sur la gent féminine.

Non, au lieu de le lui dire, elle choisit d'accélérer la cadence. Phillip approuva d'un grognement sourd, puis glissa un pouce entre ses cuisses pour agacer la petite crête qui n'attendait que ça. La vague de plaisir la submergea presque aussitôt, sensation de brûlure exquise qui la fit trembler de tous ses membres, juste avant que l'orgasme ne la fasse défaillir.

Loin au cœur du plaisir, elle sentit qu'il s'enfonçait en elle puissamment, la faisant vibrer à chaque coup de reins. Au moment de jouir, il poussa un cri et fut agité de soubresauts, son membre grossit encore, pulsa en elle. Elle adora cette perte de contrôle chez un homme d'ordinaire si maître de lui-même.

Et puis il n'y eut plus que leurs deux souffles, haletants. Ils étaient épuisés, vidés de toute tension. Quelques instants passèrent, et elle se laissa tomber sur lui, sentit son pénis glisser hors d'elle. Autour d'eux, les ombres habillaient la pièce – jamais elle n'oublierait cet endroit. Elle se sentait poisseuse, en sueur... mais profondément transformée. Abattue puis reconstruite, plus solide, plus sûre, enfin dépositaire de l'un des secrets les plus importants de la vie.

Il la fit glisser contre lui, la tint dans ses bras, et elle caressa la douce toison sur son large torse. Ce fut un moment de paix, pendant lequel le silence en dit plus que les mots. Elle était fatiguée, mais n'avait jamais été aussi heureuse.

— Je n'aurais pas dû me répandre en toi. Je suis désolé.

Oh. Ça. Oui.

La quiétude absolue vola en éclats sous l'effet de la réalité. Elle se redressa sur un coude pour scruter son visage.

— Je n'y ai pas pensé une seconde.

Il grimaça, et le remords qu'elle lut sur son visage blessa Eva plus que tout ce qu'il aurait pu dire en cet instant. Sa virginité n'était pas un prix, ni un gros lot, mais elle l'avait accepté *en elle*. Lui, et personne d'autre. Et déjà, il le regrettait.

À coup sûr, son manque d'expérience le dérangeait. Les femmes avec qui il couchait d'habitude savaient comment prévenir une grossesse. Ces femmes n'avaient pas besoin qu'on leur montre quoi faire pour satisfaire un homme. En ces moments précieux, elle s'était attendue à de l'affection et des compliments... pas à de la contrition.

Miss Catastrophe. Comment avait-elle pu oublier ?

Ignorant la douleur au creux de sa poitrine, elle s'assit au bord du lit, tentant de se ressaisir.

Inutile de faire une scène. C'était une liaison, pas une relation de couple...

— Ne t'en fais pas, dit-elle d'un air bravache. Je suis certaine qu'il n'y aura pas de problème.

Où était sa chemise ? Elle scruta la pénombre, que seul traversait le clair de lune.

— On ne peut pas en être certain, dit-il derrière elle. Pas tout de suite, en tout cas.

Elle se leva, ramassa ses bas.

— Eh bien moi, je le suis.

— Eva, j'essaie de te faire part de mon inquiétude concernant ton bien-être, à propos de quelque chose qui nous concerne tous les deux. Le moins que tu puisses faire, c'est me regarder.

Non. Ce qu'elle devait faire, c'était s'en aller. Mettre de la distance entre eux, retrouver son équilibre.

Elle enfila ses jarretières, puis tira sur ses bas. Tandis qu'elle en nouait les liens, Phillip vint se placer devant elle, mains sur les hanches.

— Eva, arrête.

L'ignorant, elle voulut ramasser sa chemise par terre. Une main puissante l'attrapa par l'épaule et la contraignit à se relever.

— Qu'y a-t-il ? demanda-t-il. Tu cherches à sortir d'ici comme si l'immeuble était en feu.

N'était-ce pas ce qu'il voulait ? Il ne s'agissait pas d'une histoire d'amour, comme dans les romances où les héros éprouvent l'un pour l'autre tendre affection et dévouement éternel. Non, ce soir il avait été question de plaisir à l'infini, et la démonstration avait été efficace. Parfaite.

— Je pensais que tu voudrais partir, maintenant que nous avons terminé..., dit-elle avec un geste en direction du lit.

— Terminé ? répéta-t-il avec une moue de mécontentement. Tu fais comme si je n'existais plus. J'essaie de ne pas me sentir...

— De ne pas te sentir quoi ? l'interrompit-elle.

Il la lâcha, se passa une main dans les cheveux.

— Je n'ai jamais... À vrai dire, je ne m'attendais pas à ce que tu cherches à me quitter si vite.

Elle repensa à sa grimace. À ses remords. *Endurcis-toi, Eva. Renforce ta carapace. Protège-toi.*

— Ne fais pas l'idiot. C'était très bien, mais maintenant il faut que je rentre. On m'attend pour le dîner.

Il poussa un soupir incrédule et se tourna vers la fenêtre. Grand et carré comme il l'était, avec son pantalon un peu lâche tombant sur ses hanches, il offrait une image du péché qui en aurait fait saliver plus d'une. Même énervée, elle le trouvait délicieux.

— Et puis, reprit-elle, je dirais que chacun a eu ce qu'il voulait. Personne n'a été blessé. (« Mon orgueil excepté, bien sûr », songea-t-elle.) C'est bien comme ça que ça marche, non ?

— Je... Oui, sans doute, mais... en général, avec une femme, j'ai une sorte d'accord. Certains aspects pratiques font l'objet d'une discussion au préalable.

— Par exemple ?

Il se pencha, ramassa la chemise d'Eva et la lui tendit.

— Tiens, mets ça. Je n'arrive pas à réfléchir quand tu es à demi nue.

Elle enfila le vêtement, qui la recouvrit jusqu'aux hanches.

— Là. Ça va mieux ?

Il hocha la tête et revint s'asseoir au bord du lit.

— Es-tu... Aimerais-tu le refaire ?

— Avec toi ?

Il plissa les yeux, serra les dents.

— Oui, *avec moi*.

Son expression de colère plut à Eva. Enfin une manifestation d'émotion, qui la réconforta un peu. Peut-être ne regrettait-il pas l'ensemble de ce qui s'était passé ce soir.

Elle réfléchit à sa question. Voulait-elle avoir une autre relation sexuelle ? Malgré la fatigue et le sentiment de satiété apporté par celle qu'ils venaient d'avoir, elle avait déjà envie qu'il la touche à nouveau. À quoi bon lui résister, puisque de toute façon le mal était fait ?

Elle répondit franchement.

— Je crois que oui. J'aimerais ça. Et toi ?

— Oui, mille fois oui. Le plus souvent possible.

Ah. Voilà qui était flatteur. Mais elle ne pouvait pas laisser cet homme bouleverser sa vie. Elle avait un projet à mener à bien - deux, si on prenait en compte le cottage de Mme Mansfield - et elle n'avait pas le temps de se plier aux désirs de monsieur. Du moins, pas en dehors du chantier.

Et surtout, surtout, elle ne devait pas laisser naître en elle des sentiments pour Phillip.

— Peut-être devrions-nous fixer un horaire. Pour que ce soit plus simple.

Il haussa les sourcils.

— J'allais te proposer la même chose.

— C'est pratique, nous voyons les choses sous le même angle.

— Oui, assez.

Il se caressa la joue en la regardant, et elle sentit son rythme cardiaque s'emballer. Elle enfila ses bottines pour penser à autre chose.

— Alors, une fois par semaine ? Une semaine sur deux ?

— Quel âge tu me donnes ? Cinquante ans ? dit-il en riant. Non, Eva. Je pensais plutôt à trois fois par semaine. Voire plus.

Plus que trois fois par semaine ? Pas étonnant que les hommes soient toujours si pressés, allant et venant à toute vitesse comme s'ils avaient des courses importantes à faire. Qui aurait cru que ces « courses » étaient pour la plupart de nature libertine ?

Cependant, elle ne devait pas être la seule femme à faire partie de son emploi du temps du moment. L'imaginer avec une autre lui donna la nausée, mais elle posa tout de même la question.

— Tu… Il n'y en a pas d'autres ?

Il ouvrit la bouche, la referma. La rouvrit pour lui demander :

— Tu *veux* qu'il y en ait d'autres ? Je pensais plutôt à une relation exclusive.

Exclusive, c'était bien. Exclusive, cela lui allait. Elle secoua la tête.

— Non, je ne veux pas. Mais je pense que deux fois par semaine, ça suffit pour le moment.

— Deux fois ? Allons. Je sais que tu as pris du plaisir ce soir. Pense à ce que ce sera quand nous aurons l'un et l'autre découvert ce qui nous plaît vraiment.

Seigneur, ça pouvait être mieux ? Elle ne s'en remettrait jamais…

— Deux fois, Phillip. J'ai beaucoup de travail en ce moment, mais si nous avons tous les deux le sentiment que ça n'est pas assez, nous pourrons revoir le rythme de nos rencontres à la hausse.

Il poussa un juron et se frotta les yeux.

— Arrête de te comporter comme...

— Comme quoi ?

— Comme un *homme* ! J'ai l'impression que nous avons échangé les rôles.

Sa première réaction fut de s'excuser... Elle s'en abstint. Elle n'avait pas à s'excuser d'être raisonnable et rationnelle, surtout quand c'était elle qui avait le plus à perdre dans cet arrangement.

— Essaie un peu de comprendre ce que je ressens.

— Je crois que je comprends, justement, grommela-t-il. Et cela me fait voir les choses sous un angle très différent.

Elle n'était pas sûre de saisir le sens de ces paroles, aussi le ramena-t-elle au sujet de leur discussion. Aujourd'hui étant un jeudi, il était logique de faire du jeudi l'un de *leurs* jours.

— Donc nous sommes d'accord pour deux fois par semaine. Que dis-tu de lundi et jeudi ?

— Très bien. Où ?

— Je...

Où, en effet ? Un hôtel, c'était trop risqué. Chez eux, c'était hors de question.

— Peu importe, dit-il en balayant le problème d'un geste de la main. Je m'en occupe. Sinon, je suppose que tu n'utilises ni éponge ni seringue ?

Elle secoua la tête en ouvrant de grands yeux. De quoi parlait-il ? Les femmes connaissaient-elles cela ?

— Ce n'est pas grave, assura-t-il. J'apporterai quelques préservatifs.

La confusion dut se lire sur le visage d'Eva, car il ajouta :

— Des étuis de caoutchouc qui recouvrent le sexe en érection pendant les rapports. Cela t'évitera de tomber enceinte.

Dieu que tout ceci était compliqué...

— Merci. Donc, cela signifie que tu n'as aucun enfant illégitime traînant dans les rues de New York ?

— Exactement. Je fais toujours très attention, raison pour laquelle ce qui s'est passé ce soir était une aberration.

Une aberration. Voulait-il dire absurdité, ou erreur de jugement ? « Fais-toi une carapace », se répéta-t-elle. Elle croisa les mains.

— C'est tout ce dont tu voulais parler ?

— Une dernière chose, et nous nous en irons.

Il se leva, se rapprocha d'elle, prit son visage entre ses mains et déposa sur ses lèvres un baiser léger, délicat.

— Merci pour ce soir. S'il est arrivé quoi que ce soit, je ferai ce qu'il faut. C'est important pour moi. *Tu* es importante pour moi.

Oh là là. Elle se sentit fondre. Non, elle ne devait pas laisser arriver une chose pareille. C'était son *employeur*. Elle ne pouvait pas risquer de perdre son projet le plus important, et d'entacher la réputation de son père.

Ravalant son émotion, elle lui donna une petite tape sur la joue.

— C'est gentil. Maintenant, il faut nous dépêcher. Je n'aime pas être en retard pour le dîner.

Phillip claqua la porte derrière lui. Le bruit résonna dans toute la maison. Il jeta son chapeau et sa canne sur la console et se dirigea vers l'escalier. Il était en proie à un méli-mélo d'émotions, mais surtout, il n'y comprenait plus rien. Le brusque changement d'attitude d'Eva l'avait stupéfié. Alors qu'ils goûtaient l'un et l'autre au doux plaisir de l'intimité consommée, il l'avait sentie détendue et chaude contre lui. L'instant d'après, elle s'était transformée en glaçon.

Ne fais pas l'idiot. C'était très bien, mais maintenant il faut que je rentre.

À quel moment avait-il commis une erreur ?

Roberts arriva, et ravala son petit mot de bienvenue en voyant la tête de son maître.

— Je serai dans la salle de bal, dit Phillip au majordome.

Au moins pouvait-il décompresser un peu dans cette pièce. Un an plus tôt, l'immense salle vide avait été transformée en salle d'entraînement pour la boxe, avec tout l'équipement nécessaire. Il y avait des gants, plusieurs sacs de frappe et un punching-ball pour travailler la vitesse et transpirer quand il en éprouvait le besoin. S'il préférait s'entraîner contre un vrai partenaire, il allait chez McGirk.

Ce soir, il avait surtout besoin de donner des coups de poing dans quelque chose, et d'expulser une partie de la frustration qui lui étreignait la poitrine.

— S'il vous plaît, attendez. M. Milliken est ici. Il vous attend dans votre bureau.

Phillip soupira et s'arrêta dans l'escalier. Bon sang de bois.

— Que veut-il ?

— Il attend depuis presque une heure.

Phillip fit demi-tour, descendit en trombe et se dirigea vers son bureau. En l'entendant entrer, Milliken se leva, chapeau entre les mains. Phillip se dirigea tout droit vers le buffet et leur servit à chacun un whisky.

— Vous avez intérêt à ce que ce soit important, Milliken.

— Il faut que je vous parle, monsieur. C'est à propos de la situation pour le moins inhabituelle que vous avez instaurée sur le chantier.

Phillip prit les verres, en porta un à Milliken, rejoignit son bureau, se laissa tomber dans son fauteuil et but une longue gorgée. Le whisky lui brûla la gorge, emportant avec lui une partie de sa colère.

— Quelle situation ? Que s'est-il passé aujourd'hui ?

— C'est plus possible, une femme qui se promène sur le chantier comme ça.

Ce n'était pas la première fois que Milliken abordait le sujet.

— Nous en avons déjà parlé. Vous connaissez mon point de vue. Il faut attendre l'arrivée de son père.

Milliken but à son tour.

— Peut-être, mais ça devient dangereux, votre histoire. Aujourd'hui, elle marchait entre les tas de gravats, près de l'aile est, et l'un des tas s'est écroulé.

Phillip se redressa d'un bond, faisant grincer le bois de son fauteuil.

— Écroulé ? Bon Dieu, mais elle aurait pu être tuée !

Cette idée le rendait malade. Pourquoi n'avait-elle pas parlé de cet incident, ce soir ? « Parce que tu avais la tête entre ses cuisses, se dit-il. Et ensuite, le sexe. »

— Justement, monsieur. Elle a réagi très vite, s'en est sortie avec rien d'autre que de la poussière sur sa jupe. Mais ce genre de choses peut arriver n'importe quand. On n'a pas l'habitude d'avoir une femme sur le chantier. Ça porte...

— Je sais, ça porte malchance. Mais la chance, de toute façon, ça n'existe pas, dit-il.

Il but une autre gorgée en se demandant ce que Milliken et les ouvriers diraient s'ils connaissaient le surnom d'Eva.

Milliken secoua la tête, et Phillip ne chercha pas à le faire changer d'avis. Certains croyaient dur comme fer en la chance.

— De toute façon, malchance ou pas, elle distrait les ouvriers.

— Quelqu'un a-t-il... ?

— Non, pas que je sache en tout cas. Mais ça ne veut pas dire que ça n'arrivera pas.

Phillip vida son verre et le posa sur son bureau.

— Je n'aime pas beaucoup cela non plus. Je ne m'attendais pas à devoir faire face à cette situation. Je partais du principe que Hyde serait aux commandes.

Mais, en son absence, c'est elle qui le représente sur le site. Je ne peux pas lui interdire l'accès au chantier.

— Même si quelqu'un est tué à cause d'elle ? Vous savez bien qu'un accident est vite arrivé quand les gars n'ont pas la tête à ce qu'ils font.

— Personne ne sera tué. Mais tâchez de mieux caler ces tas de gravats, pour empêcher que ce genre d'incident ne se reproduise.

— C'est comme si c'était fait. J'ai demandé à l'équipe de nuit de s'en occuper. Ce sera terminé demain.

— Parfait. Et faites passer le mot aux ouvriers : ils ont intérêt à bien garder leurs distances avec Mlle Ashford. Ils ne doivent pas lui parler, ni la regarder. Celui qui la touche ou l'agresse - Dieu nous en préserve - aura affaire à moi.

L'entrepreneur fronça les sourcils, mais secoua la tête.

— J'aimerais vraiment que vous changiez d'avis. Je sais que vous et Mlle Ashford, vous vous appréciez...

— Je vous arrête tout de suite, dit sèchement Phillip. Elle est l'employée de Hyde, et par conséquent mon employée. Il n'y a rien qui ne soit professionnel entre Mlle Ashford et moi. Elle n'a droit à aucun traitement de faveur.

— Ne le prenez pas mal, monsieur. Mais ce qui compte avant tout, c'est la sécurité de mes gars, pas les humeurs d'une Anglaise née dans la soie.

Phillip faillit éclater de rire. Les humeurs ? Née dans la soie ? Eva était la femme la plus solide qu'il ait jamais rencontrée - même à côté d'une certaine Mad Maeve, qu'il avait vue boxer contre un homme et lui casser quatre dents.

— Il ne s'agit pas d'humeurs, Milliken. Cette femme est ici pour faire son travail, et nous avons besoin d'elle en attendant l'arrivée de son employeur. De plus, vous l'avez dit vous-même, elle est très compétente.

— Alors espérons qu'il arrive vite, son employeur. Des rumeurs courent déjà à propos d'une grève.

Phillip se raidit. C'était ce qu'il avait redouté avant tout en autorisant Eva à prendre les rênes en tant que représentante de Hyde.

— Qui parle de grève, bon sang ? demanda-t-il en se penchant sur son bureau.

Milliken évita son regard, mal à l'aise dans son fauteuil.

— Certains gars. Ils menacent de quitter le chantier tant qu'elle ne sera pas remplacée.

Fichtre, un truc pareil, c'était plusieurs mois de retard assurés ! Phillip devait absolument étouffer cela dans l'œuf, tenir jusqu'à l'arrivée de Hyde.

— Ils ont intérêt à la ravaler, leur idée de grève. Et si c'est une menace, dites-leur que je n'aime pas ça du tout.

— Très bien, fit Milliken, l'air maussade.

Il avait visiblement espéré autre chose, mais Phillip ne céderait pas à des exigences ridicules, quoi qu'il arrive.

— Je sais que c'est une situation hors du commun, dit-il cependant. Mais le nom de Hyde sur cet hôtel est garant de son succès. Tâchez de vous en souvenir quand vous discuterez avec vos gars. Certains éléments de ce chantier sont remplaçables. Pas Hyde.

— Je comprends.

Milliken n'était pas satisfait, mais Phillip n'était pas là pour le dorloter.

— Bien. Si c'est tout...

Milliken hocha la tête et se leva, quittant rapidement le bureau. Phillip se leva à son tour, fit rouler ses épaules. Entre l'étrange réaction d'Eva et les menaces à peine voilées de Milliken, il avait besoin de se défouler... Ah, et comment oublier qu'il avait joui en Eva ? Il soupira, accablé par sa propre bêtise. Il faisait toujours attention, prenait toutes les précautions possibles avec ses partenaires. Après ce qui était arrivé avec Caroline, il ne voulait plus risquer qu'on lui attribue la paternité d'un enfant sans qu'il soit certain que c'était lui le père.

Bizarrement, pourtant, l'idée d'Eva s'arrondissant en portant son enfant n'était pas source de sueurs froides, comme cela avait pu l'être avec d'autres femmes. Si elle était enceinte, il ferait ce qu'il fallait. Être marié à une femme comme elle ne pouvait pas être ennuyeux.

Encore faudrait-il qu'elle accepte. Ce soir, elle avait pris la fuite plus vite qu'un renard poursuivi par une meute. Il serra les poings rien qu'en y repensant.

Et il prit la direction de la salle de bal, parce que cette fois il fallait vraiment qu'il cogne dans quelque chose.

Le samedi soir, le restaurant le Sherry's faisait salle comble et ses clients rivalisaient d'élégance – on ne faisait pas mieux à New York : partout où le regard se posait, il y avait du diamant et de la plume d'autruche. On y mangeait des petits-fours raffinés et on y buvait du champagne. L'atmosphère était bruyante, animée, l'ensemble n'étant pas sans évoquer une sorte de cirque snob. C'était la première fois qu'Eva dînait dans ce restaurant légendaire, et elle ne cacha pas son étonnement en suivant Nora à travers la salle, Julius Hatcher sur ses talons.

Une fois qu'ils furent installés, elle se pencha vers son amie, d'une extrême élégance.

— Ils ont tous quelque chose à fêter ?

Julius eut un petit rire ironique.

— Oui : leur fortune et leur oisiveté.

Julius, avait appris Eva, n'était pas né dans une famille riche, et avait dû trimer dur pour bâtir sa fortune. Il travaillait toujours d'arrache-pied, ne quittait son bureau que pour passer un peu de temps avec

Nora, tous deux n'étant encore officiellement que fiancés jusqu'à leur mariage, prévu pour l'automne.

Nora sourit.

— Tu as eu ta part question fêtes, mon amour. Tu oublies comment nous nous sommes rencontrés ?

Il secoua la tête, leva les yeux au plafond.

— Une fête d'anniversaire, une fois par an. Et je n'ai pas fini d'en entendre parler.

Nora regarda Eva.

— Ne l'écoute pas. Ce n'est pas avec une bacchanale par an que mon mari a acquis la réputation qui est la sienne, crois-moi. Une chose est sûre, c'est que tu assistes là à une soirée typiquement new-yorkaise. On fait beaucoup la fête, ici.

Il n'était donc guère étonnant que Nora, qui avait toujours adoré s'amuser, aime autant sa ville d'adoption. Eva était tout le contraire : plus sérieuse, passionnée d'architecture et très occupée par les projets de son père. Elle n'avait jamais beaucoup aimé les soirées et les bals. C'était d'ailleurs ce qu'elle avait préféré pendant ses périodes de fiançailles : la possibilité de refuser les invitations à ces soirées mondaines ennuyeuses comme la pluie.

Était-ce cette animation qui plaisait tant à Phillip aussi ? Elle ne l'avait pas revu depuis qu'elle avait sauté dans un fiacre après leur... rendez-vous au Madison Square Garden. Dieu merci, il n'était pas venu sur le chantier depuis. Elle était incapable de penser à lui sans piquer un fard.

Deux fois par semaine... Était-elle en train de commettre une énorme erreur ? Elle avait accepté d'avoir une liaison avec lui, mais depuis, le doute la rongeait.

« Arrête de te comporter comme un homme », avait-il dit.

Mais pourquoi ? Les hommes avaient une approche rationnelle et distancée de ce genre de choses : émotions et questionnement n'avaient pas leur place dans leur raisonnement. Pourquoi n'aurait-elle pas eu le droit de faire comme eux afin de se protéger, tout en cédant à l'attirance physique qu'ils éprouvaient l'un pour l'autre ?

Le mariage ne figurait pas dans ses projets, mais pourquoi aurait-elle renoncé à aimer, à désirer, à avoir du plaisir ? Phillip lui proposait tout cela et s'engageait à ne pas lui faire de bâtard. Pourquoi ne pas profiter de cette occasion ? Et c'était la première fois qu'un homme lui faisait autant d'effet…

Si seulement il avait été un peu plus… délicat, après avoir conclu leur accord. Ce n'était pas trop demander, si ?

Tu veux travailler dans un monde d'hommes, Eva, donc tu dois apprendre à te comporter comme un homme.

Elle entendait encore la voix de son père lorsqu'il lui avait donné ce conseil, à de nombreuses reprises.

Donc, non. Elle n'avait pas besoin qu'on la dorlote, ni au lit ni sur le chantier.

Mais elle comptait le forcer à promettre que leur liaison n'influerait en rien sur leur relation professionnelle.

Car, après tout, le plus important restait le travail.

On leur apporta les cartes et Eva se plongea dans la lecture de la sienne, décidée à ne plus penser à son employeur. Julius commanda une bouteille de champagne et Nora presque tout ce qu'il y avait au menu, insistant pour qu'Eva goûte à chaque plat.

Une fois le champagne ouvert et servi, Nora leva son verre pour un toast.

— Aux meilleures amies, et à leurs séjours prolongés !

— Santé, santé, dit Julius en faisant tinter sa coupe contre celles des deux femmes.

Eva trinqua avec Nora.

— Un séjour prolongé qui reste temporaire.

— Oh, bien sûr, répondit cette dernière, avec une étincelle dans le regard suggérant qu'elle n'en pensait pas un mot. Au fait, comment s'est passée ta visite chez Mme Mansfield ?

Eva s'étrangla avec son champagne. Nora lui donna une petite tape dans le dos, visiblement ravie d'avoir surpris son amie.

— Comment diable as-tu appris cela ?

— Notre cocher, bien sûr.

— Tous les domestiques de la maison Cortland lui mangent dans la main, expliqua Julius. Ils lui racontent tout.

— Donc il est inutile de me mentir. Alors, dis-moi : de quoi Mme Mansfield voulait-elle te parler ?

Nora tendit le bras, plaça une main devant les yeux de son mari pour qu'il ne voie pas, et articula :

— *Phillip ?*

— Non. Elle a besoin d'un architecte.

Nora retira sa main.

— Pour ?

— Elle voudrait faire agrandir sa maison de Newport. Un cabinet d'architectes local a déjà fait des plans, mais elle n'est pas satisfaite de leur proposition.

Julius secoua la tête.

— La maison en question est déjà immense, et d'après la rumeur, Mansfield aurait interdit toute modification.

Ce fut au tour de Nora d'être étonnée.

— Comment sais-tu cela ?

— Tu n'es pas la seule à être bien informée, répondit-il avec un sourire.

— L'ermite le mieux renseigné de New York, se moqua Nora en lui tapotant le bras avec affection. Mais dis-moi, Eva, qu'as-tu répondu ? Tu as accepté au nom de ton père ?

— Pas exactement. Elle veut que ce soit moi qui m'occupe de ce chantier.

— Toi ? Tu veux dire, toi *toute seule* ?

Eva sourit, incapable de retenir sa joie.

— Oui. J'ai été aussi surprise que toi.

— C'est une sacrée nouvelle ! Mais qu'arrivera-t-il si ton employeur actuel n'est pas d'accord ? Il ne faudrait pas que cela mette en danger ton rôle sur le projet de l'hôtel.

Eva y avait pensé, mais franchement, elle ne voyait pas de quoi Phillip aurait pu se plaindre. Les deux projets n'avaient rien à voir l'un avec l'autre – et de toute façon, elle n'avait pas l'intention de lui en parler. Sa mère l'en informerait bien assez tôt.

— Je ne fais rien qui mette en danger le projet de l'hôtel. Je vais juste jeter quelques idées sur le papier, qu'elle acceptera ou pas.

— Alors, qu'as-tu pensé d'elle ?

Eva réfléchit un instant. Ses impressions étaient mitigées. Mme Mansfield s'était conduite comme le voulaient les convenances, avec cette politesse un peu rigide typique des gens de sa classe, mais Eva avait détecté chez elle une détermination d'acier qui lui plaisait assez.

— C'est une femme directe, avec une approche concrète des choses que j'apprécie. Et elle est intelligente. Elle m'a expliqué ce qu'elle voulait avec une grande clarté, et a parfaitement compris mes objections et les problèmes potentiels que ces travaux pourraient engendrer.

— Intéressant, murmura Nora en sirotant son champagne.

— Ne va pas te faire des idées, Nora.

Comme celle-ci répondait d'un sourire énigmatique, Julius intervint.

— Je crois que Nora sourit parce que peu de gens à New York ont une opinion aussi positive de Mme Mansfield. Elle a un petit côté lady Macbeth qui terrifie ceux qui la fréquentent.

— Lady Macbeth ? C'est ridicule. Elle n'a rien de malveillant. Pour moi, c'est une femme âgée et seule, qui a besoin de s'occuper.

Des serveurs en livrée noire apportèrent les premiers plats, disposant plusieurs petites assiettes pour que les trois convives puissent partager. On resservit du champagne, les serviettes furent dépliées, posées sur les genoux. Eva ne savait où regarder. Charcuterie, fromage, olives, caviar et maquereau au vin blanc... Tout avait l'air délicieux.

Pendant qu'ils mangeaient, pas moins de trois messieurs s'arrêtèrent à leur table, l'un après l'autre, pour parler de la Bourse avec Julius, cherchant visiblement à glaner quelques tuyaux sur les actions les plus rentables. À la troisième question, Eva se pencha vers son amie.

— Comment fait-il pour supporter cela ?

— Il déteste, à vrai dire. Il les tolère parce que je suis là, mais je pense que c'est l'une des raisons pour lesquelles il ne quitte presque plus la maison.

Quelle tristesse. Elle se souvenait de s'être promenée avec son père et d'avoir dû s'arrêter parce que des gens se permettaient de lui poser des questions d'ordre professionnel. Son père appelait cela des consultations gratuites.

Tandis qu'elle racontait cette anecdote à Nora, un mouvement attira son regard en direction de l'entrée. Un homme de grande taille aux cheveux bruns entraînait une femme vers l'escalier menant aux salons privés. *Phillip*.

Elle se figea. Il regardait sa compagne en souriant avec chaleur, et semblait... fasciné. Complètement captivé. Eva connaissait bien ce regard : il avait eu le même pour elle deux nuits plus tôt.

— Ça, c'est Rebecca Hall.

Eva ne quitta pas le couple des yeux.

— Je suppose qu'il l'emmène dîner.

— On dirait, oui. Juste derrière eux, ce sont les parents de mademoiselle. J'ai entendu dire que leurs familles seraient ravies de sceller une union entre ces deux-là.

Eva faillit en lâcher sa fourchette, et s'en voulut de réagir de la sorte. Il ne comptait pas pour elle. Il la distrayait juste pendant ce séjour solitaire dans une ville inconnue. Elle allait lui consacrer deux nuits par semaine, et le reste du temps chacun mènerait sa vie comme bon lui semblerait. Cet homme n'avait aucun compte à lui rendre.

De plus, elle n'avait pas les moyens de s'attacher à quelqu'un qui vivait de l'autre côté de l'océan. Son père, sa vie étaient en Angleterre, et son intention était d'y retourner au plus tôt.

« Ce qui s'est passé l'autre nuit ne compte pas, se dit-elle. Nous avons tous les deux des responsabilités à assumer et des projets dans lesquels l'autre n'a aucun rôle à jouer. »

— Qu'y a-t-il ? J'ai manqué quelque chose ?

Julius en avait terminé avec les amateurs de tuyaux boursiers et revenait à ce qui se passait autour de la table. D'un mouvement du menton, Nora lui indiqua l'escalier.

— Mansfield vient d'arriver avec Mlle Hall et ses parents.

— Ah bon ? dit-il en tendant le cou dans cette direction.

Mais le couple avait déjà disparu.

— Je connais son père, reprit-il. Il a fait fortune dans le transport maritime il y a quelques années. La fille a l'air plutôt gentille et... Aïe !

Il fit un mouvement brusque qui ébranla la table.

— Pourquoi tu me donnes un coup de pied ? demanda-t-il à sa femme.

— Parce que tout le monde n'a pas forcément envie de t'entendre chanter les louanges d'une autre femme, répondit Nora avec un coup d'œil en direction d'Eva.

— Mais ça ne me fait rien, je vous assure, répliqua celle-ci. C'est quelqu'un de très bien, j'en suis certaine. Vraiment. Je ne vois pas pourquoi cela me gênerait.

— Tu protestes un peu trop, je trouve, nota Nora.

— Mais non, tu te fais des idées. Je proteste ce qu'il faut, étant donné la situation.

— Attends un peu, intervint Julius. Tu veux dire que tu éprouves des sentiments pour Mansfield ?

— Ne sois pas ridicule.

— C'est exactement ça, confirma Nora en même temps.

Eva la fixa d'un regard offusqué. Après tout, Nora était censée être son amie.

— Arrête ça tout de suite. C'est toi qui espères que je vais m'attacher à lui, parce que tu voudrais que je reste à New York.

— Bien sûr. Car je suis la femme la plus égoïste de la planète, dit Nora en levant les yeux au ciel. Pas du tout. J'ai des yeux, et je te connais mieux que personne. Tu as des sentiments pour lui, lady Eva.

— Tu te trompes.

— Vraiment ?

Nora plissa les yeux et se pencha vers son amie.

— Alors pourquoi es-tu rentrée toute décoiffée jeudi soir ?

Eva retint son souffle, et s'empourpra. Elle tendit la main vers sa coupe de champagne. Il fallait absolument qu'elle se rafraîchisse la gorge, qui était très sèche, soudain.

— Nora, ma chérie, tu mets ton amie mal à l'aise, dit doucement Julius. Et l'endroit me semble mal choisi pour ce genre de conversation.

— Tu as raison. C'est inconvenant de ma part et je te prie de m'en excuser, Eva. J'arrête.

Nora prit une olive sur l'une des assiettes à bordure dorée et ajouta :

— Pour le moment.

Eva retint un grognement.

— Tu es pire qu'une vieille tante qu'on aurait chargée de me chaperonner.

— C'est parce que tu crois que je ne fais pas attention à ce qui se passe autour de moi, alors que si, au contraire.

— Ça vaut ce que ça vaut, dit Julius en plantant sa fourchette dans un cornichon, mais Mansfield est un bon choix. Ce type m'a toujours plu. Il n'a pas peur de travailler dur, contrairement à la plupart de ses congénères. Il pourrait vivre de ses rentes et passer ses journées aux courses, mais ce qui l'intéresse, c'est bâtir des villes. Je trouve cela profondément respectable.

— Tu vois ? fit Nora avec un geste en direction de son mari. Et Julius n'aime personne, en général.

Ce dernier attrapa la main de sa femme et la porta à ses lèvres.

— Ce n'est pas vrai. Je t'aime, toi.

Nora rougit. La voir ainsi aimée et adorée plut à Eva. Connaîtrait-elle un jour cela avec un homme ? La boule dans sa gorge devint un poids sur son estomac. Elle n'avait envie que d'une chose : s'en aller et oublier l'endroit parfait où dînait le parfait Phillip en compagnie de sa partenaire parfaite. À coup sûr, ils allaient se marier, vivre dans cette maison parfaite au style italien et faire des enfants parfaits.

Parfait, parfait, parfait. L'exact opposé d'une femme comme elle, qui ne trouvait sa place nulle part.

Elle posa sa serviette sur la table et fit mine de se lever.

— Je crois que je vais rentrer.

Nora la regarda, inquiète.

— Oh, non, Eva. Ne t'en va pas. C'est à cause de… ? demanda-t-elle avec un coup d'œil vers le premier étage.

— Non, non. Je ne me sens pas très bien, tout à coup. Profitez de votre dîner tous les deux et…

Nora lui attrapa la main pour l'arrêter.

— T'ai-je déjà dit que je connaissais très bien le premier étage du Sherry's ?

— Pour quoi faire ? Tu veux les épier ?

C'était ridicule.

— Je n'ai aucune raison de monter, ajouta-t-elle. Il ne me doit rien et, surtout, bientôt je repartirai pour Londres. Je ne peux pas laisser mon père. Il a encore besoin de moi.

— Eva...

Elle se dégagea.

— Merci pour le dîner, Julius. À bientôt, Nora. Bonne nuit.

11

— Vous avez pu venir. Quel soulagement ! murmura Becca à l'oreille de Phillip.

Les serveurs s'affairaient autour de la table, mettant la touche finale à l'installation des couverts tandis que les quatre convives prenaient place. Pour épargner à son amie la présence de prétendants indésirables, il avait accepté d'accompagner Becca et ses parents à dîner ce soir. Au moins le salon privé, au premier étage du Sherry's, les protégerait-il des regards indiscrets de la salle principale, au rez-de-chaussée.

— Mais c'est tout naturel, murmura-t-il en retour. Et puis, vous avez promis de me rendre la pareille à l'opéra vendredi.

Becca et lui avaient passé un accord, le soir de la réception chez sa mère. Ni l'un ni l'autre ne souhaitaient se marier, mais leurs familles respectives se faisaient pressantes. Ils avaient donc décidé de jouer le jeu quelque temps et de s'accompagner à des soirées mondaines, empêchant de ce fait leurs parents de leur imposer d'autres prétendants. En s'affichant ensemble – tout en respectant les convenances, bien sûr –, ils gagnaient du temps. Les rumeurs iraient bon train, sans doute, mais resteraient infondées. Se marier n'était pas dans leurs intentions.

Phillip trouvait ce plan parfait.

— C'est vrai, dit Becca tandis que l'on servait le champagne. Et pourtant, je déteste l'opéra.

— Je vous promets de venir avec autant de whisky que vous pourrez en boire, en toute discrétion, précisa-t-il, la faisant rire.

— Quel bonheur de voir que vous vous entendez bien, dit Mme Hall, rayonnante. M. Hall et moi-même nous en réjouissons beaucoup.

— Tout à fait, confirma M. Hall en levant son verre. Trinquons à un avenir prometteur.

Tous l'imitèrent.

— À l'avenir, dit Phillip avec un sourire en coin à l'intention de Becca.

Les commandes furent passées et les quatre convives se détendirent en sirotant leur champagne, évoquant l'actualité et les connaissances qu'ils avaient en commun. Phillip n'écoutait que d'une oreille. Ce genre de conversation ne l'avait jamais vraiment intéressé, il se fichait bien de savoir qui avait bonne ou mauvaise presse. Ce monde était celui de sa mère, pas le sien. Lui travaillait à bâtir la réputation des Mansfield et entendait marquer les esprits pour un peu plus que le fait d'accueillir le bal des Débutantes une fois par an.

— Et votre projet d'hôtel, ça avance ? lui demanda le père de Becca.

— Oui, ça avance très bien, même. Nous allons creuser encore pendant quelques semaines, puis les fondations seront coulées.

— Vous pensez réellement pouvoir remplir toutes ces chambres de luxe ? s'enquit Mme Hall, sa coupe en cristal à la main. Les gens qui en ont les moyens sont-ils donc si nombreux ?

— Oui, je le pense. Organiser des soirées privées nous aidera à amortir les coûts de fonctionnement, et il y aura les revenus générés par les restaurants. Mais ce que j'espère, à terme, c'est développer le voyage de luxe à travers toute l'Amérique.

— Je trouve cela très bien vu, fit Becca. J'ai hâte de…

— Excusez-moi, dit un serveur qui s'était approché de la table et se penchait vers Phillip en lui tendant un petit mot. Un message pour M. Mansfield.

— Moi ?

Qui donc était au courant de sa présence ici ? Il prit le mot, le lut, et leva un regard stupéfait en direction des autres convives.

— Si vous voulez bien m'excuser un instant. M. Hatcher dîne au rez-de-chaussée et souhaite me parler.

— Hatcher, vous dites ? Voyez si vous pouvez lui demander quelle tendance va prendre, à son avis, le cours du pétrole, fit M. Hall en se penchant vers lui.

— Je vais voir ce que je peux faire. Pardonnez-moi, dit-il à ces dames. Et ne m'attendez pas pour commencer à manger, je vous en prie.

Il se leva, quitta la pièce. Il était dans le couloir quand un bruit l'arrêta.

— Mansfield, souffla une voix féminine.

Le visage d'une femme apparut dans l'entrebâillement d'une porte menant à l'un des salons privés. Curieux, il s'approcha.

— Oui ?

Elle lui fit signe de la rejoindre.

— Vite, par ici.

— Pardonnez-moi, mais… on se connaît ?

Il entra, et elle ferma prestement la porte derrière lui. Ils se trouvaient dans l'un des plus grands salons privés. Un homme, qu'il reconnut, était adossé au mur. Pas étonnant puisque les femmes n'étaient pas autorisées à se promener seules au premier étage.

— Bonsoir, Hatcher.

— Bonsoir, Mansfield. Connaissez-vous ma fiancée ? demanda-t-il en montrant la femme qui avait invité Phillip à entrer. Je vous présente lady Honora Parker.

Il avait entendu parler d'elle, bien sûr. Fille d'un comte fortuné, elle et Hatcher étaient tombés amoureux après avoir manqué périr tous les deux dans l'incendie d'un théâtre. Il s'inclina poliment.

— Lady Parker, c'est un plaisir. Phillip Mansfield.

La magnifique jeune femme brune lui tendit la main.

— Tout le plaisir est pour moi, monsieur Mansfield. Et je vous en prie, appelez-moi Nora.

— Alors appelez-moi Phillip. J'avoue que je suis un peu étonné de vous rencontrer en cet endroit, dit-il en les regardant tour à tour. Puis-je vous aider d'une quelconque manière ?

— Pardonnez-moi d'avoir eu recours à ce subterfuge, dit Nora. Je voulais avoir une conversation privée avec vous, ailleurs que dans la salle principale.

— Ah bon ?

— Oui.

Elle l'observa un long moment, scrutant son expression, comme si elle cherchait à voir sous sa peau. Il n'y avait dans son regard ni taquinerie ni chaleur. L'avait-il offensée d'une façon ou d'une autre ?

— Vous l'aurez probablement deviné à mon accent, je suis anglaise, dit-elle.

— Il est possible que cela m'ait traversé l'esprit, répondit Phillip avec un sourire en coin.

— Rien de bien sensationnel, j'en suis consciente. Mais si je mentionne ce détail, c'est parce que nos deux sociétés ne fonctionnent pas tout à fait de la même façon. Les jeunes Anglaises n'ont pas autant de liberté que les jeunes Américaines. Il est plus... difficile pour une femme de s'épanouir chez nous.

Où diable voulait-elle en venir ? Trop poli pour l'interrompre, il se contenta de hocher la tête et attendit la suite.

— Moi, je suis un peu directe... (Son fiancé eut un petit rire qui lui valut un regard noir.)... et un peu intellectuelle, aussi, donc j'ai toujours eu du mal à me faire des amies. Et encore plus des amies de mon âge. Alors quand j'en ai une, elle compte beaucoup pour moi. Vraiment beaucoup.

Un vague pressentiment noua l'estomac de Phillip.

— Lady Eva est mon amie.

Nora laissa cette révélation en suspens.

— Je vois, finit-il par dire, faute de mieux.

— Parfait. Elle est comme une sœur pour moi, ce qui n'a pas toujours été facile pour elle parce que, à ce titre, j'ai un comportement très protecteur envers elle. Raison pour laquelle je me suis dit qu'il était grand temps que nous nous rencontrions, vous et moi.

— Parce que vous vous inquiétez pour elle ?

— Oui. En particulier quand il est question de *vous*.

Il secoua la tête.

— Je ne comprends pas. J'ai accepté qu'elle remplace son père le temps qu'il se remette. J'ai même menacé mes ouvriers de représailles s'ils approchaient d'elle.

— Une règle que vous ne vous êtes pas appliquée, il me semble.

— Nora..., intervint Hatcher.

Mais Nora leva une main.

— Laisse-moi terminer. J'ignore à quel jeu vous jouez avec elle, mais je ne vous laisserai pas lui faire du mal.

Phillip glissa les mains dans ses poches et haussa les épaules.

— Avec tout le respect que je vous dois, je ne joue à aucun jeu. Et je n'ai pas l'intention de lui faire du mal.

— C'est peut-être vrai en théorie. Mais en pratique, on ne peut guère en dire autant. Si vous avez d'autres projets, ne jouez pas avec Eva en même temps.

Elle indiqua la salle à manger privée où il avait laissé Becca et ses parents.

— Seigneur Dieu, grommela Hatcher. Allez, ça suffit. Viens, Nora, tu en as assez dit, il me semble.

Nora soutint le regard de Phillip, et celui-ci comprit qu'elle savait. De toute évidence, Eva lui avait parlé de ce qui s'était passé sur le bateau et au Madison Square Garden. Nora devait être l'amie avec qui Eva habitait pendant son séjour à New York.

Il se sentit rougir de honte. Il ne s'était pas conduit en gentleman avec Eva. Il avait couché avec elle, pris des libertés réservées d'ordinaire à un époux. Elle y avait consenti, certes, mais tout de même. Et bien que conscient d'avoir mal agi, il n'était pas sûr de pouvoir se retenir de recommencer.

Il avait envie d'elle.

Mais comment expliquer sa présence ici ce soir en compagnie de Becca ? Il ne pouvait pas révéler le pacte conclu avec celle qui n'était que son amie.

Hatcher prit sa femme par le bras et l'entraîna hors de la pièce.

— Toutes mes excuses, Mansfield. Oublions ce qui vient de se passer, voulez-vous ?

Nora fixa Phillip de plus belle, l'air de dire « Je n'oublierai pas, moi ». Il tenta de la rassurer d'un hochement de tête, mais le cœur n'y était pas.

Tant qu'elle ne le lui demanderait pas elle-même, il n'avait aucune intention de renoncer à Eva.

Lundi après-midi, Eva redressa son ombrelle pour mieux se protéger du soleil. L'évacuation des gravats semblait interminable. Tombereau après tombereau, des tonnes de terre quittaient le chantier. Milliken et ses ouvriers l'ignoraient, mais elle s'en moquait. Elle avait passé l'essentiel de son enfance seule, sans mère ni frère ou sœur avec qui échanger, rien que des domestiques. Et son père, lorsqu'il était à la maison.

Elle était venue plus tard aujourd'hui, à dessein, Phillip venant en général le matin. Elle ne se sentait pas tout à fait prête à le revoir. Pas encore. Le souvenir de l'autre soir, Phillip souriant à la jolie blonde, était encore vivant dans sa mémoire, quand bien même elle se répétait qu'elle n'avait aucune raison d'être en colère. Il était son employeur et son amant, pas son fiancé. Ils n'avaient pas d'avenir ensemble au-delà de leur accord : deux fois par semaine pendant la durée de son séjour à New York.

Et aujourd'hui, on était lundi.

Avait-elle toujours envie de le voir ?

Oui. Elle ferma les yeux, presque gênée par cet aveu. Même après l'avoir vu en compagnie d'une autre femme, elle avait envie de maintenir leur arrangement. Elle avait aimé la soirée de jeudi – au moins jusqu'à cette étrange conversation, après. Peut-être en allait-il de même pour tous les amants, mais cette expérience avait été extraordinaire. Électrique. Ce souvenir l'avait gardée éveillée tard dans la nuit, son corps frémissant à l'idée de recommencer.

Ça suffit.

Elle avait du travail. Le but de son séjour à New York était de mener à bien le projet dont elle et son père avaient besoin pour ne pas faire faillite. Et elle partait pour Newport le lendemain. Elle penserait à Phillip plus tard.

Incapable de tenir en place, elle se dirigea vers le fond du chantier. Tous les deux ou trois jours, elle aimait aller observer l'excavation sous un autre angle, juste pour s'assurer que les mesures étaient correctes. Une erreur avait déjà dû être corrigée, et elle ne tenait pas à ce que cela se reproduise. Elle maîtrisait maintenant parfaitement le maniement des outils de géomètre et avait la permission de Carew pour s'en servir quand bon lui semblait.

La cahute en bois qui devait lui servir de « bureau » avait été achevée la semaine précédente, conformément aux instructions de Phillip. Elle avait insisté pour que Carew et Milliken puissent se servir eux aussi de ce minuscule espace dépourvu de fenêtre : on y entreposait donc les plans de l'hôtel les plus récents, les papiers de Milliken et les outils de géomètre.

Elle actionna le loquet, ouvrit la porte et entra. Les planches disjointes laissaient filtrer la lumière du soleil et permettaient de se déplacer à l'intérieur sans se cogner. Le théodolite et son trépied étaient posés au fond du cabanon.

Une fois la porte refermée, le fracas des pelleteuses à vapeur diminuait un peu, même si l'endroit restait bruyant. Le théodolite était très encombrant. Elle essayait de le prendre à bras le corps lorsqu'elle entendit un petit grattement métallique à la porte. Elle se retourna, attendit. C'était sans doute Milliken ou l'un de ses assistants.

Mais la porte ne s'ouvrit pas.

— Y a quelqu'un ? Hello ?

Avec le bruit, il était peu probable qu'on l'ait entendue, aussi posa-t-elle l'instrument pour aller ouvrir. Elle tira sur la porte. Celle-ci ne bougea pas. Allons bon. Qu'est-ce que c'était que...

Elle tira plus fort, mais la porte resta fermée. Quelque chose coinçait, de l'autre côté. Le loquet avait-il glissé ? Ce grattement métallique... L'avait-on délibérément *enfermée* ?

Du plat de la main, elle tapa sur les planches qui formaient le battant.

— Ohé ! La porte est fermée ! Vous m'entendez ?

Elle frappa, appela pendant plusieurs minutes, espérant que quelqu'un passerait et l'entendrait. Mais les machines faisaient trop de bruit. Tant que les moteurs seraient allumés, personne ne l'entendrait.

L'inquiétude se fraya lentement un chemin dans son esprit. Il faisait très chaud dans cette cahute. Déjà, elle sentait la sueur perler sous son col et dans son dos. Et si les pelleteuses ne s'arrêtaient pas ? Si personne n'approchait ? Allait-elle devoir rester ici une fois la nuit tombée ? Elle frémit. De peur.

Il fallait qu'elle sorte.

Elle chercha autour d'elle quelque chose qui puisse l'aider. Une arme, un outil... n'importe quoi pour défoncer la porte ou crocheter la serrure.

« Réfléchis, se dit-elle en plissant les yeux pour scruter la pénombre. Tu sais comment on construit une maison, donc tu sais comment on démolit. »

Malheureusement, il n'y avait que des papiers de Milliken sur le bureau. Elle ouvrit les tiroirs, trouva d'autres papiers, mais rien de pointu ni de contondant. Pas même un coupe-papier. Nom d'un petit bonhomme.

Dans la cahute, l'atmosphère se faisait oppressante. L'humidité s'ajoutant à la chaleur, Eva transpirait déjà à grosses gouttes, la sueur perlait à son front et sur ses tempes. Elle avait le sentiment d'être enveloppée dans une couverture moite. Il fallait qu'elle sorte de là, sinon c'était le coup de chaleur assuré. Le trépied en bois du théodolite attira son regard. Si elle arrivait à casser un pied, elle pourrait s'en servir pour faire levier et écarter deux planches, ouvrir un passage et se glisser dehors. Elle n'était pas sûre d'y parvenir, mais il fallait essayer.

Elle attrapa le trépied, dévissa le théodolite et le posa sur le bureau. C'était un équipement de prix, il était très bien monté, les trois parties en bois réunies par une pièce en laiton. Elle allait devoir briser le bois juste au-dessous de l'endroit où il était fixé à la pièce métallique.

Elle s'essuya le front avec son jupon, posa le trépied au sol, l'attrapa par une extrémité et donna un bon coup de pied dessus. Grimaça. Son pied avait ripé et elle avait heurté la partie métallique. Ignorant la douleur qui lui vrillait la jambe, elle essaya une nouvelle fois. Un autre coup de pied, plus haut, et le bois craqua enfin. Elle tira énergiquement, libéra le pied du théodolite.

Vite, elle alla le glisser entre deux planches horizontales, à l'endroit où celles-ci étaient clouées sur la structure, et poussa de toutes ses forces pour faire levier et déloger les clous. Le bois grinça mais ne bougea pas.

Tu ne t'attendais pas à ce que ce soit facile, tout de même ?

Pendant vingt bonnes minutes, elle essaya, encore et encore, pour finalement être récompensée quand l'extrémité d'une planche céda. À coups de pied, elle la poussa le plus loin possible dehors, puis s'attaqua à la planche voisine, poussant et tirant le pied en bois jusqu'à ce qu'elle cède à son tour. Encore quelques coups de pied, et elle avait obtenu un espace qui laissait entrer un peu d'air.

Sans prendre le temps de savourer sa victoire, trempée de sueur, elle entreprit de l'agrandir. Bientôt, elle pourrait se glisser dehors.

Entre l'exercice physique et la chaleur, la fatigue commençait à se faire sentir. Elle avait mal aux bras, et le sentiment d'avoir passé la journée à arracher des planches, alors que cela faisait sans doute à peine une heure.

Tu es tout près du but, Eva. Ne renonce pas.

À force de volonté, elle délogea la troisième planche et la fendit d'un coup de pied. Rapidement, elle se glissa dans le trou ainsi pratiqué. Jamais elle n'avait été aussi heureuse de voir un terrain vague ! Au moment où elle se dégageait, son pied accrocha une planche et elle perdit l'équilibre. Tombant à terre, elle resta là, les yeux clos, épuisée comme si elle venait de traverser l'East River à la nage.

— Eva !

Elle entrouvrit les paupières en entendant cette voix masculine. Phillip courait vers elle, l'horreur déformant ses traits si parfaits. Milliken et Carew arrivaient derrière lui.

Plutôt mourir que d'avoir l'air abattu devant ces trois-là ! Avec ce qui lui restait de force, elle se releva, lissa ses jupes, s'épousseta du mieux qu'elle put. Puis elle ramena ses mèches folles derrière ses oreilles pour dégager son visage, et tenta un sourire.

Phillip pila net devant elle, la prit par les bras.

— Mon Dieu, que s'est-il passé ?

Elle montra le cabanon.

— Quelqu'un m'a enfermée à l'intérieur.

Il eut un sursaut de surprise.

— Enfermée ?

Aussitôt, Carew alla vérifier la porte, tandis que Milliken se plaçait derrière Phillip, les bras croisés.

— Le loquet est tiré ! lança l'ingénieur depuis l'autre côté de la cahute.

Phillip scruta le visage d'Eva.

— Bon sang, vous auriez pu mourir là-dedans, avec la chaleur qu'il fait aujourd'hui.

— Tout va bien. J'ai délogé quelques planches et j'ai pu me glisser dehors. Rien d'inquiétant. Mais j'ai dû casser le trépied de votre théodolite, ajouta-t-elle à l'intention de Carew. Pour m'en servir de levier. Je suis navrée.

— Ne vous excusez pas, répondit aussitôt Carew. Si le trépied vous a aidée à sortir de là, c'est tout ce qui compte. Il sera remplacé, c'est tout.

Phillip était rouge de colère. Le souffle court, il pivota brusquement vers Milliken.

— Vous allez mettre la main sur celui qui a fait ça. Je veux qu'on le trouve et qu'on me l'amène. Aujourd'hui.

— Monsieur, vous savez bien que personne n'avouera avoir fait une chose pareille, surtout en sachant ce que cela lui coûterait. Et puis, vous savez l'opinion qu'ils ont d'elle, ajouta-t-il avec un mouvement du menton en direction d'Eva.

Elle. Comme si elle n'était pas là, devant lui. Mais Milliken avait raison. Si on en faisait toute une histoire, le ressentiment envers elle ne ferait qu'augmenter. Or ils n'avaient pas besoin de cela, ni les uns ni les autres.

— M. Milliken a raison, dit-elle. Il est peu probable que l'on découvre l'identité de celui qui a fait ça, et une chasse à l'homme ne servira à rien, sinon à attiser le mécontentement.

Milliken cligna des yeux, comme s'il ne s'attendait pas à ce qu'elle soit de son avis, mais sur le visage de Phillip, la fureur ne diminuait pas.

— Je m'en contrefiche. Ce genre de comportement ne sera pas toléré sur mon chantier. Si je laisse passer une chose pareille, l'auteur de ce méfait recommencera.

Elle devait empêcher cela. Une enquête risquait de mettre à mal sa relation avec les ouvriers.

— Phillip, je vous en prie. Je suis en sueur et couverte de poussière, mais je vais bien. Oublions cette histoire.

Phillip fulminait, mais elle vit l'hésitation dans son regard. Une nouvelle fois, il se tourna vers Milliken.

— Vous fermez le chantier pour aujourd'hui. Tout le monde rentre chez soi et personne ne sera payé… à moins que le coupable ne se dénonce.

Puis il attrapa Eva par le bras.

— Et vous, mademoiselle Ashford, vous venez avec moi.

— Tu n'aurais pas dû.

Phillip ignora le reproche d'Eva. C'étaient les premiers mots qu'elle prononçait depuis qu'ils avaient quitté le chantier. Elle était visiblement furieuse qu'il n'ait pas passé l'éponge sur l'incident, furieuse qu'il l'ait tirée par le bras devant les ouvriers… mais il était hors de question qu'il s'excuse. Il se fichait de la réaction des ouvriers en apprenant qu'ils ne seraient pas payés pour cette journée. Celui qui avait tiré ce loquet avait intérêt à ne jamais le croiser dans une ruelle sombre.

Le coupé ralentit sur la 24e Rue et s'arrêta devant le numéro 22, un petit immeuble modeste de trois étages en brique rouge. Phillip ouvrit la portière, descendit et se retourna pour aider Eva à faire de même.

— Inutile de nous attendre, dit-il au cocher.

Ils gravirent les marches du perron, et il tira une clé de sa poche.

— C'est quoi, cet immeuble ? demanda Eva en levant la tête vers la façade. Où sommes-nous ?

Phillip ouvrit la porte et s'effaça.

— Allez, entre.

— Phillip, j'aimerais vraiment rentrer me changer. Je suis couverte de poussière et…

— Patience, ma belle. Fais-moi confiance.

Elle obtempéra de mauvaise grâce. Il verrouilla la porte derrière eux et lui prit le bras, l'entraînant vers l'escalier.

— Tu voulais de l'intimité, dit-il. Eh bien, tu en auras.

— Tu as loué un appartement pour nous deux ?

Ils étaient arrivés sur le palier du premier étage, et il se retourna avec un petit sourire.

— Non. J'ai acheté l'immeuble.

— Tu as… acheté tout l'immeuble ? Juste pour qu'on ait un endroit où se retrouver ?

— Cela te surprend ? Mais c'est un bon investissement. Le quartier est un peu malfamé pour le moment, mais la mairie parle de faire le ménage. Donc la valeur immobilière devrait grimper assez vite ces prochaines années.

— Ça m'a l'air d'avoir été plutôt bien construit, dit-elle en balayant du regard la cage d'escalier et les murs qui les entouraient. Qui habitait ici ?

— Tu verras.

Il était impatient de voir sa réaction. La vente avait été conclue si rapidement qu'il n'avait pas eu le temps de faire faire des travaux. Seuls le sommier et le matelas avaient été remplacés. Il avait des priorités, après tout.

Juste avant d'arriver au dernier étage, Eva trébucha. Phillip la rattrapa aussitôt et la souleva dans ses bras. Elle noua les bras autour de son cou.

— Je sais marcher. Pose-moi.

— Je sais, mais je préfère te porter.

Elle n'insista pas, plaçant la tête sur son épaule. Il grimpa les dernières marches, la posa, et ouvrit la porte de l'appartement.

Il alluma l'électricité au moment où Eva franchissait le seuil. Elle émit un long sifflement.

— Mazette... Je crois que je devine qui occupait les lieux jusqu'ici. J'espère que les filles n'ont pas été trop mécontentes d'être délogées.

Ancien bordel, l'appartement ouvrait sur un grand salon tapissé de rouge sombre, dont les sièges et les sofas étaient tendus de velours assorti. Des ampoules colorées couraient le long du plafond, projetant un kaléidoscope de teintes sur les nombreux miroirs disposés de façon stratégique. Phillip se laissa tomber sur l'un des sofas.

— Pas le moins du monde, parce que je me suis montré très généreux. Ça te plaît ?

Elle regarda autour d'elle.

— C'est hideux. Et pourtant, étrangement parfait.

— Tu n'as pas vu le clou du spectacle.

Il se releva, la prit par la main et la conduisit dans un couloir.

— Laisse-moi deviner. Le lit.

Il eut un petit rire.

— Le clou numéro deux, alors.

Ils traversèrent une salle à manger et entrèrent dans une salle de bains immense. Une énorme baignoire trônait en plein milieu. Le sol était carrelé de bleu et blanc, il y avait des miroirs accrochés aux quatre murs. C'était à la fois décadent et de mauvais goût, un mélange délicieux dont il entendait tirer le meilleur parti.

Eva n'en revenait pas.

— Mais c'est... Des hommes payaient pour prendre un bain avec une femme ? Vraiment ?

Il haussa les épaules.

— Bien sûr.

Il ouvrit les robinets. L'eau se mit à couler dans la baignoire en fonte émaillée. Phillip y ajouta une belle rasade de la nouvelle huile pour le bain qu'il venait d'acheter.

— Attends... Tu ne penses tout de même pas que... Moi ? Là-dedans ?

— Pourquoi pas ? J'ai fait nettoyer l'appartement de fond en comble, baignoire comprise. Tu n'as pas envie de te laver, après avoir été enfermée Dieu sait combien de temps dans ce cabanon ?

Elle se mordit la lèvre, regarda le bain avec envie. Pourquoi hésitait-elle ?

Il alla vers elle, ramena doucement une mèche auburn derrière l'oreille d'Eva.

— Si c'est la propreté qui t'inquiète, je te jure que j'ai...

— Non, je te crois quand tu assures avoir fait nettoyer cet endroit. Mais... me prélasser dans un bon bain pendant que tu te tournes les pouces, c'est un peu décadent, non ?

— Pas si je prends le bain avec toi.

— Tu veux dire...

Elle ouvrit de grands yeux.

— Oh.

Seigneur. L'innocence incarnée. Quel plaisir de la corrompre. Il retira sa veste, la laissa tomber à terre. Puis défit sa cravate.

— Je te promets que tu ne le regretteras pas.

Elle regarda fixement ses mains. Ses pommettes rosissaient doucement.

— Mais je n'ai pas de vêtements propres.

— Qui a dit qu'il te faudrait des vêtements ?

Avec un sourire, elle dénoua la ceinture de sa robe.

— C'est peut-être une très mauvaise idée, mais j'ai trop envie de prendre un bain pour me lancer avec toi dans une joute oratoire.

Ils se déshabillèrent tous les deux, vêtement par vêtement, sans se quitter des yeux, jusqu'à ce qu'elle ait besoin d'aide avec son corset. Torse nu, Phillip le délaça, et elle laissa choir le lourd accessoire. Puis tout alla très vite, et ils furent complètement nus tous les deux.

Ne voulant pas la gêner avec son érection, Phillip ferma les robinets et entra dans le bain, se laissant glisser dans l'eau. Ainsi, il avait aussi l'avantage de pouvoir regarder à loisir Eva montant à son tour dans la baignoire.

Elle était magnifique, peau laiteuse et crinière indomptée. Seins lourds aux aréoles brunes. Longues jambes et ventre juste assez rond. Féminine à l'extrême, on aurait dit un tableau de la Renaissance italienne qui aurait pris vie. Il sentit son cœur battre et saliva, impatient.

— Un gentleman digne de ce nom ne devrait-il pas détourner le regard ? demanda-t-elle en s'allongeant face à lui, ses jambes frôlant celles de Phillip sous la surface de l'eau.

— Sans doute. Mais j'ai remarqué que, de ton côté, tu prenais ton temps. Je pense que cela te plaît, de me titiller de la sorte.

Elle caressa son mollet du bout des orteils.

— Il est possible que tu aies raison.

— Veux-tu que je te lave les cheveux ?

— Tu veux jouer les femmes de chambre, maintenant ?

— Je veux juste poser les mains sur toi le plus tôt possible.

— Il va falloir que tu attendes que je sois propre.

Le niveau de l'eau venait caresser ses seins. Phillip était captivé par ce spectacle. Seigneur, il avait tellement envie de cette femme ! Déjà, son sexe était raide et dur.

— J'ai rencontré une amie à toi l'autre soir au Sherry's, dit-il en caressant la cuisse d'Eva de sa jambe.

Elle ouvrit de grands yeux.

— Oh, non… lady Nora ?

Donc, songea-t-il, son amie ne lui avait pas parlé de leur petite conversation. Intéressant.

— En effet. Charmante personne. Et son fiancé est un type bien. Mais on ne le voit plus beaucoup en ville, ces derniers temps.

— De quoi avez-vous parlé ? demanda Eva d'un ton qui n'était plus du tout taquin. Si elle t'a dit quelque chose sur moi, surtout n'y prête pas attention.

Tiens. Quelle étrange remarque ?

— Et pourquoi donc, si cela te concerne ?

— Qu'a-t-elle dit sur moi ?

— Tu réponds à ma question par une autre question ?

— Oui. Et je le ferai jusqu'à ce que tu me dises ce qu'elle t'a raconté.

Il referma une main sur le pied d'Eva et en massa la voûte avec son pouce. Elle émit un gémissement, ferma les yeux et s'adossa à l'extrémité arrondie de la baignoire.

— Je dînais en compagnie d'une amie et de ses parents. Ta chère Nora a peur que je me joue de toi, que je te mène en bateau alors que je ferais la cour à une autre femme.

Eva le fixa d'un regard intense derrière ses paupières mi-closes.

— Et c'est le cas ?

Ah. Elle n'était pas surprise. Se trouvait-elle aussi au restaurant l'autre soir ?

— Absolument pas. Mlle Hall est une amie, même si ses parents souhaiteraient qu'il en soit autrement. Nous ne sommes pas amoureux.

— J'ai entendu dire que des rumeurs circulaient. À propos de vous deux.

— Comme je te l'ai dit, certains aimeraient nous voir ensemble. Mais nous ne le souhaitons ni l'un ni l'autre.

— Bien.

Devant le soulagement d'Eva, il éprouva la satisfaction profonde de savoir qu'elle avait été jalouse, et décida d'être tout à fait honnête avec elle.

— Néanmoins, nous allons être amenés à nous revoir souvent dans les prochaines semaines.

Elle cligna des yeux et se redressa. Son pied échappa à Phillip.

— Je ne comprends pas. Tu viens de dire que...

— En effet. Mlle Hall et moi avons un arrangement qui sert nos intérêts réciproques.

Eva se hissa hors de l'eau pour sortir de la baignoire.

— Encore un arrangement ? Mais combien d'arrangements as-tu passé et avec combien de femmes, exactement ?

Il l'attrapa par une cheville et la força à se rasseoir. Puis il la souleva et l'assit sur lui, jambes repliées autour de sa taille. Son membre était pris entre ses cuisses, la pression en était presque insupportable mais, par Dieu sait quel miracle, il parvint à rester concentré.

— Ce n'est pas ce que tu crois, Eva, dit-il en cueillant son visage entre ses mains. Tu es la seule femme avec qui j'ai ce genre d'arrangement. La seule.

— Ah.

— Tu me crois ?

Le regard vif d'Eva parcourut le visage de Phillip, s'arrêta sur ses yeux, cherchant la vérité.

— Oui. Je crois que oui.

— Bien. Alors embrasse-moi.

12

Il fit quant à lui beaucoup plus que l'embrasser.

Ses grandes mains savonneuses parcoururent chaque centimètre de son corps avec une application remarquable, comme s'il avait été obsédé par la propreté. Pourtant, il ne faisait pas partie de ces hommes toujours gantés qui ont peur de se salir les mains. Non, il aimait juste caresser, agacer – même si les mouvements et les ondulations d'Eva, toujours à cheval sur lui, lui arrachèrent force hoquets et gémissements. Au moins ne souffrit-elle pas seule.

Il la lava en prenant son temps, la parcourut, l'effleura, évoquant à mi-voix, entre deux baisers, les choses qu'il aimait le plus en elle. Le creux de son coude… la peau de son poignet… un point particulièrement chatouilleux, juste en dessous de sa cage thoracique… la courbe de sa clavicule… Lorsqu'il passa à ses cheveux, les lava et les rinça, elle était au comble de l'excitation. Le désir pulsait au creux de son ventre.

Ce fut le moment qu'il choisit pour plonger une main entre ses cuisses et caresser son sexe bombé par le désir. D'un mouvement déterminé, il glissa deux doigts en elle, pressant sa paume sur le petit bouton au sommet de son sexe.

— Frotte-toi contre ma main, murmura-t-il. Sers-toi de mes doigts pour jouir.

Elle comprenait à peine ce qu'il lui disait, mais son corps prit la relève, se lança à la poursuite du plaisir, et chaque mouvement de son bassin envoya une décharge électrique jusqu'au bout de ses membres. La bouche de Phillip se referma sur la pointe d'un sein, la suça, la mordilla, et la sensation provoqua en elle un frémissement qui fit écho jusqu'au plus profond de son être. Les mots franchirent sa bouche sans vraiment faire sens, demandes et promesses exprimant l'impatience, l'urgence. L'eau claquait sur les parois de la baignoire, débordait sur les carreaux de faïence. De sa main libre, il la plaqua sur lui pour accentuer la sensation de frottement et elle explosa dans un long cri de volupté, le corps secoué de soubresauts.

Lorsqu'elle cessa de trembler, il la souleva dans ses bras et sortit de la baignoire. Laissant derrière eux un chemin de gouttelettes, il la porta jusqu'à une autre pièce, où les attendait un immense lit à baldaquin. Délicatement, il la déposa sur les draps, et s'allongea sur elle.

Elle poussa un long soupir. Le corps de Phillip sur le sien était source de délices inattendus, la caresse de ses poils sur sa peau. Elle noua les bras à son cou et l'attira vers elle, impatiente de sentir ses lèvres sur sa bouche. Malgré la puissance de son érection, malgré le feu qui le rongeait, il l'embrassa longuement, profondément, caressant sa langue avec la sienne, tenant son visage d'une main. Il embrassait admirablement, pratiquant le chaud et froid à la perfection, passant de la douceur à la fermeté, parfois la rudesse, exigeant beaucoup mais donnant tout autant. Elle fit de son mieux pour être à la hauteur, malgré la puissance du désir qui annihilait tout raisonnement.

Une nouvelle fois, les doigts de Phillip trouvèrent la chaleur trempée entre ses cuisses, et il en parcourut l'entrée jusqu'à ce qu'elle bascule le bassin, venant à sa rencontre. Il sourit contre sa bouche.

— Tu en veux encore, on dirait…

Il était trop sûr de lui, trop certain de son savoir-faire… trop mâle. Alors elle repoussa ses épaules, le fit rouler sur le dos et rampa sur lui. Il écarta les cheveux mouillés de son visage.

— J'en déduis que nous en avons terminé avec les préliminaires…, murmura-t-il.

— Tu te trompes. Je n'ai pas encore commencé.

Et elle poursuivit à sa guise, suivant du bout des doigts la ligne de son menton, de ses épaules, les ondulations de sa cage thoracique et tout ce qui constituait ce corps magnifique. Elle n'en avait pas eu l'occasion la première fois, et entendait ce soir s'imprégner de ces lignes et de ces formes.

Seigneur Dieu, cet homme était plus que parfait. Lorsque caresser ne lui suffit plus, elle posa les lèvres sur les mêmes endroits, goûta la peau propre et un peu rêche. Très vite, elle comprit ce qui lui tirait un gémissement – mordiller sa gorge – et ce qui lui arrachait un grognement – un petit coup de langue sur le téton. Plus elle descendait, plus il était agité, et son souffle devenait haletant.

Il se figea lorsqu'elle embrassa son ventre, et elle crut qu'il allait l'empêcher de continuer. Elle avait étudié suffisamment de dessins et de tableaux pour se demander quel effet sa bouche aurait sur lui. Éprouverait-il du plaisir ?

Encore quelques baisers et ses lèvres se posèrent sur son sexe, raide, vigoureux, contre son ventre. Elle en lécha le gland, un tout petit coup de langue de rien du tout, et pourtant le corps tout entier de Phillip fut secoué d'un spasme.

— Bon sang, Eva, souffla-t-il d'une voix rauque. Je ne m'attendais pas à ça.

— Je continue ?

— Tu vas me tuer.

Ce n'était pas vraiment une réponse, aussi continua-t-elle. Peut-être allait-il ainsi perdre le contrôle, lui laissant la main sur la suite des événements. Elle lécha les chairs tendues par le désir et, d'un long coup de langue, descendit sur la peau délicieusement douce du sexe de Phillip. Il se raidit, agrippa le couvre-lit. Elle sourit. C'était un pouvoir grisant.

Elle le prit dans sa bouche, aussi loin qu'elle le put. Il émit un râle, tout son corps se figea. Puis elle se retira doucement, ses lèvres s'attardèrent sur le gland.

Lorsqu'elle voulut recommencer, des bras puissants la soulevèrent. L'expression sculptée par le désir, il la fit rouler sur le dos et s'installa entre ses jambes. Empoignant son membre, il se positionna et entra en elle, lentement, sans à-coup, avec beaucoup plus de facilité que la première fois. Cette différence émerveilla Eva qui sentait son corps s'épanouir et l'accepter, s'élargir pour l'accueillir, jusqu'à ce qu'il soit complètement en elle.

Il s'arrêta, posa le front contre le sien. Leurs poitrines se soulevaient l'une contre l'autre. La sensation d'être comblée, la plénitude éprouvée en le sentant ainsi en elle… révéla quelque chose, un vide dont elle n'avait jamais pris conscience. Comme s'il déverrouillait une partie secrète d'elle-même dont elle ignorait l'existence. Elle en fut à la fois ravie et terrifiée.

Ensemble, ils se mirent à bouger, ondulèrent de concert, lentement d'abord, puis de plus en plus passionnément, et enfin le plaisir les emporta tous les deux. Il referma les mains sur ses seins, elle agrippa ses fesses. Il plongea les dents dans son épaule, elle lui griffa le dos. Lorsqu'elle noua les jambes autour de sa taille, les va-et-vient se firent plus rapides encore, plus violents. La sueur luisait sur le front de Phillip et, sous leurs corps enlacés, les boiseries du lit grincèrent.

— Bon sang, je ne peux plus m'arrêter. C'est trop bon.

Il poussa un grognement, chercha sa bouche, la prit sauvagement tout en continuant d'aller et venir avec l'énergie d'une bête sauvage. Et elle adorait cela.

— Oui, oh, oui, souffla-t-elle, sentant son sexe se contracter.

Elle était si près, là. Au bord du précipice.

— Oui, oui !

— Vas-y, Eva, vas-y ! Oui, allez, maintenant !

Il se hissa sur les mains, ses coups de reins de plus en plus rapides. On n'entendait plus dans la pièce que le claquement des chairs trempées. Alors elle s'embrasa dans un éclair de lumière et se laissa emporter par la vague.

— Mon Dieu, Eva, je te sens, tu te contractes sur moi... Attends, non, non, non...

À son tour submergé par le plaisir, ses mouvements devinrent frénétiques, et il explosa en elle. Un gémissement rauque sortit de sa gorge, il ferma les yeux.

Le silence se fit. On n'entendait plus que leurs souffles haletants. Il n'y avait aucun bruit, pas de tic-tac d'une pendule, pas de passage de domestique dans les couloirs, et dehors la ville semblait assoupie. Il se retira et roula sur le dos, les paumes sur les yeux.

— Bon sang. Je crois que je n'ai jamais joui aussi fort. Ni aussi vite.

Eva ne sut quoi répondre. Cela n'avait pas l'air de lui faire plaisir, or elle n'avait aucune intention de s'excuser.

— J'avais pourtant prévu un préservatif, ajouta-t-il en poussant un soupir mécontent. Et j'ai joui en toi encore une fois. Mais que me fais-tu, à la fin ?

Elle détesta ce ton accusateur. Détesta la nausée qui la prit en entendant ces paroles. La bulle de bonheur qui l'avait enveloppée éclata, et la douleur pesa soudain sur sa poitrine le poids d'un âne mort. Elle se raidit.

— Rien de tout cela n'est ma faute.

Il tourna la tête vers elle.

— Je sais. Ce n'est pas ce que j'ai voulu dire, Eva.

— Mais c'est ce que j'ai entendu. Les hommes reprochent souvent aux femmes d'être la source de leurs maux. Une femme dont les trois fiancées meurent ? Elle doit être maudite. Ces messieurs n'arrivent pas à se concentrer parce qu'il y a une femme dans les parages ? Poussons-la à quitter les lieux, plutôt que de leur demander de poser les yeux ailleurs que sur ses seins.

Il se redressa sur un coude.

— Alors ça, c'est trop fort. Bon sang, je t'ai soutenue envers et contre tout…

— Devant les autres. Et puis nous nous retrouvons seuls et là, je ne sais pas pourquoi ni comment, c'est ma faute si tu perds le contrôle.

— Non. C'est *ma* faute. Tout est ma faute. Et quelles qu'en soient les conséquences, tu n'as pas à t'inquiéter de quoi que ce soit, je…

Elle se redressa et quitta le lit. Cette conversation n'avait que trop duré, avec son air de déjà-vu qui déplaisait profondément à Eva. Pris *ensemble* dans le tourbillon des sensations, ils avaient laissé la passion dominer la raison. Elle en était aussi responsable que lui. Accepterait-il un jour de la traiter en égale ?

— Je n'ai pas envie de parler faute, reproches et conséquences maintenant.

— D'accord, mais les conséquences sont bien réelles. On ne peut pas les ignorer.

Debout, elle sentit l'intérieur de ses cuisses humide et collant. Le bain. L'eau était sans doute froide mais elle devait laver toutes ces… sécrétions avant de rentrer chez elle.

— Où vas-tu ? demanda Phillip comme elle se dirigeait vers la salle de bains. Il faut bien aborder le sujet.

Elle ouvrit la porte qui séparait les deux pièces, se retourna.

— Non, je ne pense pas. Ou alors, aborde-le tout seul. J'ai l'impression que cela te convient beaucoup mieux.

Et elle claqua la porte de la salle de bains, tirant le verrou derrière elle.

Arriva le vendredi, et Phillip était d'une humeur massacrante.

Après lui avoir à peine dit trois mots pendant le trajet du retour lundi soir, Eva avait tout bonnement disparu le mardi, lui faisant dire qu'elle quittait New York pour la journée. Phillip s'était renseigné et savait que lady Nora n'avait pas bougé, donc il ignorait totalement où se trouvait Eva… et avec qui. Cette incertitude l'avait rongé toute la semaine, s'accroissant chaque jour passé sans nouvelles d'elle. Leur rendez-vous du jeudi était arrivé, il avait attendu plusieurs heures dans l'appartement de la 24e Rue, pour finalement passer la soirée seul.

Certes, il avait été plus que maladroit lors de la conversation qui avait suivi leurs ébats. Pour la seconde fois. Mais cela ne lui donnait pas le droit de l'ignorer ! Ils devaient trouver une solution, surtout dans la mesure où elle travaillait pour lui.

Seigneur, quel gâchis !

Il tendit la main vers une coupe de champagne posée sur un plateau en argent, et grimaça. Son épaule était douloureuse après ses multiples passages chez McGirk, ces jours derniers. Joe avait fini par le renvoyer chez lui en lui interdisant de revenir tant qu'il ne maîtriserait pas mieux sa frustration – et ses coups. Seize boxeurs avaient jeté l'éponge en moins d'une semaine, et Joe s'était plaint. Phillip avait mis au tapis ses meilleurs gars.

— Ça n'a pas l'air d'aller, murmura Becca en se glissant à côté de lui, prenant une coupe elle aussi. Vous regrettez d'être venu ?

Ils étaient au Metropolitan Opera, ainsi qu'il le lui avait promis, en compagnie des parents de Becca. Malgré l'été, un grand nombre de représentants de la bonne société étaient présents, tous installés dans le « carré des millionnaires ». La représentation avait commencé mais Phillip, qui avait besoin d'un verre et d'un peu d'air, s'était isolé dans le petit salon, à l'arrière de la loge.

Becca resplendissait, ce soir.

— Non, pas du tout. Quelques verres bien tassés et tout ira pour le mieux. Mais vous, de toute évidence, vous êtes en pleine forme. Je ne pense pas vous avoir déjà vue aussi radieuse.

— Vos flatteries ne marchent pas avec moi, Mansfield, vous le savez bien.

Il eut un petit rire – le premier depuis lundi.

— Ce n'est pas de la flatterie. Dites-moi pourquoi vous semblez si… pétillante.

— J'ai passé une excellente semaine, rien de plus, dit-elle en baissant les yeux sur sa coupe de champagne.

— Ravi pour vous. Un sur deux, c'est déjà pas mal.

— Qu'est-il arrivé pour que vous soyez d'aussi mauvaise humeur ?

Il ne trouvait pas les mots pour l'expliquer, aussi se contenta-t-il d'un haussement d'épaules. Douloureux.

— Les femmes sont d'un compliqué…

— C'est parce que nous sommes beaucoup plus intelligentes que les hommes ne veulent bien le penser. Vous êtes victimes de vos idées préconçues. Qu'a-t-elle fait, cette fois ?

— Elle a disparu. Quitté la ville, ce qui est un peu étrange dans la mesure où elle ne connaît personne ici.

— Il s'agit d'une maîtresse ? La demoiselle qui trouve que vous n'êtes pas drôle ?

L'évocation de cette conversation lui arracha un sourire.

— Oui, c'est ça.

— Et vous vous êtes disputés, tous les deux ?

— Nous avons eu un différend, plutôt.

— Vous jouez sur les mots. Si elle a quitté New York précipitamment, c'est que vous vous êtes disputés, déclara Becca avant de finir son verre de champagne et de le poser sur la table. Ce qui veut dire que vous devez vous excuser, et de manière appropriée.

— Qu'est-ce qui vous fait dire que je suis en tort ?

Becca leva les yeux au ciel, avec l'air de se demander si Phillip n'était pas l'homme le plus obtus de Manhattan.

— Parce que si vous aviez eu le sentiment d'être la victime, c'est vous qui auriez quitté la ville.

Elle lui tapota le bras et retourna dans la loge. Phillip la rejoindrait plus tard. Un petit tour au fumoir lui semblait préférable. Un bon cigare, cela lui ferait du bien.

Il gagna le couloir qui s'étirait à l'arrière des loges et apprécia qu'il soit désert. Mais avant d'avoir fait deux pas, il vit James Keene qui venait dans sa direction. En l'apercevant, ce dernier haussa les sourcils. Un sourire arrogant se dessina sur ses lèvres.

Phillip sentit la colère monter instantanément.

— Keene, dit-il au moment de le croiser. J'ai deux mots à vous dire.

— Bonsoir, monsieur Mansfield. Je me suis laissé dire que vous aviez eu quelques soucis sur le chantier ? C'est une honte, vraiment.

L'image d'Eva en sueur et échevelée jaillissant du cabanon revint à Phillip. Si elle n'avait pas réussi à se libérer, Dieu sait quand on l'aurait retrouvée. Quelques heures enfermé dans cette chaleur pouvaient suffire à tuer un homme, alors une jeune Anglaise menue…

Les poings serrés, il s'approcha de Keene, n'hésitant pas à se servir de sa stature pour l'intimider. Il fut satisfait lorsque la peur s'alluma dans les yeux de son vis-à-vis.

— Si jamais j'apprends que vous ou vos sbires avez quoi que ce soit à voir avec cette histoire, je vous enterre tous si profond que jamais on ne vous retrouvera. Vous comprenez ce que je vous dis ?

— Mais enfin, pourquoi chercherait-on à saboter votre projet ? Vous y arrivez tellement bien tout seul...

— Parce que vous êtes lâches, veules et geignards, et que vous pensez pouvoir harceler et faire du chantage en toute impunité pour obtenir ce que vous voulez.

Keene leva les mains.

— Alors là, je m'inscris en faux. Nous ne voulons que ce qui est bien pour la ville et ses habitants.

— Tout en vous remplissant les poches au passage.

— Parce que vous, vous êtes philanthrope, peut-être ? Quand votre père était en vie, il travaillait *avec* nous, pas contre nous. Vous feriez mieux d'en prendre de la graine. Pensez à tout ce que vous pourriez accomplir.

— Au cas où vous ne le sauriez pas, l'époque de Tweed et de la corruption généralisée est terminée. Nous sommes entrés dans une ère nouvelle, où les gens attendent de leur gouvernement qu'il travaille pour eux, pas qu'il leur fasse les poches.

— Je vais finir par me vexer, si vous me traitez de voleur.

— Je vous traiterais de bien pire si nous n'étions pas dans un lieu public.

Keene eut un petit rire.

— Quel tempérament sanguin ! C'est ce qui fait de vous un boxeur hors pair, sans doute. Je me suis laissé dire que personne ne vous résistait ou presque, sur le ring.

— Et je vous conseille de vous en souvenir. Il ne fait pas bon me mettre en colère.

Keene recula d'un pas et brossa les manches de sa veste de ses mains gantées.

— Je pourrais en dire autant, Mansfield. Après tout, que penserait la bonne société si elle savait à quoi vous utilisez l'immeuble que vous venez d'acheter sur la 24e Rue, celui dans lequel Mlle Ashford et vous…

D'un bond, Mansfield prit Keene à la gorge et le plaqua contre le mur.

— Finir cette phrase serait une très mauvaise idée, lâcha-t-il dans un grognement. Et si je découvre que vous me faites suivre, je détruirai autour de vous tout ce que vous aimez et appréciez.

Ils se fixèrent une longue minute, mais la colère, dans l'expression de Keene, resta bien présente. Il finit par repousser Phillip, qui lâcha prise.

— Quelle violence, pour quelqu'un qui se dit gentleman ! Vous m'étonnez, monsieur Mansfield. Vous m'étonnez beaucoup.

— Faites attention à ne pas l'oublier.

— Oh, cela ne risque pas. Je vous souhaite une excellente soirée.

Keene reprit son chemin, visiblement content de lui. Il avait cherché à déstabiliser son adversaire et y était parvenu.

Phillip se passa une main dans les cheveux et pivota en direction de la loge des Hall. Il avait besoin d'un autre verre pour effacer l'âcreté de cette conversation. De toute évidence, il avait sous-estimé ses ennemis. Ils ne reculeraient devant rien pour avoir le dernier mot.

Un whisky tassé lui fit du bien, et il s'affala sur la banquette en velours. Il en était sûr, maintenant : Tammany Hall avait persuadé Weller d'exiger la fermeture du chantier. Et sans doute orchestré l'incident du cabanon. Le faisaient-ils aussi suivre ?

Cette idée le mettait hors de lui. Que ces types soient au courant de ses petits secrets… Le fait qu'il possède un endroit où rencontrer sa maîtresse n'étonnerait personne, mais il tenait à préserver l'identité de celle-ci. Avant tout parce que Eva serait furieuse si elle était rendue publique. Sa réputation personnelle et professionnelle en souffrirait, et leurs relations seraient irrémédiablement changées.

Peut-être, une fois son père arrivé, pourraient-ils renégocier les termes de leur accord. En attendant, il devait tout faire pour la protéger.

Car une chose était sûre : il ne renoncerait pas à elle.

Bigre. Eva mesura une nouvelle fois la fissure et nota soigneusement le chiffre dans son carnet. Mme Mansfield n'allait pas aimer ce qu'elle allait lui dire.

Stoneacre était en ruine.

Ces quatre derniers jours, Eva avait examiné la propriété jusque dans ses moindres recoins. Deux fois. De fond en comble, littéralement. Elle avait sondé les murs extérieurs, était montée sur le toit. À part faire tomber l'enduit et démonter les parquets, elle avait procédé à une évaluation complète de l'état de la maison.

Une conclusion s'imposait : il fallait tout refaire.

Restait à l'annoncer à la propriétaire. Mme Mansfield appréciait son « cottage » pour des raisons sentimentales. Hélas, les sentiments ne pouvaient rien contre le sel de l'océan et les vents violents. Les constructeurs de la maison avaient utilisé des matériaux de piètre qualité.

Mais Eva devait la vérité à la mère de Phillip. Comme son père le lui avait souvent répété, emballer une mauvaise nouvelle dans un joli papier ne sert à rien. Au bout du compte, c'est toujours une mauvaise nouvelle, et il faut l'affronter.

Elle consulta la montre accrochée à sa jupe. Mme Mansfield devait être en train de prendre le thé. Elle invitait poliment Eva chaque après-midi mais celle-ci déclinait l'invitation, préférant travailler le plus longtemps possible à la lumière du jour.

Par ailleurs, travailler l'empêchait de penser à Phillip.

Il s'était excusé d'avoir gâché leur soirée, et elle lui avait bien vite pardonné. Qu'aurait-elle pu faire d'autre ? Ils devaient continuer à travailler ensemble et elle ne pouvait pas risquer de perdre son emploi. Elle espérait juste qu'avec le temps, il finirait par la considérer en égale et cesserait de lui faire des reproches à la moindre occasion. Elle espérait qu'il reconnaîtrait ses qualités et la respecterait vraiment.

« Il pense qu'il a embauché ton père, se dit-elle. E.M. Hyde serait traité avec respect, mais toi... »

Laisse-lui un peu de temps.

Dans un mois ou deux, il aimerait tant son travail et son intelligence qu'elle pourrait enfin lui parler de la maladie de son père. Une fois qu'elle lui aurait tout expliqué, il serait reconnaissant et stupéfait, à n'en pas douter. Au point qu'il lui pardonnerait ce subterfuge.

Reconnaissant et stupéfait ? Ma pauvre fille, tu es devenue folle...

Il faudrait pourtant qu'elle finisse par tout lui dire. Le remords la rongeait, elle avait une boule dans l'estomac chaque fois qu'elle voyait Phillip. Certes, il s'emportait facilement mais on pouvait le raisonner, elle en était convaincue. Il comprendrait pourquoi elle avait menti, verrait l'importance qu'elle attachait au travail de son père.

Mais pas tout de suite. Encore quelques semaines. Et puis elle lui avouerait tout.

Elle prit le chemin du jardin d'hiver, la pièce préférée de Mme Mansfield. Même en ruine, la maison était magnifique. Elle imaginait Phillip enfant, jouant à cache-cache dans les couloirs, courant sur la pelouse. Le silence qui régnait désormais dans la maison devait rappeler à Mme Mansfield ce qui manquait ici. L'amour et la gaieté. L'animation et le mouvement.

Où étaient les sœurs de Phillip ? N'aimaient-elles pas le soleil et l'océan ?

Et pourquoi se posait-elle la question ? N'avait-elle pas suffisamment de problèmes comme cela, avec les incidents sur le chantier, la maladie de son père et l'entêtement de son employeur ?

Phillip l'avait-il attendue à l'appartement jeudi soir ? Non, il ne s'était sûrement pas donné la peine de venir. Il en avait plutôt profité pour sortir avec Mlle Hall, avec qui il pouvait se montrer en public.

La tristesse l'étreignit, mais elle l'écarta résolument de ses pensées. Inutile de s'énerver pour des choses qu'elle ne maîtrisait pas. Si seulement… Oui. Si seulement tout était différent…

Si seulement il ne lui manquait pas à ce point.

« Construire, je dois avoir ça dans le sang », avait-il dit.

C'était vrai pour elle aussi. Et pour la première fois, elle rencontrait un homme qui comprenait sa passion pour l'architecture.

Dommage que cette entente ne se répercute pas sur toutes les facettes de leur relation…

Rester sa maîtresse était-il une bonne chose ou une folie ? Elle n'avait toujours pas la réponse à cette question. Qu'il ait acheté tout un immeuble pour abriter leur liaison l'avait stupéfiée – même si, pour quelqu'un d'aussi fortuné, ce n'était rien ou presque. Il y avait dans cet appartement un parfum de débauche, de scandale… et elle adorait ça.

Elle poussa un soupir. Il ne fallait pas que cela influe sur son travail. Cet arrangement était temporaire. Sa carrière démarrait et elle avait aujourd'hui l'occasion de se faire un nom – comme architecte, et pas comme épouse ou personnalité de la bonne société. Quoi qu'il arrive entre Phillip et elle, elle ambitionnait d'être un jour reconnue dans le monde entier pour ses créations. Et son port d'attache serait Londres, pas New York.

Elle salua d'un mouvement de tête le valet qui se tenait à la porte du jardin d'hiver. À l'intérieur se trouvait Mme Mansfield, qui se servait une tasse de thé. Elle leva les yeux en entendant Eva.

— Mademoiselle Ashford, bonjour. Je ne pensais pas que vous vous joindriez à moi.

— J'ai finalement décidé de passer. J'espère que vous ne m'en voulez pas.

— Pas le moins du monde. Asseyez-vous, je vous en prie, dit-elle en montrant le sofa, juste en face de son fauteuil. Je vous sers une tasse de thé.

— Merci.

Eva s'installa sur la confortable banquette, posant son carnet à côté d'elle. Certains panneaux de verre avaient été ouverts et laissaient entrer une brise marine absolument exquise. Dehors, la chaleur était à la limite du supportable, mais dans le jardin d'hiver, il faisait presque frais. Eva se promit d'en intégrer un aux plans de la nouvelle maison.

Mme Mansfield alla droit au but.

— J'ai remarqué que vous étiez retournée visiter certaines parties de la maison. Un problème en particulier ?

Quelle sagacité.

— Je voulais m'assurer de deux ou trois choses. Je n'aime pas émettre des recommandations sans être absolument certaine des faits sur lesquels je me fonde.

— J'apprécie le travail minutieux, dit la vieille dame avant de boire une gorgée de thé. Et quelles sont vos recommandations, en l'occurrence ?

— Il faut tout démolir et reconstruire à partir de zéro.

Mme Mansfield avala de travers et posa précipitamment sa tasse sur une table proche. Inquiète, Eva fit mine de se lever, mais la mère de Phillip l'arrêta d'un geste.

— Je vais bien, dit-elle d'une voix rauque, avant de toussoter pour s'éclaircir la voix. Je ne m'y attendais pas, c'est tout…

— Je vous prie de m'excuser. On m'a souvent reproché de manquer de tact. J'aurais dû annoncer cela avec plus de délicatesse.

— Ne soyez pas absurde, dit-elle en s'essuyant le coin des yeux avec un petit mouchoir en linon. Une nouvelle est une nouvelle, et à mon âge on survit au pire. Maintenant, dites-moi ce qui motive votre conclusion.

Eva lui décrivit les fissures qu'elle avait découvertes dans les murs, liées aux fondations, expliqua pourquoi elles posaient problème. Puis elle passa en revue les conséquences du climat et de l'environnement sur un bâtiment, et la façon dont les matériaux modernes protégeaient mieux contre les éléments. Mme Mansfield l'écouta attentivement, sans jamais l'interrompre.

Quand elle eut terminé, Eva se reposa contre le dossier du sofa et but le reste de son thé, désormais tiède. La mère de Phillip regardait vers la fenêtre, songeuse, et le silence s'étira. Au bout de quelques minutes, Eva crut qu'elle avait fâché son interlocutrice. Mme Mansfield allait-elle changer d'avis et confier la conception de sa maison à quelqu'un d'autre ?

Si c'était le cas, Eva n'aurait aucun regret.

« Mieux vaut vendre un tas d'or qu'un tas de purin, disait autrefois son père. Parce que l'odeur, on ne s'en débarrasse jamais. »

Jamais elle ne dirait à un client autre chose que la vérité.

— Parfait.

Sur ce, Mme Mansfield se leva et se dirigea vers la porte. Eva en resta bouche bée. Elles en avaient terminé ? Comme ça ? Avait-elle été renvoyée ?

— Attendez… Que voulez-vous dire par là ?

La vieille femme inspira profondément et se retourna. Elle avait les yeux brillants de larmes, et Eva en fut bouleversée.

— Pardonnez-moi. Je sais que c'est très impoli, mais j'ai besoin d'être seule un moment.

La voix était chevrotante, mais les épaules étaient droites.

— Vous pouvez commencer à tracer les plans d'une nouvelle maison, reprit-elle. J'ai le sentiment que nous nous comprenons suffisamment bien, et j'ai la certitude que vous saurez inventer ce dont j'ai besoin. Nous nous verrons au dîner.

La porte se referma derrière elle, et Eva se leva d'un bond en poussant un petit cri de joie. Dessiner une maison tout entière ! Sous son nom !

Seigneur, c'était fantastique ! Elle rêvait de ce moment depuis dix ans.

Elle devait se mettre immédiatement au travail. Demain, elle rentrerait à New York et ferait quelques croquis. Elle avait déjà une idée assez précise du résultat final, en tenant compte du goût de Mme Mansfield pour le style Beaux-Arts. Fenêtres en arc. Pilastres en façade. Colonnes corinthiennes avec volutes. Corniches et balustrades ornementées. Ah, et une terrasse à l'arrière.

Le souvenir du visage de Mme Mansfield au moment de sortir éveilla en elle une pointe de regret, malgré sa joie. De toute évidence, même si elle venait d'en ordonner la démolition, la mère de Phillip était triste à l'idée de perdre la maison que son mari avait bâtie pour elle.

Mais Eva savait comment remédier à cela. Elle allait préserver une petite partie de Stoneacre, l'intégrer à ses plans. Ce ne serait pas chose facile – il n'y avait pas grand-chose à sauver et tous les éléments porteurs devaient être remplacés.

Heureusement, elle se sentait capable de relever le défi.

13

Phillip donna un coup de pied dans un caillou. Il avait passé l'essentiel de la journée sur le chantier, à griller comme une dinde de Noël en plein soleil. Il n'avait rien à faire ici, juste une irrésistible envie de voir une femme en particulier. N'ayant aucune nouvelle d'elle, il ignorait quand elle serait de retour – si toutefois elle rentrait.

Il refusait de croire qu'elle était partie pour de bon. Ce projet était trop important pour elle. Non, elle lui en voulait et avait pris ses distances pour retrouver son calme. Elle finirait par réapparaître et il pourrait s'excuser de l'avoir contrariée.

Et tout recommencerait comme avant.

En attendant, il n'en pouvait plus.

Heureusement, le chantier avançait bon train. Pas de menaces de grève, pas de rumeurs délétères. Tout était calme, les détonations de dynamite et le sifflement des machines mis à part.

Milliken avait fait la leçon aux équipes de jour et de nuit concernant la sécurité de tous – et toutes – sur le chantier et...

Un éclat jaune attira le regard de Phillip. Eva. Elle entrait sur le chantier, son éternel carnet à la main. Une vague de soulagement le submergea et il se précipita dans sa direction, écartant les ouvriers sur son chemin.

Elle portait une jupe jaune et un chemisier en coton blanc, et un chapeau à larges bords protégeait son visage du soleil. Au milieu de toute cette terre et cette saleté, on aurait dit un rayon de soleil. Un rayon qui lui avait terriblement manqué.

— Mademoiselle Ashford ! lança-t-il.

Elle tourna la tête dans sa direction, mais son visage resta impassible.

— Bonjour, monsieur Mansfield.

On faisait plus chaleureux comme accueil, mais sans doute méritait-il ce traitement.

— Vous avez un moment ?

Le visage fermé, elle ne semblait pas ravie à la perspective d'un entretien privé. Elle balaya les lieux du regard avant de répondre.

— Bien sûr. Je suppose que c'est à propos du chantier ?

Alors là, pas du tout. Il indiqua le cabanon.

— Je vous suis.

Tête haute, elle se dirigea vers l'abri, ignorant les ouvriers devant lesquels elle passa. Tous l'ignorèrent en retour.

Le verrou ayant été démonté, tout ce qui appartenait à Carew et Milliken et qui avait de la valeur avait été emporté. Ils entrèrent donc dans un espace quasiment vide, où l'air était humide et chaud.

— Ça a l'air plus grand, dit-elle.

— Je leur ai demandé de laisser une chaise et un bureau pour vous, mais à votre place, je n'entreposerais rien qui ait de la valeur ici. Nous avons retiré le verrou.

— Je comprends maintenant pourquoi il n'y a plus rien.

Elle retira son chapeau et le posa sur la table.

— De quoi voulais-tu parler ?

— Je voulais m'excuser.

De fines rides creusèrent son front.

— De quoi, exactement ?

— De ce qui s'est passé l'autre soir. Je n'aurais jamais dû te parler de la sorte.

— Tu t'es déjà excusé pendant le trajet du retour, et je t'ai pardonné.

— Alors pourquoi...

Il retira son chapeau et se passa une main dans les cheveux.

— ... pourquoi as-tu disparu ?

— C'est donc ça qui te préoccupe ?

Il hocha la tête, et elle poussa un soupir exaspéré.

— Il fallait que je rende visite à quelqu'un. Je ne fuyais pas, et je ne cherchais pas à t'éviter.

— Quelqu'un ?

Un homme ? Il eut le sentiment de tomber dans le vide.

— Qui ? demanda-t-il.

— Juste une connaissance, Phillip, répondit-elle en évitant son regard.

L'émotion l'étreignit, douloureuse. Elle lui cachait quelque chose. Pour la première fois, il était jaloux, et il détestait cela. Ce doute. Mais il n'avait aucun droit sur Eva – en particulier dans la mesure où il paradait en ville avec une autre jeune femme au bras.

— Alors ça, c'est fort ! Tu es jaloux.

Elle s'approcha, scruta son visage. Il toussota, et opta pour la franchise.

— C'est la première fois que je suis dans cette situation, Eva. Jamais je n'ai été attaché à ce point à mes... partenaires. Jamais je ne me suis soucié de savoir qui elles voyaient en dehors du temps que nous passions ensemble. Mais là, je ne sais plus... tout cela me met dans un état de nerfs impossible. Je ne sais plus où j'en suis.

— Tu as Mlle Hall. Je ne pensais pas que la façon dont j'occupe mon temps en dehors des lundis et jeudis soir te préoccuperait de la sorte.

— Eh bien si, cela me préoccupe. Beaucoup. Et je t'ai expliqué la nature de ma relation avec Mlle Hall. Nous sommes amis, rien de plus.

— Je te crois.

— Vraiment ?

— Bien sûr. Si je m'inquiétais sur tes motivations, je le dirais. Même si je pense qu'il est important de garder à l'esprit quel genre de relation est la nôtre.

Cette dernière remarque l'inquiéta soudain, générant un malaise qui lui noua l'estomac.

— Et de quel genre de relation s'agit-il, exactement ?

— D'une liaison sans conséquence. Nous avons tous les deux des raisons de ne rien vouloir de sérieux.

Sans doute était-ce vrai, mais il ne s'attendait pas à autant de dureté de la part d'Eva. La plupart des femmes acceptaient ses conditions, puis tentaient par tous les moyens de les contourner en insistant pour qu'il leur consacre plus de temps. Ou alors elles lui avouaient leurs sentiments, dans l'espoir qu'il fasse de même. Il était arrivé aussi qu'elles le suivent et feignent de le rencontrer par hasard pour lui forcer la main en public.

Eva, elle, mettait de la distance entre eux dès qu'elle en avait l'occasion. Et quoi qu'elle lui donne, il voulait toujours plus. Avec lady Eva Hyde, il devenait gourmand.

Il aurait aimé qu'elle soit gourmande en retour.

— Notre liaison n'est peut-être pas sérieuse, dit-il, mais je m'inquiète pour toi. Je ne veux pas qu'il t'arrive quoi que ce soit, sur ce chantier ou ailleurs. Et sans nouvelles de toi pendant cinq jours, j'ai cru devenir fou d'inquiétude.

L'expression d'Eva s'adoucit. Elle posa une main sur le torse de Phillip.

— Je rendais visite à une amie à Newport. Une femme d'un certain âge. Il n'y avait aucun homme dans les parages, je te le promets, et je n'ai couru aucun risque.

L'intensité du soulagement qui fut le sien le mit mal à l'aise. Prenant la main d'Eva, il la porta à ses lèvres.

— Tu me trouves ridicule.

— Non. En l'occurrence, je me serais aussi inquiétée si j'avais été à ta place, et je te demande pardon pour mon manque de considération. J'avais beaucoup à faire, mais ce n'était pas une excuse pour t'ignorer ou oublier mes devoirs à New York.

— Si tu parles de tes devoirs sur le chantier, ne t'inquiète pas pour ça. Pour tes devoirs du côté de la 24e Rue, en revanche...

Elle sourit et s'abandonna contre lui, les yeux mi-clos.

— Tu m'as attendue, jeudi soir ?

— Seulement six heures, je crois.

— Oh ! Jamais je n'aurais imaginé que tu attendrais si longtemps.

— Mais tu espérais que je t'attendrais, dit-il, devinant la vérité. C'était ma pénitence.

— Une heure, oui. Deux tout au plus. Mais six, c'est absurde.

Il se pencha vers elle, arrondit sa paume autour de son menton. Ils étaient presque front contre front.

— Non. Ne pas attendre assez longtemps et rater l'occasion de passer la soirée plongé en toi, voilà ce qui aurait été absurde.

Il perçut un léger hoquet dans le souffle d'Eva, puis elle s'approcha encore.

— Je peux peut-être essayer de rattraper le temps perdu.

— Tu peux, en effet, répondit-il en la prenant par les hanches. Mais nous sommes samedi.

— Tu préfères attendre lundi ?

— Certainement pas.

— Alors viens, bel ami. Tu as assez attendu comme ça.

Eva se leva en voyant entrer les trois jeunes femmes. Nora avait invité deux de ses nouvelles amies américaines pour le thé, et insisté pour qu'Eva les rencontre.

Bien qu'ayant l'esprit ailleurs, Eva avait accepté. Comment refuser ? Nora et elle avaient passé si peu de temps ensemble, ces dernières semaines.

Entre le chantier de l'hôtel, le cottage de Mme Mansfield et Phillip, elle n'avait pratiquement pas eu le temps de voir qui que ce soit. Un après-midi de potins mondains ne la tuerait pas.

Du moins l'espérait-elle.

— Eva, je te présente Kathleen Appleton et Anne Elliot. Kate, Anne, voici ma très chère amie lady Eva Hyde.

Les deux jeunes femmes exécutèrent maladroitement une révérence.

— Oh, non, je vous en prie, pas de ça entre nous, dit Eva en allant à leur rencontre, bras tendu pour leur serrer la main. Je suis enchantée de faire votre connaissance. Nora m'a tellement parlé de vous.

C'était la vérité, puisque Kathleen et Anne étaient ses deux amies les plus proches à New York.

— Et elle nous a tout raconté vous concernant ! répondit Kate. Vous êtes remarquable. Une femme qui aspire à devenir architecte ! Je suis impressionnée.

— Elle sait à peine dessiner sa main, expliqua Anne en montrant sa cousine. Alors les plans d'un immeuble… Mais moi aussi je suis impressionnée, lady Eva. Ce sont des femmes comme vous qui nous font espérer qu'un jour, la femme sera l'égale de l'homme.

Eva faillit éclater de rire. Ces derniers temps, elle s'était sentie tout sauf égale aux hommes, ceux-ci ne manquant jamais une occasion de lui rappeler à quel genre elle appartenait.

— Un jour, peut-être. Il faut se battre, c'est tout. Asseyons-nous, voulez-vous ?

Une fois tout le monde installé, Nora servit le thé. On parla du temps qu'il faisait et des impressions d'Eva à propos de New York. Kate et Anne étaient très proches, de toute évidence, l'une finissant souvent les phrases de l'autre. Très vite, Eva se sentit à l'aise avec elles, comme l'avait prédit Nora.

— Parlez-nous de cet hôtel, je vous en prie, dit Kate. Je passe souvent devant le chantier et je meurs d'envie de savoir ce qui se passe derrière cette palissade.

— On dit que la roche a été creusée à la dynamite, c'est vrai ? demanda Anne, les yeux ronds comme des soucoupes.

— Pour creuser les fondations, oui. Nous utilisons de la dynamite parce que c'est la méthode la plus rapide qui soit. Et dès que l'excavation sera terminée, nous commencerons à bâtir.

— Je trouve tout cela terriblement excitant, soupira Kate en prenant un petit gâteau aux graines de pavot. Vous êtes allée sur le chantier, Nora ? Ce doit être fascinant.

— La présence de femmes rend les ouvriers nerveux, répondit Eva. Je n'ai encore invité personne, car je ne tiens pas à ce qu'ils aient des raisons supplémentaires de me mépriser.

— De vous mépriser ? Comment est-ce possible ? s'étonna Anne.

Eva leur raconta comment elle avait failli être ensevelie par un tas de gravats, puis comment on l'avait enfermée dans le cabanon.

— Je pense donc qu'il vaut mieux ne pas les énerver encore plus. Dans quelques semaines, peut-être.

Nora posa brusquement sa soucoupe sur la table.

— Mais, Eva, pourquoi ne m'as-tu rien dit ? Tu aurais pu être gravement blessée, ou pire ! Et Mansfield, comment a-t-il réagi ? Il est responsable de ta sécurité, tout de même.

Eva s'empressa de rassurer son amie. Surtout, il fallait éviter que Nora s'en prenne à Phillip à son propos. Une fois avait suffi.

— Il fait tout ce qu'il peut pour que je sois en sécurité. Il était furieux qu'on m'ait enfermée dans le cabanon : il a renvoyé tous les ouvriers sans les payer ce jour-là et a fermé le chantier jusqu'au lendemain.

— C'était le moins qu'il pouvait faire, rétorqua sèchement Nora. Et celui qui a fait ça, on l'a retrouvé ?

— Non, pas encore.

Visiblement mécontente, Nora se mit à tapoter du bout des doigts sur sa tasse en porcelaine.

— Je n'aime pas ça. Et je n'aime pas ce Mansfield non plus.

— Vraiment ? s'exclama Kate. Quel genre d'homme est-il vraiment ? Il est très beau, et...

— Passionné, précisa sa cousine.

— Oui, mais très beau aussi. Au fait, j'ai entendu dire qu'il pratiquait la boxe, dit Kate avec une expression qui laissait entendre qu'elle trouvait cela extrêmement séduisant.

La boxe ? Eva revit les épaules et les bras nus de Phillip, les muscles saillants qu'aucun homme de la bonne société n'aurait pu développer. Mais oui ! La boxe, c'était logique. Et cela expliquait les coupures sur sa joue et son arcade sourcilière, quelques semaines plus tôt.

— De qui tenez-vous cela ?

— Des domestiques. Ils racontent que chez lui il a fait transformer la salle de bal en salle d'entraînement pour la boxe.

— Cela n'a pas l'air de te surprendre, dit Nora en observant Eva. Tu l'as vue, cette salle de bal ?

Non, mais je l'ai vu, lui, et nu, faillit-elle répondre. Pas plus tard que samedi soir, même, quand il lui avait donné du plaisir à se damner. Ils étaient restés des heures dans l'appartement de la 24e Rue, à parler et à se toucher entre deux rounds d'amour passionné. À la fin, épuisé, luisant de sueur, il s'était allongé nu sur les draps sombres. On aurait dit une statue de marbre. Dans le silence, ils étaient restés l'un contre l'autre, l'air nocturne soufflant une brise tiède sur leur peau, et elle s'était sentie… comblée. C'était un moment idyllique.

Et dans quelques heures, ils recommenceraient.

Elle en frissonna d'impatience, puis se força à se concentrer sur la conversation en cours.

— Non, je ne connais pas cette salle de bal. Mais je suis allée chez lui.

Kate et Anne bondirent d'excitation.

— Je vous en prie, dites-moi que vous avez vu sa chambre, supplia Kate. J'imagine un rouge cerise un peu sombre, et des verts profonds.

Anne donna un coup d'épaule à sa cousine.

— Ne sois pas ridicule. Si elle était allée dans sa chambre, ce n'est pas la décoration qui aurait retenu son attention.

— Je n'ai vu que le rez-de-chaussée. L'entrée et le bureau, plus précisément.

— Quel dommage, vraiment, murmura Kate. J'espérais que les rumeurs à propos de Mlle Hall et lui étaient infondées.

— Les rumeurs de mariage, vous voulez dire ?

Eva n'avait certainement pas l'intention de révéler que Mlle Hall et Phillip n'étaient qu'amis, mais elle était curieuse de savoir ce que disaient les potins.

— Oui. On raconte qu'il va demander sa main.

— Comme ils sont charmants, tous les deux, dit Nora d'un ton sec et dépourvu de toute sincérité. L'une d'entre vous sait-elle ce qui s'est passé lors de ses premières fiançailles ?

Eva tourna la tête, un peu brusquement peut-être. Comment Nora était-elle au courant ? Elle n'était pas à New York depuis suffisamment longtemps pour avoir entendu parler de ce scandale déjà ancien… à moins qu'elle n'ait fait des recherches. Elle interrogea son amie du regard, mais Nora se contenta d'un plissement de front, expression un peu suffisante qui disait : « Je manigance quelque chose. »

— Seigneur, oui ! J'irais même jusqu'à dire qu'on en parle encore ici et là.

Notant le regard interdit de Nora et Eva, Anne se pencha en avant et, sur le ton de la confidence, reprit :

— Bien sûr, vous n'êtes pas au courant. Voilà. Il n'avait pas encore vingt ans, je crois. Il a rencontré une fille près de son université. Caroline Kerry, d'une très grande famille de Boston. On dit que c'était une arriviste, calculatrice mais très belle. Elle avait déjà refusé deux propositions de mariage, alors Mansfield savait qu'il allait devoir batailler dur s'il voulait obtenir sa main.

— Et c'est ce qu'il a fait, ajouta Kate. Il l'a suivie partout, à Boston comme à New York. L'a couverte de cadeaux. A fait fuir tous les autres prétendants. Sans jamais cacher ses sentiments, ni ses intentions. À tout le monde, il disait : « Voici la fille que je vais épouser. »

— C'est très...

Romantique. Et incroyable. Cela ne ressemblait pas du tout à l'homme que connaissait Eva.

— N'est-ce pas ? acquiesça Anne avec un soupir rêveur. Bien sûr, ses parents à elle étaient tout à fait en faveur de ce mariage...

— Pas difficile à comprendre, étant donné le pedigree et la fortune de Mansfield, remarqua Nora.

— Oui, mais sa mère à lui n'aimait pas beaucoup cette fille. Personne ne pensait qu'elle approuverait ce mariage.

— Il n'en aurait pas tenu compte, dit Eva doucement, le ventre noué. Il l'aurait épousée de toute façon.

— Exactement, fit Kate. Donc il l'a demandée en mariage. Pendant un pique-nique à Central Park.

— J'avais entendu dire que c'était sur son yacht, à Newport, corrigea Anne.

— Peu importe, intervint Nora. Continuez.

— Elle accepte, ils se fiancent. En quelques jours, on ne parle plus que du mariage de l'année. La bonne société new-yorkaise rencontre la bonne société bostonienne. Mme Mansfield donne un bal de fiançailles somptueux pour fêter ça.

Kate et Anne échangèrent un regard, comme si elles hésitaient à raconter la suite.

— Et ? demanda Nora d'un ton sec.

Le regard brillant, Kate continua.

— Les préparations pour le mariage sont presque terminées, et voilà qu'il faut modifier la robe.

— Rien que de très normal, dit Nora en haussant les épaules. La mienne a déjà été retouchée trois fois, et mon mariage n'aura lieu que dans deux mois.

— Non, non, non, fit Anne. Elle doit être *modifiée*.

Et elle pointa un doigt sur son ventre.

— Quoi ? s'exclama Nora. Vous voulez dire qu'elle… grossissait ?

Eva essayait de comprendre. Sa fiancée était enceinte ? Qu'était devenu cet enfant ? Phillip lui avait laissé entendre que…

— Pour grossir, elle grossissait. Et vous voulez connaître l'identité du père ?

— Je suppose que ce n'était pas Mansfield, dit Nora. Sinon, le mariage aurait eu lieu.

— Exactement. La fille n'avait accepté la demande de Mansfield que parce qu'elle avait été engrossée par le fils d'un boucher. Dont elle se disait amoureuse.

Oh, non. Eva ferma les yeux. Pauvre Phillip. Comme il avait dû souffrir de devenir ainsi la risée du public ! Son orgueil avait dû être anéanti. Sans doute était-ce à cela que sa mère avait fait référence lorsqu'elle avait évoqué son cœur brisé.

Comment lui en vouloir de fuir toute idée de mariage, désormais ?

Et pourquoi apprendre cette histoire l'attristait-il à ce point ? Elle n'avait aucune intention de l'épouser. Même si ses trois échecs ne faisaient pas d'elle une femme maudite, peut-être fallait-il y voir un signe du destin. Peut-être était-elle promise à quelque chose de plus grand que la tenue d'un ménage et l'organisation de soirées mondaines. Peut-être devait-elle se consacrer à sa carrière et à sa passion pour l'architecture plutôt qu'à une vie d'épouse.

Deux petits coups discrets à la porte interrompirent la conversation. Le majordome des Cortland entra avec un plateau en argent sur lequel était posé un papier.

— Pardonnez-moi, mais ce télégramme vient d'arriver pour madame, dit-il en allant se placer à côté d'Eva pour lui tendre le plateau.

— Moi ?

Les seuls télégrammes qu'elle recevait venaient du secrétaire de son père. Le majordome répondit d'un hochement de tête. Elle prit l'enveloppe, la déchira, et pâlit en lisant le message.

Quand elle replia le mot, elle pouvait à peine respirer. À peine penser. Une peur glacée la figeait.

Nora lui prit la main.

— Eva, que se passe-t-il ? Tu m'effrayes…

— C'est mon père, réussit-elle à articuler d'une voix blanche. Il a fait une mauvaise chute et doit garder le lit. Il… il est possible qu'il ne s'en remette pas.

— Oh, non ! Eva, ma pauvre, dit Nora en lui prenant la main. Que puis-je faire ?

— Je… je dois préparer mes bagages. Il faut que je rentre en Angleterre.

Il fallait qu'elle le voie, qu'elle soit à son chevet. Elle se leva, mais Nora la retint.

— Je pense que tu devrais attendre un jour ou deux. Partir immédiatement me semble un peu précipité.

Eva se rembrunit, surprise par la réaction de son amie.

— Précipité ? Et s'il meurt ? Je ne me pardonnerai jamais de ne pas avoir été auprès de lui.

— La traversée te prendra trois semaines, plus encore s'il fait mauvais temps. S'il se remet en quelques jours, une fois sur le bateau, tu ne pourras pas faire demi-tour.

— Mais s'il meurt...

Elle pressa une main sur sa poitrine. La douleur était terrible.

— Tu n'arriveras quand même pas à temps, dit doucement Nora. Ma chérie, je sais que c'est difficile, mais pense à ce que voudrait ton père. Qu'est-ce qu'il te disait toujours ?

Eva déglutit.

— Le travail passe avant tout.

— Exactement. Le travail avant tout. Alors attends quelques jours. Corresponds avec les domestiques par câble pour te tenir au courant de son état. Il ne se rendra peut-être même pas compte de ta présence, si tu y vas.

Les larmes brillèrent dans les yeux d'Eva. L'émotion était trop forte. Nora avait malheureusement raison. Son père avait perdu la mémoire, il ne la reconnaîtrait pas.

— Mais moi, je saurai que je n'étais pas là, dit-elle en s'essuyant les joues d'un revers de main.

— Il est trop résistant pour mourir d'une chute. Il a la tête dure, comme sa fille, fit Nora en lui caressant le dos doucement. Attends deux jours. Si son état ne s'améliore pas, tu prendras une place sur le bateau.

— D'accord. Je vais attendre. En espérant que ce ne soit pas une erreur.

— Tu verras, tout finira par s'arranger.

Eva aurait aimé en être aussi sûre. Si son amie se trompait, jamais elle ne s'en remettrait. Peut-être son père avait-il eu tort, toutes ces années, car en cet instant, faire passer le travail avant tout lui semblait loin d'être la solution idéale.

Les rideaux qui fermaient la petite salle à manger privée s'ouvrirent, et Ogden Doyle entra. Phillip se leva pour aller à la rencontre du célèbre architecte et designer, main tendue.

— Monsieur Doyle, merci d'être venu.

Doyle, un grand type dégingandé qui devait avoir une trentaine d'années, serra la main de Phillip.

— Bonsoir, monsieur Mansfield. Je réponds à votre invitation avec plaisir.

Ils s'installèrent dans les fauteuils et un serveur vint prendre leur commande, cocktail au vermouth pour Doyle, whisky pour Phillip.

— Et du champagne pour ma deuxième invitée.

— Deuxième invitée ? demanda Doyle en retirant ses gants, qu'il fourra dans les poches de son manteau.

— L'assistante de mon architecte.

— Ah. J'ai effectivement entendu dire que vous aviez obtenu E.M. Hyde comme architecte en chef.

Phillip ne put retenir un sourire satisfait.

— En effet. J'ai eu la chance de le convaincre.

— Avant sa maladie.

— C'est ça. Mais il devrait bientôt être sur pied et nous rejoindre ici, à New York.

Doyle le regarda, perplexe.

— Oh. Mais je croyais qu'il était...

Eva entra au même instant, magnifique dans sa robe de soirée en soie émeraude. Le simple fait de voir ses courbes ainsi moulées fit battre le sang de Phillip dans ses veines. Il avait pensé à elle toute la journée – elle avait annulé leur rendez-vous de lundi soir, se disant indisposée.

Mais ce soir… elle était exquise. Avec un peu de chance, peut-être arriverait-il à la convaincre de l'accompagner jusqu'à l'appartement après le dîner.

Les deux hommes se levèrent. Elle gagna la table d'un pas décidé mais élégant, une grande sacoche à la main.

— Pardonnez mon retard, il y avait un accident de tramway dans la 42e Rue, dit-elle en tendant la main à Doyle. Je suis Mlle Ashford, la secrétaire de M. Hyde.

Doyle resta figé un instant, puis s'inclina en lui prenant la main.

— Ravi de faire votre connaissance, mademoiselle Ashford.

Quand il lui lâcha la main, elle décocha un petit sourire à Phillip, sourire ravissant qui le bouleversa.

— Bonsoir à vous, monsieur Mansfield.

À son tour, il s'inclina en lui prenant la main, embrassant ses doigts gantés.

— Mademoiselle Ashford. Merci de vous joindre à nous ce soir.

— De rien. Même si je m'interroge sur le motif de ce rendez-vous.

— Nous y viendrons. Buvons d'abord, voulez-vous ?

Le serveur reparut alors qu'ils évoquaient Boston et les connaissances que Phillip et Doyle avaient en commun. Celui-ci venait d'une grande famille de la région ; son oncle, architecte, avait bâti dans tout le nord-est du pays. Phillip omit délibérément de parler des Kerry et de leur fille Caroline – son ex-fiancée. Il y avait longtemps que cette histoire n'avait plus d'importance pour lui.

On commanda le dîner, le serveur se retira. Phillip s'installa plus confortablement dans son fauteuil, prêt à aborder le sujet qui les réunissait.

— J'ai été très impressionné par ce que vous avez fait au Back Bay Club, Doyle. J'ai eu l'occasion de visiter cet endroit récemment.

— Merci. C'était un travail d'un genre un peu nouveau pour moi.

— Qu'avez-vous fait, si je peux me permettre ? intervint Eva.

Phillip aimait cette façon qu'elle avait de se glisser dans une conversation. Elle n'était pas timide. Il laissa répondre Doyle.

— Un autre architecte a été chargé de concevoir le bâtiment, mais on m'a confié l'aménagement intérieur. Avec le contrôle absolu sur tous les détails, des rideaux aux meubles, en passant par les tapis et les tableaux.

Eva ouvrit de grands yeux étonnés, et Phillip devina ce qu'elle pensait. La plupart du temps, l'intérieur d'un bâtiment était confié à des tapissiers, tous persuadés que plus il y avait de meubles – qu'il fallait tapisser bien sûr –, mieux c'était. On n'attachait aucune importance à l'idée d'harmonie, ou même de goût : on faisait du remplissage.

— Vous avez du talent pour cela, ajouta Phillip. Raison pour laquelle je tenais à vous rencontrer. J'aimerais que vous vous chargiez de la décoration du nouvel hôtel Mansfield.

Doyle le regarda, stupéfait.

— Votre nouvel hôtel sur la Cinquième Avenue ? Refuser serait idiot de ma part !

— Mais je vous demande quand même de réfléchir à cette proposition. Vous l'avez peut-être entendu dire, je suis un client exigeant, parfois difficile. Je n'aime pas que l'on me déçoive, ni qu'on me dise ce que je dois faire. Ce projet est très important pour moi, pour différentes raisons, et j'entends prendre part à toutes les décisions.

— Monsieur Mansfield, intervint Eva. Avant que M. Doyle ne donne sa réponse, j'ai une question. Qu'adviendra-t-il des pièces pour lesquelles un certain thème de décoration a déjà été choisi ?

— Par exemple ?

— Eh bien, le petit salon pour dames au rez-de-chaussée. Nous nous étions mis d'accord pour y recréer la chambre de Marie-Antoinette.

— Quelle excellente idée ! fit Doyle en se passant une main sur le menton. Avec des miroirs sur tous les murs ?

Elle se pencha en avant, les yeux brillants d'excitation.

— Exactement. Et un plafond à voussures, décoré d'une immense fresque. J'ai déjà pris des contacts pour faire copier les meubles.

— On dirait que tout a été prévu, dit Doyle en regardant alternativement Phillip et Eva.

— Pas du tout. Bien sûr, vous devrez consulter Mlle Ashford et M. Hyde concernant les idées qu'ils ont déjà émises. Mais il reste beaucoup à faire en dehors des salles de réception et des salons. Toutes les chambres sont à faire, de la suite la plus luxueuse à la chambre simple la moins chère.

Trois serveurs entrèrent, chargés d'assiettes en porcelaine sous des couvercles en argent. La nourriture fut disposée devant eux, on leur resservit à boire et ils furent à nouveau seuls. D'un léger mouvement de tête, Phillip fit signe à Eva qu'elle pouvait commencer. Elle se pencha sur son assiette de coques. Il avait pris un velouté d'artichaut, Doyle ayant opté pour la bisque de crevettes.

— Vous m'intriguez, dit celui-ci. Mais je n'ai décoré que quelques maisons, et le Back Bay Club. Pourquoi moi ? Vous pourriez prendre n'importe qui d'autre pour ce projet.

— Vous vous sous-estimez. Vous m'avez été recommandé, et j'ai vu la maison que vous avez décorée à Newport. Vous avez un œil pour ce genre de choses. Dans mon hôtel, je veux que règne une atmosphère inégalable, jamais vue dans ce pays. Je veux du luxe, mais accessible. Le client doit être bouche bée, mais mon hôtel ne doit pas être réservé à quelques privilégiés.

— C'est ambitieux, comme objectif.

— J'en suis conscient, et c'est pour cela que je ne travaille qu'avec les meilleurs. Ceux qui sont capables d'accomplir l'impossible.

— Mais je ne suis pas E.M. Hyde, dit Doyle en faisant tourner sa cuillère dans son assiette de soupe. Ni même Mlle Ashford, serais-je tenté de dire.

Le compliment fit rougir Eva.

— Vous êtes trop aimable. Et trop humble, si j'en crois M. Mansfield.

— Quand faudrait-il que je commence ?

Phillip se carra dans son fauteuil. Doyle allait accepter, il le sentait.

— Dès que vous pouvez. Nous coulons les fondations dans dix jours, puis nous commencerons la construction proprement dite. Hyde arrivera dans quelques semaines, dès qu'il sera remis. Il est fondamental que vous puissiez intervenir dès le début.

Un visage familier apparut entre les rideaux.

— Bonsoir, mademoiselle Hall.

Becca s'avança, balayant la petite pièce et ses occupants du regard.

— Bonsoir. Pardonnez cette interruption, mais j'aurais aimé vous parler quelques instants, monsieur Mansfield.

Il répondit d'un hochement de tête, se tourna vers ses invités. Eva s'était raidie, et fixait ses coques. L'arrivée de Becca lui déplaisait-elle ? Elle savait pourtant qu'il n'y avait pas lieu pour elle d'être jalouse.

— Si vous voulez bien m'excuser. Je n'en ai pas pour longtemps.

— Je vous en prie, dit Doyle. Cela nous permettra de faire plus ample connaissance, Mlle Ashford et moi.

Le ton ne plut guère à Phillip, mais comment aurait-il pu s'en plaindre ? Pour le reste du monde, Eva n'était que l'assistante de Hyde et travaillait pour lui. Il suivit Becca sans plus de commentaire. Dans le couloir, les appliques électriques éclairaient le papier peint d'un halo jaune pâle.

Becca se tordait les mains.

— Je suis désolée. Il fallait que je vous prévienne, et quand j'ai su que vous dîniez à l'étage, je suis montée aussi vite que j'ai pu.

— Ce n'est rien. Je suis avec des collaborateurs.

Il se redressa, soudain gêné de parler d'Eva en ces termes. De faire comme si elle n'avait aucune importance pour lui, comme s'il ne brûlait pas d'envie de lui faire l'amour à nouveau.

— Mon père, dit Becca.

— Quoi, votre père ?

— Il est de plus en plus impatient. Pour nous deux. Il a décidé de vous questionner pour en savoir plus sur vos intentions.

Phillip fit la grimace. C'était ce qu'il redoutait. Vu le temps qu'il passait en compagnie de Becca, il était logique que ses parents s'imaginent que des fiançailles étaient à l'ordre du jour.

— Que lui avez-vous dit ?

— Qu'il n'y avait rien de sérieux entre nous, que je n'avais pas envie de vous épouser. Mais il ne me croit pas. Surtout avec toutes les rumeurs qui courent en ville.

— Peut-être me croira-t-il.

— Et sinon ?

— Il ne peut pas nous forcer à nous marier, Becca. Il n'a aucun moyen de pression sur moi, et je ne suis pas un perdreau de l'année. Au pire, il essayera de se venger, mais j'en doute. Ma famille est trop ancienne pour qu'on fasse pression sur elle.

Becca réfléchit un moment.

— Il ne pense plus qu'à une chose : me marier. Je crois… je crois que mes parents se doutent de quelque chose, pour *elle* et moi.

— S'il cherche à me parler, je trouverai quoi lui dire. En attendant, continuons comme d'habitude, mais avec un peu plus de circonspection.

— Du moment que vous êtes prévenu…, soupira Becca en lissant sa robe. Je dois absolument trouver le moyen de quitter la maison. De partir là où personne ne connaît mon nom.

— Je peux vous aider. Un mot de votre part et…

L'air soucieux sur le visage de Becca disparut. Elle se hissa sur la pointe des pieds et l'embrassa sur la joue.

— Vous êtes vraiment un ami, Phillip. Merci.

— Inutile de me remercier. Sachez simplement que si la situation devient intenable, je suis là. Allez, retournez vite à votre table avant qu'on ne s'aperçoive de votre disparition.

14

Au moment où Phillip sortit, M. Doyle posa ses couverts sur le bord de son assiette. Son expression juvénile avait cédé le pas à quelque chose de plus retors.

— Alors, dites-moi. Pourquoi mentez-vous, lady Eva ?

Eva le regarda, bouche bée.

— Comment avez-vous… ?

Il se pencha vers elle.

— Parce que l'architecture est mon métier. J'ai étudié pendant des années tout ce qu'avait fait lord Hyde. C'est un peu un héros, pour moi. Et c'est pour cette raison que j'ai des doutes quant à l'identité de celui qui a conçu l'hôtel Mansfield.

Eva vacilla sur son siège. La tête lui tournait soudain. Son cœur battait à tout rompre.

— C'est pourtant lui, répondit-elle, la bouche sèche.

— À en croire votre réaction, il est évident que non, fit Doyle avec un petit rire. Vous devez avoir peur que je le dise à Mansfield. Mais je ne le ferai pas. J'ai trop d'admiration pour E.M. Hyde, vous savez. Et pour vous. On parle beaucoup de votre talent, dans le milieu de l'architecture.

— Pourquoi garderiez-vous un tel secret – s'il était vrai, bien entendu ?

— Mansfield n'est pas né de la dernière pluie. Il s'est penché sur ce que vous avez fait, a tout étudié soigneusement. Si vous avez réussi à lui faire croire que c'était l'œuvre de votre père, c'est que vous êtes aussi douée que le disent les rumeurs. Sait-il que vous êtes la fille de Hyde ?

Le compliment lui fit du bien, combla certaines fissures qui avaient ébranlé sa confiance en elle au cours de ces années de doute et de frustration.

— Oui, Mansfield est au courant. Nous avons préféré cacher ma véritable identité aux ouvriers, à cause du surnom qu'on me donne à Londres.

— Ah oui. Miss Catastrophe. Ils sont superstitieux, ces idiots. Puis-je voir les plans ? demanda-t-il en montrant la sacoche, à ses pieds.

Elle se pencha, ramassa la sacoche et en sortit les plans de l'hôtel pendant que Doyle faisait de la place sur leur table, posant les assiettes sur une desserte.

Elle déroula les plans, et ils se penchèrent dessus. Doyle examina la façade, en suivit du bout du doigt les angles et les décrochements, tout en marmonnant.

— Loggias, pignons, toit en tuiles. Toutes les chambres du dernier étage auront un balcon ?

— Oui.

Il passa au plan de niveau.

— Et là, dans le jardin intérieur, vous avez prévu quoi ?

— Des carreaux en terre cuite blanche et des fresques. Trois fontaines, alignées.

— Magnifique. Et cette pièce, là, cette grande salle au rez-de-chaussée, ce sera quoi ?

— Mansfield a prévu d'y installer un restaurant. Nous avons pensé à une dominante d'acajou et de marbre vert.

Il passa ainsi en revue chaque niveau, se concentrant sur les détails et les ornementations qu'elle avait spécifiés. Toutes ces touches qui faisaient de cet hôtel *son* hôtel.

Lorsqu'il eut terminé, il se redressa.

— C'est absolument époustouflant, dit-il avec un geste en direction des plans. La ville – et le pays – n'a jamais rien connu de tel.

— Merci. Je voulais que ce soit le plus beau du monde. Le fait d'avoir un budget illimité m'a bien aidée.

— Les tours avec les toits mansardés, cela fait très Second Empire, bravo.

Eva sourit, heureuse qu'il ait remarqué ce détail.

— Oui, c'est ce que je me suis dit.

— Et les dômes, au-dessus des tourelles d'angle... je suis très impressionné. Je comprends pourquoi Mansfield a aimé votre projet.

Elle ne répondit rien. Sans doute était-elle rouge comme une tomate. Sa poitrine menaçait d'exploser sous l'effet de la fierté. Doyle n'avait pas cherché à la dévaloriser, ne s'était pas moqué. Il semblait gentil et attentionné, pas du tout du genre à vouloir imposer ses propres idées sur un projet en cours.

— Dois-je comprendre que vous êtes d'accord pour travailler avec moi ?

— Bien sûr. Comme je l'ai dit, ce serait idiot de refuser. Mais dites-moi, comment va votre père ?

Le chagrin lui noua la gorge. Depuis qu'elle avait reçu la nouvelle de sa chute, elle avait perdu l'appétit et le sommeil. Le secrétaire de son père avait envoyé deux autres télégrammes pour dire qu'il se reposait, qu'il avait repris connaissance quelques heures après sa chute. Il s'était cogné la tête, était un peu désorienté, mais vivant.

Comme l'avait prédit Nora, il n'aurait sans doute pas été conscient de la présence de sa fille si elle était rentrée. Cette idée lui brisait le cœur.

Son *père*. Son protecteur, son mentor. Sa seule famille.

Et il ne la reconnaissait plus.

Eva espérait encore que son état s'améliorerait, que les médecins se trompaient. Mais plus le temps passait, plus cela semblait improbable. Malgré tout, elle éprouvait le besoin d'être près de lui pour ses derniers instants, quelle que soit leur durée, et avait décidé de rentrer en Angleterre dès que les fondations de l'hôtel auraient été coulées.

Elle n'en avait pas encore parlé à Phillip, bien sûr. Peut-être prétexterait-elle une autre raison à ce voyage. Elle ne pouvait pas risquer de perdre son travail.

— Pardonnez-moi, dit Doyle devant son silence. Cela ne me regarde pas.

Eva eut un regard nerveux en direction de la porte par laquelle Phillip était sorti.

— Non, c'est juste que je n'ai pas l'habitude de parler franchement de ce sujet. La vérité, c'est qu'il ne va pas bien du tout.

— Je suis navré de l'entendre, vraiment. Je l'ai rencontré une fois, il y a cinq ou six ans, lors d'une conférence qu'il donnait au Royal Institute. Votre père est un génie.

Elle aussi avait assisté à cette conférence, seule femme parmi une assistance exclusivement masculine. Son père avait refusé de prendre la parole tant qu'elle ne serait pas admise dans la salle.

— Oui, je crois qu'on peut le dire.

— Quand allez-vous parler à Mansfield ? Il est persuadé que votre père sera ici dans quelques semaines. Or, si j'ai bien compris, il est absolument impossible qu'il fasse la traversée, et Mansfield ne semble pas du style à apprécier qu'on lui mente.

— J'hésite encore…

Les rideaux s'écartèrent, et Phillip reparut.

— À propos de quoi hésitez-vous encore ?

Eva se figea, cherchant quoi répondre. Doyle vint à son secours, avec un naturel défiant tout soupçon :

— Elle hésite à assister à l'inauguration en grande pompe de votre hôtel. Car il y en aura une, je présume ?

— Bien sûr, dit Phillip en les rejoignant, le regard dirigé sur les plans qui occupaient la table. Mais ce ne sera pas avant deux ans. Mlle Ashford a le temps de se décider. J'espère sincèrement qu'elle y sera, néanmoins. Avec M. Hyde, bien sûr.

Eva ne savait plus quoi faire.

Mansfield ne semble pas du style à apprécier qu'on lui mente.

Un sentiment de culpabilité intense la taraudait. Combien de temps allait-elle réussir à lui mentir de la sorte ? Ce projet était très important pour Phillip, tout comme le fait que le nom de E.M. Hyde y soit associé. Sa déception serait immense lorsqu'il apprendrait qu'elle avait conçu cet hôtel de A à Z.

« Espèce de lâche, songea-t-elle. Il faudra bien que tu le lui dises. »

Oui. Mais pas aujourd'hui. Ni demain. Ni la semaine prochaine.

— Vous connaissez les architectes : quand ils ont du travail, un projet chasse l'autre. J'ignore sur quoi M. Hyde travaillera à ce moment-là.

Les serveurs arrivèrent avec les plats. On roula les plans et on les mit de côté. Lorsque Doyle confirma son intérêt pour le projet, Eva promit de lui en faire envoyer une copie.

Phillip semblait tout à fait satisfait, plus beau et séduisant que jamais. Tandis qu'il découpait son agneau rôti, elle observa ses mains – grandes, rugueuses, infiniment puissantes – et frémit. Ces mains étaient capables de donner tant de plaisir… Le seul souvenir de leurs caresses lui faisait battre le cœur.

Des mains de boxeur. Oui, elle imaginait sans peine ces poings frapper un autre homme. Force pure et puissance. Une onde de chaleur la parcourut. Elle regretta soudain de ne pas avoir d'éventail pour se rafraîchir.

Au même instant, il leva les yeux, croisa son regard. Et haussa un sourcil amusé. Il l'avait surprise en train de le fixer. Mais ils avaient une liaison, après tout. Ils étaient censés avoir du désir l'un pour l'autre, non ?

Pourtant, cette histoire, elle le sentait, devenait autre chose que purement physique. Eva aimait parler avec Phillip, le faire rire. Discuter architecture et décoration, évoquer l'avancement du chantier. Il était intelligent et bon, protecteur et exigeant. Elle n'avait jamais rencontré personne comme lui, ni en Angleterre ni ici à New York.

Et cela lui faisait peur.

Elle devait garder à l'esprit la raison de son séjour ici, la nature de leur relation. Elle était son employée. Bientôt, elle retournerait en Angleterre, au chevet de son père. De là-bas, elle enverrait un câble à Phillip expliquant l'impossibilité pour son père de se déplacer, et proposerait de superviser les derniers mois du chantier. Jamais il ne devait apprendre qu'elle l'avait dupé.

« Tout ce que tu veux, en fait, c'est poursuivre cette liaison », se dit-elle.

Exactement. C'était égoïste de sa part, sans doute, mais cette liaison étant destinée à prendre fin, son intention était d'en goûter chaque instant.

Elle haussa un sourcil en retour, le défiant, et un léger sourire se dessina sur les lèvres de Phillip.

— *Plus tard*, articula-t-il avant de lui décocher un clin d'œil qui manqua la faire tomber en pâmoison.

Fort heureusement, M. Doyle était trop occupé par ses crustacés pour avoir remarqué quoi que ce soit. Elle eut un soupir de soulagement.

Personne ne devait jamais apprendre leur liaison. Non seulement elle en sortirait humiliée, mais le monde entier partirait du principe qu'elle avait usé de ses charmes pour obtenir les faveurs de Mansfield. Qu'elle avait couché avec lui pour qu'il la laisse participer au projet. Cette idée était ridicule, mais certains y croiraient.

Elle devait absolument cacher ce qu'elle éprouvait pour lui. Le cacher à tous... et surtout à elle-même.

Doyle avait pris congé peu après le dessert, non sans avoir affirmé son intérêt pour le projet. Phillip lui avait serré la main en promettant de le contacter dès le lendemain. Le moment était venu de fêter ça.

Et puis, une rousse particulièrement sensuelle l'avait observé toute la soirée, ses longues œillades chargées de désir. Il comprenait, dans la mesure où il était dans le même état. Il avait l'impression de ne pas l'avoir touchée depuis des années, et que la folie le guettait s'il ne comblait pas ce manque au plus vite.

Il s'excusa quelques instants pour aller parler au personnel, puis ferma la porte à clé en revenant dans le salon privé. Ils passeraient le reste de la soirée seuls. Aussi en profita-t-il pour approcher sa chaise de celle d'Eva, jusqu'à ce que leurs jambes se frôlent sous la table.

— Alors, cette soirée avec Doyle t'a plu ? demanda-t-il en lui caressant la nuque du bout des doigts, un bras posé sur le dossier du fauteuil d'Eva.

Son souffle se fit vacillant, ses pommettes se colorèrent d'un rose délicat. Il adorait son teint pâle et pur. On y lisait la moindre émotion, la moindre pensée, un véritable télégraphe de l'esprit.

— Bien sûr. Mais tu savais que cela me plairait. Soit dit en passant, il sait qui je suis.

Phillip ne s'était pas attendu à cela.

— Il sait que tu es la fille de Hyde ?

— Oui. Apparemment, c'est un fervent admirateur de mon père. Cela risque-t-il de poser problème ?

— Pas à moi. Et tant qu'il ne le dit pas au reste de l'équipe...

Elle hocha la tête, et son regard se fit lointain. Étonné, il passa un doigt sous son menton, la força à le regarder.

— Cet air soucieux a-t-il quelque chose à voir avec le fait de cacher ton identité aux ouvriers ?

— Non. Nous étions d'accord pour garder le secret.

Mais l'ombre dans ses yeux la trahissait. Ce mensonge lui pesait de plus en plus.

Il la lâcha, soucieux à son tour. Les fondations n'avaient pas même été coulées, et la réputation d'Eva pouvait mettre le projet en danger.

Mais il s'agissait d'*Eva,* bon sang. Qu'elle soit malheureuse l'affectait, quand bien même il essayait de garder ses distances. Il... tenait à elle, bien plus qu'il ne l'aurait imaginé. Elle s'était frayé un chemin dans sa vie cette nuit-là sur le bateau, et depuis, il n'était plus le même.

Peut-être n'avait-il pas envie de redevenir celui qu'il était autrefois.

Mais qu'était-il en train de penser ? Eva et lui, ensemble ? Au grand jour ?

Cette idée ne lui faisait plus peur. Non, au lieu de cela, il s'imaginait lui caressant les cuisses dans sa loge à l'opéra... lui faisant visiter le New York World Building lorsqu'il serait terminé... contemplant sa crinière rousse éparse sur l'oreiller, nuit après nuit.

Bon sang, il appelait cela de tout son être...

Il se leva, écarta les tasses à café et les assiettes à dessert, puis aida Eva à se lever.

— Je vais t'embrasser, dit-il. Et ce sera un très long baiser.

— Ici ?

Elle regarda en direction de la porte.

— Elle est verrouillée, et les serveurs ont ordre de ne pas nous déranger. Vous êtes à moi, lady Eva.

Il plaqua les lèvres sur sa bouche, sentit son corps se détendre instantanément contre lui, et une main délicate s'agripper à son gilet. Elle avait un goût de sucre et de champagne, et de tout ce qu'il avait toujours désiré.

Leurs langues se trouvèrent lorsque le baiser se fit plus profond, et il enlaça Eva, la serra contre lui. Il aimait sentir sa réaction quand leurs corps se retrouvaient, cette façon de frémir et d'écraser sa poitrine contre son torse. Leur différence de taille, pourtant marquée, ne semblait jamais la déranger. Non, on aurait même dit qu'elle l'aimait ainsi, massif. Une autre raison pour laquelle il adorait cette femme.

Elle gémit contre sa bouche, petit soupir d'abandon qui décupla le désir de Phillip. Les mains plaquées sur ses fesses, il la souleva et l'assit sur la nappe en lin, faisant tinter le cristal et la porcelaine. Elle s'écarta, regarda une nouvelle fois la porte.

— Que fais-tu ?

— Ce dont nous avons tous les deux très envie, répondit-il en se penchant pour lui mordiller le cou.

— Phillip, il y a des centaines de personnes à l'étage du dessous – des gens qui seraient scandalisés d'apprendre ce que nous sommes en train de faire.

Il continua à la mordiller, à déposer de petits baisers le long de ses épaules, puis de plus en plus bas, jusqu'à atteindre la courbe rebondie de sa poitrine.

— Ce ne serait pas la première fois que l'on prend du plaisir dans l'un de ces petits salons privés, j'en suis sûr.

Elle se retenait à lui, le souffle de plus en plus rapide.

— Mais je ne pourrai pas descendre l'escalier en sueur et échevelée, comme si nous venions de faire trois rounds au lit.

Il en était conscient. Et se refusait à la mettre dans l'embarras... Mais il avait besoin de la sentir vibrer sous ses caresses. Maintenant.

D'un geste, il fit remonter ses jupes, lui écarta les cuisses et se logea entre elles. Le lainage de son pantalon était rêche contre le linon de la culotte. Il était en érection, tout son corps était prêt, avait faim, mais son plaisir attendrait.

— Phillip, arrête. Tu n'écoutes pas ce que je te dis. Nous sommes dans un restaurant. Et toute la bonne société de New York dîne à l'étage en dessous.

Il glissa une main entre ses cuisses. Elle était chaude, douce. Le désir embrasa son entrejambe, courut dans ses veines.

— Laisse-moi juste te sentir.

Elle ouvrit un peu plus les cuisses en guise d'accord tacite, et il glissa un doigt en elle. Elle lâcha un petit cri, laissa tomber la tête en arrière, exposant sa gorge. Il la couvrit de petits baisers, mordilla la peau tendre.

— Tu es trempée. Et tellement étroite. Jamais je ne me lasserai de te caresser…

Bougeant la main, il glissa un second doigt en elle, écarta son sexe.

— Tous ces gens en bas, et pas un qui se doute que j'ai glissé mes doigts en toi. Que je te donne du plaisir. Que diraient-ils, s'ils savaient ?

Délicatement, il fit rouler son pouce sur son clitoris, et fut récompensé par un gémissement sourd.

— C'est ça, mon adorée. Dis-leur. Fais-leur comprendre comme ça te plaît.

Elle était de plus en plus trempée, s'accrochait à ses épaules.

— Je me demande en combien de temps tu arriveras à jouir…

Et il accéléra le mouvement, recourbant un doigt pour atteindre le point, loin en elle, qui lui faisait perdre tout contrôle.

Elle se tendit, bascula légèrement le bassin.

— Phillip…

Elle avait dit cela comme une prière, une bénédiction, et il comprit que l'orgasme était proche.

Lorsqu'il introduisit un troisième doigt en elle, elle se mit à haleter, sa poitrine se soulevait à un rythme effréné. Il y déposa une multitude de petits baisers.

— Tu aimerais que je sois en toi, là ? Que je te la mette, encore et encore ? Tu aimerais qu'en bas, tout le monde entende que ma queue te fait jou...

Il n'eut pas le temps de terminer sa phrase. Elle se contracta autour de ses doigts, pulsa violemment. Vite, il plaqua sa bouche sur la sienne, étouffant ses cris. Seigneur, elle était parfaite. Aucune femme ne l'avait jamais autant excité, même dans sa jeunesse. Il avait hâte de l'emmener dans l'appartement de la 24e Rue.

Un long moment passa avant qu'elle ne retrouve son souffle, affalée sur la table, le regard flou et les joues rouges. Il eut un sourire satisfait. Il aimait voir cette expression de plaisir assouvi sur son visage.

— Tu es magnifique, murmura-t-il en se penchant pour l'embrasser.

— Tu es le diable incarné, répondit-elle. Comment un rejeton de la bonne société apprend-il à parler de la sorte ?

Il retira ses doigts, les lécha. Son goût musqué, délicieux, lui arracha un grognement.

— C'est ta faute. Tu as fait de moi un barbare.

Elle eut un sourire timide, puis se redressa, lissa ses jupes.

— Eh bien, cher barbare, je suggère que nous poursuivions à l'appartement ce que nous avons commencé. Je vais sortir d'abord. Tu attendras une vingtaine de minutes avant de faire de même.

Un frisson désagréable parcourut l'échine de Phillip. Il n'avait plus envie de se cacher. Pourquoi taire ce qu'il éprouvait pour elle ? C'était la première fois qu'il ressentait cela, et il se fichait bien qu'on le sache autour de lui.

Il avait devant lui la femme idéale. Ensemble, ils formaient une bonne équipe, même en dehors de la chambre. Après le désastre de sa relation avec Caroline, il avait juré de ne jamais se marier. Mais l'humiliation et la peine avaient été les seuls piliers de cette promesse.

Par ailleurs, si Eva venait à concevoir, l'enfant serait forcément de lui. Elle n'avait aucun point commun avec Caroline. Pas de secrets ni d'objectifs cachés. Eva ne s'intéressait ni à son argent ni à son statut social. Elle avait même tenté de lui résister jusqu'au bout.

Et lui n'était pas un perdreau de l'année dépassé par ses pulsions. Il voulait plus que le sexe avec elle. Il voulait prendre le café le matin à son côté, et se promener à cheval dans Central Park. Partir pour Newport ou Londres, évoquer leurs buildings préférés. Discuter et rire.

Il la voulait, elle, de toutes les façons possibles. Et au diable les conséquences.

Obéissant à son instinct, il lâcha :

— Non. Je pars avec toi.

Elle le fixa d'un regard effrayé.

— C'est impossible ! Tout le monde nous verra.

— Je m'en contrefiche, Eva. Peu importe qui nous verra. D'ailleurs, nous allons le dire à tout New York.

L'air soucieux cette fois, elle se détourna de lui, se laissa glisser de la table.

— Mais qu'est-ce qui te prend ?

Il haussa une épaule. Tout n'était pas encore très clair dans son esprit, mais il fallait qu'il se lance.

— Si mentir à l'équipe à propos de ton identité te gêne, disons la vérité. Je peux te protéger.

— « Disons la vérité » ? Tu plaisantes ? Tu ne peux pas me protéger sans ruiner ma réputation.

Elle se trompait. Avoir une relation au grand jour ne pouvait que l'aider. À condition de l'afficher avec sérieux, de faire les choses dans les règles. Elle appartenait à l'aristocratie anglaise, était la fille d'un lord britannique connu dans le monde entier. Il y avait des coutumes à suivre, des protocoles à respecter pour ce genre de choses, et il s'y plierait. Elle ne méritait pas moins.

— Je ne veux pas la ruiner. Je veux te faire la cour. Respecter les conventions.

Eva recula, livide.

— Me faire la cour ? Tu es devenu fou !

— Pas du tout. Mon nom te protégera, en ville comme sur le chantier. Personne n'osera s'en prendre à toi ou répandre des rumeurs si nous sommes liés l'un à l'autre.

Plutôt que le soulagement, ce fut l'effroi qui marqua les traits d'Eva.

— Je n'ai pas besoin de ta protection. Je suis parfaitement capable de me protéger toute seule.

Cette réaction inattendue éveilla en lui un sentiment de malaise qui ne lui était hélas pas inconnu, et se transforma bientôt en agacement.

— Ce qui s'est passé dans le cabanon tendrait à prouver le contraire. Et puis nous entretenons déjà une liaison, alors pourquoi ne pas officialiser les choses ?

— Pour quantité de raisons, répliqua-t-elle sèchement. À commencer par le fait que je n'ai pas le temps de me laisser courtiser. Notre arrangement me convient très bien tel qu'il est.

— Et il ne changerait pas. Nous cesserions juste de nous cacher. Nous pourrions sortir, nous divertir au grand jour.

— Et je n'aurais plus assez de temps à consacrer au projet. Sans parler du fait que je perdrais toute crédibilité sur le chantier. On ne me verrait plus que comme une extension du patron.

Exactement. Et sur le chantier, le patron avait toujours raison.

— En quoi cela poserait-il problème ?

Elle poussa un soupir exaspéré, écarta les bras.

— Je suis l'architecte, Phillip. Pas une fille à tout faire qui transmet les ordres de son patron, qui se trouve être son amant !

— Ton père est l'architecte, tu veux dire. Techniquement, tu es sa fille à tout faire.

La colère brilla dans le regard d'Eva, mais il ne comprit pas pourquoi.

— Bien sûr. Comment pourrais-je l'oublier ? Donc, tu voudrais que je cesse de représenter mon père pour te représenter, toi.

— En quoi cela serait-il si terrible ? Tu crains de perdre ta crédibilité, mais tous les hommes du chantier te respecteraient. En fait, tu *gagnerais* en crédibilité.

— Absolument pas. Cette solution, c'est l'assurance que plus personne ne me voie comme Eva Hyde. En gros, je disparais. Après avoir vécu dans l'ombre de mon père, je n'existe plus que dans la tienne. En quoi est-ce mieux pour moi ?

Mais de quoi parlait-elle ?

— Eva, jamais je n'essaierai de t'écarter du projet ou de t'interdire l'accès au chantier. Tu peux continuer à faire ce que tu as à faire jusqu'à l'arrivée de ton père.

— Comme c'est généreux de ta part, lâcha-t-elle d'un ton sarcastique. Tout ceci sous ton regard attentif, bien sûr. Il n'est pas question que tu me confies des responsabilités importantes.

Il était aussi tendu qu'avant de monter sur le ring.

— Je te l'ai dit, ce projet est trop important pour le laisser entre...

Il s'interrompit, mais c'était trop tard. Il en avait trop dit, et ils le savaient tous les deux.

Elle éclata d'un rire amer.

— Mes mains ? Exactement !

— Eva, je dirais la même chose à ton père s'il était ici.

— J'en doute fortement. Tu ne crois toujours pas en moi. Mais ce n'est pas grave parce que moi, je crois en moi, et je te montrerai de quoi je suis capable avant de rentrer à Londres.

Elle se dirigea vers la porte, la soie de sa robe frémissant sur l'épais tapis.

— Et que cela soit bien clair : le mariage ne m'intéresse pas et ne m'intéressera jamais. Cette institution détourne tout au profit de l'homme, et j'aurais trop à y perdre.

Le lendemain, tandis qu'elle se promenait en compagnie de Nora dans l'immense parc qui occupait le centre de Manhattan, Eva était d'une humeur plus noire que le goudron.

— L'unique raison de ma présence ici à une heure aussi matinale, c'est que je veux voir les réalisations d'Olmsted et de Vaux. Sinon, cette promenade est tout bonnement absurde.

Central Park avait la réputation d'être le parc le plus beau du monde, espace vert accessible à tous les citoyens, quel que soit leur statut social ou leur fortune. Le découvrir à cheval valait le coup. Sans doute.

Sous les plumes de son chapeau qui ondulaient au gré du pas de sa monture, Nora eut un sourire narquois.

— Alors c'est moi qui dois m'estimer heureuse de t'accompagner. Tu vas me raconter en détail tout ce qui rend ce parc unique, j'espère.

Eva se fichait que Nora écoute ses commentaires ou pas. Elle lui donnerait tous les détails du monde, mais savait que son amie ne partagerait pas son enthousiasme. « Si seulement Phillip était avec moi, songea-t-elle. Il les apprécierait, lui, les détails… »

Elle serra les dents. *Arrête. Arrête de penser à lui.*

Elle faillit en rire. Arrêter de penser à lui ? Autant ordonner à la Terre de ne plus tourner.

Je veux te faire la cour.

Avait-il perdu la raison ? L'arrangement actuel était parfait : pourquoi tout gâcher en envisageant quoi que ce soit de sérieux ?

Il ne lui avait pas demandé de l'épouser, mais quand on faisait la cour à une femme, le mariage était la suite logique, en général. Or se marier, pour elle, ce serait renoncer à avoir une carrière. Elle deviendrait pour toujours Mme Phillip Mansfield, épouse du richissime et puissant propriétaire d'hôtels. Pour entreprendre quoi que ce soit, il lui faudrait l'approbation de son mari. L'approbation ! Comme pour un être inférieur, incapable de prendre ses propres décisions.

Non, merci.

Et puis, être courtisée, elle avait essayé à trois reprises, avec le résultat désastreux que l'on sait. Pourquoi alors se lancer dans une quatrième tentative ?

Elles entrèrent dans le parc par Miner's Gate, sur la 79e Rue, et suivirent l'allée en direction du nord. Des chemins ombragés traçaient leurs méandres entre rochers et étendues d'herbe, à perte de vue. Quelques cavaliers, peu nombreux, ainsi que des cyclistes profitaient eux aussi de l'allée presque déserte, mais il régnait là un calme remarquable. Partout, on entendait pépier les oiseaux. Leur salut au petit matin était à la fois sonore et étrangement apaisant.

— Tu ne dis rien, fit Nora en amenant son cheval à la hauteur d'Eva. Tu m'inquiètes. Tu es rentrée tard ?

— Non. Je suis rentrée avant toi, à vrai dire.

Nora avait passé la soirée en compagnie de son mari, ne rentrant que bien après minuit. Eva ne dormait pas encore et avait entendu la voiture s'arrêter devant la maison.

Elles saluèrent un cavalier qui les doublait, un homme très élégant sur un étalon noir de toute beauté.

— Tu avances sur le projet pour Mme Mansfield ? reprit Nora.

— J'ai fait quelques esquisses. Je crois avoir une idée assez précise de ce qu'elle veut, donc tracer les plans ne devrait pas me prendre trop de temps.

— Et avec M. Mansfield, tout se passe bien ?

Il était inutile de le lui cacher. Nora saurait la faire parler tôt ou tard.

— Il m'a demandé s'il pouvait me faire la cour. Officiellement.

Nora contourna un petit talus.

— Et qu'as-tu répondu ?

Eva eut un petit rire sans joie.

— Qu'une relation sérieuse ne m'intéressait pas, ni avec lui ni avec un autre.

— Eva…

— Mais c'est vrai ! Si je l'épouse, jamais je n'aurai de carrière digne de ce nom. De fille d'E.M. Hyde, je passerai à femme de Phillip Mansfield.

— Les choses sont différentes, ici. Les femmes ont un peu plus de liberté…

— Non, ce n'est pas si différent. Je resterai dans l'ombre d'un homme et mon opinion ne comptera pas. En revanche, mon argent reviendra à mon mari – je n'en ai pas pour le moment, mais j'en aurai un jour. Il aura tous les droits, je n'en aurai aucun. Pour couronner le tout, les gens se diront systématiquement que l'on m'a embauchée grâce à mon mari, et non grâce à mon talent.

— C'est absurde. Une fois qu'on aura vu de quoi tu es capable, personne n'osera remettre en question tes qualités d'architecte.

— Tu es gentille. Tu te trompes, mais tu es gentille.

— Et toi, tu es une tête de mule. Qu'arrivera-t-il si tu tombes enceinte ?

Eva sursauta.

— Comment as-tu… ?

— Je t'en prie. C'était gros comme le nez au milieu de la figure, l'autre jour, quand nous avons pris le thé avec Kate et Anne. Où t'emmène-t-il ? Dans un hôtel ?

— Non, il a acheté un petit immeuble, dans le sud de la ville.

— Pas bête, le saligaud, grommela Nora. Et donc, être sa poule, ça te convient ?

— Je ne suis pas une poule. C'est une liaison, pas une transaction financière.

— Ne joue pas sur les mots. Je te repose la question : que se passera-t-il si tu tombes enceinte ?

— Chuuut, dit Eva en regardant autour d'elles, s'assurant que personne ne pouvait les entendre. Faut-il vraiment que nous parlions de cela ?

— Oui, il le faut. J'espère qu'il prend des précautions.

Eva ne répondit pas, redressa simplement les épaules et serra un peu plus les rênes entre ses mains.

Nora poussa un petit grognement exaspéré, qui effraya leurs deux montures.

— Grrr ! Si je pouvais l'étrangler, celui-là ! Comment ose-t-il se montrer si négligent avec toi ! Et pourquoi diable tolères-tu un comportement pareil ?

— C'est arrivé seulement deux fois. Depuis, il fait attention.

— Oh, seulement deux fois. Voilà qui l'absout de tous ses péchés.

— Je ne tiens pas à ce que tu l'abordes une nouvelle fois pour lui faire la leçon. Promets-moi que tu le laisseras tranquille.

— C'est impossible. Je tiens tes intérêts trop à cœur, et j'ai peur qu'il ne profite de toi. C'est ton employeur. Tu ne vois donc pas à quel point l'équilibre des pouvoirs penche en sa faveur ? Ton avenir est entre ses mains – ton avenir professionnel *et* personnel.

Phillip ne lui voulait pas de mal, Eva en était certaine. Mais il arrivait que l'on blesse sans le vouloir.

— Je suis indisposée depuis ce matin, donc il n'y a pas lieu de paniquer côté bébé.

— Et pour le reste ? Ta réputation, ta sécurité sur le chantier ? Ton cœur ?

— Je te l'ai dit, il a proposé de me faire la cour. Et mon cœur ne risque rien.

— Foutaises ! Tu arriveras peut-être à te convaincre toi-même de toutes ces balivernes, mais tu ne me convaincras pas. Surtout après ce qui s'est passé l'autre jour.

Qu'avait-elle donc fait lors de ce thé qui ait pu trahir à ce point ses sentiments ?

— Très bien. Il me plaît. Mais peu importe, puisque cette relation ne mènera à rien. Il ne me pardonnera jamais de lui avoir menti. Dès qu'il apprendra la vérité pour mon père, il me tournera le dos.

— S'il t'aime, il comprendra pourquoi tu as menti.

Eva aurait tellement voulu que ce soit le cas.

— Non, il ne comprendra pas. Il déteste les menteurs. Que j'arrive à la place de mon père l'a mis dans une colère noire, alors imagine ce qu'il dira quand il découvrira que j'ai pris la place de mon père depuis le départ.

— Tu as tellement de talent. S'il ne voit pas cela, il ne te mérite pas.

— Je déteste avoir à lui mentir. Certains jours, j'aimerais lui dire la vérité, rien que pour me débarrasser de cet horrible sentiment de culpabilité.

— Tu devrais peut-être. M. Mansfield pourrait bien te surprendre.

— Par la rapidité avec laquelle il me renverrait à Londres ? Non, merci. Je crois que je vais continuer à lui mentir encore quelque temps.

— Combien de temps, exactement ?

— Quand je serai à Londres, je pense lui écrire pour lui annoncer que mon père est trop malade pour pouvoir voyager. Puis je lui proposerai de superviser le projet jusqu'à la fin.

Nora eut l'air dubitatif.

— Et tu penses vraiment que ça marchera ?

Il le fallait. Elle n'avait pas d'autre solution.

— Faisons le tour du Réservoir, dit-elle en donnant un coup de talon dans les flancs de son cheval. Je suis ici pour explorer le parc, pas pour déprimer plus que d'ordinaire.

Elle partit au galop, laissant Nora derrière elle.

15

Phillip arriva au Gotham Club à midi. L'entrée de style néo-Renaissance était raffinée et discrète, annonciatrice du luxe qui attendait les membres à l'intérieur. Des lustres en cristal baignaient l'endroit d'une lumière douce, le personnel était discret et efficace. On prit son manteau, sa canne et son chapeau.

La porte principale s'ouvrit et Phillip avança dans l'immense hall au bout duquel s'élevait l'escalier monumental – double volée de marches en marbre rejoignant un palier commun, avant de partir à nouveau dans des directions opposées. Des vitraux éclairaient d'une lumière colorée le plafond en caissons de bois superbement sculptés. Il avait toujours aimé cet espace imposant.

Une main sur la rampe en fer forgé, il monta jusqu'à la salle à manger du deuxième étage. Les murs étaient tendus de velours rouge et décorés d'ornementations dorées. Fresques et plâtres sculptés donnaient à l'ensemble une touche baroque, avec des moulures et des incrustations partout où se posait le regard.

Il aurait aimé qu'Eva voie cela. Elle apprécierait tous ces petits détails que personne ne remarquait jamais, le savoir-faire artisanal présent dans chaque ornement sans que le résultat final dégage un sentiment laborieux. Pourtant, tous deux savaient la somme de travail nécessaire à la réalisation d'un endroit comme celui-ci.

C'était le même genre de savoir-faire que, bientôt, il verrait dans son hôtel.

À cette évocation, il repensa à la façon dont Eva était partie l'autre soir. Il détestait ce genre de conversation qui tournait en rond sans déboucher sur une solution. Il détestait ne pas trouver de solution. Et il détestait la façon dont elle l'avait quitté.

Et que cela soit bien clair : le mariage ne m'intéresse pas et ne m'intéressera jamais.

Il ne l'avait même pas demandée en mariage, et déjà elle le repoussait. Pourquoi ? Elle ne pouvait pas être contre le mariage en général, puisqu'elle avait été fiancée trois fois. Que possédaient ces hommes qu'il ne possédait pas ? Plus de charme ? Plus belle allure ? Plus d'argent ? Il n'avait jamais été jaloux d'un homme mort, ça n'allait pas commencer aujourd'hui !

Le moment était venu de contacter son père. Malade ou pas, l'architecte devait prendre le bateau. Plus tôt Hyde serait là, plus vite Eva et lui pourraient se mettre d'accord sur leur avenir. Et peut-être son père parviendrait-il à lui faire entendre raison là où Phillip avait échoué.

Un employé le guida jusqu'à une table, tout au fond de la salle à manger. M. Hall se leva et lui tendit la main.

— Mansfield. Merci d'être venu.

— Bonjour, Hall. Ravi de vous voir, répondit Phillip en lui serrant la main.

Ils commandèrent à boire, puis optèrent pour le plat du jour suggéré par le serveur, le « poisson du chef ». Lorsqu'ils furent seuls, Phillip laissa Hall mener la conversation. Il savait dans quelle direction celle-ci les mènerait, et n'était pas pressé d'y arriver.

— Comment va votre mère ? s'enquit Hall.

— Elle est en pleine forme. Elle séjourne à Newport en ce moment, s'occupe de son jardin et de ses plantes.

Tout en se lamentant de ne pas avoir de petits-enfants, à coup sûr. Les sœurs de Phillip ne viendraient pas cet été : la première restait à Chicago et la seconde était en voyage en Espagne avec sa famille. Peut-être irait-il la voir quelques jours. Depuis qu'il avait refusé qu'elle fasse des travaux dans le cottage, elle n'avait plus donné de nouvelles, et il commençait à trouver ça louche.

— Mme Hall est impatiente d'y retourner aussi. Je ne comprends pas ce que les femmes trouvent à l'air marin.

— On pourrait dire la même chose des hommes et de leur yacht.

Hall eut un petit rire.

— C'est tellement vrai. Au fait, j'en ai un nouveau cette année. Soixante-cinq pieds. De toute beauté. Vous devriez venir nous voir, et faire une sortie en mer avec Becca.

— Avec plaisir, répondit Phillip sans s'engager à quoi que ce soit.

— Ma femme a hâte de quitter la ville. Becca devra venir avec nous à Newport, je ne peux pas la laisser seule. J'espère bien que vous resterez en relation tous les deux, malgré tout.

— Bien sûr. Mais quitter New York risque d'être un peu difficile en ce qui me concerne, avec le chantier de l'hôtel.

Et Eva dans mon lit.

Hall posa son verre de cristal sur la nappe en lin blanc et croisa les mains.

— Je ne vois pas comment poser la question subtilement, donc je vais aller droit au but. Sa mère et moi sommes très impatients de voir les choses se concrétiser entre Becca et vous. Vous allez très bien ensemble, et je ne pourrais rêver mieux comme époux pour ma fille. Que pouvons-nous faire pour accélérer le cours des choses ?

Phillip se redressa sur son siège, un peu sous le choc. Il s'attendait à ce que le sujet soit abordé, mais pas de façon aussi frontale. Il toussota, but une gorgée de vin tout en réfléchissant à sa réponse. Et décida qu'en tout état de cause, le mieux était d'y aller franchement.

— Votre considération me touche. Cependant, je vais être honnête avec vous : s'il est vrai que j'apprécie beaucoup Mlle Hall, je n'envisage pas d'union entre nous.

Les lèvres du vieil homme s'affaissèrent, les pointes de sa moustache dégringolèrent.

— Mais pourquoi ? Vous aurait-elle fait comprendre que votre cour n'était pas...

— Non, non. Elle n'a rien laissé entendre de tel. Simplement, je n'ai pas envie de me marier pour le moment. Votre fille le sait. Peut-être changerai-je d'avis dans quelques années.

— Ma fille ne peut pas attendre quelques années, répliqua Hall, mécontent. Vous occupez tout son temps libre, toute la bonne société murmure que vous lui faites la cour, et vous avez laissé faire. Pensez-vous vraiment qu'un autre homme voudra d'elle, maintenant ?

Pauvre Becca. Il espérait que non, vraiment.

— Sa réputation est intacte. Nous avons eu un comportement absolument irréprochable.

Il ne pouvait en dire autant de sa relation avec Eva.

— Irréprochable ou pas, peu importe, et vous le savez. Les autres hommes se demanderont pourquoi vous ne l'avez pas épousée.

— Votre fille est quelqu'un de fort. Elle trouvera une personne qui s'occupera d'elle et la rendra heureuse.

Hall se laissa retomber contre le dossier de sa chaise, la bouche entrouverte.

— Je n'arrive pas à y croire. Vous refusez vraiment sa main.

— Si vous pensiez m'intimider au point de me convaincre de l'épouser, je suis navré de vous décevoir.

Ma mère tente la même approche depuis des années, et jusqu'à présent je lui ai toujours résisté.

Et peu de gens étaient aussi intimidants qu'Ellen Mansfield.

— Peut-être devrais-je parler de cette affaire à votre mère. En appeler à son sens des responsabilités.

Il le menaçait d'en parler à sa mère ? *Vraiment ?*

— Faites, je vous en prie, dit-il en haussant une épaule. Sachez cependant que ses menaces n'ont jamais eu le moindre effet sur moi. Mlle Hall et moi avons un accord, qui nous convient parfaitement à l'un et à l'autre.

— Que voulez-vous dire par « un accord » ?

— Ni elle ni moi ne souhaitons faire de notre relation quelque chose de permanent.

— Certes, mais si nous laissions nos jeunes épouser qui bon leur semble, notre société s'effondrerait. Vous mieux que quiconque savez comment sont les choses.

Oh, oui, il le savait. Phillip avait grandi dans un carcan de règles et de traditions. Avait choisi une fille très comme il faut et décidé de l'épouser… On connaissait la suite. Cette fois, il avait jeté son dévolu sur une aristocrate britannique, ambitieuse et intelligente, qui ne voulait ni se marier ni être courtisée. Un défi. Mais quand Phillip se fixait un objectif, il ne baissait pas facilement les bras.

Et plaider en faveur d'un mariage sans amour simplement parce que « l'on a toujours fait comme ça » ne suffisait plus en cette époque de progrès et d'inventions.

« La société a besoin de s'adapter aux idéaux modernes », songea-t-il, se surprenant lui-même.

Le cocon de la bonne société new-yorkaise lui avait jusque-là toujours été bénéfique. Ses nombreux contacts, son réseau de connaissances, en investissant des centaines de milliers de dollars dans ses projets immobiliers, avaient permis à ceux-ci de voir le jour.

Sa propriété de Newport, son hôtel particulier sur la Cinquième Avenue, son yacht, tous les immeubles qu'il possédait en ville... Ces richesses et ce luxe, il les devait à son appartenance à l'élite des Knickerbockers[1].

Mais ces gens-là étaient-ils heureux ?

Eva le rendait heureux. Quand il était avec elle, il ne pensait plus à ce qu'il laisserait derrière lui, et encore moins à tenir son rang. Il pouvait se perdre en elle et vivre l'instant, pour la première fois de sa vie.

Il but une gorgée.

— Je pense que les jeunes gens, aujourd'hui, devraient pouvoir décider eux-mêmes qui ils souhaitent épouser.

Hall secoua la tête.

— Votre mère n'aimerait pas vous entendre parler de la sorte. Venant de vous, je m'attendais à mieux.

L'agacement planta ses serres dans la nuque de Phillip.

— Ce n'est rien de plus que ce que j'ai exprimé à ma mère chaque fois qu'elle a tenté de me faire épouser quelqu'un contre mon gré.

Les serveurs entrèrent avec les plats, sans prêter attention à la tension qui régnait entre les deux hommes. Phillip se leva et jeta sa serviette sur la table.

— Je n'ai plus très faim. Merci pour le déjeuner, Hall.

— Nous n'en avons pas terminé, Mansfield. Vous avez discrédité ma fille et ma famille. Je vais devoir prendre des mesures.

Phillip regarda Hall droit dans les yeux, puis répondit d'un ton calme :

— Vous pouvez essayer. Mais je vous le déconseille vivement.

---

1. Référence, ici, aux New-Yorkais pouvant se targuer d'avoir eu des ancêtres parmi les premiers colons hollandais, et dont les familles formaient l'élite de la bonne société de l'époque. *(N.d.T.)*

Et il quitta la salle. Il fallait qu'il voie Rebecca, et vite.

D'un mouvement du pouce par-dessus son épaule, Joe lui montra la femme qui se tenait derrière lui.

— Z'avez de la visite, Prince.

Heureux de constater qu'elle était à l'heure, Phillip s'écarta du sac de frappe et détendit les bras. Il avait gardé sa chemise en prévision de ce rendez-vous chez McGirk, ne voulant pas risquer de la gêner avec son torse nu.

— Rebecca ! Content de vous voir. Vous êtes arrivée sans encombre ?

On était en plein après-midi. Dans ce quartier de Bowery, elle ne risquait pas d'être reconnue.

— Bonjour, dit-elle en regardant autour d'elle d'un air étonné. C'était écrit dans votre petit mot, mais je ne m'attendais pas à ce qu'il s'agisse vraiment d'un club de boxe. Et encore moins à vous trouver en train de boxer.

Il haussa une épaule.

— C'est très physique. J'aime bien.

— Mazette, Phillip Mansfield... Vous avez une face cachée, on dirait.

Il esquissa un sourire. Eva aurait pu dire une chose de ce genre, elle aussi. Le verrait-elle boxer un jour ?

— Je peux essayer ? demanda Becca en montrant le sac de frappe.

— Vraiment ?

Elle hocha la tête.

— Dans un moment peut-être, dit-il. Je dois d'abord vous parler du rendez-vous que j'avais pour le déjeuner.

La prenant par le coude, il l'entraîna dans un coin tranquille. Puis il lui relata sa conversation avec son père. Au fur et à mesure, Becca pinça les lèvres, et lorsqu'il eut terminé, elle était visiblement bouleversée.

— C'est une catastrophe. Exactement ce que nous redoutions, murmura-t-elle.

— En effet. Mais moi, je n'ai pas grand-chose à craindre. C'est pour vous que je m'inquiète.

Elle inspira profondément.

— Que vais-je faire ?

— A-t-il essayé de vous faire du mal ?

— Non, il n'a jamais levé la main sur moi. Mais depuis quelque temps, il est... en colère. Imprévisible. Irrationnel.

Phillip prit sa décision.

— Je veux vous envoyer loin d'ici. En Europe, au Canada – où vous voudrez, du moment que c'est loin de votre père.

Une lueur d'espoir éclaira le regard de Becca, mais disparut bien vite.

— Je ne peux pas vous laisser faire une chose pareille. C'est beaucoup trop, Phillip.

— Je vous assure que j'en ai largement les moyens, et franchement, entre vous aider à vous enfuir et m'inquiéter pour vous tous les jours, je préfère la première solution. Qu'en pense-t-elle ?

Il était inutile de préciser à qui il faisait allusion. Becca se mordit la lèvre.

— Elle veut partir. Elle a peur qu'ils me fiancent au plus vite.

À en croire la façon dont son père avait parlé aujourd'hui, Phillip n'écartait pas cette hypothèse.

— Je pense comme elle.

Elle poussa un soupir. Sa voix chevrotait.

— J'avoue que jamais je ne me serais attendue à ce que vous soyez aussi compréhensif. Ma situation, mes choix... Vous semblez prendre tout cela comme si c'était normal.

Cette remarque laissa Phillip perplexe. Il passait donc pour un homme guindé, accroché aux traditions ? Becca méritait d'être heureuse. Qu'elle ait choisi de tourner le dos aux conventions ne lui ôtait pas le droit d'aimer et de s'engager. Le droit d'être traitée comme tout le monde.

Tourner le dos aux conventions... Traitée comme tout le monde... Ces mots résonnèrent en lui. Eva s'était elle aussi engagée sur un chemin peu ordinaire, et comment avait-il réagi ? Comme Hall, ou presque.

Il n'avait pas complètement accepté l'idée qu'elle veuille être architecte. En lui offrant sa protection, son nom, il avait cherché à l'influencer et à la guider. Et n'avait pas compris à quel point il était important pour elle de rester fidèle à elle-même, de conserver son individualité. De demeurer indépendante.

À l'inverse, il avait accepté les choix de Becca.

Réaliser cela le mit mal à l'aise. Ayant deux sœurs et une mère autonome, il estimait avoir beaucoup de respect pour les femmes. Bon sang, il faisait régulièrement des dons à la Coalition pour le droit de vote des femmes de New York. Mais c'était une facette de sa personnalité qu'il n'avait jamais montrée à Eva. Au contraire. Alors qu'elle ne souhaitait qu'une chose : être traitée comme son égale. Respectée parce qu'elle avait du talent.

Il se passa une main dans les cheveux. Plus tard. Il réglerait cela plus tard. Là, sa priorité était Becca.

— Becca, vos amours ne me regardent pas. Tout ce que je veux, c'est que vous soyez en sécurité, et heureuse. Or ici, ni l'un ni l'autre n'est possible.

Elle se frotta les yeux.

— Très bien. Va pour l'Europe, alors. Je vais me renseigner sur les bateaux pour la semaine prochaine et...

— Ce soir. Vous devez partir ce soir.

— Je ne peux pas... Il y a trop de choses à faire, à prévoir. Et toutes mes affaires ?

— Possédez-vous quoi que ce soit de sentimental qui ne tienne pas dans un sac de voyage ?

Elle fronça les sourcils.

— Non, pas que je sache.

— Parfait. Alors rentrez chez vous et préparez un sac facile à porter. Pas de malle, du linge propre pour deux jours. Tout le reste, je vous le ferai envoyer directement sur le bateau. Dès que j'aurai réservé deux places, vous prendrez un fiacre pour le port, avec votre amie. Votre famille ne doit pas pouvoir suivre votre trace.

— Je ne peux pas leur dire au revoir, leur annoncer que je m'en vais ?

— À votre place, je n'en ferais rien. Ils pourraient vous empêcher de monter sur le bateau. Si vous voulez vraiment quitter New York, envoyez-leur un câble de Southampton, à votre arrivée.

Elle hocha la tête.

— Bien sûr. Vous avez raison. Mais tout va si vite…

— Vous ne savez plus très bien où vous en êtes, c'est tout à fait normal. Mais j'ai confiance en vous, Becca. Tout ira bien. La seule chose dont j'ai besoin, c'est que vous soyez sûre de votre décision.

— Sûre de vouloir vivre libre et sans me cacher… avec elle ? Évidemment que c'est ce que je veux. Je n'ai même pas besoin d'y réfléchir.

— Parfait. Alors rentrez chez vous et attendez mes instructions. Mon valet vous les remettra en main propre.

Elle posa une main sur le bras de Phillip, les yeux brillants sous le coup de l'émotion.

— Très bien. Mais comment vous remercier pour tout ce que vous faites ? Vous avez déjà tellement fait pour moi… et j'ignore si je pourrai vous rembourser un jour.

— Inutile de penser à ça. Soyez heureuse, et je serai remboursé.

Becca se hissa sur la pointe des pieds et l'embrassa sur la joue.

— Vous êtes un homme bien, Phillip Mansfield. Je suis infiniment reconnaissante à mes parents d'avoir voulu nous marier.

Il éclata de rire.

— Moi aussi. Allez, maintenant. Je vous envoie des nouvelles dès que j'en ai.

Becca quitta la salle de boxe. Phillip gagna les vestiaires d'un pas rapide. En général, plusieurs vapeurs appareillaient chaque jour pour l'Angleterre. Plus tôt Becca et son amie quitteraient New York, mieux ce serait.

C'était un problème facile à régler, somme toute. Celui que lui posait Eva, en revanche, était nettement plus complexe. Leurs aspirations respectives étaient aux antipodes, et il ne voyait guère comment combler le fossé qui les séparait.

Mais il lui devait des excuses pour l'étroitesse d'esprit qu'il avait montrée à son égard.

Était-ce pour cette raison qu'elle avait refusé sa proposition ? Admettre qu'il s'était trompé la ferait-elle changer d'avis ?

Il n'y avait qu'une façon de le découvrir.

Eva sortit d'un pas pressé et s'apprêtait à héler un fiacre, quand la vue d'une élégante voiture noire garée le long du trottoir l'arrêta net.

Phillip.

Allait-elle l'ignorer ? Elle n'eut même pas le temps de se décider. La portière s'ouvrit et il descendit. Son costume tabac soulignait sa peau hâlée et sa beauté brute, délicieux colis auquel aucune femme en bonne santé n'aurait pu résister. Elle moins que toutes les autres.

Il fut près d'elle en quelques pas, ses yeux noisette glissant sur sa robe vert amande et répandant une délicate chaleur partout sous ses vêtements. Aucun homme n'avait jamais eu cet effet sur elle, cette capacité à la liquéfier d'un seul regard.

Elle déglutit, la gorge serrée. Rien ne lui aurait plus fait plaisir que de se jeter dans ses bras et l'embrasser là, en pleine rue. Il lui avait manqué, ces deux jours. Cette courte séparation n'avait fait qu'illustrer à quel point il était devenu important pour elle.

Ton avenir personnel et professionnel est entre ses mains.

Nora avait raison. La question était de savoir si Eva pouvait lui faire confiance sur les deux tableaux. Peut-être... mais peut-être pas. Comment risquer sa carrière et son bonheur futur sur un tel pari ?

— Bonjour.

Le ton était grave, velouté, l'expression satisfaite, virile. Il était conscient de son effet sur elle, réalisa Eva, sentant au même moment la pointe de ses seins durcir sous son corset.

Elle redressa la tête.

— Monsieur se promène ?

— Non, je t'attendais. Si tu cherches une voiture pour te rendre sur le chantier...

— Avec toi ?

Son sourire fut étincelant dans le soleil matinal.

— Oui, avec moi.

Un rapide regard dans la rue révéla l'absence de fiacre à proximité, et marcher avec cette chaleur ne lui disait rien du tout.

— Très bien. Avec plaisir, merci.

Quelques instants plus tard, elle était installée dans l'habitacle où régnait une agréable fraîcheur, et la voiture s'ébranlait.

— Tu m'en veux toujours ? demanda-t-il en étendant les jambes pour effleurer celles d'Eva.

Elle en frissonna, mais ne s'écarta pas immédiatement. « Tu donnes le bâton pour te faire battre », se morigéna-t-elle.

— Non. Du moment que notre conversation de l'autre soir est terminée.

— L'idée que je te fasse la cour te dérange donc à ce point ?

Il y avait un soupçon de fragilité dans la voix de Phillip qu'elle n'avait jamais entendu jusque-là.

— Qu'on me fasse la cour en général, oui. Il ne s'agit pas que de toi.

— Pourtant, tu as été sur le point de te marier trois fois.

— C'est vrai. Mais c'était avant que je ne comprenne à quoi je renoncerais en me mariant.

Et avant que son père ne tombe malade. Car c'était lui qui l'avait poussée à envisager ces mariages. Aujourd'hui qu'il n'était plus en mesure de la pousser à quoi que ce soit, perdre son indépendance semblait un prix trop cher payé.

— Ah, nous avançons un peu. Raconte-moi, je t'en prie. À quoi devrais-tu renoncer si tu te mariais ? Aux autres hommes ?

— Mais non !

La véhémence de sa réponse les surprit tous les deux. Elle regretta ce cri du cœur, mais il était trop tard.

— Tu m'en vois ravi, dit Phillip d'un ton un peu trop content de lui. Savoir que je ne te suffis pas m'aurait déplu.

Elle pensa à son corps massif sur le sien, au mouvement de ses hanches tandis qu'il la pénétrait. Un frémissement contracta son entrecuisse. Non, il lui suffisait largement. À vrai dire, elle ne voyait pas comment elle pourrait se lasser un jour de faire l'amour avec lui.

Voilà pourquoi, entre autres raisons, cette liaison était dangereuse.

Elle retira ses jambes, brisant le contact. Malgré tout, cet effleurement la laissait brûlante et, déjà, elle le regrettait. Seigneur, cet homme allait la rendre folle...

— Qui te dit que ce serait toi, l'époux ?

Il pinça les lèvres, et elle se demanda s'il était agacé ou amusé. En un éclair, il changea de place et passa de son côté, envahissant l'espace de sa large carrure. D'un revers de main, il lui caressa la joue.

— L'espoir fait vivre. Et puis, je sais que je te plais. Sinon, tu n'aurais jamais accepté de coucher avec moi.

Elle ouvrit la bouche pour rétorquer, mais les mots ne sortirent pas.

— Et je ne te demande pas de m'épouser demain, reprit Phillip. J'aimerais juste avoir la possibilité de te fréquenter en public. De montrer au monde entier que tu m'appartiens.

Un frisson étrange la parcourut, cette fois. Quelque part, l'idée d'appartenir à Phillip lui plaisait. Mais elle aurait avant tout aimé appartenir à elle-même. Phillip Mansfield, le petit prince adoré de cette grande ville, l'éclipserait à coup sûr.

Puis elle s'imagina le quittant, et cette idée lui broya le cœur. Elle ne pouvait pas mettre un terme à leur liaison. Pas maintenant. Quelle conclusion devait-elle en tirer ? Qu'elle l'*aimait* ?

— Et avant que tu ne montes sur tes grands chevaux, dit-il, cela montrerait aussi au monde entier que *je* t'appartiens. Nous sommes égaux dans cette affaire, Eva.

Elle n'avait pas vu les choses sous cet angle, et en effet, cela éliminait une partie du problème.

— Égaux jusqu'au mariage, moment où je cesse d'exister.

Il arrondit une main sous son menton.

— Non, ma chère. Moment où nous nous unissons pour former quelque chose de beaucoup plus grand que juste nous deux.

Il se pencha, approcha ses lèvres de celles d'Eva. Elle sentit son souffle enivrant.

— J'attendrai aussi longtemps que nécessaire, jusqu'à ce que tu te fasses à cette idée. Des mois. Des années. Le temps qu'il faudra.

— Rien ne t'arrête, murmura-t-elle, sentant ses défenses tomber, telle une muraille sous les coups d'un adversaire trop puissant.

— Réjouis-toi. Face à ton obstination, je ne peux pas faire moins.

Était-il sincère ? Pouvait-elle vraiment avoir les deux ? Lui et sa carrière ? C'était presque trop beau pour être vrai. Il lui faudrait rentrer en Angleterre, mais pas avant un certain temps, espérait-elle. L'état de son père s'était stabilisé, on s'occupait bien de lui : à moins d'un autre accident, elle avait encore un mois devant elle.

— Tu ne feras pas pression pour que l'on se marie ?

Il secoua la tête.

— Pas de pression, non. Mais ça ne signifie pas que j'ai changé d'avis. Jamais je ne renoncerai à toi, Eva.

Ces mots enveloppèrent son cœur, tel un baume délicat, un espoir fragile qui s'enracina en elle. Elle le croyait. Elle avait entendu la vérité dans sa voix. Jamais cet homme ne lui mentirait. Mais le poids de ses propres mensonges risquait d'assombrir son bonheur : elle devait à tout prix lui révéler la vérité. Franchir cette nouvelle étape de leur relation en continuant à lui mentir était impossible.

Sa décision était prise. Dès qu'ils auraient terminé leur visite de contrôle au chantier, elle l'emmènerait à l'appartement de la 24e Rue et lui révélerait tout.

Elle pencha légèrement la tête pour l'embrasser. Leurs bouches se trouvèrent, s'ouvrirent l'une à l'autre, et elle se sentit fondre contre lui. Ces lèvres si douces sur les siennes, cette langue qui caressait la sienne, le goût désormais familier de Phillip… Elle s'embrasa littéralement. Jamais elle ne se lasserait de ce qu'elle éprouvait dans les bras de cet homme.

Il émit un petit grognement et elle s'approcha encore, se plaqua contre lui. Plus rien ne pouvait l'arrêter. Ses mains couraient sur ses épaules, sur son torse, partout où elle pouvait les glisser. Elle aurait voulu s'asseoir sur lui, relever ses jupes et…

La voiture s'arrêta, la tirant d'un voluptueux brouillard. Déjà ? Peut-être serait-il d'accord pour demander au cocher de faire un tour de pâté de maisons...

Dehors, une rumeur attira son attention. On scandait quelque chose, mais quoi ? Il y avait de la colère dans ces voix. Des voix nombreuses, masculines.

Elle se pencha en avant, regarda par la fenêtre de la voiture. Et vit les pancartes et la foule assemblée devant l'entrée du chantier.

— Mon Dieu, murmura-t-elle en serrant le bras de Phillip. Les ouvriers sont en grève !

16

Une catastrophe. Cette histoire était une foutue catastrophe.

Phillip allait et venait, tellement furieux qu'il en aurait tué quelqu'un. À vrai dire, sans Eva et le sang-froid dont elle faisait preuve, il serait peut-être déjà passé à l'acte.

Les ouvriers occupaient tout le trottoir le long des palissades du chantier et hurlaient leur mécontentement, se plaignant d'injustices et de mauvaises conditions de travail.

Un ramassis de mensonges, oui !

Les conditions d'embauche étaient bien plus favorables qu'ailleurs. Ses ouvriers étaient bien traités, payés décemment et pas misérablement, comme si souvent dans le bâtiment. Il leur donnait des congés. Peu importait leur origine et leur passé, il ne se fondait pour les employer que sur leurs capacités professionnelles. Les conditions de travail privilégiaient la sécurité, et quand survenait un accident il était généreusement indemnisé.

En quoi exactement cela était-il injuste ?

Il regarda Carew traverser en courant la Cinquième Avenue pour le rejoindre. Il attendait un peu à l'écart, depuis une vingtaine de minutes. En voyant la tête de Phillip devant le piquet de grève, Eva l'avait aussitôt entraîné de l'autre côté de l'avenue pour qu'il tente de se calmer, au lieu d'aggraver la situation.

C'était sage, sans doute, mais pas du tout son style. Cet hôtel était son bébé, son chef-d'œuvre. Laisser quelqu'un d'autre tenter de résoudre cette crise mettait ses nerfs à rude épreuve. Malgré tout, il avait accepté de la laisser prendre les rênes – temporairement.

— Monsieur Mansfield, un mot à propos de cette grève ?

Il baissa les yeux et trouva, planté devant lui, un journaliste, carnet et crayon en main. Un type du *New York Citizen,* s'il avait bonne mémoire.

— Pas de commentaire.

Eva apparut soudain entre les deux hommes et entraîna le journaliste un peu à l'écart.

— Bonjour ! Monsieur Murphy, c'est bien ça ? Nous n'avons pas de commentaire pour le moment, mais M. Mansfield vous fera parvenir un communiqué à temps pour l'édition de ce soir.

Murphy porta le doigt à son chapeau.

— Merci bien, m'dame. Je ne fais que mon boulot, vous savez.

— Tous des sangsues, grommela Phillip tandis que le reporter partait en quête d'autres informations. Comment se fait-il que tu connaisses son nom ?

— Il avait posé une question à la conférence de presse, le jour du lancement du chantier, répondit-elle comme si c'était une évidence. Bien, maintenant, êtes-vous prêt à entendre ce qu'Alfred a appris, ou allez-vous continuer à montrer les dents à tout le monde ?

Il ignora la pique et se tourna vers Carew.

— Alors ?

Carew toussota, s'essuya le front avec son mouchoir.

— Je pensais que, peut-être, ce serait à cause de moi, mais non. En insistant un peu, il ressort que la grève a été décrétée pour une seule raison : la présence d'une femme sur le chantier.

Phillip lâcha un chapelet de jurons pour le moins imagés, qui firent hausser les sourcils de son maître d'œuvre et d'Eva. Celle-ci posa une main sur son bras, tout en s'adressant à Carew.

— En quoi cela peut-il être considéré comme des conditions de travail injustes ?

— Comme le dit Milliken depuis le départ, les ouvriers considèrent ça dangereux, car distrayant.

— Bon Dieu de bois, marmonna Phillip en se passant une main dans les cheveux. C'est ridicule !

— Le syndicat cite en exemple trois accidents récents.

— Mais je n'étais même pas sur le chantier quand ils se sont produits ! s'exclama Eva.

En effet, ces deux dernières semaines, trois ouvriers s'étaient blessés. Chaque fois, Eva était absente.

— C'est ridicule, répéta Phillip. Comment le syndicat peut-il laisser faire une chose pareille ? Je devrais renvoyer tous ceux qui tiennent le piquet de grève aujourd'hui, et embaucher des jaunes pour terminer le chantier !

Carew s'essuya une nouvelle fois le front.

— Je, euh... je me suis renseigné, et je peux avancer avec certitude que derrière la décision prise par le syndicat se trouve quelqu'un de très puissant.

Bon sang. Keene et ses sbires de Tammany Hall. Phillip était prêt à le parier.

Une voiture s'arrêta à leur hauteur. Gabriel, son assistant, en descendit, suivi d'un homme très élégant. Frank Tripp était l'avocat de Phillip depuis toujours, et l'un des meilleurs en ville. Vissant son melon sur son crâne, il balaya d'un regard la foule massée de l'autre côté de l'avenue, avant de rejoindre Phillip et les autres.

— Frank, laissez-moi vous présenter Mlle Ashford, qui représente l'architecte, et M. Carew, mon maître d'œuvre. M. Tripp est mon avocat, dit-il à l'intention d'Eva et de Carew.

On se serra la main, puis Carew expliqua la situation à Tripp.

— Bien. Donc c'est vous, le fauteur de troubles ? dit Tripp en se tournant vers Eva avec un sourire en coin.

— Elle n'a rien fait de mal, intervint Phillip d'un ton sec. Tout ça, c'est un complot monté par Tammany pour me forcer à céder à leurs exigences.

La trahison de Milliken, qui participait à la grève, était un autre problème. Phillip lui dirait sa façon de penser dès que l'occasion s'en présenterait.

— Et quelles sont ces exigences ? demanda Tripp.

— Ils veulent que j'embauche leurs équipes plutôt que les ouvriers que j'ai choisis.

— Et là, visiblement, leur objectif est de vous pousser à recourir à leurs briseurs de grève pour faire repartir le chantier.

— Je suppose, oui. Mais il est hors de question que je cède.

— En revanche, rien n'explique que Milliken se soit lui aussi mis en grève, commenta Eva. Son intérêt est plutôt de faire travailler ses gars, non ?

— Sauf si le « quelqu'un de très puissant » qui se cache derrière tout ça lui a généreusement graissé la patte, dit Carew.

Tripp leva la main.

— Commençons par le commencement, si vous voulez bien. Avant toute chose, il faut faire venir des gardes Pinkerton[1] pour assurer le maintien de l'ordre et la protection du chantier. Ce que nous devons à tout prix éviter, c'est un mouvement de type B & O.

En 1877, la grève des chemins de fer Baltimore & Ohio avait été longue et sanglante. Des milliers d'ouvriers avaient détruit équipements, bâtiments et outils, avant

1. De « Pinkerton National Detective Agency », agence privée de détectives et de sécurité fondée en 1850, chargée par le patronat d'infiltrer le mouvement syndical naissant et, le cas échéant, de briser les grèves. *(N.d.T.)*

de résister à la Garde nationale venue restaurer le calme. Rien que d'imaginer le même genre de troubles sur son chantier, Phillip frissonna.

— Gabriel, dit-il en se tournant vers son secrétaire, allez prévenir l'agence Pinkerton. Dites-leur ce qui se passe et embauchez autant d'agents qu'ils le jugeront nécessaire.

Le jeune homme répondit d'un mouvement de tête, prenant des notes sur un petit carnet.

— Parfait, dit Tripp. Maintenant, je pense qu'il est urgent de s'asseoir à une table avec ces gens, et de tenter une négociation.

— Je suis d'accord, intervint Eva. Et… j'aimerais participer à ces négociations.

— Hors de question, répondit aussitôt Phillip. Pourquoi amener la source du problème à cette table ?

Tripp leva une main.

— Attendez, Mansfield. J'aimerais entendre le raisonnement de mademoiselle. En quoi votre présence permettrait-elle de mettre à plat le différend, mademoiselle Ashford ?

— Les gens ont peur de ce qu'ils ne connaissent pas. Si nous leur montrons que je suis compétente et capable de raisonnement, ils céderont.

— C'est ce que vous espérez, dit Phillip. Mais c'est prendre un énorme risque, sur un projet très coûteux.

Elle le regarda, tête penchée sur le côté, avec le plus grand sérieux du monde.

— J'ai beaucoup à perdre moi aussi, au moins autant que vous, si nous échouons.

— Permettez-moi d'en douter.

La peine se lut sur son visage avant qu'elle ne parvienne à la masquer.

— Si vous ne m'imposez pas à la table de négociations, ils en déduiront que vous êtes d'accord avec eux, et que vous ne me pensez pas capable de faire mon travail.

La seule façon de leur prouver qu'ils se trompent, c'est de me laisser participer.

Tripp laissa échapper un petit rire.

— Vous me plaisez, mademoiselle Ashford. On n'en fait pas beaucoup d'aussi malignes que vous.

Venant de Tripp, capable de remporter les disputes juridiques les plus alambiquées, c'était un vrai compliment.

— Mais l'idée ne me plaît pas pour autant, insista Phillip. Et si ça se trouve, quand ils auront vent de votre présence, ils refuseront de participer à la réunion.

— Ils n'auront pas le choix, répondit Eva en redressant la tête, sûre d'elle. Quand ils verront à qui nous faisons appel pour briser la grève, ils auront hâte de reprendre le travail.

Il posa la question, tout en redoutant la réponse :

— Et… à qui allons-nous faire appel ?

— Je préfère ne pas en parler pour le moment. Il faut que je fasse quelques recherches, que je voie si mon idée est réalisable.

Une boule d'angoisse noua l'estomac de Phillip. La situation lui échappait, devenait incontrôlable, et il n'aimait pas, mais alors pas du tout cela.

— Ne faites rien sans mon aval.

— Cela va de soi, monsieur Mansfield, répondit-elle d'un ton un peu trop mielleux.

Une nouvelle fois, Tripp tenta de retenir son rire, sans succès. Phillip le fusilla du regard, et l'avocat retrouva aussitôt son sérieux.

— Très bien. Nous avons tous beaucoup à faire, donc. Je lance le plus vite possible une injonction pour exiger que les ouvriers reprennent le travail, à défaut de quoi ils pourront être renvoyés. J'ai plusieurs juges qui me doivent un service, donc tout devrait être signé avant ce soir. Tenez-moi au courant de la situation. Le mieux serait de résoudre cette affaire d'ici un jour ou deux, afin d'empêcher un déchaînement de la presse.

— Nous nous occupons de la presse, dit Phillip en montrant Gabriel. Et croyez-moi, je tiens aussi à résoudre cette histoire le plus rapidement possible. Chaque jour d'arrêt rend la tenue des délais un peu plus aléatoire.

— Je comprends. Je vous donne des nouvelles dès que j'en ai.

— Merci, Frank, conclut Phillip en lui tendant la main.

— Je vous en prie. C'est pour régler des situations comme celle-ci que vous me versez des sommes astronomiques, après tout.

Après avoir serré la main de tout le monde, Tripp remonta dans sa voiture et s'en alla.

— Je rentre au bureau avec Gabriel, annonça Phillip. Puis-je déposer quelqu'un en route ?

— Je crois que je vais rester encore un peu, histoire de garder un œil sur le chantier, dit Carew.

Voilà qui était sage.

— Si vous avez besoin d'aide, faites-le-nous savoir. Mademoiselle Ashford ?

— Non, merci. Mais avant que vous ne partiez, pourrais-je vous dire quelques mots en privé ?

Bien qu'impatient de se mettre au travail, Phillip laissa Gabriel partir avec sa voiture. Au moins les gardes Pinkerton pourraient-ils être mis en place avant que la situation ne dégénère. Carew prit congé et s'en alla de son côté.

Phillip poussa un long soupir, se passa les mains sur le visage. Ce projet était maudit depuis le départ. Jamais il n'aurait cru que bâtir dans sa ville natale serait aussi compliqué. Boston et Chicago ne lui avaient pas posé la moitié des problèmes qu'il avait eus ici.

— Phillip, je suis désolée, vraiment, dit Eva en posant une main sur son avant-bras. Jamais je n'aurais cru...

— Je sais. Personne ne te fait de reproches.

— Mais tout le monde pourrait. C'est à cause de moi que les ouvriers sont mécontents.

— Non. Tu leur sers d'excuse, simplement. Le problème ici, c'est que les gens de Tammany Hall essaient de me forcer à procéder comme ils l'ont décidé.

Elle eut un petit sourire.

— Mais ils ne savent pas qu'ils ont affaire à une sacrée tête de mule, apparemment.

— Apparemment. Tu ne voudrais pas me dire ce que tu mijotes, par hasard ?

— Non. Ce n'est qu'une idée pour le moment, et il faut que je m'assure d'abord que ça marchera.

— Je n'aime pas quand tu me fais des cachotteries.

Elle ouvrit de grands yeux, soudain au bord de la panique. Puis se ressaisit.

— Je te promets de tout te dire le moment venu.

— Tout ? Tu veux dire qu'il y a autre chose ?

— Commençons par trouver une solution à cet épineux problème, ensuite nous nous occuperons de nous.

Il se détendit un peu – juste un peu. Le pouvoir qu'elle avait sur lui ne cessait de l'impressionner.

— J'aime bien quand tu dis « Nous nous occuperons de nous », murmura-t-il en se penchant vers elle. Et j'espère que tu tiendras parole.

Elle rosit légèrement. Dans son cou, la veine pulsa plus rapidement.

— J'espère que toi aussi tu tiendras parole, et que nous serons égaux, quoi qu'il arrive.

— Il n'en sera pas autrement, ma douce.

Il lui fallut deux jours, mais Eva réussit finalement à mettre sur pied une équipe très particulière. Une équipe d'ouvrières du bâtiment.

Avec l'aide de Nora, elle avait mobilisé toutes les femmes de Manhattan, Brooklyn et du New Jersey capables de tenir un marteau, en leur demandant de se rendre sur le chantier de l'hôtel Mansfield. Elles s'étaient d'abord adressées aux associations de femmes, qui avaient rapidement fait passer le mot. Toute femme était la bienvenue, qu'elle ait de l'expérience ou non. L'idée était de faire passer un message aux hommes qui bloquaient le chantier et refusaient de travailler parce que l'architecte était une femme.

Qu'ils voient à quel point les femmes étaient impatientes de leur prendre leur travail !

Ce matin-là, les agents de Pinkerton et la police municipale écartèrent les ouvriers du passage pour laisser passer les femmes, Eva en tête. Sous une pluie d'injures, parfois de cailloux, elles avancèrent tête haute, sans faillir. Elles savaient à quoi s'attendre. Elles savaient la haine et le fiel que les hommes leur cracheraient au visage, et s'y étaient préparées.

— Espèces de salopes !

— Rentrez chez vous, les putains !

— Chiennes !

Eva fit de son mieux pour rester digne, même quand une pierre de belle taille la heurta à l'épaule. Ils ne la verraient pas hésiter. Ils ne la déstabiliseraient pas. Et Phillip n'aurait pas de raison de douter de son plan.

Il était quelque part, ayant insisté pour accompagner les femmes lorsqu'elles franchiraient le piquet de grève. Elle se demandait si ce n'était pas surtout pour ne pas la quitter des yeux. Il lui avait demandé de ne pas participer à la marche, préférant la garder loin du chaos, mais elle était restée ferme. C'était son combat autant que le sien.

Un peu plus, peut-être.

Une fois sur le chantier, elle réunit le groupe. Il devait y avoir environ soixante-quinze femmes en tout. Certaines considéraient les énormes machines d'un œil nerveux, d'autres posaient sur elles un regard impatient. Dehors, les hommes continuaient de scander leurs insultes, poussant Eva à hausser la voix.

— Merci à toutes d'être venues. Pour l'essentiel aujourd'hui, nous allons devoir creuser et évacuer la terre. Faites des pauses autant que nécessaire, et buvez beaucoup d'eau. L'une d'entre vous a-t-elle déjà manœuvré une pelleteuse à vapeur ?

Une main se leva.

— Moi, mademoiselle. J'en conduisais une presque identique à la ferme de mon père.

— Parfait, alors vous prendrez les commandes de celle-ci, dit Eva en montrant une des machines. Quelqu'un d'autre ?

Personne ne levant la main, elle n'insista pas. Peut-être la première pourrait-elle apprendre le maniement de la pelleteuse à une autre, le moment venu.

— Je peux en conduire une, dit Carew, qui venait de rejoindre Eva.

Elle ne l'avait pas encore vu aujourd'hui, et n'avait pas eu le temps de l'informer de son plan. Qu'il l'approuve par sa seule présence lui fit immensément plaisir.

— Merci, Alfred, dit-elle en lui souriant.

Il baissa la tête, presque gêné, et se dirigea vers l'autre extrémité du chantier où se trouvait la seconde pelleteuse. Rapidement, Eva mit tout le monde au travail. Personne ne se plaignit : toutes avaient hâte de gagner un salaire digne de ce nom. Et malgré le soleil de plomb, il régnait une atmosphère enjouée.

Phillip ne s'arrêta pratiquement pas de la journée. Il allait de groupe en groupe, montrant aux ouvrières comment accomplir leurs tâches en prenant le moins de risques possible – il remonta même des seaux de gravats sur une échelle. Ces dames semblaient l'apprécier. Les sourires étaient plus larges, les dos plus droits lorsqu'il était à proximité. L'une d'entre elles fit mine de s'éventer lorsqu'il s'éloigna.

Eva comprenait tout à fait. Cet homme était beaucoup trop beau.

Cela montrerait aussi au monde entier que je t'appartiens.

Il m'appartient... Elle aimait cette idée. Beaucoup, même.

Sa cause était perdue. Elle était officiellement amoureuse de Phillip Mansfield.

Y penser la comblait de joie, répandait en elle le sentiment du possible, éradiquait l'angoisse qui la terrassait d'ordinaire. Et à sa façon de jeter sans arrêt des regards dans sa direction, de lui adresser des petits sourires discrets, elle le soupçonna d'éprouver la même chose.

Était-il possible que la chance ait enfin tourné pour elle ?

Le soleil baissait à l'horizon, les ombres s'allongeaient, jetant des rayures orangées sur le sol. Eva était en train d'expliquer à un petit groupe comment les fondations allaient être coulées et la structure métallique installée afin d'ancrer le gratte-ciel dans le sol, quand quatre hommes entrèrent sur le chantier. Milliken et trois autres, qu'elle identifia comme étant des représentants du syndicat.

Elle s'excusa auprès de ses interlocutrices et alla à leur rencontre.

— Bonjour, messieurs. Vous venez constater que le chantier avance ? Comme vous le voyez, les nouveaux ouvriers sont très compétents.

Milliken ne répondit pas, se contentant de la jauger d'un regard méprisant. L'un des trois autres lui tendit la main.

— Mademoiselle Ashford, permettez-moi de me présenter : John Debs, président du syndicat qui représente les ouvriers, dehors. Seriez-vous prêts à nous rencontrer, vous et M. Mansfield ?

Le cœur battant, elle fit tout son possible pour juguler son enthousiasme. C'était encore mieux que ce qu'elle espérait. Le syndicat cédait déjà, prêt à s'asseoir à la table des négociations. Imaginer que des femmes allaient leur voler leurs emplois avait dû leur faire l'effet d'une claque en pleine figure.

— Quand ?

— Dans deux heures ? Nous serons à l'hôtel Fifth Avenue.

— Je ferai en sorte que M. Mansfield et moi-même soyons à l'heure.

Debs hocha la tête, et le petit groupe quitta le chantier. Dehors, les ouvriers faisaient encore du bruit. Allaient-ils tous rentrer chez eux maintenant, ou attendre la sortie des femmes pour les insulter de plus belle ?

Elle penchait plutôt pour la seconde hypothèse.

— C'était Debs ? demanda Phillip en la rejoignant, légèrement essoufflé. Que voulait-il ?

— Ils veulent nous rencontrer dans deux heures à l'hôtel Fifth Avenue. Je crois qu'ils sont prêts à négocier.

Phillip fit la moue.

— Qu'est-ce qui te fait penser une chose pareille ? Il a spécifiquement parlé de négociations ?

— Non, mais il a dit qu'ils voulaient nous rencontrer, toi et moi.

Phillip se caressa le menton, songeur, le regard dans le vide.

— Je pensais que tu te réjouirais, ajouta-t-elle. Cela veut dire que le problème est résolu.

— Détrompe-toi. Cela ne veut rien dire du tout. S'ils sont prêts à discuter les conditions de reprise du travail, pourquoi n'ont-ils pas mentionné la présence d'avocats ? Ils savent bien que c'est Tripp qui s'occupe des contrats.

— Peut-être partent-ils du principe que nous pouvons gérer cela toi et moi. Que nous n'avons pas besoin d'avocat.

— Mmm. Je préfère tout de même convier Tripp à cette réunion. Jusqu'à quelle heure les ouvrières peuvent-elles travailler ?

— Je crois qu'il est plus sûr de les renvoyer maintenant, tant qu'il fait encore jour. Bon nombre d'entre elles ont un long trajet à faire pour rentrer chez elles.

Il tendit la main, effleura le menton d'Eva de ses doigts rugueux.

— J'ignore comment tu as fait en si peu de temps pour parvenir à tes fins. Mais je te remercie.

Un immense élan d'affection pour cet homme lui gonfla la poitrine.

— Nous avons tous à cœur de voir les hommes de Milliken reprendre le travail. Mais peut-être accepteras-tu de donner un petit supplément à ces femmes ? Je leur avais promis au moins deux jours de salaire.

— Je tiendrai cette promesse. Je suis un homme de parole, tu le sais.

Les yeux de Phillip brillaient, et l'allusion à l'accord qui les liait n'échappa pas à Eva.

— Je vais parler à Carew et aux gardes Pinkerton, reprit-il. Nous allons installer une table pour procéder au paiement des salaires, puis elles pourront monter dans les chariots qui les conduiront à la gare.

— Parfait, répondit Eva, rayonnante.

L'hôtel Fifth Avenue s'élevait au-dessus de Madison Square Park. Sa façade en brique, de style italianisant, couvrait tout un pâté de maisons. C'était un immeuble imposant, de belles proportions, mais ni beau ni original. Ennuyeux était le mot qui venait à l'esprit de Phillip.

Il savait que son nouvel hôtel l'éclipserait aisément, en offrant une grandeur et un luxe sans précédent – tant à l'intérieur qu'à l'extérieur. Et cela grâce à E.M. Hyde.

Tandis qu'Eva faisait des miracles avec son équipe cent pour cent féminine, Phillip s'était occupé de Becca, lui trouvant deux places sur un vapeur transatlantique. Il avait donné des instructions chez Lord & Taylor pour que soient livrés aux deux passagères toilettes et accessoires féminins pour un mois, et avait réuni suffisamment de liquide pour couvrir leurs premiers frais en Europe. Les Mansfield possédaient une maison dans la campagne française : il avait proposé à Becca de s'y installer en attendant qu'elles trouvent un logement qui leur convienne.

Pour le moment, il n'avait pas de nouvelles de M. Hall, mais il s'attendait à une visite imminente.

« Un problème à la fois », se dit-il.

La voiture s'arrêta. Il descendit, puis aida Eva à faire de même. Sa main gantée se referma autour de ses doigts, et ce simple contact lui fit l'effet d'une brûlure. Vivement qu'ils en aient terminé avec cette réunion car il avait l'intention, ensuite, de l'emmener...

— Vous êtes à l'heure, lança Frank Tripp derrière lui.

Sans lâcher Eva, il se tourna vers son avocat.

— Merci d'être venu. J'espère que tout ceci sera réglé ce soir.

— Moi aussi. Votre petit coup a-t-il marché ? demanda Tripp à Eva, avant de s'adresser à Phillip : Pas d'émeute à déplorer ?

— Non, pas d'émeute, répondit Eva. Juste des pierres et des insultes. Rien qu'on ne puisse gérer. Mais les ouvriers étaient très mécontents, donc j'espère que ça poussera le syndicat à négocier.

— Nous n'allons pas tarder à le savoir. Après vous, dit Tripp avec un mouvement de bras.

Ils gagnèrent l'entrée monumentale, réplique d'un portique gréco-romain, et pénétrèrent dans le hall. Phillip alla se présenter à la réception.

— Ah, oui, monsieur Mansfield. Suivez-moi, je vous prie.

Phillip s'attendait à ce qu'on les conduise dans la salle à manger, mais ils traversèrent un des salons de l'hôtel jusqu'à un large couloir, au détour duquel étaient installés deux sofas, en angle droit. Trois hommes les attendaient, assis. L'un d'entre eux était Milliken.

— Diantre, murmura Tripp. Le Coin Amen.

— Qu'est-ce que ça veut dire ? demanda Eva à mi-voix.

Phillip se pencha vers elle.

— On dit qu'à New York, tous les gros marchés se concluent ici. Pour qu'un projet voie le jour, il faut venir s'asseoir ici, rencontrer les pouvoirs politiques de la ville et obtenir leur « amen ».

— Donc c'est plutôt bon pour nous, non ?

Phillip n'en était pas certain. Une réunion ici, plutôt que devant un verre ou un menu gastronomique, n'avait rien de très détendu et ne donnait pas le sentiment qu'on allait beaucoup s'attarder. Les syndicalistes s'attendaient donc à ce que la réunion soit brève... mais pourquoi ?

Il serra la main d'Eva, posée sur son bras. Quoi qu'il arrive, il ne céderait pas. En tant que représentante de l'architecte, elle avait le droit d'inspecter le chantier.

Mais il avait tout de même envoyé un nouveau câble à E.M. Hyde. Plus vite l'architecte arriverait, mieux ce serait.

Les autres hommes se levèrent, main tendue. Tout le monde se présenta rapidement, les deux syndicalistes tout sourire tandis que Milliken affichait son habituelle expression taciturne. Phillip, Eva et Tripp s'installèrent sur un canapé, Debs, Gray et Milliken sur l'autre. L'ensemble était assez intime, les canapés formant un angle presque contigu.

— Merci d'avoir bien voulu nous rencontrer ce soir, commença Debs. C'est un sacré coup que vous avez réussi à monter aujourd'hui.

Phillip haussa une épaule.

— Nous avons juste trouvé des ouvriers qui préféraient gagner leur vie plutôt que se plaindre. Et ces femmes reviendront autant de jours qu'il le faudra, si les hommes refusent de travailler.

Debs leva les mains.

— Allons, allons, personne ne refuse quoi que ce soit. Nos ouvriers veulent juste travailler dans un espace respectable et sûr. Ce n'est tout de même pas trop demander.

— Ça l'est quand la représentante de mon architecte n'est plus autorisée sur le terrain.

— Justement, parlons-en, de votre architecte et de sa représentante. Monsieur Gray ?

Phillip se raidit. Avaient-ils découvert la véritable identité d'Eva ? Et, le cas échéant, attendaient-ils de lui qu'il la renvoie ? Ils allaient passer pour des triples buses, vu qu'il était au courant de sa parenté avec E.M. Hyde depuis le début ou presque.

L'autre délégué syndical ouvrit une sacoche et en tira des papiers.

— Connaissez-vous les antécédents de Mlle Ashford ?

À côté de lui, Eva se raidit aussi.

— Je ne vois pas en quoi…

— Dites-les-moi. Je suis tout ouïe, répondit Phillip d'un ton calme.

Si vraiment le nœud du problème se trouvait là, il serait résolu en quelques minutes.

— Eh bien, pour commencer, dit Gray en tendant un papier, elle ne s'appelle pas Ashford du tout. En réalité, elle est la fille d'E.M. Hyde, lord Cassell. C'est une vraie lady anglaise.

Phillip ne prit même pas la peine de lire le document que lui tendait Gray.

— Si vous espériez me surprendre, vous allez être déçus, j'en ai peur. Je connais l'identité de lady Eva depuis le départ.

Les trois hommes ne réagirent pas.

— Nous nous en doutions un peu, fit Gray. Tant de rumeurs circulent. Il était difficile de ne pas se poser de questions.

Des rumeurs ? À propos de quoi, exactement ? Phillip soupçonna Gray de faire une allusion à peine déguisée à leur liaison. Malgré lui, il serra les poings. Si quelqu'un osait une remarque déplacée...

— Mais nous avons découvert quelque chose de plus important, en réalité, dit Debs. Cela concerne son père.

Phillip fronça les sourcils. Il ne s'attendait pas à cela.

— Et qu'avez-vous découvert sur E.M. Hyde, exactement ?

Gray sortit d'autres documents de sa sacoche et les lui tendit.

— Nous avons ici des déclarations sous serment signées par les médecins qui s'occupent de lord Cassell à Londres. E.M. Hyde n'est plus en état d'exercer. Il est vivant, mais dans l'incapacité de faire son métier. Et ce depuis déjà quelque temps. Certains disent au moins seize mois.

17

Phillip prit cette nouvelle comme un uppercut en pleine mâchoire.

— Pardonnez-moi… Dans l'incapacité de faire son métier ?

— Vous n'aviez aucun droit d'enquêter ainsi sur mon père, lança Eva d'un ton sec. Et permettez-moi de douter de la validité de vos déclarations sous serment.

— Elles sont tout ce qu'il y a de plus légal, mademoiselle, répondit Debs. Peut-être M. Tripp voudra-t-il le vérifier ?

Il tendit les documents à Tripp, qui les examina pendant que Phillip cherchait comment reprendre la main dans cette conversation. Le père d'Eva… inapte au travail ? Depuis seize mois ?

Cela n'avait aucun sens.

Ils se trompaient forcément.

— C'est une erreur, dit-il. J'ai une correspondance pour le prouver. Et j'ai sa signature sur les contrats et sur les plans qui ont été approuvés par la ville.

— Des faux, de toute évidence, probablement réalisés par celle qui fait passer son propre travail pour celui de son père depuis déjà deux ans.

Phillip eut un petit rire, secoua la tête.

— Fait passer son propre travail pour celui de Hyde ? Jamais elle ne ferait une chose aussi malhonnête.

Comme personne ne répondait, son sourire s'effaça. Eva restait silencieuse, lèvres serrées, et il eut soudain un mauvais pressentiment. Pourquoi ne balayait-elle pas d'un argument bien tourné toutes ces allégations mensongères ?

— Ces documents me paraissent tout à fait légaux, fit Tripp en lui tendant les déclarations. Peut-être que ces messieurs disent vrai.

— Non, c'est impossible. Parce que si c'était le cas...

Il se tourna vers Eva, la gorge nouée par la peur et l'incompréhension.

— ... si c'était le cas, cela voudrait dire que tu as dessiné les plans de l'hôtel et les as fait passer pour ceux de ton père.

Eva se leva d'un bond, fixant les représentants du syndicat d'un regard assassin.

— Vous n'êtes pas venus ici dans l'intention de négocier. Tout ce que vous cherchez à faire, c'est donner un coup de pied dans la fourmilière.

Debs leva les mains en signe d'apaisement.

— Nous pensions juste que pour pouvoir s'asseoir à une table et trouver une solution à cette grève, tout le monde devait avoir les bonnes informations. Vous ne pouvez pas nous le reprocher, tout de même.

— Cette réunion est terminée, grogna Phillip, menaçant. C'est tout pour aujourd'hui.

Autour de lui, le monde menaçait de s'écrouler, et il avait besoin de temps pour réfléchir. Debs et Gray iraient jubiler ailleurs.

Tout le monde se leva, sauf lui. Trip raccompagna les deux syndicalistes, Milliken les suivit en silence. Eva fit un pas, comme si elle aussi s'apprêtait à partir.

— N'y songe même pas. Tu me dois des explications, dit-il, les yeux rivés au sol.

Une insupportable sensation lui retournait l'estomac, une sensation qu'il avait cru ne plus jamais éprouver.

Nom de Dieu. Pourquoi n'avait-il pas insisté pour rencontrer E.M. Hyde en personne ?

Il avait cru ses mensonges avec une telle facilité. Ébloui par sa beauté et sa fougue, il ne s'était pas posé une seule question. Comme elle avait dû rire devant sa bêtise !

Mâchoire tendue, il leva la tête, la fixa d'un regard interrogateur.

— Alors ?

— J'avais prévu de tout te dire.

Elle croisa les mains devant elle, les tordit si fort qu'elles en étaient blanches. Sous le coup de la peur ?

La peur d'avoir été démasquée, certainement.

— Et quand, exactement, comptais-tu me le dire ? Après que j'aurais fait graver le nom de ton père sur le fronton de mon hôtel ?

— Je sais que tu ne vas pas me croire, mais j'avais prévu de te le dire ce soir.

Il croisa les jambes, délogea d'un revers de main une poussière imaginaire sur sa cuisse, luttant pour garder la maîtrise de ses émotions.

— Tu as raison. Je ne te crois pas. Tu as eu de nombreuses occasions de me le dire, ces dernières semaines, mais tu as choisi de garder ton secret. Je te comprends : pourquoi ficher en l'air une histoire plutôt agréable en m'informant de ton arnaque ?

— Ce n'était pas une arnaque. Je ne t'ai pas menti par malhonnêteté. Mes intentions étaient louables – et tu as adoré les plans et croquis que je t'ai montrés.

— Des plans que *tu* avais dessinés.

Il avait besoin de l'entendre dire cela. Elle redressa les épaules.

— Oui. J'ai dessiné et conçu la totalité du projet.

— Et tu as signé de son nom. Dis-moi, depuis combien de temps a-t-il cessé de travailler ?

— Cela fait vingt-deux mois exactement qu'il n'a plus rien dessiné ni conçu de valable.

Juste avant que Phillip ne prenne contact avec lui pour lui proposer son projet.

Bon sang. Il fulminait. La colère grondait en lui, véritable tempête qu'il peinait à contenir. Ce mensonge était pire que ce que lui avait fait Caroline. Non seulement Eva l'avait humilié, mais elle s'était emparée de son projet, cet hôtel qui devait porter son nom et l'inscrire dans l'histoire de la ville, pour le réduire à néant. Jamais il ne pourrait y mettre un pied sans éprouver l'horrible sentiment qui l'animait en cet instant.

Le sentiment de trahison.

Car il ne sentait plus rien, ne voyait plus rien, n'éprouvait plus rien d'autre que *ça*.

— Mais depuis plusieurs années déjà, il perdait la mémoire, ajouta Eva. Pardon de t'avoir menti, Phillip. Jamais je n'aurais dû, je sais. Mais je sais aussi que jamais tu ne m'aurais donné ma chance si tu avais été au courant.

— C'est vrai. Cet hôtel devait être le seul jamais conçu par E.M. Hyde en Amérique. Tu lui as volé cela. Personne ne viendra à New York pour séjourner dans un hôtel conçu par lady Eva Hyde.

— On viendra dans cet hôtel parce que ce sera le plus beau et le plus luxueux de la ville. Peu importe qui l'aura dessiné.

— C'est là que tu te trompes. De plus, non seulement tu m'as dépossédé du sceau de ton père, mais tu as fait de moi la risée de ma ville natale. Tout le monde saura bientôt comment tu t'es jouée de moi, comment tu m'as menti sur tout, ou presque.

— Pas si tu ne dis rien.

Ne rien dire ? Il en resta bouche bée.

— Si tu penses que les syndicats vont garder ça pour eux, tu te trompes lourdement. À l'heure qu'il est, je parie qu'ils ont déjà fait passer le mot à tous les journaux.

— Ce n'est pas ce que je voulais dire. Tu pourrais expliquer que tu m'as embauchée en connaissance de cause. Que tu étais au courant de l'état de santé de mon père et que, sachant qu'il ne pouvait pas concevoir ton hôtel, tu m'as demandé de le faire à sa place.

— En admettant que j'accepte de reprendre à mon compte cette ribambelle de mensonges, comment veux-tu que l'on me croie, quand la signature E.M. Hyde figure sur tous les papiers officiels ?

— C'est aussi ma signature. Je m'appelle Eva Margaret Hyde. Mon père et moi partageons les mêmes initiales.

Comme c'est pratique... Il se pinça la base du nez. Cette solution avait le mérite d'épargner – en partie – son amour-propre, mais ne réglait en rien le fait qu'elle lui avait menti. Or c'était ce point-là qui l'affectait le plus. Après tout, il avait envisagé de la fréquenter en public. De *l'épouser*. Alors qu'il ne savait rien d'elle.

Exactement comme avec Caroline.

Il eut soudain une envie impérieuse de bouger, son souffle s'accéléra, ses muscles se tendirent. Il fallait qu'il frappe quelque chose.

— J'ai besoin de savoir pourquoi. Quand tu as décidé de te lancer dans ce projet à la place de ton père, et donc de me mentir, dis-moi ce qui t'a poussée à le faire.

— Nous avions besoin de cet argent.

Il se figea.

— C'est impossible ! Ton père est l'un des architectes les plus célèbres d'Europe. Et je sais combien lui ont rapporté d'autres projets. Je me suis renseigné sur ses revenus avant de lui faire une offre. Il est extrêmement riche.

Elle inspira longuement, le souffle vacillant.

— Non, tu te trompes. Il dépensait presque autant qu'il gagnait. Et toutes nos économies ont servi à payer les médecins et les différents traitements. Nous sommes aux abois. Depuis quelque temps, j'accepte tous les petits projets en son nom, uniquement pour nous maintenir la tête hors de l'eau.

Si c'était vrai, Hyde était un imbécile. Ces vingt dernières années, il avait été grassement payé pour toutes ses prestations. Plus que grassement, même.

Et même si Phillip était navré d'apprendre leur situation, cela n'excusait pas Eva pour autant. Loin de là.

— Et la poule aux œufs d'or est arrivée. Providentielle. Moi.

— Jamais je n'ai pensé cela. Je tenais absolument à décrocher ce contrat, et j'ai travaillé d'arrache-pied pour y parvenir. Imaginer un hôtel aussi luxueux et intemporel était un vrai défi, et je ne voulais pas te décevoir… ni décevoir les admirateurs de mon père.

Elle avait réussi. Le projet était à la hauteur de tout ce qu'avait fait son père. Mais Phillip n'était pas prêt à l'admettre.

— N'oublions pas que tu avais une autre raison de mentir. Faire passer ton travail pour celui de ton père t'a aussi permis de faire oublier ta réputation. C'était tout de même bien commode.

La gorge serrée, elle encaissa le coup, et baissa la tête.

— C'est vrai. Jamais personne n'aurait embauché une architecte surnommée Miss Catastrophe.

Phillip pas plus qu'un autre. Bon sang, il aurait dû la renvoyer dès qu'il avait appris son identité. Son instinct lui avait soufflé qu'une femme à un poste aussi élevé était une erreur, mais il avait laissé le désir le dissuader de prendre des mesures. Imbécile.

Une chose était sûre : jamais les ouvriers ne reprendraient le travail lorsqu'ils apprendraient son surnom. Pour eux, le chantier porterait malheur.

Et comment leur en vouloir ? Lui-même commençait à se demander si tel n'était pas le cas.

Eva s'approcha de lui. Le bas de sa jupe frôla le bout de ses chaussures au moment où elle posait une main sur son bras. Il se figea.

— Phillip, je sais que c'est un choc pour toi, et je te demande de me pardonner de t'avoir menti. Jamais mon intention n'a été de te nuire ou de nuire à l'hôtel.

— Je ne te crois pas.

Surprise, elle écarquilla les yeux et ouvrit la bouche, prête à répondre. Mais il s'écarta, et sa main glissa de son bras.

— Bien sûr, reprit-il, je te crois quand tu dis que ton intention n'était pas de gêner la construction ni de perdre le contrat donc tu avais désespérément besoin. Mais tu te contrefichais de moi. Sinon, tu ne m'aurais pas menti. Pas étonnant que tu prétendes avoir le mariage en horreur. Sans doute devrais-je t'être reconnaissant de ne pas m'avoir poussé à t'épouser, en plus de tout le reste.

— Je n'ai pas prétendu avoir le mariage en horreur. Tout ce que je t'ai dit était vrai. Je n'ai pas l'intention de me marier parce que cela signifierait renoncer à ma carrière.

— Par conséquent, coucher avec moi était juste une manière de te mettre le patron dans la poche, au cas où il découvrirait ton petit secret ? Bon sang, rien de ce qui s'est passé entre nous n'était donc vrai ?

Elle eut un regard nerveux en direction du couloir, sans doute pour s'assurer qu'ils étaient seuls. Mais il s'en fichait. Il voulait des réponses.

— Ce n'est pas pour cette raison que j'ai couché avec toi. Tout ce qui s'est passé entre nous était – est vrai. Totalement déplacé et absolument vrai. Je suis... tombée amoureuse de toi.

Cette déclaration ne fit qu'aggraver la colère de Phillip. Il ne croyait plus Eva. Elle manœuvrait comme elle pouvait pour conserver son poste par tous les moyens. D'ailleurs, elle n'avait même pas cherché à le calmer, alors...

En vérité, même si elle ne pleurait pas, ne le suppliait pas comme l'avait fait Caroline, Eva ne voyait en lui que le moyen d'arriver à ses fins... exactement comme son ex-fiancée.

L'échec était cuisant. Il en sentit la morsure au plus profond de son être.

— Reconnais-le : tu savais qui j'étais, sur le bateau. C'est pour ça que tu m'as suivi jusqu'à la salle à manger, pour entrer dans mes bonnes grâces au cas où j'apprendrais la situation de ton père.

Elle fit un pas en arrière, visiblement blessée.

— Tu sais que c'est faux ! J'ignorais totalement qui tu étais.

— J'aimerais te croire. Mais je n'arrive plus à démêler le vrai du faux dans tes paroles.

La tendresse n'était plus de mise lorsqu'il se remémorait leur nuit dans sa cabine. Cela aussi, Eva l'avait détruit.

— Phillip...

— Arrête, Eva. Ne dis plus rien. Je ne veux plus entendre tes mensonges.

— Je ne mens pas, protesta-t-elle. Je ne mens plus. Tu dois me croire.

C'en était trop. Le désir de fuir, de s'en aller loin d'ici le submergea. Il avait besoin de temps pour faire le point et réparer les dégâts qu'elle avait causés. Le travail passait avant tout.

Il se ressaisit, et la toisa.

— Je t'interdis de remettre les pieds sur le chantier, jusqu'à nouvel ordre. Je verrai avec Tripp quels sont les recours légaux dont je dispose, et comment il me faudra procéder. Il t'informera de ma décision.

— Phillip, tu ne peux pas...

— Tu te trompes. Je peux. Et je ferai ce qu'il faudra pour sauver mon projet. Grave-toi bien cela dans la tête.

Sur quoi il tourna les talons et quitta le Coin Amen, avec un profond sentiment d'accablement.

Adieu la confiance. Adieu l'égalité.

Assise dans le salon de Mme Mansfield, Eva luttait pour rester digne. Tout lui rappelait Phillip, même ici, à Newport. Photos, tableaux, bibelots... Sa puissance, son influence planaient partout sur la propriété de Stoneacre.

Après cette réunion calamiteuse, plutôt que de s'apitoyer sur son sort, Eva s'était plongée corps et âme dans le projet qu'elle dessinait pour Mme Mansfield. C'était un moyen comme un autre de ne pas penser à Phillip.

Elle aurait dû lui dire la vérité, bien sûr. Espérer qu'il ne découvre pas son secret était illusoire. Comment lui en vouloir d'être en colère ? Maintenant, elle vivait dans la crainte d'être renvoyée, attendait d'un jour à l'autre les papiers que Frank Tripp lui remettrait et qui mettraient fin à leur contrat.

C'était idiot, mais pas une seconde elle n'avait imaginé qu'il lui tournerait le dos.

Je verrai avec Tripp quels sont les recours légaux dont je dispose. Il t'informera de ma décision.

Donc, il ne voulait plus jamais la revoir ?

Une boule se forma dans sa gorge, qu'elle se força à ravaler. S'apitoyer sur son sort ne résoudrait rien. Soit Phillip lui pardonnerait, soit il ne lui pardonnerait pas. Il la traînerait en justice, ou pas. Il l'autoriserait à revenir sur le chantier, ou pas. Elle n'avait aucun moyen d'influer sur ces décisions.

Elle était seulement certaine d'une chose : leur liaison était terminée. Pour de bon. Elle avait exprimé ses sentiments, avait avoué être amoureuse de lui... et cela n'avait eu aucun effet. Le moment n'était pas idéal, certes, mais elle avait parlé avec sincérité, avait dit des choses que jamais elle n'avait dites à un homme. Et il ne l'avait pas crue.

Leur histoire avait pris fin. Et la douleur, dans son cœur, l'oppressait terriblement. Leur dernière conversation résonnait encore et encore dans son esprit, et chaque fois, le remords était plus fort. Si seulement elle s'y était prise autrement...

« Les erreurs survivent au temps, disait souvent son père. C'est pour cela que tu dois réussir dès le premier essai. »

Elle avait toujours considéré qu'il parlait de plans et de mesures, pas de relations humaines. Encore une erreur à mettre sur sa liste...

— Mademoiselle Ashford, quelle surprise ! dit Mme Mansfield en entrant dans le salon dans un froufrou de soie. J'ai hâte de voir ce que vous avez dessiné.

Eva inspira longuement, serrant sa sacoche devant elle.

— Et j'ai hâte de vous le montrer.

Une bonne entra et posa sur une petite table de quoi prendre le thé, tandis que Mme Mansfield faisait signe à Eva de s'asseoir.

— Alors, dit-elle en la servant. Voyons un peu ce que vous avez à me proposer.

Eva toussota et prit la tasse que lui tendait la vieille dame. Il était inutile de tourner autour du pot.

— Avant d'en arriver à mes dessins, j'aimerais vous parler de quelque chose. En réalité, je ne m'appelle pas Mlle Ashford.

Mme Mansfield la fixa.

— Ah bon ?

— Je suis lady Eva Hyde, la fille d'E.M. Hyde, lord Cassell.

La mère de Phillip posa la théière, prit sa tasse et s'installa contre les coussins du sofa.

— Eh bien, dit-elle après une gorgée de thé. Je ne m'attendais pas à cela. Je pensais que vous alliez m'annoncer que vous renonciez au projet.

— Non, absolument pas, s'empressa de préciser Eva. Sauf, bien sûr, si vous préférez désormais travailler avec un autre architecte.

— Seigneur, non. Même si je suis curieuse de savoir pourquoi vous vous êtes présentée sous un autre nom. Est-ce à cause de cette histoire ridicule de Miss Catastrophe ?

— Vous êtes au courant, donc.

— Pour vos fiancés ? Oui. Des accidents tout à fait fortuits, sur lesquels vous n'aviez aucune prise, d'après ce que je comprends. Mon fils est-il au courant ?

— Oui. À mon arrivée, il était un peu réticent à l'idée de me laisser prendre les rênes en lieu et place de mon père, alors j'ai suggéré un autre nom afin de cacher mon identité à l'équipe sur le chantier.

— C'est très futé de votre part, même si je suis étonnée que Phillip se soit laissé influencer par cette histoire de superstition. D'ordinaire, c'est quelqu'un qui a la tête sur les épaules. Sauf si on le met en colère.

Eva n'avait pas besoin qu'on lui rappelle la colère de Phillip.

Restait à avouer le reste, avant que Mme Mansfield ne l'apprenne de son fils.

— Il faut aussi que vous sachiez qu'il m'a retiré le projet de l'hôtel Mansfield. Les ouvriers se sont mis en grève, au motif que ma présence altérait les conditions de travail sur le chantier. La sécurité...

Le front plissé, Mme Mansfield posa brusquement sa tasse et sa soucoupe. La porcelaine claqua.

— Et mon fils s'est rangé de leur côté ? C'est totalement injuste. Il ne peut pas laisser faire une chose pareille.

— Avec tout le respect que je vous dois, il a appris autre chose qui ne lui a pas plu. Voyez-vous, l'état de santé de mon père est critique depuis quelque temps déjà. Il n'a plus toute sa tête. Et ces deux dernières années, j'ai accepté et mené à bien des projets en son nom.

— Diable. Et parmi ces projets…

— Il y avait celui de l'hôtel Mansfield, vous l'avez compris. Il a été très mécontent d'apprendre que le E.M. Hyde qui a signé l'hôtel était moi, et non mon père.

Dans le regard de la vieille dame brilla de la compassion. Eva en fut troublée. Mme Mansfield n'aurait-elle pas dû se ranger du côté de son fils plutôt que du sien ? Après tout, elle avait la réputation de ne rien laisser passer, et Eva s'attendait plutôt à être mise dehors après cette révélation.

— Mon fils a le mensonge en horreur, en particulier si c'est une femme qui lui ment. Cela remonte à très longtemps, donc essayez de ne pas le prendre personnellement. Il finira par s'y faire, lady Eva.

C'était peu probable. Il avait eu pour elle un regard de dégoût profond - avec raison. Elle l'avait trompé, plus d'une fois. Comment auraient-ils pu aller de l'avant après ça ?

— Je vous en prie, « Eva » suffira.

— Alors appelez-moi Ellen, dit la vieille dame avec un sourire doux. Et maintenant, y a-t-il autre chose que je devrais savoir avant que nous ne parlions enfin de notre projet ?

— Donc, vous envisagez toujours de travailler avec moi ?

Ellen se redressa légèrement, comme si cette remarque la surprenait, jouant distraitement avec son collier de perles.

— Mais bien sûr, ma chère. Vous avez été franche avec moi et, pour tout vous avouer, j'apprécie beaucoup de travailler avec une femme. Si votre travail a réussi à faire croire à mon fils que vous étiez E.M. Hyde, c'est que vous avez vraiment beaucoup de talent. Et je serai fière d'annoncer au monde entier que ma nouvelle maison a été conçue et réalisée par lady Eva Hyde.

Eva sentit les larmes monter, et cligna rapidement des yeux pour les chasser. Son soulagement était immense. Elle ne s'était pas rendu compte jusqu'ici de la tension qui l'habitait.

— Merci, parvint-elle à articuler.

— Oh, ne me remerciez pas. Notre monde est bien injuste envers les femmes, en particulier celles qui manifestent ne serait-ce qu'un minimum d'ambition. Si je peux aider, même modestement, cela me fait plaisir. Par ailleurs, qu'allez-vous faire pour l'hôtel ?

Eva haussa une épaule.

— Attendre des nouvelles de Phillip, sans doute. Ou de son avocat, M. Tripp.

Mme Mansfield lâcha ses perles et reprit sa tasse de thé.

— C'est un peu défaitiste, comme réponse. Nous ne nous connaissons pas très bien, mais vous ne donnez pas l'impression de céder facilement. Alors pourquoi là, maintenant ? Pourquoi ne pas vous battre pour ce que vous désirez ?

Parce que son cœur avait été blessé en même temps que son orgueil. C'était la première fois qu'elle s'éprenait d'un employeur, et elle était un peu perdue. Colère, regrets, peine… L'ensemble formait un mélange explosif.

— Je ne suis pas certaine que notre relation puisse en sortir indemne.

Elle avait parlé sans réfléchir. La mère de Phillip, cependant, ne manifesta aucune surprise, affichant la même expression détachée.

— Tout peut être sauvé dès lors qu'on y attache de l'importance. Si c'est ce que vous voulez, prenez la situation en main et provoquez les choses.

Parlait-elle de Phillip ou de l'hôtel ?

— Vous voulez dire que je dois résoudre moi-même cette histoire de grève ?

— Si c'est nécessaire pour que tout rentre dans l'ordre, oui. Pourquoi les ouvriers sont-ils en grève ?

— Le syndicat considère que ma présence met les ouvriers en danger. Ils veulent qu'un homme me remplace.

— Seigneur ! Les hommes sont incompréhensibles. Ils respectent leur mère et leurs filles, leurs sœurs et leurs grands-mères. Mais toutes les autres sont des moins-que-rien. C'est absurde. Ne sommes-nous pas toutes la mère ou la sœur de quelqu'un ?

Elle n'avait pas tort. Eva n'avait jamais vu les choses sous cet angle. Les hommes non plus, probablement. Si seulement il y avait eu un moyen de les confronter à leur hypocrisie, de leur montrer que toutes les femmes n'étaient pas synonymes de danger…

Une idée germa soudain dans son esprit, tellement saugrenue qu'elle faillit l'écarter. Mais elle y revint, creusa un peu la question. Après tout, les délégués syndicaux devaient avoir des femmes dans leur vie, des femmes au caractère bien trempé qui n'apprécieraient pas la raison invoquée pour faire grève. Des femmes qui pourraient prendre le parti d'Eva. Pour la première fois depuis plusieurs jours, une lueur d'espoir s'alluma en elle. Oui, elle pouvait prendre les choses en main. Pourquoi n'y avait-elle pas songé plus tôt ?

— En admettant que je trouve une solution à cette grève, dit-elle tout en réfléchissant, je ne suis pas sûre que votre fils me reprendra sur le chantier. Et je ne suis pas certaine de mériter sa clémence. Je lui ai menti.

Mme Mansfield reposa sa tasse en fronçant les sourcils.

— Eva, tout le monde mérite le pardon à partir du moment où l'on regrette vraiment ce qu'on a fait. Mon fils a toujours préféré regarder devant lui, jamais derrière. Ne le laissez pas se retourner. Forcez-le à se focaliser sur le présent.

Comment s'y prendre ? Eva n'en avait pas la moindre idée. Si elle parvenait à faire cesser la grève et redémarrer le chantier, peut-être accepterait-il de revoir sa position et de lui rendre son poste. Ce n'était pas beaucoup, mais c'était mieux que rien.

Se sentant plus légère, elle ouvrit sa sacoche.

— Alors, je vous les montre, ces plans ?

Ellen hocha la tête.

— Avec plaisir. Mais je vous en prie, Eva, ne laissez pas tomber mon fils. L'hôtel a besoin de vous. *Phillip* a besoin de vous.

La gorge serrée par l'émotion, Eva hocha la tête, ne sachant quoi répondre à cela.

Phillip enchaîna une série de coups des deux poings dans l'énorme sac. L'intensité de l'effort rendait ses muscles brûlants. La sueur coulait sur son visage et sur son torse. Il soufflait comme un bœuf.

Incapable de se concentrer sur son travail, il était arrivé à la salle de boxe en milieu de journée et avait passé les gants. Cela faisait déjà trois jours que l'exercice physique lui permettait d'évacuer son trop-plein de colère. Le chantier avait été fermé, les ouvriers étaient toujours en grève. Il n'avait pas fait revenir les femmes car, sans l'aide d'Eva, cela semblait tout bonnement impossible.

Et il ne voulait pas penser à elle.

Il ne savait toujours pas quoi faire concernant le dilemme qu'elle avait provoqué. Devait-il renvoyer Milliken et toute son équipe ? Ils se retourneraient contre lui, maintenant qu'ils étaient de mèche avec le syndicat soutenu par Tammany Hall. Et puis, combien de temps lui faudrait-il pour remplacer tout le monde ?

Pour le moment, l'état de santé de Hyde n'avait pas été rendu public. Le syndicat gardait sans doute cette information au chaud pour s'en servir contre Phillip au cas où. Il hésitait à annoncer lui-même l'information, histoire de reprendre un peu la main.

Seigneur, quel chaos !

Et le pire, c'était qu'elle lui *manquait*. Il était plus malheureux qu'un amoureux transi.

Il se dégoûtait.

— Hé, ho ! Calmez-vous, il ne vous a rien fait, ce sac.

Phillip baissa les bras et vit Frank Tripp traverser la salle dans sa direction.

— Je vous en prie, dites-moi que vous avez de bonnes nouvelles.

Tripp eut un mouvement de tête négatif, et la boule qui nouait l'estomac de Phillip s'alourdit encore.

— Pas vraiment, hélas.

Phillip se pencha en avant, poings sur les genoux, et essaya de reprendre son souffle.

— Bon, je vous écoute. Qu'avez-vous réussi à glaner ?

— D'abord, le contrat. Elle a pris soin de ne pas se servir de la chevalière de son père, ni de son sceau, et de ne faire aucune référence à lord Cassell dans la correspondance ou le contrat. Chaque fois, il est stipulé « E.M. Hyde ». Donc légalement, il peut s'agir d'elle.

Très futé.

— Et vous en pensez quoi ?

Tripp haussa une épaule.

— La ville n'a aucune raison recevable d'annuler les permis de construire. Pour autant que je sache, tout est légal et dans les règles. Ce qui signifie aussi que vous aurez du mal à obtenir l'annulation du contrat au tribunal.

Phillip soupira bruyamment. Quelque part, il était soulagé. Pour toute une série de raisons, poursuivre Eva en justice ne le tentait pas.

— Vous êtes en train de me dire que je ne peux rien faire ?

— Vous pourriez suspendre les paiements. La laisser vous assigner au tribunal si ça lui chante. Je doute qu'elle ait les moyens d'un procès à rallonge. Elle ne mentait pas lorsqu'elle disait qu'ils étaient dans une situation difficile. Les Hyde n'ont pas un sou vaillant.

C'était incroyable. Son père méritait le fouet pour avoir ainsi dilapidé leur fortune et laissé Eva dans cette situation.

— Et côté syndicat ? Vous avez pu leur parler ?

— Oui. Les gars sont d'accord pour reprendre le boulot, avec paiement intégral des jours de grève, du moment que lady Eva ne reparaît pas sur le chantier. Ne reparaît plus.

Phillip lui avait temporairement interdit l'accès au chantier, mais laisser le syndicat décréter que cette mesure était définitive l'énervait. C'était à lui de prendre ce genre de décision, et à personne d'autre.

— Céder, ça ne me plaît pas, dit-il à Tripp. Ils se sentiront tout-puissants après cette victoire. Qui sait pour quoi ils se mettront en grève la prochaine fois ? N'importe quel motif pourra être avancé.

— Je suis d'accord.

— Vraiment ?

Il s'était imaginé que son avocat ferait plutôt pression en faveur d'une solution rapide. Chaque jour de fermeture du chantier impliquait d'adapter tout le planning des travaux. Et tant que l'hôtel n'accueillerait pas de clients, le projet coûterait de l'argent sans en rapporter.

— Oui, vraiment. Ce serait établir un dangereux précédent. Et puis, ajouta Tripp en fourrant les mains dans ses poches, je ne suis pas sûr que votre vie sentimentale s'en remettrait.

Phillip faillit s'étrangler.

— Ma vie sentimentale ?

— Oui. Il y a quelque chose entre vous et lady Eva, c'est évident. Et je doute qu'elle vous pardonne de ne pas l'avoir soutenue.

— D'abord, il n'y a rien entre nous. (Dieu que ce mensonge était douloureux…) Ensuite, je la soutiens, je ne fais même que ça depuis des semaines, et regardez où cela m'a mené.

Tripp secoua la tête.

— Vous pouvez mentir à votre maîtresse, à votre confesseur, à votre mère… mais ne mentez jamais à votre avocat. Si vous pensez que cela n'est pas l'évidence même lorsque vous vous trouvez ensemble dans une pièce, laissez-moi le privilège de vous annoncer que vous vous mettez le doigt dans l'œil. Par ailleurs, vous oubliez qui a rédigé l'acte de vente de l'immeuble de la 24e Rue.

— Que j'aurais très bien pu laisser vacant.

— Mais que vous occupez, dit Tripp avec un clin d'œil.

Agacé et contrarié, Phillip donna un coup de poing dans le sac de frappe, faute de mieux.

— Lui avez-vous parlé ? demanda-t-il.

— Non, je n'avais aucune raison de le faire. Et je pensais que vous l'auriez fait de votre côté.

Il aurait dû. Ignorer Eva avait été lâche de sa part. Il s'était laissé guider par son orgueil blessé. Mais il était encore trop en colère contre elle, trop peiné par son mensonge. Il allait attendre encore quelques jours, le temps de redevenir plus serein.

— J'hésite encore. Je ne sais pas quoi lui dire.

Tripp soupira, et Phillip l'entendit faire quelques pas. Il se remit à frapper le sac, de toutes ses forces, espérant une révélation… ou simplement l'épuisement.

L'avocat alla s'adosser au mur.

— Les plans de l'hôtel vous déplaisent ?

— Non, répondit Phillip.

— Alors pourquoi tout a-t-il changé depuis que vous savez que c'est elle, l'architecte ? Elle a menti, certes, mais vous savez pourquoi. Non seulement c'est une femme, mais en plus elle est affublée d'un surnom pas possible. Être méprisée par tout le monde quand, de toute évidence, on a le talent qu'il faut, ça ne doit pas être facile.

— Je n'ai pas envie de la plaindre, répliqua sèchement Phillip. Elle m'a menti.

Plus d'une fois, même.

— Oui, j'en suis bien conscient. Mais êtes-vous prêt à embaucher un nouvel architecte à sa place ? Êtes-vous prêt à ne plus jamais la revoir ?

Ces deux éventualités lui serrèrent le cœur, au point qu'il en fut gêné pour respirer. Il s'arrêta et resta là, haletant.

— Vous en parlez comme si c'était un choix facile à faire.

— Parce que c'est le cas. Soit vous êtes prêt à lui pardonner, soit vous ne l'êtes pas. Et au cas où vous seriez tenté de faire la comparaison, ça n'a rien à voir avec Caroline.

— Vraiment ? Comment pouvez-vous en être aussi sûr ?

— Votre ex-fiancée prévoyait de tout vous prendre pour couvrir ses méfaits. Votre nom, votre maison, votre argent. Lady Eva vous a peut-être déçu, mais elle vous donnait exactement ce que vous vouliez. Votre hôtel, une place dans l'Histoire. Au bout du compte, vous en seriez sorti grandi.

C'était une façon intéressante de prendre le problème. Il n'y avait pas pensé.

— Il n'y a qu'un avocat pour retourner les choses aussi facilement.

Tripp leva les mains, avec un petit sourire en coin.

— C'est mon point fort, je l'avoue. Mais vous devriez y penser, parce que plus vous laissez traîner les choses, plus vous aurez du mal à la reconquérir.

Phillip faillit éclater d'un rire amer.

— Qui a parlé de la reconquérir ?

— Vous n'aviez pas besoin de le faire. L'état de désolation dans lequel je vous ai trouvé suffisait. Au fait, j'ai finalement appris qui était derrière cette grève, au cas où ça vous intéresserait.

Phillip redressa brusquement la tête.

— Que voulez-vous dire ? Je pensais qu'il s'agissait de Keene et Tammany Hall.

— Dans une certaine mesure, en effet. Keene était en pourparlers avec le syndicat et leur avait fait quelques promesses. Mais quelqu'un d'autre a versé des pots-de-vin importants pour s'assurer que le projet d'hôtel serait interrompu.

Nom d'un chien.

— Qui ?

— Mortimer Hall.

Le père de Becca. Les épaules de Phillip s'affaissèrent. Jamais il n'aurait imaginé une chose pareille. Il frappa le sac d'un formidable crochet du droit.

— Exactement, approuva Tripp. Je savais que cette nouvelle vous ferait plaisir, c'est pour ça que je l'avais gardée pour la fin. Je vous laisse, Mansfield, j'ai un rendez-vous en ville. À plus tard.

L'avocat quitta la salle d'un pas tranquille, levant une main en guise de salut.

Furieux, Phillip resta là, appuyé contre le sac de frappe. Il trouverait un moyen de rendre à Mortimer Hall la monnaie de sa pièce. On ne sabotait pas son projet sans en subir les conséquences.

18

Les trois hommes entrèrent dans le salon des Cortland. Eva se leva comme le majordome les annonçait.

— MM. Debs, Gray et Milliken, mademoiselle.

Elle attendit qu'ils aient traversé la pièce, puis tendit la main.

— Je vous suis très reconnaissante de vous être déplacés, messieurs. Merci. D'autant plus que je ne vous ai guère laissé le temps de vous retourner, j'en suis bien consciente.

Cette réunion avait été mise sur pied juste après son retour de Newport.

— Vous vous souvenez de M. Tripp, j'en suis sûre, ajouta-t-elle en désignant l'avocat de Phillip, qui se tenait à côté d'elle.

— Bien sûr, dit Debs en serrant la main de Tripp. Mansfield n'est pas ici ?

Eva fit signe au valet, qui s'avança pour proposer des verres de sherry sur un plateau d'argent. Les trois hommes acceptèrent sans se faire prier.

— Il n'a pas pu se joindre à nous, donc M. Tripp le représente.

Ce n'était pas tout à fait vrai. Elle n'avait pas convié Phillip. Cette réunion était un véritable coup de poker, et si elle devait échouer, mieux valait qu'il y ait le moins possible de témoins. Le plus important, pour Eva, était de faire redémarrer le projet. Le reste était secondaire.

Malgré tout, elle n'aimait guère l'idée de lui cacher une nouvelle fois quelque chose, même s'il était probable qu'il ne lui adresserait plus la parole de toute façon.

— Cela n'a pas grande importance, fit Gray tandis que chacun prenait place. Après tout, il est assez peu probable que nous arrivions à nous mettre d'accord.

Alors là, elle n'en était pas si sûre, si les choses se déroulaient comme prévu.

— Pour commencer, dit-elle, j'aimerais évoquer de façon un peu plus détaillée les problèmes que vous avez me concernant. Prenons-les un par un, si vous le voulez bien.

Les deux syndicalistes remuèrent dans leur fauteuil, visiblement pas très à l'aise à l'idée de se retrouver sur la sellette.

— C'est-à-dire que... lady Eva..., dit enfin Debs. Nous ne voudrions pas heurter votre sensibilité.

— Ma sensibilité en a vu d'autres, monsieur Debs, ne vous inquiétez pas pour elle. Je vous en prie, dites-nous ce qui vous inquiète.

— Vous êtes une femme, cela ne vous a pas échappé, fit Gray comme si cette explication suffisait.

— Non, en effet. J'en suis bien consciente, même. Ce que j'aimerais savoir, c'est en quoi cela a un rapport avec mon aptitude à faire mon travail.

— Je vous en prie, madame. Vous êtes en train de nous faire perdre notre...

— Pardonnez-moi, monsieur Debs, mais non, je ne crois pas que nous perdions notre temps, loin de là. J'aimerais que vous dressiez la liste de ce que vous me reprochez, afin que je puisse tenter de résoudre le problème point par point.

— Monsieur Tripp, plaida Gray. Vous voyez bien que cette conversation ne mène nulle part !

L'avocat haussa un sourcil.

— Je ne vois rien du tout. Dans un conflit social, les deux parties se réunissent et mettent leurs griefs à plat. À moins, bien sûr, que M. Milliken ne préfère faire ses bagages et rentrer à Chicago. Il faut que vous sachiez une chose : nous avons trois équipes de chantier en attente, une à Boston et deux à Philadelphie, prêtes à mettre le cap sur New York. Et, détail intéressant vous en conviendrez, aucune n'est affiliée à votre syndicat, monsieur Debs, conclut Tripp en brossant négligemment la manche de sa veste.

Debs fit la moue, visiblement mécontent.

— Cela ne nous empêchera pas de maintenir un piquet de grève.

— Nous verrons, répondit Tripp avec un sourire mystérieux.

Quand Eva l'avait mis au courant de son plan, il lui avait répondu qu'elle était extraordinaire.

« Pourvu qu'il ne regrette pas ses louanges », songea-t-elle.

— Revenons-en au sujet qui nous intéresse, dit-elle. J'écoute vos doléances, messieurs.

Debs et Gray échangèrent un regard suffisant, l'air de dire « Elle l'aura voulu ».

Gray se lança.

— Reconnaissez que vous n'êtes pas qualifiée. Vous n'avez aucune expérience, mademoiselle. En conséquence de quoi, la solidité des structures que vous prétendez édifier peut être mise en doute.

Elle s'attendait à cela.

— Seriez-vous prêts à accepter qu'une agence d'architectes effectue en toute indépendance une étude de mes plans ?

Debs toussota.

— Je suppose que oui, si c'est vraiment fait en toute indépendance, et s'il s'agit d'une agence renommée.

— Parfait. Parce que j'ai là des déclarations provenant non pas d'une, mais de trois agences d'architectes. Monsieur Tripp ?

L'avocat tira trois documents débordant de jargon juridique et les posa un à un sur la table basse.

— Vous trouverez là-dedans les déclarations sur l'honneur de M. McKim, de l'agence McKim, Mead & White ; de M. Charles Coolidge, de l'agence Shepley, Rutan & Coolidge à Boston ; et de M. Richard Morris Hunt, qu'il est inutile de vous présenter je crois.

Eva jubilait intérieurement. Elle s'était rendue elle-même chez Hunt, un vieil ami de son père, à Newport. C'était une visite qu'elle n'était pas près d'oublier. Il avait qualifié son travail d'« inspiré ».

Les deux syndicalistes, d'abord sous le choc, se ressaisirent rapidement. Puis Gray montra les documents d'un geste.

— Tous vos papiers, là. Ça valide peut-être la conception, mais ça ne résout pas le problème de votre présence sur le chantier.

— Ah, oui. Ma présence sur le chantier, dit Eva en se retenant de se frotter les mains à l'idée de ce qui allait suivre. Dites-moi pourquoi c'est un problème.

Tout le monde se tourna vers Milliken, qui n'avait pas encore pris la parole. Sa bouche s'incurva légèrement.

— Vous distrayez les gars. Au lieu de regarder ce qu'ils font, ils vous suivent des yeux.

— Et combien d'accidents ai-je provoqué au cours de ces premières semaines de travaux ?

— Oh, ça, je pourrais pas dire...

— Mais si, vous pouvez, intervint Tripp. Chaque incident doit figurer dans le rapport de chantier et être signalé au promoteur : c'est stipulé dans le contrat que vous avez signé avec M. Mansfield. Alors, combien d'ouvriers ont-ils été blessés à cause de lady Eva ?

— On a eu treize blessés, dit Milliken en redressant le menton.

Tripp tira de sa sacoche une liasse de papiers.

— Personnellement, j'en ai compté quatorze en tout, mais on ne va pas chipoter, hein ? Il ne s'agit que de blessures courantes, des incidents mineurs comme il s'en produit sur tous les chantiers en plein été. Neuf insolations, deux douleurs abdominales, deux acouphènes et une migraine. Y a-t-il là, pour vous, des pathologies que l'on pourrait attribuer à la présence de lady Eva ?

— Pas directement, mais indirectement…

L'entrepreneur ne termina pas sa phrase, comme si l'explication suffisait.

— Indirectement comment ? demanda Tripp. Parce qu'il faut aussi savoir qu'aucun de ces incidents ne s'est produit quand lady Eva était sur le chantier.

— J'en sais rien, moi, et c'est pas important, répliqua Milliken en pointant un doigt sur Eva. On l'appelle Miss Catastrophe, et notre chantier a la poisse, voilà !

— Vraiment ? s'étonna Tripp en tirant d'autres papiers de sa sacoche. Parce que non seulement le chantier avance dans les délais prévus, mais en plus il respecte le budget. Enfin, c'était le cas jusqu'à la grève, bien sûr. Et vous appelez cela de la poisse, vous ?

— Une femme, ça travaille pas, et puis c'est tout ! s'emporta Milliken.

Ah. On touchait au cœur du problème.

— Vous êtes d'accord avec cela, messieurs ? demanda Eva aux deux syndicalistes. Une femme ne devrait pas avoir d'emploi rémunéré ?

— J'ai bien peur que oui, dit Debs. En tout cas, pas avec des hommes. Dans une usine avec d'autres femmes, là oui.

Gray opina du chef. Eva se leva.

— Vous savez déjà que je pense le contraire, et les chiffres que vous a fournis M. Tripp le prouvent. Mais je le reconnais, une preuve ne suffit pas toujours. Une démonstration s'avère alors nécessaire.

Elle alla vers la porte qui ouvrait sur la salle à manger, l'ouvrit et fit signe à ses invitées.

— Mesdames, si vous voulez bien vous joindre à nous...

Trois femmes entrèrent dans le salon – et les trois hommes se levèrent d'un bond.

— Bon Dieu..., murmura Gray.

— Qu'est-ce que ça veut dire ? s'étrangla Debs. Que fait ma *mère* ici ?

— La présence de ces dames s'explique à bien des égards. Permettez-moi de faire les présentations. Voici la mère de M. Debs, dit Eva en montrant celle qui se trouvait sur sa gauche. Elle travaille dans l'épicerie familiale, à Brooklyn. À côté d'elle, la mère de M. Gray, qui possède un bar dans le Lower East Side et le tient avec son mari. Enfin, voici la sœur de M. Milliken, qui vient de l'Ohio et travaille dans une banque. Mesdames, je vous remercie d'être là.

— Qu'est-ce que vous cherchez à prouver ? demanda Gray.

Eva l'ignora.

— Mesdames, pouvez-vous me dire si vous travaillez dans un environnement où les hommes sont présents ?

Elles acquiescèrent toutes les trois.

— Et des hommes se sont-ils déjà blessés en votre présence, parce que vous les distrayiez ?

On entendit deux « non » tandis que Mme Gray lâchait un :

— Bon sang, manquerait plus que ça, madame.

Eva retint un sourire.

— Et pensez-vous que la seule présence d'une femme sur un lieu de travail rend celui-ci dangereux ?

Cette fois, les « non » se teintèrent d'emphase, puis Mme Debs ajouta :

— J'espère que toi non plus, mon fils, tu ne crois pas des bêtises pareilles. Sinon, tu dois penser que je ne devrais pas travailler non plus.

— Je ne pense pas cela de *toi*, maman, répondit Debs. Mais un chantier de construction…

— Chantier de construction tu parles, rigola sa mère. Tout ce que veulent les hommes, c'est pouvoir dire aux femmes ce qu'elles ont le droit de faire ou pas. Une jeune femme intelligente comme lady Eva, et beau brin de fille avec ça… Pfff. Vous devriez plutôt tous manifester pour qu'elle puisse travailler.

— Merci, madame Debs, dit Eva.

— George, fit Mme Gray, je me suis saignée aux quatre veines pour pouvoir t'envoyer dans une bonne école. Qu'est-ce qui serait arrivé si quelqu'un m'avait empêchée de travailler ?

Gray eut la délicatesse de rougir. Il ne chercha même pas à argumenter.

La sœur de Milliken s'avança alors.

— John, je sais que nous ne sommes plus aussi proches qu'autrefois, mais je suis certaine que, si elle était encore en vie, maman serait déçue. Nos parents pensaient que tout le monde devait avoir sa chance, quelle que soit son origine.

Milliken croisa les bras et fixa le mur, mâchoire serrée. Eva s'était doutée que ce serait lui le plus difficile à émouvoir.

Mais tant pis si elle n'arrivait pas à le faire changer d'avis.

— Alors, messieurs, lança-t-elle en tapant dans ses mains. Avons-nous traité tous les sujets qui vous posaient problème ? Allons-nous pouvoir mettre un terme à cette grève et faire revenir les ouvriers sur le chantier ?

Debs et Gray échangèrent un regard, puis se tournèrent brièvement vers leurs mères respectives.

— Si vous voulez bien nous laisser quelques minutes pour discuter de tout cela, lady Eva ? dit Debs. Je suis certain que nous devrions pouvoir arriver à un accord.

— Parfait. Ces dames vont rester, pour pouvoir entendre le résultat de vos réflexions.

Les trois hommes grimacèrent. Sentant que la victoire était proche, Eva alla sonner le majordome.

Au Gotham Club régnait l'activité habituelle d'un début de soirée, ces messieurs allant et venant avant que ne commence le tourbillon des soirées mondaines et des dîners en ville. Phillip, lui, attendait dehors, dans l'ombre. Il se faisait l'effet du mauvais garçon qu'Eva l'avait accusé d'être, une fois.

Comment avait-elle pu lire aussi clairement en lui ?

Cette perspicacité lui manquait. C'était l'une des qualités qui faisaient d'elle une grande architecte, sa capacité à voir ce que les autres ne voyaient pas. Mais bien d'autres choses lui manquaient, chez elle. Il la cherchait partout en ville, chaque ondulation rousse attirant son regard.

Et surtout, elle lui manquait la nuit. Il ne pouvait passer devant l'immeuble de la 24e Rue sans repenser à certaines soirées passées là en sa compagnie, à son corps chaud mêlé au sien. Aux baisers qui l'avaient grisé. Son odeur, son goût… Bon sang, il avait tellement envie d'elle…

Que pouvait-il faire ? Avait-il irrémédiablement détruit ce qu'il y avait entre eux ?

Une voiture s'arrêta et Phillip se redressa, en alerte. Comme il l'avait prédit, Mortimer Hall en descendit. Phillip sortit de la ruelle où il s'était caché et le suivit. Avant qu'il n'atteigne le perron du club, il l'attrapa par le coude.

— J'aimerais vous dire un mot, si vous le voulez bien.

Hall sursauta, regarda par-dessus son épaule et ouvrit de grands yeux en voyant Phillip.

— Que voulez-vous, Mansfield ?

— Parler.

— Je n'ai rien à vous dire.

— Mais moi, j'ai beaucoup de choses à vous dire.

Hall tenta de se dégager, mais Phillip tint bon et l'entraîna en direction de la ruelle où il avait attendu.

— Lâchez-moi ! Seigneur, Phillip, vous avez perdu la tête ?

Hall essayait de lui résister, mais Phillip était plus grand et beaucoup plus fort. Il força le père de Becca à s'engager dans la ruelle. Là, il le plaqua contre le mur de brique rouge.

— Je n'ai pas perdu la tête, mais vous, j'ai bien l'impression que si.

Hall se redressa, rajusta sa cravate.

— Vous dépassez les bornes. Qu'allez-vous faire ? Me frapper ?

— Ce que je voudrais, c'est vous faire part du mécontentement qui est le mien face à la pagaille que vous avez semée. On m'a rapporté que vous avez financé la grève sur mon chantier.

— C'est vrai. Je vous avais prévenu que jouer avec les sentiments de ma fille aurait des conséquences, Mansfield.

— Il n'y avait pas de sentiments, imbécile. Ni d'un côté ni de l'autre – et vous le savez très bien.

Hall le fixait d'un regard noir. Tous deux savaient que Becca n'avait aucun penchant pour la gent masculine.

— Ne dites pas de bêtises. Elle vous aurait épousé. J'avais juste besoin d'un peu plus de temps pour la convaincre.

— Pour la menacer, vous voulez dire ?

L'expression de Hall se durcit.

— C'est ma fille, c'est moi qui décide. Elle fera ce que je lui dis, sinon…

Il y eut un silence, ponctué par le seul bruit d'un rat fouillant des détritus, à quelques pas de là.

Phillip se pencha vers Hall avec un sourire méchant.

— Sinon quoi ? Vous ferez enfermer votre fille ? Dans un asile où on lui fera prendre des bains glacés et porter une camisole de force ?

— Vous ne le saurez jamais. C'est trop tard : elle a disparu.

Au moins ne soupçonnait-il pas Phillip d'avoir aidé Becca à fuir.

— Comment lui en vouloir, avec un père comme vous ?

— Cette histoire ne vous regarde pas, Mansfield.

— Ah mais si, au contraire, Hall. Elle me regarde beaucoup. C'est même devenu mon problème quand vous avez décidé de diriger votre colère sur mon projet d'hôtel. Et savez-vous comment je règle les problèmes comme vous ?

Hall redressa le menton, mais ne répondit pas. C'était sage de sa part.

— Je les enterre. Savez-vous que j'ai des amis à la Banque centrale de Manhattan ? Détail intéressant : en y mettant le prix, on peut racheter des hypothèques à une banque. Et devinerez-vous quelle hypothèque j'ai rachetée aujourd'hui ?

Hall blêmit puis, sous l'effet de la fureur, devint cramoisi.

— Comment avez-vous osé ! Vous n'aviez pas le droit !

Phillip haussa les épaules.

— J'ai osé. Le droit, je l'ai pris. Et je vous conseille de ne plus jamais provoquer ma colère, parce que je n'hésiterai pas un seul instant à réclamer mon dû, jusqu'au dernier sou.

Hall se mit à bredouiller. Rien ne sortait plus de sa bouche que des postillons et des débuts de phrase.

— Vous... Comment... Je ne peux...

Phillip mit une main en cornet devant son oreille.

— Pardon ? Je suis désolé, je ne vous entends pas.

Hall s'écarta du mur, pointa un doigt sur le torse de Phillip.

— Tout ça, c'est à cause de cette femme, cette grue avec qui vous sortez, qui travaille sur votre chantier, qui se pavane et remonte ses jupes pour qui veut...

Sous le poing de Phillip, la mâchoire de Hall émit un sinistre craquement. L'homme s'effondra, face contre terre. Phillip secoua sa main qui l'élançait.

— Dites encore du mal de lady Eva, et je ne me contenterai pas d'un coup. Je briserai jusqu'au dernier os de votre sale tête.

Hall ne dit rien, cherchant visiblement à reprendre ses esprits. Phillip ne s'attarda pas. Il avait dit ce qu'il avait à dire. Si Hall avait un minimum de bon sens, désormais il l'éviterait.

Mieux, il irait s'installer dans une autre ville.

Ayant fait ce qu'il avait à faire, il retourna à sa voiture et rentra chez lui. Sa main, déjà violacée et enflée, avait besoin de glace, et lui d'un alcool fort.

Il traversait le hall d'entrée, prêt à demander qu'on aille lui chercher de la glace, lorsqu'il s'immobilisa brusquement.

— Mère ?

Ellen Mansfield se tenait sur le seuil du salon. Toujours en grande tenue, elle portait une robe vert sombre brodée d'une multitude de perles, qui brillaient dans la douceur de la lumière électrique.

— Bonsoir, Phillip.

— Je vous croyais à Newport.

— J'y étais, mais il fallait que je te voie.

Elle l'observa, l'air inquiet.

— Tu es blessé ?

Il fourra sa main dans sa poche et s'approcha pour embrasser sa mère.

— Rien de grave. Entrons, voulez-vous ?

Il l'entraîna dans le salon, où elle prit place sur le sofa. Après lui avoir tendu un verre de sherry, il se servit un whisky.

Ellen Mansfield le regarda s'asseoir à son tour, et but une gorgée.

— Elle renonce à presque tout pour sauver ton cher hôtel.

— Pardon ? Quoi ? Qui ?

— Lady Eva. Elle fait tout ce qu'elle peut pour sauver ton hôtel, sans regarder à la dépense.

Il ne comprenait pas grand-chose à cette phrase, alors il commença par le nom.

— Vous l'avez appelée lady Eva.

— Elle m'a révélé sa vraie identité, Phillip. À ton avis, où est-elle allée lorsqu'elle a fui cette ville ?

C'était absurde. Il secoua la tête, à la manière de celui qui cherche à remettre un peu d'ordre dans ses idées.

— Êtes-vous en train de me dire qu'elle est allée à Newport ? J'ignorais que vous vous connaissiez.

— Eh bien si, nous nous connaissons. J'ai embauché lady Eva...

— Vous l'avez *embauchée* ? Pour faire quoi ?

— Pour reconstruire Stoneacre.

Il se tendit.

— Je vous avais dit de ne rien faire à Stoneacre, mère. Vous n'aviez pas le droit d'embaucher un architecte sans m'en informer.

— Ne t'avise pas de me donner des ordres, mon chéri, répliqua d'un ton sec Mme Mansfield, dont le regard azur lançait des éclairs. Je ne suis pas une de tes domestiques, ni un de tes ouvriers. J'ai décidé de faire ce que je voulais de cette maison, et nous avons les moyens d'en construire vingt comme elle. Lady Eva est un don du ciel et je suis plus que satisfaite des plans qu'elle m'a montrés.

Eva avait déjà produit des plans ? Encore un secret qu'elle avait cru bon de lui taire. Il se massa le front, très las soudain. Seigneur, combien y en avait-il d'autres ?

— Soit dit en passant, c'est moi qui lui ai demandé de ne rien te dire. Donc si tu envisageais de lui reprocher ça en plus de tout le reste, sache que c'est inutile.

Était-il si prévisible ?

— Que vouliez-vous dire par « Elle fait tout pour sauver ton hôtel, sans regarder à la dépense » ?

— Tu n'es pas au courant du marché qu'elle a réussi à passer ?

Phillip secoua la tête, et sa mère poursuivit :

— D'après ce que j'ai entendu dire, elle a accepté de limiter sa présence sur le chantier à une heure au moment du changement d'équipe en fin de journée, en échange de quoi le syndicat a accepté de ne pas ébruiter l'identité de l'architecte qui a dessiné l'hôtel. Les ouvriers reprennent le travail demain.

Phillip sentit ses poils se hérisser.

— Une heure ? Chaque jour, et toujours au même moment ? Jamais je n'aurais accepté une chose pareille !

— Je n'en doute pas un instant. Mais elle l'a acceptée, elle. Pour *toi*. Toi, Phillip, et personne d'autre. Cette jeune femme tient beaucoup à toi.

Je suis... tombée amoureuse de toi.

Il ne l'avait pas crue. Il avait vu dans cet aveu des motifs égoïstes. Et maintenant, il ne savait plus que croire.

— Je suppose qu'elle a accepté parce qu'elle ne voulait pas perdre le projet.

— Tu te trompes, mon cher fils. Elle signera de son nom ma nouvelle maison à Newport, ce qui signifie qu'elle n'aura plus à se cacher bien longtemps derrière E.M. Hyde. Par ailleurs, elle sera largement rétribuée pour ce travail. En résumé, elle n'a plus besoin de ton projet d'hôtel. Plus pour ces raisons, en tout cas.

Il ne savait plus quoi dire. Eva méritait le succès et la notoriété, bien sûr. Mais une sensation de déception montait en lui, comme si elle l'avait éliminé de sa vie.

« Non, songea-t-il, c'est toi qui l'as éliminée de la tienne. »

Il fit la grimace. Il n'avait pas voulu cela. Certes, il avait eu des mots durs sous le coup de la colère, des mots qu'il regrettait aujourd'hui. La déception et la douleur avaient obscurci son esprit, l'empêchant de comprendre, et il s'était déchaîné contre elle. Il avait eu l'intention de s'excuser… une fois la douleur apaisée.

Aujourd'hui, il apprenait de la bouche de sa mère tout ce qu'Eva avait gardé pour elle. Pourquoi était-il toujours de l'autre côté de la barrière avec elle ?

Parce qu'elle sentait que tu ne lui faisais pas confiance, et que tu ne lui pardonnerais pas…

Il ne lui avait donné aucune raison de croire en lui. En eux.

Il avait évoqué la possibilité de sortir en public avec elle, mais ne lui avait pas avoué ses sentiments. Il ne lui avait pas dit que jamais il n'avait tenu à une femme comme il tenait à elle, aussi profondément, aussi… définitivement. À bord de ce bateau, elle était entrée par effraction dans sa vie et depuis, elle s'était lovée dans son cœur.

Elle avait eu le courage de dire qu'elle l'aimait, et il avait répondu par le mépris. Comment pourrait-elle lui pardonner un jour ?

Sa mère l'observait avec attention. Il toussota.

— Comment avez-vous su, pour les négociations et l'accord ? Pourquoi êtes-vous mieux informée que moi ?

— J'arrive de chez les Cortland. Il fallait que je la voie avant qu'elle ne parte pour Newport. Alors, envisages-tu de te battre pour elle ?

— Oui, mais je ne suis pas certain qu'elle me pardonnera.

Le soupir de sa mère résonna dans le salon.

— C'est absurde ! N'importe qui verrait que c'est la femme qu'il te faut. Elle sait tout ce qu'il y a à savoir sur l'architecture, elle est obstinée, intelligente... a beaucoup de classe et est belle comme le jour. Tu auras de la chance si elle veut bien de toi. Et pour ça, il faudra que tu fasses profil très, très bas.

Pouvait-il la reconquérir ?

— Vous ne désapprouvez pas ? demanda-t-il. Cela m'étonne, étant donné cette série pour le moins scandaleuse de fiancés passés de vie à trépas.

— Des imbéciles. Elle m'a raconté que tous avaient tenté de la dissuader de s'intéresser à l'architecture. Un talent comme le sien doit s'épanouir, pas végéter.

La réponse de sa mère surprit Phillip, qui poursuivit :

— Elle m'a dit à plusieurs reprises qu'elle n'avait pas l'intention de se marier. Elle redoute de perdre son indépendance. De passer de l'ombre de son père à la mienne.

— Alors tu dois faire en sorte de la laisser dans la lumière. Un homme fort n'a pas besoin d'attacher sa femme. Un homme fort lui laisse la bride sur le cou, et ne l'étouffe pas.

— C'est ce que père a fait avec vous ?

— Bien sûr. Nous n'avons jamais vécu collés l'un à l'autre. Dans un couple, il faut garder ses propres intérêts, et en développer des communs. C'est sur ceux-là qu'un mariage se bâtit et tient le coup. Ton père le savait, et ne s'est jamais plaint quand je donnais des soirées et des dîners. Il détestait la vie mondaine, et moi je l'adorais. Nous avons trouvé des compromis.

Compromis. C'était une idée à laquelle il pouvait se faire, si cela signifiait garder Eva à ses côtés. Arriverait-il à la convaincre de lui pardonner ?

— Tu es un Mansfield, dit sa mère en lui tapotant le bras. Le compromis n'est pas ton point fort, mais si c'est pour la femme de ta vie, le jeu en vaut la chandelle. Allez, cours attraper le prochain train pour Newport, et fais-toi pardonner !

Eva parcourait le chantier de Stoneacre en compagnie de M. Jacobs, l'ingénieur qui lui avait été recommandé par Carew. La brise marine, après la chaleur étouffante de la veille, était un véritable soulagement. Ils discutaient érosion des sols et impact du vent, qui n'avait pas été très clément envers la façade en pierre.

— Pour la nouvelle maison, j'ai suggéré du marbre, dit-elle. C'est plus onéreux, mais le marbre supporte mieux l'assaut des éléments que la pierre ou la brique.

— Je suis d'accord, répondit l'ingénieur. Mais Fall River, dans le Massachusetts, produit un granite magnifique, qu'on ne trouve que là-bas. Je vais m'en procurer un échantillon et je vous le montrerai la semaine prochaine. Vous déciderez peut-être de l'utiliser, pour la façade ou pour autre chose.

L'idée de faire appel à une carrière de la région plaisait à Eva. Jacobs connaissait son métier et n'hésitait jamais à donner son avis, tout en respectant les choix de son employeur.

— Parfait, dit-elle. Maintenant, visitons l'intérieur, si vous le voulez bien. J'aimerais avoir votre opinion sur le…

— Bonjour.

Cette voix. Eva tourna brusquement la tête et vit Phillip qui approchait, traversant la pelouse à grands pas. La brise décoiffait ses cheveux bruns et plaquait ses vêtements sur son imposante silhouette. Le voir fit bondir son cœur dans sa poitrine.

Et la poule aux œufs d'or est arrivée. Providentielle. Moi.

Elle souffla lentement. Qu'il l'ait crue aussi calculatrice et insensible l'avait profondément blessée. Il n'avait vu en elle qu'une coureuse de fortune cherchant à plumer un homme riche. Tout ce qu'elle voulait, pourtant, c'était qu'on la laisse faire ses preuves. Elle s'était excusée de l'avoir dupé, mais Phillip n'avait pas voulu comprendre. Elle lui avait avoué ses sentiments mais, au lieu de faire de même, il était parti. Il n'en fallait pas plus pour comprendre qu'il ne tenait pas à elle.

Endurcis-toi, Eva. Renforce ta carapace. Protège-toi.

— Bonjour, monsieur Mansfield, répondit-elle froidement lorsqu'il les rejoignit. Votre mère n'est pas ici.

— C'est toi que je voulais voir.

Surprise, elle parvint néanmoins à rester impassible, et fit les présentations.

Phillip serra la main de l'ingénieur.

— Jacobs, vous dites ? C'est vous qui avez bâti la maison Haverton ici, je me trompe ?

— Oui, monsieur, c'est bien ça, répondit Jacobs, visiblement ravi que Phillip ait entendu parler de son travail. Et le château Bellevue, également.

— Impressionnant. Il semblerait donc que la nouvelle maison de ma mère soit entre de très bonnes mains.

Eva observait son expression. Il était au courant pour la reconstruction de Stoneacre, et n'avait pas l'air en colère ? Ellen avait dû lui parler récemment. Que tramait donc la vieille dame ?

— J'aimerais m'entretenir quelques instants avec lady Eva, si vous n'y voyez pas d'inconvénient, monsieur Jacobs.

— Oh, dit Jacobs en regardant Eva. Mademoiselle ?

Avait-elle envie de lui parler seule à seul ? Après tout, ils avaient encore le projet de l'hôtel en commun… pour le moment. Peut-être était-il venu ici pour la renvoyer.

Le mieux était d'en finir tout de suite.

— Si vous voulez bien aller m'attendre dans la bibliothèque, monsieur Jacobs. Je n'en ai pas pour longtemps.

L'ingénieur hocha la tête et porta un doigt à son chapeau avant de disparaître sur le côté de la maison, en direction de l'entrée principale.

Eva se tourna vers l'océan, ferma les yeux face au soleil et offrit son visage à la brise légère et salée qui venait du large. Elle attendit que Phillip parle en premier.

— J'ai appris, pour l'accord que tu as passé avec le syndicat, dit-il. J'aurais aimé que tu m'en parles. Jamais je n'aurais accepté de telles limitations.

Elle avait résolu le problème de la grève, et il se plaignait ?

— Je n'étais pas sûre que ça marcherait, pour tout dire. Et ces limitations n'ont guère d'importance, si tu es venu pour me renvoyer.

— Je ne veux pas te renvoyer. Je suis venu m'excuser.

Elle le regarda. Ses traits familiers, sa beauté lui nouèrent la gorge.

— Ah bon ?

Il fourra les mains dans ses poches. Il était un peu raide, et voûté.

— Pour ce que j'ai dit l'autre soir. Pour ma réaction quand tu m'as tout avoué. Pour ton père. Je suis désolé, Eva...

À quoi bon continuer à lui en vouloir, s'il ne la renvoyait pas ?

— J'accepte tes excuses. C'est tout ce que tu avais à me dire ?

— Je...

Il s'interrompit, ferma les yeux, les rouvrit.

— ... J'étais en colère. Mes mots ont dépassé ma pensée. J'espère que tu le sais. Tu es la bienvenue sur le chantier... et à mes côtés.

Elle était la bienvenue à ses côtés ? Non mais il plaisantait ou quoi ?

— J'ai quelques affaires à régler ici, mais je devrais pouvoir être de retour sur le chantier la semaine prochaine.

Elle n'avait pas répondu à la seconde partie de son offre.

— Mais tu ne seras pas de retour à mes côtés ?

— Je pense qu'il vaut mieux oublier cet aspect-là de notre relation.

Il la fixa d'un regard furieux.

— Alors nous revoilà à la case départ ? À la fameuse « distance professionnelle » ?

Elle inspira profondément, redressa les épaules.

— Notre liaison était très agréable, mais nous savions tous les deux qu'elle aurait une fin. Il y a trop de méfiance entre nous désormais, et faire marche arrière ne m'intéresse pas. Je veux aller de l'avant.

— Tu as dit que tu étais tombée amoureuse de moi. C'était un mensonge, ça aussi ?

Non, mais elle regrettait presque que ce n'en soit pas un.

— Je m'en remettrai.

— Et si je n'ai pas envie que tu t'en remettes, moi ? Si je t'avouais que moi aussi je suis tombé amoureux ?

Espoir, bonheur et émotion explosèrent dans la poitrine d'Eva. Mais elle se calma bien vite. C'était trop tard. Il arrivait trop tard.

— Cela ne changerait rien. Je dois faire ce que j'estime bon pour moi, et poursuivre notre liaison n'est pas dans mon intérêt.

— Je veux t'épouser, Eva, pas continuer notre liaison.

Elle le regarda, stupéfaite. N'avaient-ils pas déjà réglé cette question ? N'était-ce pas justement sur ce point que leur confiance réciproque s'était brisée ?

— Seigneur. Mais d'où vient cette idée de mariage, encore ?

— Elle ne m'a jamais quitté. J'ai toujours voulu t'épouser.

— Et moi, je ne l'ai jamais voulu.

— Je ne comprends pas. Il n'y a plus aucun secret entre nous. Je t'ai pardonné, et tu as excusé mon comportement. Aurais-je oublié quelque chose ?

Une demande en mariage en bonne et due forme ? Une vraie déclaration d'amour ? L'assurance qu'elle pourrait poursuivre sa carrière après le mariage ? La possibilité de revoir son père ? Décidément, elle était perdante sur toute la ligne, alors que lui avait tout à y gagner.

— Tu aurais préféré que le surnom de Miss Catastrophe ne hante pas ton nouvel hôtel, bien sûr, mais j'ai peur que l'on n'y puisse plus grand-chose.

L'expression de Phillip s'assombrit un peu plus.

— Tu penses vraiment qu'il s'agit de l'hôtel, là ? Mais ce n'est pas ça qui me préoccupe. J'espérais te convaincre de me faire confiance, de me croire quand je te promets d'être un époux attentif et dévoué.

Lui faire confiance ? Après qu'il l'eut laissée tomber aussi facilement ?

— Bien sûr qu'il s'agit de l'hôtel, contra-t-elle. Et aussi de me donner de la crédibilité, et ta protection. Mais j'ai besoin d'un partenaire, pas d'un gardien. Je ne peux pas me marier, renoncer à mes droits et à mon travail les yeux fermés – surtout pour un homme qui m'a donné bien peu de raisons de lui faire confiance.

Il grimaça.

— C'est vrai, je m'en rends compte aujourd'hui. Je m'y suis mal pris, pour l'essentiel. Mais personne n'a dit que tu devais renoncer à quoi que ce soit.

— Donc, tu ne penses plus que c'était une erreur d'accepter que je reste ? De laisser une femme superviser la construction de ton hôtel ?

Cette question sembla le prendre de court, comme s'il ne se souvenait plus d'être l'auteur de cette remarque.

— Tu as fait de l'excellent travail, Eva. Le budget n'est pas dépassé et le chantier est en avance sur les délais prévus. Comment pourrais-je me plaindre ?

Il s'en sortait bien, sans pour autant répondre à la question.

— Pourquoi ne pas me renvoyer à Londres ? Tu as les plans d'E.M. Hyde, tu n'as plus besoin de moi. Embauche un autre architecte qui supervisera la fin du chantier.

— Mais j'essaie de te dire pourquoi, et tu ne m'écoutes pas ! Je veux t'épouser. T'avoir à mes côtés. Pour toujours.

C'était plus fort qu'elle : un sentiment d'échec la submergeait. Instinctivement, tout son être lui soufflait *non*. Les fondations d'un mariage devaient être solides, or il n'y avait plus que de la fragilité, de la douleur et de la méfiance entre eux.

— Je ne peux pas. Rien de tout cela ne suffit. Je mérite mieux.

La gorge serrée au point d'avoir du mal à respirer, elle tourna les talons et se dirigea vers la maison.

Il la rattrapa, la saisit par le poignet.

— Attends ! Dis-moi ce qu'il te faut. Dis-moi comment m'améliorer, être à la hauteur. Je t'en prie, Eva, ne me quitte pas.

Elle ne pouvait pas. Elle ne pouvait pas faire de lui quelqu'un d'autre, le forcer à la considérer en égale, à mettre son cœur à nu.

— Je suis désolée, dit-elle en se dégageant. Tu devrais retourner à New York.

Elle partit en courant, sans se retourner, et disparut dans la maison.

19

Eva fourrait ses papiers dans une grande valise en cuir quand Nora entra en trombe dans la chambre.

— Quoi ? J'ai bien entendu ? Tu pars à Newport pour le reste de l'été – sans *moi* ?

La veille, après la visite désastreuse de Phillip à Stoneacre, elle était rentrée à New York tard dans la soirée. Tout ce qu'elle voulait, c'était faire ses bagages et filer sur la côte pour quelques semaines. Vivre dans un endroit où elle n'aurait pas à voir Phillip, ni l'hôtel, et où le travail l'occuperait sans relâche.

— Bonjour, Nora. Si tu veux m'accompagner, tu es la bienvenue, évidemment. Mais je vais être très occupée. La démolition de Stoneacre commence dans deux semaines.

Nora se laissa tomber sur le lit.

— Pfff... De toute façon tu ne veux jamais m'accompagner aux soirées, et Julius non plus, alors autant que je reste ici. Tu vas me manquer. C'est à cause de lui que tu pars, hein ?

— Ne sois pas ridicule. Ce n'est pas à cause de lui. Un autre projet nécessite ma présence à Newport. Et d'ici un mois, je rentrerai en Angleterre pour voir mon père. Cela n'a rien à voir avec Phillip.

— J'aimerais te croire, mais je te connais trop bien. Cet homme t'a brisé le cœur et tu t'enfuis. Encore une fois.

Que Nora la connaisse aussi bien l'énervait beaucoup.

— Il est venu me voir, hier.

Nora ouvrit de grands yeux.

— Vraiment ? Que voulait-il ?

Eva haussa une épaule.

— S'excuser. Et me demander en mariage.

— Quoi !? Bonté divine ! Et qu'as-tu répondu ?

— Ce n'était pas une demande en bonne et due forme, mais plutôt une idée qu'il lançait. Et j'ai répondu non, bien sûr.

— Oooh, fit Nora, songeuse. Je ne comprends plus rien.

— Il m'a dit que si je voulais, j'étais la bienvenue sur le chantier… et dans sa vie.

— Question romantisme, il repassera, dis donc. Est-ce qu'il a évoqué les sentiments qu'il a pour toi ?

Le cœur d'Eva se serra.

— Non. Mais il a tout de même demandé quelle serait ma réaction s'il m'avouait qu'il était tombé amoureux de moi.

— Pour tourner autour du pot, en revanche, il a l'air d'être fort. Il avait peur que ces sentiments ne soient pas réciproques ?

— Non, je lui avais déjà avoué que je l'étais moi aussi. Il sait très bien ce que j'éprouve pour lui.

Nora regarda son amie avec compassion.

— Oh, Eva… Mansfield devait penser que tu lui tomberais dans les bras en entendant sa demande en mariage. C'est ce qu'auraient fait la plupart des femmes, tu sais.

— Alors, qu'il s'adresse à elles. Je n'épouserai pas un homme qui ne me fait pas confiance et ne croit pas en moi. Et qui ne souhaite pas me faire passer avant le reste.

— Tu veux que je lui donne un coup de pied dans le tibia ? Ou mieux, je peux demander à Julius de le ruiner, dit Nora en remuant les doigts comme une sorcière devant sa boule de cristal.

— Ce ne sera pas nécessaire, mais je te remercie pour toutes ces idées, dit Eva en souriant. Si je change d'avis, tu seras la première informée.

Détournant le regard, Nora lissa sa jupe un moment.

— Ne le prends pas mal, dit-elle enfin, mais es-tu certaine de ne pas vouloir en rediscuter avec lui ? Dans quelque temps, peut-être, quand vous aurez eu chacun de votre côté la possibilité de réfléchir un peu…

— À quoi bon ? Ce qui est fait est fait.

On toqua à la porte, et Nora se leva pour aller ouvrir. Un valet lui tendit un petit plateau.

— Un câble pour milady.

— Pour laquelle ? demanda Nora.

— Pour lady Eva, répondit le jeune homme en rougissant comme une tomate.

Eva le remercia, prit le pli et lut :

On a besoin de vous sur le chantier. Le plus vite possible.

Et c'était signé Frank Tripp.

Elle leva les yeux, réfléchit un instant.

— Qu'est-ce que c'est ? demanda Nora. Qu'est-ce qui est écrit ?

— On me demande de me rendre sur le chantier.

— Alors qu'est-ce que tu attends ?

— Je trouve ça un peu bizarre. C'est signé Frank Tripp, l'avocat de Phillip.

— Ah oui, je le connais. C'est un ami proche de Julius. D'une intelligence redoutable.

Eva jeta un coup d'œil en direction de la pendule, sur la cheminée. S'il n'y en avait pas pour trop longtemps, elle pourrait prendre le train de l'après-midi pour Newport.

— Je ferais mieux de me dépêcher, dit-elle en allant chercher un chapeau et une paire de gants assortis dans le placard.

Lorsqu'elle revint, Nora l'attendait, chapeau et gants à la main.

— Je viens avec toi.

— Pourquoi ?

— Une intuition. Mon petit doigt me dit qu'il va se passer quelque chose d'intéressant.

Sur la Cinquième Avenue, la foule bloquait presque la circulation.

— Que se passe-t-il ? fit Eva en regardant par la fenêtre de la voiture. Je crois qu'il vaudrait mieux descendre et terminer à pied.

Nora demanda au cocher de s'arrêter, et les deux femmes descendirent sur le trottoir.

— Mais qu'est-ce que... ? s'étonna Eva.

Elle prit Nora par le bras et, ensemble, elles se frayèrent un passage parmi les badauds.

— C'est normal, une telle foule ? demanda Nora en agrippant son ombrelle, comme si elle allait devoir les défendre.

— Non. C'est l'équipe de Milliken.

Elle ne reconnaissait pas tous les visages, mais les casquettes et les tenues de travail étaient semblables à celles des ouvriers qu'elle avait vus ces dernières semaines sur le chantier.

Plus elles approchaient de l'entrée, plus la foule était dense. Ici et là, on scandait des revendications. Les machines étaient silencieuses. Pourquoi ces hommes n'étaient-ils pas au travail ? Cela faisait déjà deux jours que l'accord avait été conclu avec le syndicat.

Les ouvriers qui occupaient le trottoir s'écartèrent pour les laisser passer. C'était très... étrange. Ils ne manifestaient aucune hostilité, juste de la... curiosité.

— Pourquoi te regardent-ils tous ? murmura Nora.

— Si seulement je le savais...

Elle repéra Frank Tripp un peu plus loin, près de l'entrée. Bras levés, il tentait de calmer un groupe d'hommes visiblement mécontents.

— Frank ! lança-t-elle.

Il tourna aussitôt la tête dans sa direction, parut soulagé en la voyant.

— Dieu merci, vous voilà ! s'écria-t-il en venant à leur rencontre. Lady Eva, si vous saviez comme je suis heureux de vous voir ! Bonjour, Nora.

— Que se passe-t-il, Frank ? demanda Nora. Les ouvriers se sont remis en grève ?

Il eut un petit rire sans joie.

— Non. C'est le propriétaire qui est en grève, cette fois.

Eva ferma les yeux.

— Le propriétaire ? Vous voulez dire…

— Oui, confirma Frank. Il a complètement perdu la tête, si vous voulez bien me pardonner l'expression.

— Où est-il ?

— À l'entrée. Il a verrouillé le portail, refuse de donner la clé, et personne ne sait quoi faire.

— Mais qu'est-ce qui peut bien le pousser à agir de la sorte ? questionna Nora.

— Elle, fit Frank en pointant un doigt sur Eva. Il dit qu'il ne laissera pas entrer les ouvriers tant qu'ils n'accepteront pas que lady Eva entre aussi.

Eva manqua tomber à la renverse.

— Quoi ?! Mais c'est complètement fou !

Frank leva les mains.

— Ce n'est pas moi qui dirai le contraire. Mais là, il semble possédé. Je ne l'ai jamais vu comme ça.

— Vas-y, dit Nora en poussant Eva. Trouve une solution.

Eva pivota sur elle-même et regarda les hommes qui attendaient, maugréant pour la plupart, s'interrogeant sur cet étrange propriétaire qui les empêchait de travailler. Comment ne pas être d'accord avec eux ?

Ce comportement ne collait pas du tout avec la personnalité de Phillip.

Faisait-il réellement cela pour *elle* ?

À la porte, elle trouva Milliken solidement campé sur ses deux jambes, face à Phillip dans la même posture. Les deux hommes se fixaient sans un battement de cils. C'était à qui ferait céder l'autre. Seigneur ! Comme s'ils avaient besoin qu'une bagarre éclate...

Elle s'interposa, tournant le dos à l'entrepreneur.

— Phillip, mais enfin que fais-tu ?

— Je campe sur mes positions, répondit-il sans lâcher Milliken du regard.

— C'est de la folie ! Ouvre le portail et laisse entrer les ouvriers.

— Exactement, approuva Milliken. Laissez entrer mes gars.

— Pas avant qu'on n'accorde l'accès total et inconditionnel du chantier à mon architecte, quand bon lui semblera.

— Elle a déjà accepté les termes de notre accord, Mansfield, rétorqua Milliken.

— Alors nous devons renégocier cet accord, parce qu'il ne me satisfait pas.

— Mais c'est impossible ! s'emporta Milliken, tapant son chapeau melon contre sa cuisse.

Eva se tourna vers l'entrepreneur.

— Vous voulez bien nous laisser un instant, monsieur Milliken ? J'aimerais dire quelques mots en privé à M. Mansfield.

Milliken s'éloigna en secouant la tête et en marmonnant. Eva s'approcha de Phillip, qui semblait réellement au bord de la folie. Des cernes assombrissaient son visage, il était échevelé. Sa barbe de deux jours lui donnait un air de mauvais garçon, délicieusement dangereux.

« Arrête, se gronda-t-elle. Tu ne dois surtout pas partir dans cette direction, Eva... »

— Phillip, que fais-tu ?

— J'essaie de t'aider. Es-tu réellement satisfaite de l'accord que tu as passé avec ces gens ?

Non, cet accord ne la satisfaisait pas… mais c'était le prix à payer. Pour que l'hôtel de Phillip soit construit dans les temps. Pour en finir avec ce projet et rentrer auprès de son père, en Angleterre.

— Il fallait bien que je les persuade de reprendre le travail. C'est à cause de moi qu'ils faisaient grève, donc il fallait bien que je me plie à leurs exigences.

— C'est faux. Et *jamais* je n'aurais accepté cela. Tu es l'architecte. Tu mérites d'être ici, à n'importe quelle heure du jour et de la nuit. C'est ton projet.

Elle entendait la conviction dans ses paroles, la voyait dans son regard brûlant. Mais bien qu'émue par cette véhémence, elle ne pouvait pas faire marche arrière. L'accord avait été conclu, les papiers signés. Revenir dessus pouvait mettre tout le projet en danger.

— J'apprécie ton soutien, dit-elle. Il me touche beaucoup. Mais si c'est un stratagème pour me faire changer d'avis à propos de nous, tu perds ton temps.

— Ce n'est pas un stratagème, répondit-il, tendu. Je sais que je t'ai perdue, que j'ai tout fichu en l'air. Je le mérite, vu comme je t'ai traitée. Tu as raison : parce que tu es une femme, je ne t'ai pas fait confiance, et quand j'ai su que tu m'avais menti, je me suis dit que mes craintes étaient fondées. Je me trompais. Alors il faut que je règle ça, dit-il en indiquant du pouce le chantier silencieux, derrière lui. Pour toi. Et parce que c'est la seule chose sur laquelle j'ai encore un peu d'influence.

— Mansfield !

Debs et Gray arrivaient à grands pas, visiblement furieux. Milliken suivait, pas très loin derrière.

— Qu'est-ce que ça veut dire ? hurla Debs. Milliken nous dit que vous refusez l'accès du chantier à nos gars ?

— Vous avez perdu la raison ? renchérit Gray.

— Non, je l'aurais plutôt retrouvée, répondit Phillip, croisant les bras sur son large torse. Vous avez obtenu la signature d'un accord que jamais je n'aurais accepté. Je suis ici pour mettre un peu d'ordre dans tout ça.

— Elle l'a accepté, elle, dit Debs en montrant Eva. Et votre avocat l'a signé pour vous.

— Je vous poursuivrai en justice. Cet accord ne sera pas recevable devant un juge.

Gray leva les bras, exaspéré.

— Mais c'est absurde ! À quoi jouez-vous exactement, Mansfield ?

Phillip fit un pas en direction des ouvriers massés sur le trottoir, et leva les mains pour obtenir le calme.

— Messieurs ! Puis-je avoir votre attention ? Juste un instant, s'il vous plaît.

Le silence se fit peu à peu.

— Un grand nombre d'entre vous était contre la présence d'une femme sur le chantier, dit-il en montrant Eva. Elle s'appelle lady Eva Hyde et c'est la fille de lord Cassell, E.M. Hyde. Mais c'est aussi l'architecte qui a conçu et dessiné l'hôtel Mansfield.

Une vague de murmures parcourut la foule. Les ouvriers se regardèrent, étonnés.

— Elle a tout fait, de A à Z. Personne d'autre n'a travaillé sur ce projet. C'est pour cette raison qu'elle, plus que quiconque, a sa place sur ce chantier. Elle est intelligente et douée, aussi douée que son père, peut-être même plus parce que, partout où elle travaille, elle doit affronter des hommes qui mettent en doute ses capacités. Comme moi. J'ai douté d'elle, mais chaque fois, elle m'a prouvé qu'elle était à la hauteur. C'est pour cette raison que je n'admettrai pas que sa présence sur le chantier soit limitée de quelque façon que ce soit. Elle aura désormais toute latitude pour superviser ce projet... ou le chantier ne rouvrira pas.

— Quoi ?! fit Debs. Vous êtes prêt à fermer le chantier pour de bon ?

— Exactement, répondit Phillip. Si vous ne l'acceptez pas comme un membre de l'équipe à part entière, jouissant de tous les droits d'ordinaire accordés aux hommes et assumant toutes les responsabilités incombant à son rôle, je prendrai ses plans et j'irai faire construire mon hôtel à San Francisco.

Eva en resta bouche bée. Une telle décision impliquerait une perte de temps et d'argent colossale. Il ne pourrait plus rien faire construire à New York. Était-il réellement prêt à cela pour elle ?

Elle sentit vaciller les remparts qu'elle avait érigés pour se protéger. Jamais personne n'avait agi de manière aussi désintéressée pour elle. Ce geste, c'était plus que toutes les fleurs, tous les chocolats… et même tous les bijoux. Peut-être lui accordait-il réellement plus de valeur qu'à son hôtel.

— C'est ridicule, s'emporta Debs. Jamais vous ne mettriez un terme à ce projet, pas à ce stade des travaux.

— Vous vous trompez. Je ne tolérerai pas que l'on manque de respect à lady Eva, et j'y perdrai ma fortune avec plaisir pour le prouver. Alors, messieurs, que décidez-vous ? lança Phillip à l'intention des ouvriers.

Eva s'approcha de lui. Il plongea son regard dans le sien, et la détermination qu'elle y lut la bouleversa.

— Phillip, tu n'es pas obligé, tu sais…

— Si, répondit-il doucement. Je t'ai laissée tomber. Mais tu vaux bien plus que cent projets réduits à néant, pour moi.

Elle avait le cœur battant, la gorge nouée par l'émotion.

— C'est la plus belle chose que tu pouvais dire.

— Et si nous faisions voter les ouvriers ? lança Frank Tripp.

Autour de lui, l'approbation fut presque unanime. Les gars avaient hâte d'en finir, de trouver une solution.

— Très bien, lâcha Debs, dégoûté. Votons.

Les mains en porte-voix, Tripp hurla :

— Tous ceux qui sont contre accorder à lady Eva libre accès au chantier, levez la main !

Une trentaine d'hommes, sur la centaine présente, leva la main, y compris Milliken.

— Tous ceux qui ont la main levée, vous êtes virés, annonça Phillip, l'air mauvais. À tous les autres, merci d'avoir soutenu notre architecte. Et bienvenue sur le chantier.

Puis il se tourna vers le portail et le déverrouilla. Des hourras s'élevèrent dans la foule. Les ouvriers pénétrèrent sur le chantier.

La foule les ayant séparés, Eva attendit un moment avant de pouvoir rejoindre Phillip. Lorsqu'elle y parvint, Milliken était là, hors de lui.

— Vous ne pouvez pas me renvoyer ! Ce sont mes gars ! Ils ne travailleront pas pour vous si vous me renvoyez !

Parfait produit de la bonne société new-yorkaise, Phillip était désormais très calme et maître de lui-même.

— Il me semble qu'ils viennent de vous prouver le contraire, Milliken. Et pourtant je vous ai renvoyé. Si vos gars veulent s'en aller, ils ont ma bénédiction. J'embaucherai un autre entrepreneur et d'autres ouvriers, autant qu'il en faudra. Mais vous n'êtes plus autorisé à pénétrer sur mon chantier.

Eva regarda partir Milliken, furieux, et se retint de manifester sa joie. Elle était encore sous le choc. Il avait vraiment fait tout cela pour elle…

Il la vit franchir les derniers mètres qui les séparaient et fronça les sourcils, troublé, lorsqu'elle resta silencieuse.

— Eva ?

Lentement, elle se hissa sur la pointe des pieds et lui murmura à l'oreille :

— Votre présence est requise de toute urgence pour une réunion. C'est au numéro 22, 24e Rue.

Puis elle s'éloigna, à la recherche d'un fiacre.

Quand il arriva au dernier étage de l'immeuble, Phillip était à bout de souffle. Allait-il trouver Eva ? Il n'avait pas osé l'espérer, craignant d'avoir mal compris ses intentions.

La porte de l'appartement était entrouverte. Il la poussa et entra dans l'ancien bordel.

— Eva ?

Quelque chose bougea dans la pénombre et, l'instant d'après, une femme se jeta dans ses bras. *Eva*. Il l'enlaça, la serra contre lui, la retenant pour le cas où elle changerait d'avis. Le visage dans ses cheveux, il inspira profondément. Son parfum fleuri l'emmena tout droit au paradis. Elle lui avait tellement manqué.

— Je n'arrive pas à croire que tu aies fait ça. Tu es complètement fou ! murmura-t-elle, le visage enfoui contre son torse.

— J'étais sincère, tu sais. Je n'ai pas fermé le chantier pour te ramener à moi.

Mais si une des conséquences de cette décision était le retour d'Eva, il l'accepterait avec bonheur.

— Je l'ai fait parce que tu mérites d'être traitée comme un homme.

Il entendit son souffle un peu haché, comme un sanglot retenu.

— Et je t'en suis reconnaissante. C'est le plus beau geste qu'on ait jamais fait pour moi. Merci.

— Ce n'est rien, vraiment, murmura-t-il avec fierté.

Elle s'écarta, et il se força à la lâcher. Mais déjà, elle lui manquait.

— Tu as vu ? dit-elle. La plupart des gars sont retournés travailler. Ils se fichent que je sois une femme, en fait.

— C'est ce que je me suis dit. Il n'y avait que quelques moutons noirs dans le troupeau. Et franchement, j'aurais dû renvoyer Milliken dès qu'il s'est plaint de ta présence la première fois. Je suis désolé, Eva.

— Tu es pardonné. Pour tout.

— Vraiment ?

— Oui. Je suis désolée de t'avoir menti. J'étais certaine que tu ne m'aurais pas gardée si tu avais su, pour les plans. Et puis, plus je taisais l'état de santé de mon père, plus j'avais de chances de pouvoir signer des projets en son nom.

— J'ignorais que votre situation financière était aussi catastrophique. Pourquoi ne pas m'en avoir parlé ?

Elle se mordit la lèvre, détourna le regard.

— Je ne voulais pas que cela se sache. Mon père était un génie en architecture, mais ne savait pas gérer son argent. Et maintenant, les soins… Mais je trouverai bien un moyen pour nous renflouer, dit-elle en haussant les épaules.

Il n'en doutait pas. Quand Eva s'attelait à quelque chose, elle y arrivait toujours. Il n'avait jamais rencontré de femme aussi déterminée, aussi débrouillarde.

Épouse-moi, et je t'aiderai.

Il brûlait d'envie de prononcer ces mots, mais n'en fit rien. Il lui avait déjà demandé de l'épouser, et elle avait été claire : elle ne voulait pas. Sa présence ici ne signifiait pas qu'elle avait changé d'avis.

Il se promit néanmoins de la faire changer d'avis. Avec le temps. Parce que la perdre était hors de question.

— J'en suis sûr, dit-il. Et si tu as besoin de quoi que ce soit, je t'en prie, pense à moi. Tu peux tout me demander.

Elle baissa les yeux, le regarda derrière ses longs cils bruns.

— Tout ?

— Oui, tout.

— Tu me donnerais une deuxième chance, alors ?

Le cœur de Phillip bondit dans sa poitrine.

— Pour recommencer, toi et moi ?

Elle s'approcha de lui, posa une main sur son torse.

— Si tu en as envie. Et aller plus loin, peut-être.

— Précise ta pensée ?

Il mourait d'envie de la toucher, mais fit un effort surhumain pour se retenir. Il devait d'abord savoir quelle idée elle avait en tête.

— Tu serais d'accord pour qu'on se fréquente… officiellement ? reprit-il.

— C'est ce que tu veux ?

— Ce que je veux, c'est t'épouser, mais je prendrai ce que tu voudras bien m'offrir.

Jamais la proximité d'une femme ne l'avait mis dans cet état. Il sentait son érection croître dans son pantalon, et brûlait de plaquer son corps contre le sien, de sentir sa douceur.

Elle leva une main, caressa lentement son menton, remonta sur sa joue et glissa les doigts dans ses cheveux.

— Pourquoi veux-tu m'épouser ?

Est-ce ce qu'elle désirait ? Une demande en mariage en bonne et due forme ?

Sans hésiter, il mit un genou à terre et lui prit la main.

— Parce que trouver une femme comme toi, intelligente et forte, était au-delà de mes espérances. Une femme qui aime l'architecture autant que moi, qui sait comment soigner mon mal de mer d'un simple geste. J'ai été fasciné par toi dès l'instant de notre rencontre, et je ne veux plus jamais que l'on se quitte, même pour une journée. Je t'aime, et je te veux à mes côtés. Voilà pourquoi je veux t'épouser… S'il te plaît, épouse-moi, Eva. Je promets que j'apprendrai à faire des compromis et que jamais, jamais je ne te ferai de l'ombre.

Elle ne dit rien, le regarda longuement de ses grands yeux. Et ce silence ne tarda pas à inquiéter Phillip. N'était-elle pas censée dire quelque chose ?

Bientôt, sa gêne fut trop vive. Eva ne disait toujours rien et il se faisait l'effet d'un imbécile. Il voulut s'écarter...

— Non, attends, dit-elle en le retenant. Je ne m'attendais pas à cela. C'est tellement... Je n'en reviens pas. Tout ce que je voulais que tu me dises, c'était que tu m'aimais, ou pas.

D'abord il n'en avait pas dit assez... et voilà qu'il en avait trop dit ?

— Je t'aime. Je t'aime, et je le dirai autant de fois que tu voudras. Si tu m'épouses.

Elle l'interrompit d'une main sur la bouche, les yeux brillants d'émotion.

— Je tiens à poursuivre ma carrière d'architecte.

Il essaya de ne pas bondir de joie.

— Il le faut. Et je ne t'en empêcherai pas.

— Et mon père ? J'aimerais le faire venir ici.

— Bien sûr. Nous trouverons les meilleurs médecins.

Elle poussa un long soupir.

— J'ai eu trois fiancés, qui sont tous morts. Es-tu certain de vouloir prendre ce risque ? Tu pourrais devenir le numéro quatre.

Il ne put s'empêcher de rire devant cet argument, bien faible à ses yeux, et prit le visage d'Eva entre ses mains.

— Je ne crois pas une seule seconde que tu portes la poisse. Mon intention est de vivre très longtemps et de vieillir à tes côtés, avec nos enfants.

Cette fois, les yeux brillants de larmes, elle hocha la tête.

— Alors oui, je veux bien t'épouser.

— Merci mon Dieu !

Il l'embrassa longuement, savourant le soulagement et l'espoir que ce baiser scellait.

Lorsqu'ils s'écartèrent enfin, elle pencha la tête sur le côté, songeuse.

— Je suis Miss Catastrophe depuis si longtemps. Comment va-t-on m'appeler, maintenant ?

— On t'appellera Eva Mansfield, l'architecte la plus talentueuse du monde.

— Ça me plaît. Mais tu veux dire l'architecte *femme* la plus talentueuse du monde.

— Non, pas du tout. Mon épouse éclipsera tous les autres architectes, hommes et femmes confondus.

L'attrapant par sa cravate, Eva recula en direction de la chambre.

— J'aime assez cette idée. Mais, pour le moment, ta future épouse aimerait te faire une démonstration de ses talents dans un tout autre domaine...

Épilogue

Deux ans et quatre mois plus tard

L'inauguration de l'hôtel Mansfield à New York avait lieu quatre mois plus tard que prévu.

Les délais de construction et les grèves n'y étaient pour rien, mais la naissance, juste après la fin des travaux, d'un petit ange potelé baptisé Edward, avait retardé la fête. Le propriétaire de l'hôtel, et père du bébé, avait insisté pour repousser la date, refusant d'inaugurer son palace avant que l'architecte ne se soit remise de l'accouchement et puisse y assister.

Inutile de préciser qu'Eva aimait son mari à la folie.

— J'ai hâte de voir ce que M. Doyle a fait ces derniers mois, dit-elle dans la voiture qui les emmenait.

Elle en frémissait d'impatience et d'excitation. À côté d'elle, son mari lui avait pris la main, et glissé ses doigts entre les siens.

— Je pense que ça va te plaire. Il a su mettre en valeur la magnificence de l'immeuble que tu as dessiné.

— J'aurais aimé que mon père voie ça.

Edward Michael Hyde, lord Cassell, s'était éteint six mois plus tôt, sans voir le résultat du travail de sa fille. Eva en avait eu le cœur brisé. Il lui manquait beaucoup, même si son état n'avait cessé d'empirer après son arrivée à New York. C'était Phillip qui avait suggéré de baptiser leur fils Edward, ce qu'Eva avait aussitôt accepté.

— Je sais, ma chérie, dit Phillip en serrant sa main. Mais il le voit. Où qu'il soit, il le voit.

Les larmes lui piquaient les yeux, mais elle les ravala. Personne ne pleurerait ce soir.

— Edward aurait aimé cette fête, dit-elle pour changer de sujet. Nous aurions dû l'emmener.

Phillip secoua la tête et se pencha pour l'embrasser sur la joue.

— Non. Ce soir, je te veux tout à moi. Cela fait si longtemps, Eva, souffla-t-il d'une voix rauque.

Un frisson parcourut le dos de la jeune femme.

— Dans la mesure où il y aura quatre cents invités, je doute que tu y arrives.

Il se contenta d'un soupir, et regarda par la fenêtre.

La voiture ralentit et Eva aperçut le fronton de l'hôtel. Phillip avait insisté pour que ce soit son nom, et non celui de son père, qui soit gravé dans la pierre juste en dessous du sien.

« Notre trace dans le patrimoine de cette ville », avait-il dit.

Elle en avait pleuré de joie.

Ils descendirent de voiture au pied du tapis rouge déroulé jusqu'au portique. Des New-Yorkais en tenue de soirée attendaient, massés sur le trottoir, impatients de voir l'intérieur du plus bel hôtel du monde.

L'extérieur était achevé depuis plusieurs mois, conforme en tout point à ce qu'avait imaginé Eva. Le résultat l'avait laissée sans voix. Cet hôtel était véritablement une pièce unique, avec des installations modernes jamais vues jusque-là – chaque chambre avait l'électricité et disposait d'une salle de bains. Malgré tout, les journaux avaient émis des doutes quant à l'affluence des clients. Ils avaient taxé le projet de « Folie Mansfield » et s'étaient ouvertement moqués de son propriétaire.

Les imbéciles. Personne n'aurait jamais dû douter de Phillip Mansfield. Depuis la veille, l'hôtel affichait complet jusqu'à la fin de l'année. Le roi de Prusse était annoncé pour cette semaine.

Amis et membres de la bonne société, dignitaires et hommes politiques les assaillirent sur le tapis rouge. Toutes les personnalités influentes de la ville semblaient s'être donné rendez-vous à l'inauguration. M. Weller serra chaleureusement la main d'Eva, lui présentant les félicitations du département d'urbanisme de la ville. Même Debs et Gray du syndicat étaient là, acceptant les louanges d'autres invités comme s'ils n'avaient pas essayé de faire capoter le projet à ses débuts.

Doyle attendait Eva et Phillip tout près de l'entrée. Ils se saluèrent, puis Doyle leur fit visiter l'intérieur. Phillip avait déjà tout vu, bien sûr, mais pour Eva, c'était une première.

Elle fut réellement impressionnée. Doyle avait de l'audace, un style qui collait parfaitement à l'architecture. Les salles du rez-de-chaussée étaient spectaculaires mais confortables. Sa préférence allait au fumoir turc, avec mosaïques de style mauresque et armures antiques, le tout dans des tons rouge sombre.

— C'est remarquable, dit-elle. Cela me donne presque envie d'habiter ici.

Doyle jubilait.

— Merci. J'y ai mis tout mon cœur.

Du coin de l'œil, Eva aperçut une jeune femme qui se dirigeait vers eux à grands pas.

— Becca !

Doyle prit congé pour aller accueillir d'autres invités tandis que Rebecca Hall, tout sourire, les rejoignait. Son teint était lumineux sous l'éclairage électrique, ses cheveux torsadés étaient ramenés bien haut.

— Bonsoir, monsieur et madame Mansfield.

— Pas de formalités entre nous, je vous prie, dit Phillip en la serrant dans ses bras. Paris vous réussit, on dirait. Je ne vous ai jamais vue aussi épanouie.

— C'est vrai, je suis heureuse, confirma-t-elle. Quitter New York a été la meilleure décision de ma vie.

Eva l'embrassa sur la joue.

— Mais nous sommes ravis que vous soyez revenue pour l'inauguration.

— Je n'aurais raté cela pour rien au monde, même si j'avais dû risquer d'y croiser mon père.

— Il était hors de question de le mettre sur la liste des invités, s'insurgea Phillip. De toute façon, il fait profil bas depuis qu'il sait que je n'ai qu'un geste à faire pour provoquer sa ruine.

— J'aurais aimé voir sa tête, soupira Becca. Au fait, toutes mes félicitations pour votre fils. J'ai appris la nouvelle ce matin.

— Merci, dit Eva. Passez à la maison demain. Vous ferez sa connaissance.

Le directeur de l'hôtel, Oscar Bolt, les rejoignit. Phillip avait réussi à débaucher le légendaire maître d'hôtel du Delmonico, et l'avait convaincu de prendre les rênes de son palace. Eva n'avait pas tardé à comprendre pourquoi. Avant même que la construction soit achevée, le Suisse avait fait des suggestions d'améliorations destinées à renforcer l'attrait de l'établissement, proposant entre autres un menu plus varié pour le restaurant, et une modification du règlement intérieur, qui autorisait désormais les femmes à le fréquenter seules. « Comment l'accès à un hôtel conçu par une femme pourrait-il être interdit à d'autres femmes ? » avait-il dit.

— Oscar, dit Eva après l'avoir présenté à Becca, cette soirée est très réussie. Vous vous êtes surpassés, vous et tout le personnel.

Le directeur se rengorgea.

— C'est mon travail, madame. M. Mansfield n'attend rien de moins que la perfection.

Phillip sourit, et donna une petite tape dans le dos d'Oscar.

— C'est vrai. Et ce soir, grâce à vous, je suis aux anges. Cette inauguration en impressionnera plus d'un, j'en suis certain.

— Je l'espère. Le spectacle devrait commencer dans une vingtaine de minutes. Et tout est conforme à ce que vous aviez demandé, monsieur.

— Parfait. Merci, Oscar.

Le directeur s'éclipsa, et Becca s'excusa pour aller saluer de vieilles connaissances. Eva prit une coupe de champagne sur le plateau d'un serveur qui passait.

— Eh bien, mon mari, si nous allions prendre place pour le spectacle ?

La Société symphonique de New York devait jouer pour tous les invités, puis un dîner de gala suivrait dans la salle à manger. Eva avait lu le menu et en salivait d'avance.

Phillip la prit par le coude.

— J'ai une meilleure idée.

Il se dirigea vers l'ascenseur privé, celui que seuls les chefs d'État et les têtes couronnées prendraient quand l'hôtel serait ouvert. Alimenté par un générateur au sous-sol, il menait aux plus belles suites de l'établissement.

— Où allons-nous ? demanda Eva en jetant un regard par-dessus son épaule tandis qu'ils s'éloignaient du chaos ambiant. Nous n'avons pas salué tout le monde. Tu n'as pas envie de savourer ton succès ?

D'un mouvement de tête, il lui fit signe d'entrer dans la cabine métallique, et la suivit. Le liftier tira la grille et actionna le levier. Ils s'élevèrent en douceur.

— C'est ton succès autant que le mien, dit Phillip. Tu préfères rester en bas et recevoir toutes les félicitations que tu mérites ?

— Non, je n'ai pas besoin de cela. Je conçois des immeubles pour le plaisir, pas pour être adulée par le public. Mais je pensais que toi, tu aimerais ça, vu tout le mal que tu t'es donné.

Entre le bébé et la fin du chantier, ces deux dernières années avaient été épuisantes. Eva avait également supervisé la construction de Stoneacre, qui serait bientôt l'une des demeures les plus spectaculaires de Newport.

— Oscar et Doyle feront ça très bien, répondit Phillip d'un ton énigmatique, comme l'ascenseur s'arrêtait au troisième étage.

La grille s'ouvrit et Phillip la conduisit jusqu'aux appartements d'apparat, dix suites d'un luxe absolu réservées aux clients les plus importants. Chaque suite était décorée à l'image d'un palais ou d'un lieu célèbre en Europe. Phillip, Doyle et Eva avaient choisi ces dix lieux ensemble lors d'un dîner au Sherry's.

Phillip ouvrit la suite François Ier, inspirée du château de Fontainebleau.

— Que faisons-nous ici ?

Il s'effaça pour la laisser entrer.

— C'est une surprise.

Une surprise ? Elle avança dans le salon – un petit bijou Renaissance – et s'arrêta net. Une table avait été dressée pour deux au centre de la pièce. Les plats attendaient sous leur cloche en argent, les chandelles étaient allumées, un petit bouquet délicat complétait l'ensemble.

Le cliquètement du verrou la ramena à la réalité. Elle se retourna et vit Phillip adossé au mur, les mains dans les poches, qui la regardait.

— Je ne comprends pas. Nous dînons ici ?

Il s'approcha lentement. Il y avait dans son regard une lueur prédatrice qu'elle n'avait pas vue depuis plusieurs mois. Depuis qu'elle était tombée enceinte d'Edward. Un frisson la parcourut, s'installa au creux de son ventre.

— Nous dînerons plus tard. Dans l'immédiat, j'aimerais que nous examinions le lit. Pour nous assurer qu'il répond aux standards de l'hôtel.

— Ah, c'est donc bien de l'hôtel qu'il s'agit, le taquina-t-elle.

Il la prit par la taille, l'enlaça et l'attira contre lui.

— Mais pas du tout. Il s'agit d'avoir enfin ma femme pour moi seul. Et de lui donner du plaisir jusqu'à ce qu'elle demande grâce.

Elle posa les mains sur ses épaules, le laissa effleurer sa tempe.

— Mais il y a des centaines d'invités en bas. Que diraient-ils s'ils savaient que tu te dérobes à tes obligations pour faire l'amour à ta femme ?

Il se pencha, la souleva dans ses bras et la porta vers le lit.

— Ils diraient que je suis l'homme le plus chanceux de New York. Et ils auraient raison.

Note de l'auteure

Régulièrement, un petit détail historique déclenche mon inspiration. Ce fut le cas pour Eva et Phillip. Diana Quincy, une amie très chère, a mentionné un jour en passant que Hearst Castle, l'immense propriété de William Randolph Hearst, magnat de la presse dans les dernières années de l'Âge doré – la Belle Époque américaine –, avait été conçu par une femme. Incrédule comme je suis, j'ai aussitôt vérifié. Et c'est vrai : l'architecte s'appelait Julia Morgan et a été la première femme habilitée à exercer en Californie. Je n'en revenais pas. Le personnage d'Eva était né.

L'architecture n'étant pas un domaine que je maîtrise vraiment, j'ai passé de nombreuses heures à faire des recherches sur les techniques de construction et les machines de l'époque. La source la plus complète d'information sur le sujet, je l'ai trouvée dans les archives concernant l'Empire State Building, bâti en 1930. La licence artistique m'a permis de reprendre certains chiffres, ainsi que quelques détails, et de les appliquer au chantier de l'hôtel Mansfield (qui est loin d'être aussi haut que l'Empire State Building).

Toutes les erreurs sont de mon fait.

Remerciements

Je remercie sincèrement Michele Mannon, Diana Quincy et JB Schroeder qui m'ont aidée à façonner le personnage de Phillip et toutes les scènes sur le bateau.

Merci à Tessa Woodward d'avoir aimé Eva et Phillip autant que moi, et de m'avoir aidée à étoffer leur histoire. Merci également à Laura Bradford pour son savoir-faire et ses conseils.

Toute ma reconnaissance à l'équipe d'Avon Books, en particulier Elle Keck, Pamela Jaffe et Angela Craft pour tout ce qu'elles font pour mes romans.

Comme toujours, merci aux Gilded Lilies, qui partagent mon enthousiasme pour cette époque (et pour les photos de Justin Trudeau). Je suis tellement reconnaissante envers toutes les lectrices, blogueuses, critiques et auteures qui contribuent à faire connaître le roman sentimental. Vous êtes toutes formidables.

Enfin, merci à ma famille, et en particulier à mon mari, qui est mon meilleur ami et mon plus fervent supporter. Sans toi, chéri, je n'y arriverais pas.

AVENTURES & PASSIONS

3 mars

Mary Balogh

La saga des Westcott - Celui qui me respectera

Inédit

Lorsque Abigail Wescott découvre l'illégitimité de sa naissance, elle comprend que son avenir ne tiendra pas les promesses auxquelles elle rêvait. À cause de cette faute paternelle doit-elle renoncer à l'amour et être condamnée au célibat ? Quand elle rencontre Gil Bennington, d'origine modeste, qui s'est engagé dans l'armée et a gravi les échelons jusqu'à devenir lieutenant-colonel, elle est choquée par son cynisme à l'égard des femmes. Si, de prime abord, Abigail et Gil n'ont rien en commun, les circonstances les mèneront à comprendre que les premières impressions peuvent être trompeuses.

✦

Kate Bateman

Les célibataires de Bow Street - Les meilleurs ennemis

Inédit

Un voleur sévit dans les résidences chics de Mayfair. Celui que l'on surnomme L'Engoulevent ne s'intéresse qu'aux joyaux de la Couronne de France. Alexander Harland, comte de Melton, est secrètement mandaté par Bow Street pour enquêter et appréhender l'impudent cambrioleur. Sa piste le conduit rapidement à Mlle Emmy Danvers, une jeune fille de bonne famille qui n'est peut-être pas si respectable et si innocente que cela et qui lui inspire les pensées les plus inconvenantes.

Darlene Marshall

Tourmentes - Le forban au grand cœur

Inédit

Quand il ne sillonne pas les mers, le capitaine Robert St. Armand mène une joyeuse vie de célibataire. C'est dans une taverne de Saint-Martin que le débusque Lydia Burke, une jeune gouvernante accompagnée d'une gamine de huit ans qu'elle lui présente comme sa fille. Sa mère est morte, c'est donc à lui de s'en occuper désormais. Robert est paniqué. Il ne connaît rien aux enfants. Il ne pourra jamais s'en sortir seul. Qu'à cela ne tienne, il enlève la jeune fille à bord de son navire qui cingle bientôt vers l'Angleterre. La prude Lydia l'aidera de gré ou de force. Et, avec un peu de chance, il mettra à profit le temps de la traversée pour la séduire...

✦

Kinley MacGregor

Les MacAllister - Le champion du roi

Inédit

Afin de préserver des enjeux stratégiques, Henri Plantagenêt a la solution idéale : unir le comte de Blackmoor à Rowena de Vitry. Mais comment faire ? Le comte, surnommé Le faiseur de veuves, a guerroyé en Terre sainte et abhorre l'idée du mariage. Rowena est une poétesse qui déteste la violence. Jamais ces deux-là n'accepteront une alliance ! C'est compter sans le plan malicieux de la reine Aliénor qui entend les piéger pour mieux les réunir.

Heather McCollum

La jeune fille au loup

Inédit

1535. Au sortir d'une échauffourée avec les Anglais près de la frontière écossaise, Caden Macbain fait une rencontre inattendue dans la forêt : une femme accompagnée d'un énorme loup ! Guérisseuse, Meg Boswell est douée de pouvoirs extraordinaires. Vouée au bûcher par des fanatiques, elle fuit vers les Highlands pour se réfugier chez son oncle qui n'est autre que le voisin de Caden. Aussi, lorsqu'il, l'enlève pour servir ses intérêts, Caden ignore que cette étrange fille, dont la beauté ainsi que le courage l'impressionnent, va bouleverser le destin de son clan et assiéger son cœur.

✦

Loretta Chase

Le prince des débauchés

Bibliothèque idéale

« Un démon ! » C'est ainsi qu'on décrit le marquis de Dain. Enfant, il était chétif et laid. Son père, qui le détestait, voyait en lui l'œuvre du diable. Adolescent, il a fait les quatre cents coups avant de devenir celui qu'il est aujourd'hui : un libertin avide de sensations fortes. Et ce dépravé tenterait d'entraîner dans la débauche Bertie, le jeune frère de Jessica Trent ? Pas question ! Aussi résolue que son frère est faible, la jeune femme part en guerre contre le marquis et, à sa grande stupeur, est vite désarmée par son charme.

Patricia Rice

La garçonne en dentelle

Samantha rêve d'étrangler Stan Talbott ! Quelle malchance d'avoir parcouru les trois mille kilomètres qui séparent le Tennessee de la Californie pour tomber sur un tel rustre... Depuis l'arrivée de Samantha dans ce village, Stan ne cesse d'user de son pouvoir pour la chasser. Allant jusqu'à exiger qu'elle troque son habituel pantalon contre cette ridicule robe de taffetas et de dentelle. Comme si c'était la tenue la plus pratique pour une pionnière ! Pour avoir la paix, la jeune femme s'est pliée aux caprices de ce macho. Que veut-il de plus ?

13129

Composition
FACOMPO

Achevé d'imprimer en Italie
par GRAFICA VENETA
le 5 janvier 2021

Dépôt légal : février 2021
EAN 9782290234983
OTP L21EPSN002236N001

ÉDITIONS J'AI LU
87, quai Panhard-et-Levassor, 75013 Paris

Diffusion France et étranger : Flammarion